panini BOOKS

DER SAMMLER

ROMAN

VON KEVIN SHINICK

INS DEUTSCHE ÜBERTRAGEN
VON ANDREAS KASPRZAK

Bibliografische Information der Deutschen Nationalbibliothek
Die Deutsche Nationalbibliothek verzeichnet diese Publikation in
der Deutschen Nationalbibliografie; detaillierte bibliografische Daten
sind im Internet über hiip://dnb.d-nb.de abrufbar.

Titel der Amerikanischen Originalausgabe:
„Star Wars: Journey to Star Wars: The Rise of Skywalker – Force Collector"
by Kevin Shinick, published by Disney, Lucasfilm Press,
an imprint of Disney Book Group, November 2019.

© & TM 2019 LUCASFILM LTD.

Design by Leigh Zieske
Cover Illustration von Tony Foti

Deutsche Ausgabe 2019 by Panini Verlags GmbH, Schloßstr. 76,
70176 Stuttgart. Alle Rechte vorbehalten.

Geschäftsführer: Hermann Paul
Head of Editorial: Jo Löffler
Head of Marketing: Holger Wiest (E-Mail: marketing@panini.de)
Presse & PR: Steffen Volkmer

Übersetzung: Andreas Kasprzak
Lektorat: Thomas Giessl
Umschlaggestaltung: tab indivisuell, Stuttgart
Satz: Greiner & Reichel, Köln
Druck: GGP Media GmbH, Pößneck
Printed in Germany

YDSWYA004

1. Auflage, Oktober 2019, ISBN 978-3-8332-3831-4

Auch als E-Book erhältlich: ISBN 978-3-7367-9915-8

Findet uns im Netz:
www.starwars.com
www.paninibooks.de

PaniniComicsDE

Josephine Viola gewidmet.
Danke, dass du mir immer zuhörst.

1. KAPITEL

Das Bild mochte eine Täuschung sein, aber der Schmerz war echt und traf ihn wie das Gegenteil dessen, wie er sich den Hyperraum vorstellte – wie ein blendend grelles weißes Licht, durchzogen von schwarzen Flammen, das ihm geradewegs in die Augen stach. Selbst mit geschlossenen Lidern konnte Karr spüren, wie die Helligkeit seine Netzhäute verbrannte. Hätte er es nicht besser gewusst, hätte er das Ganze auf einen Fabrikationsfehler im Visier des Sturmtrupplerhelms zurückgeführt, den er kürzlich erworben hatte – aus der Todesstern-Ära, teilweise schwarz angesengt, im Militärantiquitäten-Katalog mit einer Qualitätsstufe von 7,5 Punkten bewertet –, doch abgesehen davon für fünfundsiebzig Credits kein schlechter Kauf. Es sei denn natürlich, der Helm war *tatsächlich* für den Schmerz verantwortlich. Doch er wusste, dass dem nicht so war. Nicht einmal brandneue Visierlinsen hätten ihn vor dieser Qual schützen können.

Während sich der Schmerz tiefer in seine Augenhöhlen bohrte, erinnerte er sich an die Warnung eines Piloten, der ihm geraten hatte, niemals direkt in eine Tatooine-Doppelnimbus-Sonnenfinsternis zu schauen.

Ein guter Tipp, dachte er, als er merkte, wie er das Bewusstsein verlor.

Nur dass er nicht in den Luftraum von Tatooine eindrang. Sondern in die Macht.

*

„Bist du okay?", hörte Karr jemanden mit blecherner Stimme fragen. Wobei es sich dabei vermutlich nicht wirklich um eine blecherne Stimme, sondern vielmehr um einen beschädigten Lautsprecher im Innern des Sturmtrupplerhelms handelte. Vielleicht war eine Wertung von 7,5 Punkten für diesen Schrott doch ein bisschen hoch gegriffen.

Karr lag auf dem Rücken. Der Boden war kalt, aber sein Gesicht war heiß.

„Was trägst du gerade?" Diesmal konnte er zumindest erkennen, dass die Stimme einer Frau gehörte, auch wenn er fand, dass das eine merkwürdige Folgefrage war. Wenn Leute ihn bewusstlos auf dem Boden fanden, wollten sie als Erstes von ihm wissen, ob er seinen Namen kannte. „Karr Nuq Sin", murmelte er deshalb jetzt, aus reiner Gewohnheit, ehe ihm einen Moment zu spät klar wurde, dass das nicht die Antwort auf die Frage war, die sie ihm gestellt hatte.

„Was trägst du gerade?", fragte sie noch einmal, langsam, aber schon etwas gereizter.

„Grüne Cargohose, blaue Fliegerjacke, Wüstenstiefel, schwarze Handschuhe und einen neu erworbenen Sturmtrupplerhelm aus der Todesstern-Ära, Qualitätsstufe sieben Komma –" Er hielt inne, als ihm seine jüngste Erfahrung in den Sinn kam, und korrigierte sich: „Sechs Komma neun."

„Du solltest den Helm abnehmen. Sofort." Durch den Helm klang ihre Stimme wie Münzengeklimper und statisches Rauschen, aber ja, das war definitiv eine Frau. Vermutlich eine Lehrerin.

„Die Schulvorschriften untersagen es jedem Schüler, Waffen oder Militärutensilien mit in diese Einrichtung zu bringen", fügte sie hinzu; vermutlich zitierte sie damit einen Abschnitt aus dem Verhaltenskodex.

Karr konnte es nicht mit Sicherheit sagen. Er hatte das Ding nie gelesen.

Er kämpfte sich auf die Füße und suchte den Boden nach

dem schwarzen Handschuh ab, der nach einem seiner Anfälle immer irgendwo in der Nähe landete. Er fand ihn und salutierte ihr damit. „Keinerlei Militärutensilien zugegen, *Sir!*"

„Abgesehen von dem Helm?" Sie ignorierte die inkorrekte Anrede und nahm ihm den Handschuh aus den Fingern, um ihn eingehender in Augenschein zu nehmen.

„Dieser Helm ist eine Antiquität … *Sir!*" Jetzt trieb er es auf die Spitze.

Namala Moffat seufzte. „Nimm ihn einfach ab." Mit einem leisen Rascheln hob er den Helm vom Kopf. Jetzt sah sie ihn so, wie er wirklich war: ein braunhaariger, braunäugiger Junge mit einem abgeschlagenen Zahn, der fast genauso angestoßen war wie die Schulter seiner Jacke. „Wo hast du das Ding überhaupt her?", fragte sie.

„Von Janu Blenn. Sein Urgroßvater war Betanker beim Imperium", erklärte ihr Karr. „Sturmtruppler dritter Klasse."

Moffat runzelte die Stirn. „Dieser Junge ist schüchterner als ein Snivvianer auf dem Auktionsmarkt. Hat er dir das alles erzählt?"

Karr lächelte bloß. „In gewisser Weise."

In den Jahren, seit sich seine ungewöhnlichen Fähigkeiten das erste Mal gezeigt hatten, war es keinem Arzt (ob nun Mensch oder Droide) gelungen, eine vernünftige Erklärung dafür zu finden. Diese Anfälle mit blendender Helligkeit und stechenden Schmerzen waren nichts, worauf Karr sonderlich scharf gewesen wäre, doch die Bilder, die mit diesen Unannehmlichkeiten einhergingen, waren verdammt cool. Jedenfalls meistens. Wenn er sich noch daran erinnerte, sobald er wieder zu sich kam.

Karr war nicht danach, der Lehrerin das alles zu erklären, darum beließ er es dabei.

Die Wahrheit war: Ja, Janu Blenn *war* unglaublich schüchtern und dazu noch ungeheuer dickköpfig. Karr hatte geschlagene fünf Tage gebraucht, um Janu dazu zu bringen, ihm den

Trupplerhelm zu verkaufen, nachdem er gehört hatte, wie der Junge etwas über seine Familie erzählte und dabei erwähnte, dass sein Urgroßvater behauptet hatte, sein Verstand sei einst von einem Jedi manipuliert worden. Karr vermutete, dass er sich das Ganze bloß ausgedacht hatte, um bei seinem Geschichtsunterrichtsprojekt eine bessere Note zu bekommen, da es in den Tagen des Imperiums bekanntermaßen überhaupt keine Jedi gegeben hatte, doch er musste auf Nummer sicher gehen. Nur deshalb war er bereit gewesen, bis auf fünfundsiebzig Credits hochzugehen.

Natürlich wäre es wesentlich einfacher gewesen, einfach mit seiner Hand zu winken und Janus Gedanken zu beeinflussen, wie ein Jedi, aber noch war Karr nicht so weit.

Bald, so hoffte er. Aber noch nicht.

Und genau aus diesem Grund brauchte er den Helm.

*

Als Karr dreizehn geworden war, fing er an, Veränderungen an sich festzustellen. Natürlich machte jeder in diesem Alter gewisse Veränderungen durch, doch im Gegensatz zu Zarado, dessen Hörner länger wurden, oder zu Lara, bei der allmählich das Erwachsenenfell durchkam, setzten bei Karr grässliche Kopfschmerzen ein, die häufig mit verworrenen Visionen einhergingen, wenn er bestimmte Dinge berührte.

„Das sind bloß Wachstumsschmerzen", hatte seine Mutter Looway dann immer zu ihm gesagt und dabei versucht, sich ihre Besorgnis nicht anmerken zu lassen.

„Vielleicht", sagte Karr. Aber sofern sein Gehirn nicht gerade dabei war, so enorm zu wachsen, dass es nicht mehr in seinen Schädel passte, war das nicht wirklich eine logische Erklärung. Und die Erfahrung an sich veränderte ihn. Veränderte seine Einstellungen und seine Anschauungen. In einer Zeit im Leben, in der die meisten Kinder den Eindruck haben, es mit dem ganzen Universum aufnehmen zu können, fühlte Karr sich verdammt. Und er hatte Angst, dass diese „Pubertät", wie sie es nannten, keine Phase war, die er einfach durchmachte, sondern eher so etwas wie sein persönliches Verfallsdatum.

Irgendwann ging seine Familie mit ihm zum Arzt. Der Arzt konnte nichts feststellen, das mit ihm nicht in Ordnung gewesen wäre, darum suchten sie noch einen anderen Doktor auf. Mit demselben Ergebnis. Auch ein dritter Arzt und ein vierter konnten ihm nicht weiterhelfen. Jedes Familienmitglied hatte seine ganz eigene Vermutung, was mit Karr los war und wie man das in Ordnung bringen konnte, doch letzten Endes kam trotz aller Bemühungen nichts Handfestes dabei raus.

Eines Nachmittags, nach der altbekannten Diskussion darüber, was mit Karr nicht stimmte, schmollte er gerade in seinem Zimmer, als er seine Großmutter auf der Türschwelle stehen sah. Sie lächelte merkwürdig. Dann, fast wie in Zeitlupe, sah er, wie sie mit den Lippen die Wörter formte: *Die Zeit ist gekommen.*

„Ich kenne den Grund für deine Kopfschmerzen", sagte J'Hara, während sie sich auf seine Bettkante setzte und ihm das Haar aus dem Gesicht strich. „Es ist die Macht."

„Die *was*?", fragte er, als hätte sie bei ihm gerade eine Krankheit diagnostiziert.

„Die Macht", wiederholte sie. „Die Macht ist das, was den Jedi ihre Stärke verleiht." Seine Großmutter hatte schon früher von den Jedi erzählt, doch um ehrlich zu sein, war Karr da noch um einiges jünger gewesen, deshalb hatte er ihr nicht wirklich zugehört. Ebenso gut hätte sie über Hausaufgaben sprechen können, das hätte ihn genauso wenig interessiert.

Doch an diesem Nachmittag hörte er ihr zu, wie sie von den Jedi berichtete. Und von der Macht. Und vom Krieg. Im ersten Moment klang das alles genau wie die Märchen, die sie ihm vor dem Zubettgehen immer erzählte. Aber natürlich war es das nicht. Diesmal war es eher so eine Art Offenbarung. Karr war auf der Suche nach Hoffnung gewesen. Nach der Hoffnung, dass das, was er durchmachte, nichts Schlimmes, sondern – ganz im Gegenteil! – etwas Außergewöhnliches war. Und das, was seine Großmutter sagte, erfüllte ihn definitiv mit einer gewissen Hoffnung.

„Was siehst du?", fragte seine Großmutter und sah ihm in die Augen. „Was siehst du, wenn du diese Kopfschmerzen bekommst?"

„Schwer zu sagen. Die Schmerzen sind so groß, dass es manchmal unmöglich ist, überhaupt irgendwas zu sehen. Das ist dann so, als würde man die Sonne anstarren und versuchen, sich auf die Solareruptionen zu konzentrieren. Sehr lange Zeit habe ich nichts gesehen. Ich hatte einfach bloß schlimme Schmerzen. Doch dann, eines Tages, änderte sich etwas. Ich konnte … *etwas* sehen und hören … Geräusche? Wörter? Gefühle? Keine Ahnung."

„Das liegt daran, dass du eine neue Wahrnehmung entwickelt hast. Dir wurde ein Geschenk zuteil. Du hast diese Kopfschmerzen, weil du dich selbst noch nicht in der Macht gefunden hast", erklärte J'Hara. „Aber sobald du weißt, wo du hingehörst … Wer weiß! Vielleicht bist du dann imstande, etwas über die Vergangenheit eines Gegenstands zu erfahren, einfach indem du ihn berührst. Das wäre doch großartig, oder?"

„Haben das die Jedi gekonnt?"

Sie nickte. „Ja, ein paar schon, hin und wieder. Aber nicht viele, glaube ich. Die Jedi konnten alle möglichen Dinge. Möglicherweise könnten dir ja Jedi-Objekte zeigen, wie du deine Fähigkeiten richtig einsetzt – wie man ein Jedi wird. Immer vorausgesetzt natürlich, dass du solche Objekte auftreiben könntest."

„Wie man ein Jedi wird …" Karr würde den Tag, an dem sie diese Worte sagte, niemals vergessen. Solange er sich erinnern konnte, hatte sich Karr in der Galaxis genauso fehl am

Platz gefühlt wie in seiner eigenen Haut. Seine Familie bestand immer schon aus Schneidern, aus Mittelschichtarbeitern, doch Karr hatte das Gefühl, als wäre er für Größeres bestimmt als das. Und an jenem Tag hatte er erkannt, dass das stimmte.

„Wo finden wir die Jedi?", hatte er voller Eifer gefragt.

„Bedauerlicherweise hat sie schon seit Jahrzehnten niemand mehr gesehen", gab seine Großmutter zu.

„Aber wie soll ich etwas über die Macht lernen, wenn ich keinen Meister habe?"

„Das *Leben* ist dein Meister", sagte J'Hara. „Lass dich einfach von der Galaxis leiten, als wärst du *ihr* Schüler. Denn sie hat dir viel zu zeigen."

„Aber wenn ich vorher nie weiß, wovon ich Kopfschmerzen kriege, wenn ich es berühre, wie soll ich da dann zurechtkommen?"

J'Hara dachte einen Moment lang nach. „Ich mache dir Handschuhe."

Nach diesem Gespräch hatte Karr beschlossen, so viel über die Jedi in Erfahrung zu bringen, wie er nur konnte. Durch Bücher, durch Geschichten, und wenn es sein musste, auch durch die Kopfschmerzen. Was im Übrigen der Grund dafür war, warum Karr einen Großteil seiner Tage damit verbrachte, nach Dingen zu suchen, die er berühren konnte, damit sie ihm mit ein wenig Glück vielleicht etwas über die vergessenen Jedi-Meister verrieten: Gewänder, Waffen, Kommunikatoren und natürlich seine jüngste Errungenschaft: der Sturmtrupplerhelm.

*

Doch von alledem ahnte die Lehrerin nichts, als sie ihm den Helm aus den Händen nahm. „Ich werde … den hier bis zum Schulschluss aufbewahren", erklärte Moffat mit genügend Autorität, dass die meisten Kinder vermutlich darauf verzichtet hätten, Widerworte zu geben. „Dann kannst du ihn wiederhaben."

Doch Karr war nicht wie die meisten Kinder. Er legte etwas schlitzohrigen Charme in seine Worte – oder jedenfalls etwas, von dem er hoffte, dass es wie schlitzohriger Charme klang –, als er sagte: „Warum schließe ich den Helm bis dahin nicht einfach in meinem Spind ein?"

Die Lehrerin starrte ihn an.

Für gewöhnlich verstand er es ziemlich gut, sich aus Ärger rauszuhalten, aber vielleicht war seine Glückssträhne soeben gerissen. Er wollte es gerade mit einer anderen Strategie versuchen, um sie dazu zu bringen, seine Errungenschaft behalten zu können, als ein lauter, durchdringender Ruf vom anderen Ende des Korridors ihn innehalten ließ.

„Karr Nuq Sin hat Wahnvorstellungen!"

Karr und Moffat wandten die Köpfe.

Ein riesiger Besalisk namens Royke kam groß und lautstark auf sie zugepoltert. Er war in jeder Hinsicht übergroß, sogar an seiner eigenen Spezies gemessen. Allein das Ausmaß seiner vier Arme genügte schon fast, um die gesamte Breite des Flurs einzunehmen, als er näher kam, während seine Kumpane ihn flankierten wie stämmige kleine Monde, die einen griesgrämigen Planeten umkreisen.

Royke war ein Rüpel, ein Aufschneider und ein arroganter Wichtigtuer. Auf Karrs Qualitätsskala bekam er bestenfalls eine 4,3, wenn überhaupt.

Der schwerfällige Tölpel legte Moffat einen seiner vier Arme um die Schulter. „Lassen Sie mich Ihnen ein wenig auf die Sprünge helfen, Ma'am. Dieser Junge ist ein Freak. Er leidet an irgendeiner Hirnerkrankung, deshalb würde ich nicht zu nah an ihn rangehen. Für den Fall, dass es was Ansteckendes ist."

„Ich habe keine Hirnerkrankung!", protestierte Karr. „Du weißt nicht das Geringste über mich!"

„Der Schwachkopf hält sich für einen *Jedi*", spottete der Besalisk, wobei er das Wort so falsch betonte, dass es eher wie „Jä-die" klang.

Karr schnaubte. Royke hätte überhaupt nichts von den Jedi gewusst, wenn er nicht zufällig mitbekommen hätte, dass Karr so viele Fragen über sie stellte. Offiziell waren die Jedi ausgestorben, und sofern man nicht gerade gut im Geschichtsunterricht aufpasste – was Royke mit ziemlicher Sicherheit *nicht* tat –, hatten die meisten Leute nicht die geringste Ahnung, was die Jedi getan hatten und wie wichtig sie einst für die Galaxis gewesen waren. Und Karr selbst bildete da keine Ausnahme! Auch er wusste lange nichts über die Jedi – nur, dass er eines Tages einer werden würde. Sie waren die Hüter der Gerechtigkeit, verdammt noch mal. Die Bewahrer des Friedens –

„Er hat sogar seine eigene Großmutter beklaut", spöttelte Royke.

Bedauerlicherweise war Karr in diesem Moment so gar nicht danach zumute, den Frieden zu bewahren. Und sosehr er sich auch danach sehnte, ein Jedi zu sein, nahm er an, dass er mit einer einzigen Prügelei auf dem Kerbholz schon irgendwie durchkommen würde. Später würden Historiker, die sein Leben studierten, dann sagen, er musste seinem Ärger einfach Luft machen.

Moffat ahnte, worauf das Ganze hinauslief, und versuchte, gegenzusteuern. „Ich bin sicher, er hat seiner Großmutter nichts gestohlen. Hör gefälligst auf, ihn aufzustacheln, und geh zurück in deine Klasse."

„Ach, nein? Und was ist mit diesen Handschuhen? Ich habe gehört, wie er zu jemandem sagte, die wären von seiner Großmutter." Royke riss der Lehrerin Karrs Handschuh aus den Fingern und wedelte damit herum.

Karrs Herz begann zu rasen. Die Handschuhe waren ein Geschenk von seiner Großmutter. Etwas ganz Besonderes, das sie allein für ihn angefertigt hatte. Ohne sie fühlte er sich nackt. Und wütend. Wütend auf Royke. Wütend auf Moffat, weil sie so leichtsinnig gewesen war.

Als Moffat ihn ansah, spiegelten sich in ihren Augen gleichermaßen Verärgerung wie Rechtfertigung. „Gib sie ihm zurück, auf der Stelle!"

Doch das tat Royke nicht. Denn das konnte er nicht. Schließlich hatte er ein Publikum, das unterhalten werden wollte. Er tänzelte durch den Gang, sang: *Seht mich an! Ich bin Karr!"*, und wedelte unmittelbar außer Reichweite seines rechtmäßigen Besitzers mit dem Handschuh herum. Dann geschah das Undenkbare: Royke steckte seine schmierigen, pummeligen Finger in den Handschuh!

„Gib ihn wieder her!", brüllte Karr.

„Und wenn ich das nicht tue? Was willst du dann machen, hm? Schon vergessen? Du bist kein richtiger Jedi!" Er schob seine Finger noch weiter in den Handschuh hinein.

„Ach ja?" Ohne auch nur darüber nachzudenken, was er da tat, streckte Karr den Arm aus und griff mit einer Hand in die Luft, so als würde er Royke am Hals packen. Er legte seinen ganzen Zorn, seine ganze Trauer und seine ganze Konzentration in die Geste.

Das Gelächter des Rüpels hörte auf. Und dann hörte auch dessen Atmung auf. Die Augen quollen ihm aus dem Kopf, und er sackte auf die Knie, um keuchend nach so viel Luft zu ringen, wie er in seine Lungen bekam, bevor ihm unsichtbare Hände vollends die Kehle zuschnürten.

2. KAPITEL

Moffat schrie Karr an: „Hör auf damit! Was immer du auch tust, hör auf – jetzt sofort!"

Karr ließ seine Hand sinken, aber Royke rang immer noch würgend und röchelnd nach Luft.

Die Lehrerin sprang zwischen sie und packte Karr an den Schultern. Sie stieß seinen Arm an seine Seite. „Was machst du mit ihm?", wollte sie wissen; sie klang laut und verängstigt und bereit, ihn so heftig zu schütteln, dass es ihn in seine Einzelteile zerlegte.

Royke fiel auf die Knie und kippte mit dem Gesicht voran nach vorne. Seine vier langen, fleischigen Arme klatschten auf den Boden, jeder in eine andere Himmelsrichtung ausgestreckt.

Plötzlich war es totenstill.

Die Schüler, die verstreut im Korridor herumstanden, starrten mit großen Augen zu ihnen herüber; sie hielten die Hände vor die Münder und sagten kein Wort. Keine Lautsprecheransagen plärrten aus dem Büro des Direktors. Keine Türen gingen auf, keine Datenpads piepsten in Rucksäcken, und kein Kumpan des Rüpels wagte es auch nur, zu *atmen*.

Bis Roykes gewaltiger Leib mit einem Mal zu wackeln begann. Unübersehbar für alle bewegte sich sein Brustkorb auf und ab. Er lachte leise.

Das Lachen wurde lauter, kam mehr aus dem Bauch, als er sich umdrehte, zur Decke hochsah und mit seinen vier Fäusten vor Schadenfreude auf den Boden trommelte.

Im ersten Moment machte niemand mit. Dann stimmten alle in sein Gelächter ein.

„Ha!", gackerte der Rüpel über die lachende Menge hinweg. „Du hast echt gedacht, du hättest Jedi-Kräfte!"

Moffats Gesicht lief knallrot an.

Karr wurde sogar noch röter. „Warte nur, bis – "

„Genug!", verkündete die Lehrerin. Sie riss Royke Karrs Handschuh aus den Fingern und gab ihn Karr zurück, doch ihre Miene blieb ernst. „Los jetzt, ins Büro des Direktors, alle beide!"

Seite an Seite stapften Karr und der Rüpel auf das Büro des Direktors zu; keiner von ihnen sprach oder versuchte, Blickkontakt zum anderen herzustellen. Als sie schließlich ankamen, war die Tür geschlossen. Nach ein paar Minuten öffnete sie sich schließlich, und eine Hand winkte Royke herein, während Karr angewiesen wurde, sich hinzusetzen und weiter auf sein Schicksal zu warten.

Also hockte sich Karr auf eine Bank im Eingangszimmer vor dem Büro des Direktors, drehte Däumchen und versuchte angestrengt, zu hören, was auf der anderen Seite der geschlossenen Bürotür vor sich ging. Es war schwierig, das gedämpfte Gespräch zu verstehen, aber Karr konnte nicht umhin, zu bemerken, dass das Ganze fast genauso klang wie eine stinknormale Unterhaltung zwischen den Kitonaks in seinem Biologiekurs. Natürlich sprach er kein Kitonesisch, doch da war etwas an ihren leisen Stimmen und an der Art und Weise, wie ihre Wangen die Wörter verschluckten, dass es sich immer irgendwie anhörte, als würden sie heimliche Pläne schmieden und sich miteinander verschwören. Karr wusste selbst, dass das vermutlich keine sonderlich faire Einschätzung war, doch andererseits standen die Chancen an dieser Schule ziemlich gut, dass die meisten Schüler nichts Positives im Schilde führten. Genauso gut standen die Chancen, dass Royke in diesem Moment dabei war, den Direktor hinter dieser Bürotür davon zu überzeugen, dass *Karr* Schuld an der ganzen Aufregung hatte.

Von dort, wo er saß, konnte Karr quer durch den Empfangsbereich ins Lehrerzimmer sehen. Da drinnen arbeitete Moffat gerade an einem der Tische; sie studierte eine Datenbank, die vermutlich voll von Angeboten für andere Jobs war, die sie alle lieber einschlagen wollte, als auch nur noch einen einzigen Tag länger Lehrerin zu sein. Der Trupplerhelm stand neben ihrem Bildschirm. Fürs Erste hatte sie die Diskussion darüber, wo er bis zum Schulschluss verwahrt wurde, für sich entschieden, doch der Helm hatte Karr das, was er wissen wollte, ohnehin bereits verraten – nämlich dass Janu Blenn entweder log oder schlichtweg falsch informiert war. Denn in seiner Vision hatte Karr keine Jedi gesehen, bloß die verschwommenen Bilder des Todessterns und eine Explosion. Doch was ihm diese Vision mitteilen sollte, konnte er nicht sagen. Sie hatte ihm keine Machtnutzer gezeigt, oder jedenfalls keine, die er erkannte. Trotzdem starrten ihn die Augen der Maske von der anderen Seite des Raums an, als wären sie wütend. Als hätte er ihnen etwas weggenommen. Und in gewisser Hinsicht hatte er das ja auch getan.

Karr fuhr mit seinen behandschuhten Händen die Rückenlehne der Bank nach und fragte sich, ob er die Schmierereien, die sich dort fanden, um eine eigene erweitern sollte. *Hutten sind blöd! Oktar ist eine Yak-Fresse!* Und sein persönlicher Favorit: *Der Wookiee furzt, die Ewoks lachen, so einfach kann man Freude machen!* Das zu übertreffen, würde nicht leicht werden.

Vielleicht bloß sein Name und das Datum? Das wäre dann eines Tages Beweis genug, dass der *irgendwann mal mit Sicherheit total berühmte* Jedi Karr Nuq Sin hier gewesen war. Was war das Schlimmste, das der Direktor ihm antun konnte?

Er zog ein kleines Messer aus seiner Tasche und war gerade eifrig damit beschäftigt, sein erstes Initial in die Bank zu ritzen, als eine Seitentür aufglitt.

Kragnotto, der Ankura-Gungan-Lehrer, der das Wissenschaftsprogramm leitete, führte ein Mirialaner-Mädchen am Arm in den Raum. Nein, er *führte* sie nicht herein: Er zerrte sie ein bisschen zu schnell und ein bisschen zu grob hinter sich her, als es angemessen gewesen wäre, und auch das Mädchen spielte nicht sonderlich gut mit – sie ließ ihre Füße über den Boden schleifen und tat alles, was sie konnte, um dem Lehrer das Ganze möglichst schwer zu machen.

Als sie die Bank erreichten, stieß er sie darauf zu. „Du hier warten! Und wenn ichse dichse nächste Mal meine Dingse durchwühlen sehen", sagte er mit schwabbelnden Wangen, um alles und jeden in einem Umkreis von einem Meter mit Speichel zu besprühen, „auf dichse warten mehr als bloß nachsitzen!"

Das Mädchen lächelte, als wäre ihr das herzlich egal. Und vielleicht war's das auch.

Der Gungan verschwand auf dieselbe Weise, wie er gekommen war, und ließ die Tür hinter sich zugleiten. Karr hielt den Kopf gesenkt, entschlossen, sich um seinen eigenen Kram zu kümmern. Er konnte nicht noch mehr Ärger brauchen. Er machte sich wieder daran, an seiner Schnitzerei zu arbeiten, als hätte er nicht das Geringste mitbekommen.

Doch nach einigen Sekunden sagte das Mädchen: „Im Ernst jetzt?"

Karr schaute auf. Außer ihm war niemand da, an den ihre Worte sonst hätten gerichtet sein können. „Im Ernst jetzt … *was?*"

„Schreibst du wirklich deinen Namen auf die Bank?"

Er hielt das kleine Messer in die Höhe und wackelte damit herum. „Nein, ich *ritze* ihn in die Bank."

Sie verdrehte die Augen. „Deine Signatur an deinem Sitzplatz zu hinterlassen, während du darauf wartest, dass man dich zum Nachsitzen verdonnert … Ist das nicht ein bisschen daneben? Schon klar, jetzt wissen wir alle, dass du so 'n richtiger Rebell bist. Vielleicht solltest du beim nächsten Mal ein Fenster kaputt machen oder superlaute Musik spielen. Damit würdest du es denen echt zeigen."

Karr antwortete nicht. War es nicht genauso daneben, mit jemandem Streit anzufangen, den man überhaupt nicht kannte? Allerdings: Nach allem, was Karr über die Mirialaner-Spezies wusste, war ihre Haut normalerweise grün, so wie ihre, oder rosa, nicht grün oder rosa mit knalligen roten Flecken, was wohl bedeutete, dass sie eigentlich wegen etwas anderem sauer war als wegen Karrs belanglosem Vandalismus.

Karr war schon früher Mirialanern begegnet, doch auch abgesehen von den geröteten Wangen sah dieses Mädchen irgendwie anders aus. Waren es ihre Augen? Sie funkelten blau. Nein, sie funkelten nicht nur – sie *glitzerten*. Und waren da goldene Sprenkel in ihren Pupillen? Vielleicht. Er konnte es nicht genau sagen. Er war bislang noch keiner Mirialanerin so nahe gewesen oder hatte ihr so lange in die Augen –

„Was glotzt du so?", blaffte sie.

„Ähm, tut mir leid", sagte er und wandte sich wieder seiner Amateurschnitzerei zu. Ja, an ihr war definitiv etwas anders als bei anderen Angehörigen ihrer Art, aber er hatte nicht vor, noch einmal aufzuschauen, um herauszufinden, was genau es war.

Er war gerade drauf und dran, gute Fortschritte mit dem *K* zu machen, als sie ihn fragte: „Was hast du angestellt?"

„Hm?" Er warf ihr einen Seitenblick zu.

„Warum. Bist. Du. Hier?", sagte sie langsam, als müsste sie ihm erst noch das Sprechen beibringen.

Karr versuchte, seine Antwort beiläufig klingen zu lassen. „Oh … Ich habe versucht, jemanden allein mit der Kraft meines Verstandes zu würgen."

Das Mädchen musterte ihn argwöhnisch, als würde sie ihm zwar nicht so recht glauben, stünde dieser Möglichkeit aber auch nicht völlig ablehnend gegenüber. „Du hast jemanden mit der Macht gewürgt?"

Jetzt hatte sie seine ganze Aufmerksamkeit. „Du weißt von der Macht?"

„Natürlich. Ich bin ja keine Idiotin. Beherrschst du echt die Macht? Hast du wirklich wen damit gewürgt?"

„Ich sagte, ich hab's *versucht.*"

Nun war es an ihr, ihn stirnrunzelnd anzusehen. „Dann ist die Macht also *nicht* in dir. Weißt du überhaupt, was die Macht ist?"

„Ähm, natürlich. Sie ist ein Energiefeld, das von allen lebenden Dingen erzeugt wird."

„Ja, klar", sagte sie und winkte ab. „Sie hält die Galaxis zusammen und dieses ganze Zeugs. Warum sagen eigentlich immer alle dasselbe über die Macht? Da fängt man doch an, sich zu fragen, ob das alles wirklich stimmt, oder? So, als wäre das, was die Leute darüber wissen, alles, was sie darüber wissen *sollen* – weil irgendjemand nicht will, dass wir *mehr* wissen."

Karr war wie vor den Kopf gestoßen. Er kannte praktisch niemand anders, der etwas über die Jedi wusste, ganz zu schweigen davon, dass diese Person sogar eine eigene Meinung dazu hatte. „Wie meinst du das? Warum sollte man diese Dinge denn nicht für die Wahrheit halten? Schließlich kann man in den Geschichtsarchiven alles nachlesen. Na, etwas davon. Ein kleines bisschen."

„Da kann man auch etwas über Sith-Lords lesen. Aber an *die* glaubt keiner."

Karr sagte nichts.

„Abgesehen davon", fuhr das Mädchen fort, „war ich gute drei Tage lang auf Merokia, und ich bin mir ziemlich sicher, dass ich in dieser Zeit alle Archive gesehen habe, die es auf diesem Planeten gibt."

„Was soll das jetzt wieder heißen?"

„Es soll *heißen*, dass es irgendwo da draußen in der Galaxis womöglich einen Planeten gibt, der noch öder und langweiliger ist ... Aber ich würde keinen einzigen Credit darauf verwetten. Ich schätze, so ist das eben, wenn dein Planet zu nah an den Unbekannten Regionen liegt und zu weit weg vom Kern."

Karr konnte ihr da zwar nicht widersprechen, aber trotzdem stieß ihr Urteil bei ihm auf Widerstand. „Und was *treibst* du dann hier?"

Sie rutschte zu ihrem Ende der Bank zurück, wie eine Kle-ex, die sich in ihre Muschel zurückzieht. „Mein Vater hat uns mit hierher geschleppt, wegen der Arbeit. Ich musste meine ganzen Freunde zurücklassen", maulte sie, größtenteils zu sich selbst.

Karr nickte, als hätte er völliges Mitgefühl für ihr Problem, obwohl er selbst eigentlich keine Freunde hatte, die ihm in einer solchen Situation hätten fehlen *können*. Würde er von einem Tag auf den anderen spurlos von der Schule verschwinden, würde niemand auch nur mitkriegen, dass er fehlte, oder sich fragen, was mit ihm passiert war.

„Allerdings kann ich kaum glauben, dass es geschlagene drei Tage gedauert hat, bis man mich zum Direktor schickt. Scheint, als würde ich etwas nachlassen."

„Wow! Du bist ja echt krass drauf … Von wo hat es dich hierher verschlagen?"

„Von CeSai", entgegnete sie.

Karr hatte noch nie von diesem Planeten gehört, aber das wollte er nicht laut sagen. Sonst brachte sie das womöglich auf den Gedanken, dass sie recht damit hatte, dass sein Heimatplanet völlig bedeutungslos war, mitten im Nirgendwo. Merokia war vielleicht nicht perfekt, aber wenn man nicht von hier stammte, fand er, stand es einem nicht zu, sich darüber zu beschweren. „Oh ja", sagte er nickend, und dann log er: „Ich habe gehört, dort soll es sehr schön sein. Hast du dort von den Jedi erfahren?"

„Jedenfalls habe ich dort erfahren, dass das Ganze ein dicker, fetter Schwindel ist!", sagte sie selbstgefällig.

„Auf keinen Fall!", widersprach er. „Die Jedi sind kein Schwindel!"

„Woher willst du das wissen? Hast du jemals einen gesehen?"

„Ich habe auch noch nie einen Rancor gesehen, aber trotzdem weiß ich, dass es welche gibt. Die Jedi haben in der Republik den Frieden gewahrt", erklärte er und gab damit genau das wieder, was seine Großmutter ihm zur Rolle der Jedi in der Galaxis gesagt hatte.

Das Mädchen lächelte verächtlich. „Die Jedi sind etwas, das sich die Republik *ausgedacht* hat. Sie haben diese Geschichte benutzt, um dafür zu sorgen, dass in der Galaxis weiter Ordnung herrscht – und um allen mit der Idee, dass eine Armee zaubernder Weltraummagier auf ihrer Seite steht, Angst einzujagen."

Karr wusste nicht einmal, wo er anfangen sollte, ihr zu widersprechen. „*Ähm*", sagte er gezwungen, bereit, zu einem ausgewachsenen Vortrag über die Stärken und Tugenden der Jedi auszuholen. „Genau genommen gab es die Jedi viele Jahrtausende lang! Abgesehen davon: Warum hätte die Republik eine magische Armee erfinden sollten, wenn ihnen eine *echte* Klon-Armee zur Verfügung stand?"

Bedächtig, als würde sie mit jemandem sprechen, der mehr als nur ein bisschen begriffsstutzig war, sagte sie: „Genau das ist der springende Punkt. Ist es nicht merkwürdig, dass die Jedi einfach so verschwunden sind, als die Klonkriege zu Ende waren? Die Republik brauchte sie nicht mehr, also hat man sie … Ich weiß nicht recht … *weggezaubert* oder so was."

„Das ist nicht wahr!"

„Okay, und was ist *dann* mit ihnen passiert?"

Darauf hatte Karr keine gute Antwort. „Ich … ich weiß es nicht. Aber das bedeutet nicht, dass es sie niemals gegeben hat."

Sie zuckte die Schultern und lehnte sich zurück, um ihre Hände hinter dem Kopf zu verschränken. „In dieser Hinsicht solltest du mir einfach vertrauen."

„Warum sollte ich dir vertrauen? Ich kenne dich ja nicht einmal!"

„Gutes Argument." Sie beugte sich über die Bank und hielt ihm die Hand hin. „Ich bin Maize Raynshi."

Widerwillig streckte er ihr seine eigene Hand entgegen. „Karr Nuq Sin."

Sie ergriff sie zwar, doch sie schüttelte seine Hand nicht. Stattdessen zog sie sie näher an ihr Gesicht. „Was soll das mit den Handschuhen, Karr?"

„Sie schützen meine Hände."

„Ja, schon möglich", entgegnete sie. „Dafür sind Handschuhe schließlich *da*. Ich meine, warum trägst du sie *hier drinnen?*"

„Damit ich meine Fähigkeiten kontrollieren kann."

Sie verschränkte die Arme vor der Brust. „Du meinst deine absolut realen Machtwürge-Fähigkeiten? Also, dann müssen das echt *erstaunliche* Handschuhe sein."

„Ich …" Er brach ab. Er kannte dieses Mädchen ja kaum. Doch andererseits kannte er ohnehin so gut wie niemanden, daher spielte es eigentlich keine Rolle. Deshalb sagte er ihr die Wahrheit. „Manchmal, wenn ich Dinge berühre, sehe ich die Vergangenheit. Ich meine, die Vergangenheit von dem, was immer ich anfasse."

Maize kicherte wie wild. „Bantha-Kacke! Ich glaube dir kein Wort. Zeig's mir!"

Karr versuchte, einen Rückzieher zu machen. „Das geht nicht einfach so auf Kommando."

Wieder packte sie seine behandschuhte Hand. „Komm schon, was siehst du in *meiner* Vergangenheit?"

„So funktioniert das nicht. Um ehrlich zu sein, weiß ich nicht, ob es mit Leuten überhaupt funktioniert. Ich glaube, es muss ein Gegenstand sein. So wie ein Objekt, das bei etwas Bedeutendem dabei gewesen ist."

Maize ließ ihn los und suchte den Raum nach etwas ab, das vielleicht infrage kam. Als sie nichts Geeignetes entdeckte, griff sie in ihre Tasche und holte ein kleines metallenes Zeicheninstrument daraus hervor. „Erzähl mir etwas hierüber", sagte sie und hielt ihm das Instrument hin.

„Was ist das?", fragte Karr.

„Ich hab's von meinem Vater."

„Ist er ein Jedi?"

„Nein, du Nerko. Er arbeitet für die Erste Ordnung … Warte mal." Sie zog den Gegenstand zurück und hielt ihn dicht an ihre Brust gedrückt. „Solltest du nicht eigentlich *mir* sagen, was es damit auf sich hat?"

Seufzend zog er seinen rechten Handschuh aus. „Also, schön. Gib her!"

Er atmete tief durch … schloss die Augen … und berührte das Werkzeug mit seiner bloßen Hand. Schlagartig schoss sein Blutdruck in die Höhe – als würde jeder einzelne Tropfen Blut in seinem Körper nach oben in seinen Kopf sausen, wo es nicht mehr weiterging. Der Schmerz hämmerte gegen seinen Schädel, bis er aus vollem Halse schrie.

Dann tat er das genaue Gegenteil von dem, was ein Junge in seinem Alter machen sollte, um in Gegenwart eines Mädchens cool zu wirken.

Er verlor das Bewusstsein.

3. KAPITEL

Obwohl er Maize gerade erst kennengelernt hatte, konnte er ihre Stimme bereits aus der Menge heraushören. Diesmal war sie diejenige, die neben ihm kniete und ihn schüttelte. „Was ist passiert? Was hast du *getan*? Komm schon, Karr – komm zu dir!"

Einige Sekunden lang funktionierten seine Ohren besser als seine Augen.

Er und Maize waren nicht mehr allein; im Empfangsbereich um sich herum konnte er mehrere verschiedene Akzente und Dialekte und das Geplapper von Leuten hören, die darüber diskutierten, was jetzt zu tun war. Er öffnete die Augen und stellte fest, dass er zum zweiten Mal in einer halben Stunde im Zentrum der allgemeinen Aufmerksamkeit stand.

Er blinzelte angestrengt, in dem Versuch, seine Augen dazu zu bringen, das zu tun, was sie sollten.

„Bist du okay?", fragte Maize ihn.

„Ja", murmelte er. „Ich brauche nur eine Minute."

Dann konnte er Maize endlich erkennen, und er konzentrierte sich auf ihr Gesicht, um sich zu beruhigen. Aus dieser Perspektive betrachtet, kniete sie entweder über ihm und sah ihn kopfüber an … oder ihr Kopf hatte sich irgendwie von ihrem Hals gelöst und sie sprach mit ihm durch ihre –

„Tätowierungen!" Das war es, was an Maize so anders war, dachte er, als er ihr Gesicht immer klarer vor sich sah. Die meisten Mirialaner, denen er bislang begegnet war, hatten Gesichtstätowierungen gehabt, aber Maize nicht.

„Was haben Tätowierungen hiermit zu tun?", fragte sie. „Bist du okay?"

„Ähm, ja, klar", entgegnete Karr, der sich ertappt fühlte. „Warum?"

„Weil du vor Schmerz geschrien hast und dann bewusstlos auf dem Boden zusammengebrochen bist", gab sie zurück.

„Oh! Ja. Richtig."

Karr hatte das schon so oft erlebt, dass er vergessen hatte, wie furchteinflößend das Ganze auf Leute wirken konnte, die es das erste Mal mit ansahen. Jemand hatte einmal zu ihm gesagt, das sehe aus, als würde eine Weltraumschnecke Drillinge zur Welt bringen. Ein anderer meinte, man hätte den Eindruck, Karr würde mit einem unsichtbaren Gegner ringen. Was hingegen noch nie jemand gesagt hatte, war, dass er bei diesen Anfällen wie ein Jedi wirkte. Allerdings hoffte er, dass das bloß daran lag, weil sie noch nie einem begegnet waren.

„Stehst du jetzt auf oder was? Du hast den Leuten echt einen ganz schönen Schrecken eingejagt." Sie setzte sich aufrecht hin, im Schneidersitz, sodass sie nicht länger über ihm schwebte. „Das war echt krass!"

„Tut mir leid. Mir geht's gut. Keine Sorge."

Von seiner Position auf dem Boden blickte Karr zu den glotzenden Gesichtern hinauf. Am besorgtesten schaute der ovissianische Direktor drein. Vielleicht war das der Grund dafür, dass er sich für das Wohlergehen des Jungen interessierte; möglicherweise sorgte er sich aber auch nur darum, wie sich dieser Vorfall auf die Schule auswirken würde. Doch höchstwahrscheinlich hatte es eher etwas damit zu tun, dass er direkt neben Royke stand, der nicht im Geringsten bekümmert wirkte.

„Loser", murmelte der Besalisk.

„Helft ihm auf die Beine", sagte der Direktor.

„Ja", echote Royke. „Auf ihn wartet Strafarbeit!"

Doch zu Karrs Glück waren Strafarbeiten so ziemlich das Letzte, das die Leute in diesem Moment im Sinn hatten. Der Direktor senkte seinen Kopf mit den vier Hörnern und fragte: „Geht es dir gut?"

„Ich werde es überleben. So wie immer."

„Wir sollten trotzdem lieber deine Eltern benachrichtigen", sagte er. „Du musst zum Arzt."

„Klar", sagte Karr, auch wenn er genau wusste, dass Ärzte ihm nicht helfen konnten. „Um ehrlich zu sein, haben wir einen Medidroiden zu Hause – für genau den Fall, dass so was passiert. Diese Anfälle. Die habe ich schon seit Jahren, immer mal wieder. Ich kann einfach Erzett kontaktieren. Dann kommt er her und checkt mich durch."

Der Direktor stimmte zu und half ihm auf die Füße. „Ich entsinne mich, etwas darüber in deiner Akte gelesen zu haben. Nur zu, ruf deinen Droiden her. Und ihr anderen: Macht ihm mal ein bisschen Platz!"

Karr aktivierte seinen Kommlink. „Erzett-Sieben? Ich hatte wieder einen Anfall."

„Tut mir leid, das zu hören, Sir", entgegnete der Droide. „Ich bin schon unterwegs."

Nachdem sich die Lage wieder beruhigt hatte, forderte der Direktor alle, die nicht auf dramatische Weise in Ohnmacht gefallen waren, auf, in ihre Klassen zurückzukehren.

„Ich sollte vielleicht lieber draußen warten", sagte Karr, in der Hoffnung, womöglich doch unbeschadet aus der Sache herauszukommen.

„Und wäre es nicht besser, wenn ihn jemand begleitet?", warf Maize ein. „Für den Fall, dass das noch mal passiert oder so. Immerhin ist er in sehr mitgenommenem Zustand, Sir."

Der Ovissianer dachte darüber nach. „Das ist keine schlechte Idee."

„*Ich* könnte mit ihm gehen", schlug Maize vor. „Mr Kragnotto hat mich ohnehin aus dem Unterricht geschickt."

„Ist das für dich in Ordnung, Karr?"

„Ähm, sicher."

Der Direktor traf eine Entscheidung und nickte. „Dann komm heil nach Hause. Wir sehen uns wieder, sobald du wieder gesund bist."

„Moment mal!", rief Royke. „Er muss nicht nachsitzen? Oder Strafarbeiten machen? Das ist doch Nexu-Kacke!"

Maize zeigte ihm demonstrativ den Mittelfinger, als sie das Gebäude an Karrs Seite verließ.

Auf dem Weg nach draußen sagte Maize leise: „Du sagtest, du kannst in die Vergangenheit sehen, wenn du Dinge berührst. Dass du dabei schreiend zu Boden fällst, hast du wohl vergessen zu erwähnen."

„Scheint so. Na ja, manchmal falle ich schreiend zu Boden. Jetzt weißt du's."

In der Ferne tauchte der Gleiter seiner Familie auf, und kurz darauf konnte Karr die vertraute Gestalt von RZ-7 auf dem Fahrersitz erkennen. Normalerweise steuerten Medidroiden keine Gleiter, doch das schien niemandem aufzufallen, als der Gleiter vor der Schule hielt, wo bereits eine Reihe anderer Fahrzeuge standen. Auf dem Parkplatz waren alle möglichen Arten von Landgleitern, große und kleine. Das Einzige, was sie gemeinsam hatten, war, dass sie alle ziemlich ramponiert aussahen. Die meisten Vehikel stammten entweder aus zweiter Hand, oder sie gehörten Jugendlichen, die noch dabei waren, richtig fahren zu lernen.

„Hey, Karr! Ich habe gehört, du hast heute den Löffel abgegeben", sagte ein Togruta, der lässig über die Seite seines Gleiters hing. „Zu schade, dass die Gerüchte offensichtlich nicht stimmen …" Er lachte, als er davonzischte.

Maize drehte sich um und rief dem sich entfernenden Vehikel nach: „*E chu ta an do padda-mames!*"

„Sagtest du gerade –"

„Etwas Unschönes über seine Mutter, ja. Mein Vater hatte

mal geschäftlich mit den Hutten zu tun. Ihre Sprache eignet sich wirklich hervorragend zum Fluchen."

Er nickte beeindruckt. „Dann danke, schätze ich. Das war … klasse. Sonst setzt sich nie jemand für mich ein, schon gar nicht in der Schule. Ich hoffe, dass du das später nicht bereust."

„Ich bereue niemals *irgendwas*."

Der im Leerlauf befindliche Landgleiter stotterte ein bisschen, wie als Hinweis darauf, dass er zeitnah eine neue Antriebsspule brauchen würde. Karrs Aufmerksamkeit galt allerdings einem ganz anderen, potenziell peinlichen Problem. „Oh nein", sagte er verlegen. „Erzett ist mit dem Zweisitzer gekommen."

„Wie viele Gleiter habt ihr denn?", fragte Maize überrascht.

Er zog eine Grimasse. „Ähm … Bloß den einen. Aber er hat nur zwei Sitze, darum …"

Maize lachte. „Keine Sorge. Ich setze mich einfach auf deinen Schoß."

Er errötete bis runter zu den Zehen. „Tut mir wirklich leid, dass wir nicht mehr Platz haben, aber … Na ja, ich meine, schließlich warst *du* diejenige, die angeboten hat, mich nach Hause zu bringen." Während Karr auf den Beifahrersitz kletterte, deutete er auf den Droiden. „Wie auch immer … Maize, das ist Erzett."

Der metallicblaue Fahrer nickte ihr freundlich zu. „Es ist mir ein Vergnügen, Ihre Bekanntschaft zu machen, Madam."

„Gleichfalls." Maize stieg ein, setzte sich auf Karrs Oberschenkel und schlang die Arme um seinen Hals.

Hätte RZ-7 Augenbrauen gehabt, hätte er sie jetzt hochgezogen. „Wir sollten Sie besser heimbringen, Sir. Sie sind ja ganz rot angelaufen."

„Fahr einfach los", brummte Karr.

Maize ignorierte sein Erröten und seinen verlegenen Griff um ihre Hüfte. „Also", sagte sie strahlend zu RZ-7. „Du bist ein Medidroide? Und fahren lassen sie dich auch?"

Karr übernahm es, für ihn zu antworten. „Ja. Ich meine, nein. So unter uns, er ist nicht wirklich ein Medidroide. Ich habe ihn gebaut, und ich habe nicht die geringste Ahnung von Medizin – genauso wenig wie er."

Der Droide brachte das Triebwerk auf Touren, und der Gleiter schoss mit einem Satz vorwärts.

„Von Fahren versteht er offensichtlich auch nicht sonderlich viel!", rief Maize überrascht.

Es war nicht leicht, sich in einem Gefährt ohne Dach zu unterhalten, das mit voller Geschwindigkeit durch die Wüste brauste, aber das war schon in Ordnung. Karr wusste ohnehin nicht, was er sagen sollte. Doch wann immer sie langsamer wurden, um eine Kurve zu nehmen oder an einem Bahnübergang darauf zu warten, dass der Zug vorbeifuhr, löcherte Maize ihn mit Fragen.

„Wie meinst du das, *du* hast ihn gebaut?", rief sie über das Brummen des Gleiters und das Rumpeln des Zuges hinweg.

„Ich habe ihn aus Teilen zusammengebastelt, die ich hier und da gefunden habe. Seine Schaltkreise stammen von einem Protokolldroiden, die Festplatte von einem Astromech und das Gehäuse von einer Medi-Einheit. Doch richtig gut ist er vor allem darin, mich aus kniffligen Situationen herauszuholen."

„Dann kannst du wohl von Glück sagen, dass der Direktor ihn nicht nach einer Diagnose gefragt hat."

Karr lachte. „Erzett könnte keine zuverlässige Diagnose über irgendwas abgeben, das über einen Splitter im Finger hinausgeht. Ich habe ihn gebaut, um mein Freund zu sein – nicht meine Krankenschwester."

„Na, jedenfalls scheinst du technisch ziemlich versiert zu sein."

Der Zug ließ sich Zeit damit, den Weg wieder frei zu machen, was Maize Gelegenheit gab, noch eine weitere Frage zu stellen. „Ich habe dich noch gar nicht gefragt, woher du eigentlich deine ganzen verrückten Ideen über die Jedi hast."

„*Meine* verrückten Ideen?", platzte es aus ihm heraus. „Ihre Geschichte ist – "

„Ihre Geschichte ist völliger Humbug! Alle sind sich uneins darüber, wer sie waren oder was sie konnten, und es gibt nicht den geringsten Beweis dafür, dass sie überhaupt jemals existiert haben! Diese Geschichten sind allesamt Lügen. Nichts davon ist wahr."

RZ-7 gab wieder Gas und steuerte den Gleiter um den letzten Zugwaggon herum.

„Meine Großmutter hat mir von den Jedi erzählt, und sie hätte mich niemals angelogen."

„Dann ist sie offensichtlich verrückt und ziemlich durchgeknallt. Nichts weiter. Das sage ich ihr auch gerne selbst, wenn ich sie sehe."

Vor ihnen öffnete sich die Straße, und der Wind nahm zu, darum musste Karr brüllen, um sich Gehör zu verschaffen: „Das wird leider nicht möglich sein! Sie ist tot!"

*

„Befreie deinen Geist", sagte J'Hara zu Karr. Er versuchte es, aber seine innere Stimme ließ sich nicht zum Schweigen bringen. Er war siebzehn Jahre alt, und seine Gedanken rasten in einem Tempo dahin, das für gewöhnlich den Triebwerken von Raumkreuzern vorbehalten war. Obwohl er das, was seine Großmutter von ihm verlangte, schon viele Male zuvor probiert hatte, funktionierte es immer noch nicht so richtig. Er konnte den Gegenstand einfach nicht bewegen. Lag es an ihm? Lag es an seiner Lehrerin? J'Hara hatte ihm nie wirklich erklärt, woher sie so viel über die Jedi wusste, und allmählich begann er sich zu fragen, ob sie tatsächlich wusste, wovon sie da redete. Er wurde langsam rastlos und ungeduldig. Wahrscheinlich wäre das Ganze um einiges schneller gegangen, wenn er einen richtigen Jedi gehabt hätte, der ihn ausbildete, aber natürlich gab es keinen. Denn die Jedi waren fort. Sofern es sie überhaupt jemals gegeben hatte. Alles, was er als „Beweis" dafür hatte, war seine Großmutter. Alles, was er als „Beweis" dafür hatte, war ihr Wort. Doch so langsam genügte ihm das nicht mehr.

Natürlich liebte Karr seine Großmutter. Sie war das Licht in seinem Universum. Aber trotzdem gab es Tage, an denen sein gegenwärtig sehr umwölktes Gemüt dieses Licht blockierte. Er trainierte jetzt schon seit einigen Jahren mit ihr, und doch hatte er nicht das Gefühl, mittlerweile näher dran zu sein, ein Jedi zu werden, wie er auf dem Weg war, die Galaxis zu beherrschen. Er war jetzt in einem Alter, in dem Erwachsene plötzlich keine Erwachsenen mehr waren, sondern Ebenbürtige. Ebenbürtige mit vielen Fehlern. Und in Augenblicken der Unzufriedenheit fielen Karr plötzlich die Unstimmigkeiten in vielen von J'Haras Geschichten auf. Wie zum Beispiel, wie es möglich sein sollte, dass ein Sith-Lord fünfhundert Jahre alt wurde oder wie die Jedi allein mit der Kraft ihrer Gedanken Dinge bewegen oder andere Leute dazu bringen konnten, das zu tun, was sie wollten? Sollten das vielleicht Fabeln sein? Überlebensgroße Lektionen, die allein dazu dienten, bei denen, die sie hörten, ordentlich Eindruck zu schinden? Denn wenn dem so war, gab es ein Wort dafür: *Mythen.*

Allerdings stand auch in den Geschichtsarchiven einiges über die Jedi geschrieben, und das verwirrte ihn. Vielleicht lag die Wahrheit ja irgendwo in der Mitte. Vielleicht waren die Jedi weise Leute mit radikalen Ideen von Frieden, die außerdem gut mit Lichtschwertern umgehen konnten. Vielleicht war die Vorstellung, dass alle durch ein Energiefeld miteinander verbunden waren, bloß eine Fantasterei, die den Bürgern Hoffnung geben sollte. Vielleicht hatten sich die Jedi einfach nur verdammt gut darauf verstanden, die Leute davon zu überzeugen.

„Versuch's noch mal", sagte seine Großmutter.

Karr seufzte. „Es funktioniert einfach nicht."

„Es *wird* funktionieren", entgegnete sie mit ihrer üblichen Zuversicht.

„Das sagst du immer, aber das tut es nie. Vielleicht liegst du ja falsch. Vielleicht ist die Macht nicht stark in mir. Vielleicht habe ich einfach irgendeinen Tumor, der mir diese Kopfschmerzen beschert, und wir vergeuden mit alldem bloß unsere Zeit, die wir lieber nutzen sollten, um ein Heilmittel zu finden."

„Du hörst dich schon an wie deine Mutter."

„Wir haben so viel Zeit damit verbracht, etwas über die Jedi zu lernen, und trotzdem kann ich nichts von alldem tun, wozu sie imstande waren. Ich kann niemanden dazu bringen, das zu sagen, was ich ihn sagen lassen will. Ich kann nicht allein mit der Kraft meiner Gedanken gegen irgendjemanden kämpfen."

„Natürlich kannst du das nicht", erwiderte sie. „Aber warum solltest du das auch wollen? Das ist nicht die Macht. Das sind bloß Begleiterscheinungen, wenn man mit der Macht herumspielt. Du betrachtest das Ganze aus der falschen Perspektive. Ein Jedi *will* nicht kämpfen. Die Jedi sind die Bewahrer des Friedens. Sie tun, was sie tun müssen."

„Na ja, und ich würde gerade am liebsten einfach aufgeben!", rief er und schleuderte den Becher durch den Raum, halb in der Hoffnung, dass seine Großmutter zurückbrüllen und vielleicht mit irgendeinem letzten Geheimnis herausrücken würde, das all seine Probleme löste.

Aber J'Hara schluckte den Köder nicht. „Ich verstehe deine Frustration, mein Junge. Da ich nicht so bin wie du, kann ich zwar nicht behaupten, vollends zu verstehen, was du gerade durchmachst. Ich besitze nicht die geringsten Machtfähigkeiten. Aber ich kenne mich mit der Thematik an sich aus, und ich tue, was ich kann, um dir dabei zu helfen, deinen Weg zu finden."

„Aber *woher* weißt du so viel über die Macht?", fragte er.

Einen Moment lang schweifte ihr Blick in die Ferne. Nach innen, schien es. Und dann entgegnete sie: „Genau wie du habe auch ich sie irgendwann überall um mich herum wahrgenommen. Ich fing an, Fragen zu stellen. Ich war der Macht und den Jedi gegenüber offen. Kenne ich deshalb alle Antworten? Nein. Weiß ich mehr darüber als die meisten? Vermutlich. Deshalb werden wir gemeinsam auf diese Reise gehen, und vielleicht … stoßen wir dabei ja auf etwas Wundervolles."

Karr brauchte einen Moment, bevor er die Frage stellte, die zu stellen er bis zu diesem Moment nicht den Mut aufgebracht hatte. „Was, wenn ich diese Reise gar nicht mehr machen will?"

Fast hatte er Angst, J'Hara anzusehen, aus Furcht, ihre Gefühle verletzt zu haben. Doch als er den Blick hob, stellte er fest, dass sie wirkte, als hätte sie schon seit einer ganzen Weile auf genau diese Frage gewartet. Sie drehte sich um, um zu gehen, und erklärte dabei nahezu beiläufig: „Du musst das tun, von dem du glaubst, dass es im Hinblick auf die Macht das Richtige ist."

Karr grunzte. Manchmal machte ihr abgeklärtes Naturell ihn wütend. Doch er war gewillt, noch ein letztes Mal auf sie zu hören. Ein letztes Mal, damit er anschließend vor sich selbst rechtfertigen konnte, dass es Zeit wurde, alle Hoffnung aufzugeben. „Also gut! Ich versuche noch mal, das blöde Ding schweben zu lassen."

„Nein", sagte seine Großmutter, die sich rasch wieder zu ihm umwandte. „Du bist zornig. Du würdest gern etwas kaputt machen. Nur zu! Zerstöre den Becher! Aber tue es, wenn du innerlich von Ruhe erfüllt bist. Nicht von Wut. Stell es dir bildlich vor deinem geistigen Auge vor – und zerschmettere den Becher."

Karr schaute zu dem Becher auf dem Boden hinüber. Das Ding hatte nicht einmal einen Sprung bekommen, als er es quer durchs Zimmer geschleudert hatte, und das bereitete ihm

Sorgen. Das sah ihm ähnlich: War ja klar, dass er sich für diese Nummer ausgerechnet den härtesten Becher der Galaxis ausgesucht hatte.

„Stell es dir vor", wiederholte seine Großmutter. „Nutze den Raum um den Becher herum, um danach zu greifen wie mit deinen eigenen Händen."

Karr starrte den Becher an. Dann schloss er die Augen und hob die Hand. Er konzentrierte sich. Öffnete sich der Macht. Fokussierte sich auf den freien Raum rings um den Becher. Doch es war schwer. Schwerer, als ihm lieb war. Schwerer, als es eigentlich sein *durfte*.

„Konzentrier dich", wiederholte seine Großmutter. Zwei Worte, die er mittlerweile hasste.

Konzentrier dich!

Er biss die Zähne fest zusammen, doch mit jedem Atemzug, der über seine Lippen kam, sickerten mehr Zweifel in sein Gehirn.

Konzentrier dich!

Karr konnte nicht anders, als an all die Löcher in ihren Geschichten zu denken, an all die Unstimmigkeiten. An die verwirrenden Zeitleisten, an die allzu praktischen Zufälle …

Konzentrier dich.

An die Beschreibung von Kräften, die niemand je mit eigenen Augen gesehen hatte. Von denen niemand beweisen konnte, dass es sie überhaupt gab.

Konzentrier dich.

Und jetzt stand er hier und versuchte, imaginäre Kräfte einzusetzen, um einen blöden Becher zu zerschmettern! Sie hatte ihm erzählt, dass Jedi imstande waren, große Gegenstände zum Schweben zu bringen, doch er war nicht einmal in der Lage, einen Becher schweben zu lassen! Warum nicht? Na, weil das alles bloß Mythen waren! Nichts davon war real! Und er war kein Jedi!

Konzentrier –

Von einer Wut erfüllt, von der ihm nicht klar gewesen war, dass sie schon seit Jahren in ihm schwelte, wirbelte Karr zu seiner Großmutter herum. *„Ich kann das nicht!"*, schrie er. *„Ich bin kein Jedi!* Es gibt keine Jedi – "

Doch als er J'Hara ansah, griff sich die alte Frau an die Brust und fiel zu Boden.

„Großmutter!"

J'Hara wand sich vor Schmerzen und griff nach dem Nächstbesten, was sie zu fassen bekam – der Tischdecke. Sie zog daran, und Teller krachten um sie herum auf den Boden. Das Geräusch von zersplitterndem Glas verwirrte Karr, denn schließlich ging es bei dieser ganzen Übung ja genau darum. Doch irgendetwas war schrecklich schiefgegangen. „Was habe ich getan?", heulte Karr und eilte rasch an ihre Seite. „Es tut mir leid! Es tut mir so leid!"

Die alte Frau blickte schwach zu ihm auf, doch sie war immer noch diejenige, die *ihn* tröstete, anstatt umgekehrt.

„Das hier ist nicht deine Schuld, Karr. Mach dir deshalb keine Gedanken. Ich bin eine alte Frau, und so ist nun einmal der Lauf der Dinge", sagte sie, um Atem ringend. „Ich bin froh, dass ich die Ehre hatte, dir zu zeigen, wer du bist."

Karrs Verstand raste, als er fieberhaft darüber nachdachte, wie er ihr helfen könnte. Doch das schien sie überhaupt nicht zu wollen. Vielmehr wirkte sie stolz. Sie wirkte glücklich. Mit sich im Reinen.

„Sei nicht traurig. Setz deine Ausbildung fort. Geh hinaus in die Galaxis, um deinen Platz darin zu finden. Ich werde dich trotz allem weiter auf dieser Reise begleiten."

Und mit einem Lächeln starb sie, ganz friedlich und leise.

Ein Teil von Karr wusste, dass es für J'Hara einfach an der Zeit gewesen war zu gehen. Doch er fühlte sich trotzdem dafür verantwortlich. Hatte sie so viel Energie darauf verwendet, ihn zu unterweisen, dass das ihren Körper zu sehr geschwächt hatte? Hatte sie all diese Zeit, um ihn zu trainieren, umsonst geopfert? Mit diesem Gedanken konnte Karr nicht leben. Und mittlerweile war er entschlossener denn je, zu beweisen, dass seine Großmutter recht gehabt hatte. Mit allem.

Er würde ein Jedi werden.

Irgendwie.

4. KAPITEL

Karr öffnete die Eingangstür und lehnte sich über die Schwelle hinein.

„Hallo?", rief er, in der Hoffnung, dass niemand darauf reagieren würde. Wenn niemand zu Hause war, musste er auch nicht erklären, warum er mitten am Tag schon aus der Schule zurück war oder was Maize bei ihm machte. Seit seine Großmutter J'Hara gestorben war, wirkte das Haus immer ein bisschen leer – weniger wie ein Zuhause und einfach mehr wie ein altes Gebäude –, doch ausnahmsweise war er froh über das Schweigen, das ihm antwortete.

„Komm rein", sagte er zu Maize.

Er führte sie geradewegs ins Wohnzimmer, möglichst weit weg von der Küche, nur für den Fall, dass seine Mutter doch da war und ihn einfach nicht reinkommen gehört hatte. Es bestand stets die Möglichkeit, dass sie einfach wie aus dem Nichts auftauchte, um ihn mit einer überschwänglichen Demonstration von Zuneigung oder Besorgnis in Verlegenheit zu bringen.

Sie hatten sich gerade hingesetzt, als ein älterer Junge das Wohnzimmer betrat. Das war Karrs Bruder Trag. Eigentlich war Trag entschlossen, zu ignorieren, was immer sein kleiner Bruder gerade machte – doch dann sah er Maize.

„Wer ist das?", fragte er.

„Eine Freundin."

Als Karr von sich aus keine weiteren Informationen herausrückte, musterte Trag Maize von oben bis unten, ehe er mit den Schultern zuckte und wieder in seinem Zimmer verschwand.

„Ich will dir etwas zeigen."

Bevor Maize dem zustimmen oder protestieren konnte, zog Karr in seinem eigenen Zimmer einen Vorhang zur Seite, um einen Wandschrank voller scheinbar willkürlicher Gegenstände aus allen Lebensbereichen zu enthüllen: Gürtel, Stäbe, Blaster, Kommlinks, Helme und mehr – jedes Objekt methodisch katalogisiert. An die Regale, auf denen die Dinge lagen, waren Flimsiplastnotizen geklebt, auf die Karr Daten und Angaben gekritzelt hatte, so als hätte er versucht, allein mit dieser merkwürdigen Sammlung von Gegenständen eine ganze Galaxis zu ergründen.

„Wow!", rief Maize. „Hast du das alles gesammelt?"

Er vermochte nicht zu sagen, ob sie beeindruckt oder entsetzt war. „Ja." Er wies mit dem Kopf in Richtung der Regale, auf denen seine Schätze lagen. „Und einige dieser Objekte haben mir ihre Vergangenheit gezeigt."

Maize sah sich das Ganze genauer an. Sie nahm vorsichtig ein Kloohorn in die Hand und drehte es zwischen den Fingern. „Wie funktioniert das?"

„Na ja, du hast es doch vorhin gesehen. Manchmal berühre ich etwas, und dann wird es auf einmal ganz laut und … und hell und dunkel gleichzeitig. Das ist schwer zu erklären. Es ist ein bisschen so, als würde man brennen, aber dann nehme ich plötzlich andere Dinge wahr: Stimmen, Bilder, Farben – und dann … Dann werde ich ohnmächtig."

„Klingt schrecklich."

„Manchmal ist es das auch", sagte er. „Ich bin mir immer noch nicht sicher, was die Anfälle auslöst, aber dann ist es immer 'ne große Sache. Fast ist es, als wären einige Gegenstände Zeugen von irgendetwas geworden, und jetzt wollen sie mir zeigen, was sie gesehen haben. Ergibt das für dich irgendeinen Sinn?"

Maize sah ihn ausdruckslos an, darum beschloss er, einfach weiterzureden.

„Nimm das hier, zum Beispiel", sagte er und nahm ein Mundstück auf, das so alt aussah, dass es sich definitiv niemand mehr in den Mund stecken sollte. „Das ist ein A99-Aquata-Atemgerät, das einem Fischhändler gehört hat. Der Typ, der es mir verkauft hat, meinte, der Händler hätte es von einem Jedi, der es für Aufklärungsmissionen im Wasser benutzt hat. Ich hatte gehofft, das Gerät würde mir etwas über die Jedi zeigen, aber ganz egal, wie sehr ich mich auch konzentriere, ich schaffe es einfach nicht, dass ich eine Vision kriege. Also hat das Ding entweder nichts Wichtiges erlebt oder – "

„Oder der Kerl hat dich über den Tisch gezogen", wandte sie ein.

„Schon möglich."

„Da draußen gibt es eine Menge Leute, die versuchen werden, dich auszunutzen, Karr."

Er fuhr fort, ohne auf ihre Worte einzugehen. „Das hier dagegen …" Er nahm einen Holzstab zur Hand oder jedenfalls einen Teil von einem. Das obere Ende bestand aus einem silbernen Handgriff, der aussah, als wäre er in einem Brennofen geglättet worden. Das untere Ende hingegen war zerbrochen und zersplittert, was darauf hinwies, dass der Stab ursprünglich um einiges länger gewesen war. Das Holz war gänzlich schwarz und versengt, doch trotzdem schien irgendwas zu verhindern, dass es einfach auseinanderfiel.

„Als ich diesen Stab das erste Mal berührte, bin ich ohnmächtig geworden und hingefallen. Dabei habe ich mir einen halben Zahn ausgeschlagen." Er schenkte ihr ein demonstratives, etwas kantiges Lächeln. „Da die Wirkung auf mich so stark war, war ich davon überzeugt, dass er früher einem Jedi gehört haben muss, aber in meiner Vision trug der ehemalige Besitzer – jedenfalls, soweit ich das erkennen konnte – kein Jedi-Gewand, und ein Lichtschwert habe ich auch nirgends gesehen. Das Merkwürdige dabei ist, dass er den Stab so umklammert hat, als *wäre* er ein Lichtschwert … und ich schwöre, ich habe gehört, wie er irgendwas über die Macht gemurmelt hat. Außerdem glaube ich, dass er sich in diesem Moment in einer großen Schlacht befand."

Maize warf ihm einen Seitenblick zu. „Du hast gehört, was du hören wolltest, schätze ich."

Karr fühlte sich von ihrer Äußerung ein bisschen auf die Zehen getreten. „Vielleicht. Aber ich sehe nicht immer, was ich gern sehen würde, andernfalls hätte ich mittlerweile garantiert einen Jedi gesehen, oder? Wie auch immer, da habe ich begriffen, dass die Objekte, von denen ich Visionen bekomme, mir immer Dinge zeigen, die wichtig sind. Dinge, die *bedeutend* sind", fügte er hinzu, da er fand, dass dieses Wort besser passte. „Glücklicherweise haben die Jedi zu ihrer Zeit viele wichtige Ereignisse miterlebt, darum suche ich ganz speziell nach Sachen, die ihnen gehört haben – in der Hoffnung, dass ich nicht bloß ein gutes Geschäft mache, sondern gleichzeitig auch mehr über die Jedi erfahre. Manchmal berühre ich aber auch einfach so irgendwelche Dinge, bloß um zu sehen, ob sie mir irgendetwas zeigen."

„Dann hast du bislang also noch keine Jedi gesehen? Weder in Fleisch und Blut, noch in deinen Visionen", stellte sie fest.

Sein Enthusiasmus ließ ein wenig nach. „Nein. Aber es hat sie *wirklich* gegeben."

„Das kannst du aber nicht beweisen", hielt sie dagegen.

„Das brauche ich auch gar nicht. Ich weiß, dass es die Wahrheit ist, und es ist mir gleich, ob du mir glaubst oder nicht", flunkerte er. „Ich schwöre, da ist etwas in mir, das mich zu diesen Dingen hinführt. Und das hat nicht einfach mit krankhaftem Interesse zu tun!"

„Wenn du das sagst."

Maize ging langsam im Zimmer umher und ließ ihre Hände über einige Gegenstände gleiten, als würde sie schauen, ob sie staubig waren. Als sie auf seinem Bett ein Datenpad entdeckte, dessen Bildschirm matt leuchtete, blieb sie stehen. Sie hob das Gerät auf und las laut: *„Militärantiquitäten-Sammlerkatalog. Und was hat dir das Ding verraten?"*

„Dass ich zu viel für dieses ganze Zeug bezahlt habe", sagte er lachend. „Ich habe den Katalog erst seit einem Monat. Vorher habe ich definitiv zu viele Credits hingelegt. Inzwischen weiß ich es besser."

„Dann hast du all diese Sachen gekauft?"

„Nein, nicht alle. Einige habe ich auch gefunden. Und ein paar haben Leute mir geschenkt. Aber ja, manche habe ich auch gekauft. Nach einer Weile kam mir der Gedanke, dass es sich vielleicht lohnen könnte, wenn ich mich in Trödelläden umschaue oder mit Piloten und Touristen tausche. Jetzt verrät mir dieser praktische Katalog, was etwas wert ist, bevor ich zu viele Credits in den Wind schieße."

Maize stand da und stemmte die Hände in die Hüften. Sie hielt inne und nahm alles von Neuem in sich auf, als wäre sie eine Preisrichterin, die drauf und dran war, zu verkünden, an wen der Preis für das beste Jedi-Museum ging. Dann erklärte sie mit einigem Nachdruck: „Ich glaube, du bist verrückt."

Karr wollte sich schon auf einen Streit mit ihr einlassen, als er das Grinsen auf ihrem Gesicht bemerkte. „Ich ärgere dich bloß", sagte sie. „Irgendwie." Sie setzte sich auf einen der Stühle, die in seinem Zimmer standen. „Hör zu, die Wahrheit ist: Ich weiß nur, was meine Familie damals für Erfahrungen gemacht hat. CeSai ging's wirklich gut zur Zeit des Imperiums. Dann löste die Neue Republik das Imperium ab, und plötzlich war keiner mehr da, um den Planeten zu führen. Alles fiel auseinander. Und was die Jedi betrifft: Wer weiß schon mit Sicherheit, wer sie waren oder was sie getan haben? Ich habe das eigentlich immer für Folklore gehalten, aber –" Sie sah ihn mit einem abenteuerlichen Funkeln in den Augen an. „– du kannst mich gern eines Besseren belehren."

Obwohl Karr diese Herausforderung gefiel, wusste er doch, dass es schwierig werden würde, sie zu meistern. „Würde ich einen Jedi finden, könnte ich ihn fragen, was es mit alldem auf sich hat. Aber nach den Klonkriegen sind sie alle verschwunden."

„Na ja", sagte Maize. „Wenn du schon gewillt bist, die Tatsache zu ignorieren, dass sie womöglich niemals existiert haben, könntest du im Grunde auch gleich mit der nächsten Theorie weitermachen, die besagt, dass die Klonkrieger sie alle getötet haben."

„Aber das ergibt doch überhaupt keinen Sinn. Vielleicht wäre es den Klonkriegern gelungen, einige von ihnen auszuschalten – aber sie hätten niemals *alle* erwischt. Immerhin reden wir hier von Jedi-Rittern, von den besten Kämpfern der Galaxis. All diese Schlachten damals: Saleucami, Cato Neimodia, Mygeeto, Kaller", sagte er, während er die Gefechte an den Fingern abzählte. „Sollen wir wirklich glauben, dass die Jedi einen Putsch geplant hatten … und dann unverzüglich ausgelöscht wurden? Auf keinen Fall. Das ist einfach nicht logisch."

Sie setzte sich im Schneidersitz hin und verschränkte die Arme vor der Brust. „Aber wenn es sie jemals gegeben hätte, müsste es doch irgendwo irgendwelche Hinweise dafür geben, konkrete Beweise. Ganze Gesellschaften lösen sich schließlich nicht einfach so in Luft auf."

In diesem Moment ging Karr ein Licht auf. Er konnte kaum glauben, dass ihm das nicht schon vorher eingefallen war. „Es sei denn, es sind Tuskenräuber."

„Tuskenräuber? Was sind Tuskenräuber?"

„Der Typ, der mir dieses Sichtgerät da drüben verkauft hat –" Er wedelte mit der Hand in Richtung eines Regals mit einer Beschriftung, die besagte: *Neuro-Saav-Elektrofernglas, TD-Serie*. „– der hat mir eine Geschichte erzählt. Irgendwann im Laufe der Zeit mussten die Sandleute auf Tatooine aufgrund von wechselnden Winden und Bodenerosion in einen anderen Teil ihres Heimatplaneten übersiedeln. Deshalb brach ein kleiner Stamm von ihnen auf, um einen besseren Ort zu finden, wo sie eine neue Kolonie errichten wollten. Die anderen sollten dann später zu ihnen stoßen. Die Gruppe zog monatelang umher, bis sie schließlich ein Fleckchen fand, das für sie infrage kam. Aber ihre Reise hatte so lange gedauert, dass ihre Vorräte zur Neige gegangen waren und viele Angehörige des Stammes krank wurden. Da nur noch so wenig Essen übrig war, überredeten die Ältesten den Anführer der Gruppe, in ihre ursprüngliche Heimat zurückzukehren und von dort Nahrung und andere Notwendigkeiten zu beschaffen. Und das tat er. Er ließ dreißig Männer, siebzehn Frauen und neun Kinder zurück, darunter seine Frau und seine Tochter, und versprach, zur nächsten Ernte mit mehr Leuten und Vorräten wiederzukommen. Eine ganze Jahreszeit verging, aber als er schließlich zurückkam, fand er die Siedlung verlassen vor. Von den Leuten fehlte jede Spur. Seine Frau, seine Tochter, der ganze Stamm … Alle weg."

„Angreifer?", fragte Maize.

Karr schüttelte den Kopf. „Darauf gab es nicht den geringsten Hinweis. Der Legende nach war das Einzige, das er fand, die Abbildung einer geheimnisvollen Gestalt, in Stein gemeißelt", sagte er und ließ seine Stimme dabei so gruselig wie möglich klingen.

„Wer war diese geheimnisvolle Gestalt?", fragte sie. „Derjenige, der für das Verschwinden der Leute verantwortlich war?"

„Das weiß keiner. Aber kein Einzelner hätte ein ganzes Dorf auslöschen können."

„Worauf willst du eigentlich hinaus?"

Er zuckte mit den Achseln. „Na ja, manchmal lassen sich die Dinge einfach nicht logisch erklären."

Maize starrte Karr ausdruckslos an. „Ich bin mir echt nicht sicher, ob du wirklich eine erstaunliche Gabe besitzt … oder ob du einfach bloß ein verdammt guter Geschichtenerzähler bist."

„Du glaubst mir nicht?"

„Was von alldem? Ehrlich, es fällt mir ein bisschen schwer, das alles in meinen Kopf zu kriegen."

Karr änderte seine Herangehensweise. „Das verstehe ich. Du brauchst Fakten. Was ist mit dem Werkzeug deines Vaters? Willst du überhaupt nicht wissen, was ich gesehen habe?"

Maize blinzelte. Angesichts des ganzen Trubels, der auf Karrs Zusammenbruch gefolgt war, hatte sie doch glatt vergessen, ihn danach zu fragen. Sie rutschte auf ihrem Sitz weiter nach hinten. „Dann schieß mal los."

„Hör zu, das Ganze ist keine Show, okay? Ich sage dir einfach nur, was ich gesehen habe. Lass es mich noch mal berühren." Er streckte wackelnd seine Finger nach ihr aus, um ihr zu signalisieren, es ihm zu geben.

„Nur zu." Sie griff in ihre Tasche, holte das Instrument hervor und warf es ihm zu.

Es prallte gegen seine Brust, aber er fing es mit beiden Händen auf und hielt es vor seine Stirn, während er sich daran zu erinnern versuchte, was er vorhin gesehen hatte, so als würde er versuchen, sich an einen Traum zu erinnern. Und wenn es ihm gelang, sich die Vision wieder ins Gedächtnis zu rufen, ohne erneut das Bewusstsein zu verlieren, umso besser. Karr schloss die Augen und hielt das Werkzeug fest. „Es war interessant", sagte er. „Dieses Ding war definitiv Teil von etwas Großem. Ich sah … Sterne. Und jede Menge Dunkelheit, die sich wie der Tod anfühlte. Sagt dir das irgendwas?"

Maize verdrehte die Augen. „Versuchst du allen Ernstes, mir zu erzählen, dass das Ding vom Todesstern stammt?", fragte sie. Der Todesstern war eine gigantische Raumstation des Imperiums gewesen, die vor langer Zeit zerstört worden war. „Mein Vater war niemals auf dem Todesstern. Er war noch ein kleiner Junge, als die Station in die Luft geflogen ist."

„Ich habe nicht gesagt, dass es vom Todesstern *stammt*. Alles fühlte sich … kalt an. Mit Eis und Schnee bedeckt." Er umklammerte das Instrument noch fester und konzentrierte sich, aber im Grunde war das Einzige, das er sah, ein Mann – vermutlich derselbe, der es Maize gegeben hatte. Das konnte nur ihr Vater sein. „Dein Vater hat hellblaue Augen, und er sieht … jünger aus, als er in Wirklichkeit ist. Er trägt einen grauen Overall, und … und … er hat schwarzes Haar. Er ist ein Mensch. Du bist nur zur Hälfte Mirialanerin."

Als Karr die Augen wieder aufschlug, stand Maize mit offenem Mund vor ihm. Offensichtlich war ihr selbst nicht so recht klar, was sie da tat, da seiner Ansicht nach niemand bereit gewesen wäre, freiwillig dermaßen überrumpelt auszusehen. Doch was ihn wirklich von ihrer verblüfften Miene ablenkte, waren ihre Augen. Natürlich waren sie ihm auch schon vorhin aufgefallen, aber jetzt hatten sie sich verändert. Und zwar zum Besseren. Denn nun lag etwas in ihnen, das man womöglich tatsächlich als einen Anflug von Bewunderung bezeichnen könnte.

„Das war … beeindruckend", sagte sie. „Entweder das – oder du kannst verdammt gut raten."

Das genügte Karr vollauf. Soweit es Maize betraf, war jedes Eingeständnis ihrerseits, dass das Ganze nicht nur irgendein Hirngespinst war, schon ein Erfolg.

5. KAPITEL

Am nächsten Tag in der Schule wurden die Dinge merkwürdig und unangenehm.

Oder noch merkwürdiger und unangenehmer als sonst, wenn man bedachte, dass die Schule der Ort im Universum war, den Karr am wenigsten mochte. Er hatte gerade mürrisch zwei der vier heutigen Unterrichtsstunden hinter sich gebracht, als er hörte, wie über das Lautsprechersystem des Gebäudes sein Name ausgerufen wurde; er solle ins Büro des Direktors kommen.

„Na klasse", maulte er. Seine Klassenkameraden kicherten.

Sein Lehrer, ein Givin, der den Rechenunterricht gab, zuckte mit den Schultern und winkte in Richtung Tür. „Dann geh."

Karr schnappte sich sein Datenpad, stopfte es in seine Tasche und rutschte hinter seinem Tisch hervor. „Ich habe doch gar nichts *gemacht*", murmelte er bei sich und beließ es bei dieser Feststellung, anstatt das Ganze als Frage zu formulieren, die ihm vermutlich ohnehin nur der Direktor beantworten konnte.

Der Lehrer entgegnete irgendetwas Nichtssagendes, doch die Tür schloss sich hinter Karr, bevor er ihn genau verstehen konnte. Allerdings scherte ihn das auch nicht wirklich, und eine Rolle spielte es ebenfalls nicht. Ihm blieben drei Minuten Zeit, um der Aufforderung nachzukommen, sich beim Direktor zu melden. Andernfalls würde man ihn erneut ausrufen.

Und wenn die Durchsage noch einmal kam, dann bedeutete das, dass er nachsitzen musste.

Angespornt von der drohenden Aussicht, noch mehr Zeit im Büro des Direktors verbringen zu müssen als unbedingt nötig, eilte er durch den verwaisten Korridor, schloss den Reißverschluss seiner Tasche und stopfte beim Gehen sein Hemd in die Hosen. Bei jedem gehetzten Schritt quietschten seine Schuhe auf dem polierten Boden.

Er drückte mit dem Handrücken die Tür auf, die die öffentlichen Flure der Schule von den Verwaltungsbüros trennte, setzte sich auf die Bank und starrte die Tür des Büros des Direktors an. Er war allein und genau da, wo er gestern auch gesessen hatte. Das wurde allmählich zur Gewohnheit.

Im Gegensatz dazu hätte es ihm nichts ausgemacht, wenn es ihm zur Gewohnheit geworden wäre, Maize zu treffen, doch diesmal tauchte sie nicht auf. Entweder hockte sie in einem anderen Klassenraum und benahm sich, oder sie war so gut darin, die Böse zu spielen, dass man sie noch nicht erwischt hatte.

Karr schätzte, dass die Chancen diesbezüglich bei fünfzig-fünfzig standen.

Er tastete auf der Bank umher, bis er den ersten Buchstaben seines Namens fand, den er am Vortag eingeritzt hatte. Da er keine Ahnung hatte, wie lange er warten musste, bis es Zeit für Schelte oder Strafe wurde, dachte er daran, sein Werk zu vollenden. Doch bevor er sein kleines Messer aus der Tasche fischen konnte, um seine Signatur zu vervollständigen, glitt die Tür des Direktors auf.

Der ovissianische Schuldirektor … war nicht allein. Bei ihm befanden sich Tomar und Looway Nuq Sin. Karrs Eltern.

Alle drei schauten ernst drein.

Karr fühlte sich, als hätte er einen Meteoriten im Magen. Als seine Mutter und sein Vater das letzte Mal in der Schule aufgetaucht waren, hatten sie ihm mitgeteilt, dass gerade seine Tante gestorben war. Jetzt, wo seine Großmutter nicht mehr unter ihnen weilte, kannte er eigentlich keine anderen alten Leute, daher wäre der Tod von irgendjemand anders ein echter Schock gewesen. Sein Bruder? Sein Onkel auf der anderen Seite des Planeten?

„Geht … geht es allen gut?", fragte er.

Looway verstand sofort, worauf er hinauswollte, doch als sie antwortete, wählte sie ihre Worte mit Bedacht. „Niemand ist verletzt oder irgendetwas in der Art. Aber wir müssen reden."

Der Direktor deutete ins Innere seines Büros. „Bitte, komm rein!"

Karr warf einen Blick über seine Schulter, entdeckte jedoch niemanden, der ihn vor den düsteren Neuigkeiten hätte retten können, die ihn dort drinnen zweifellos erwarteten. Keine Spur von einem anderen Lehrer, keine Spur von Maize, keine beruhigenden Piepser von RZ-7. Er richtete sich zu voller Größe auf, schlang seine Tasche über die Schulter und seufzte. „Bringen wir's hinter uns."

Alle gingen ins Büro, und der Direktor schloss die Tür, bevor er sich in seinen Sessel hinter dem großen Schreibtisch sinken ließ. Als schließlich alle Platz genommen hatten, verschränkte er die Hände auf der schimmernden Tischplatte vor sich. „Karr, deine Eltern und ich haben uns unterhalten."

„Über mich?"

„Über dich", bestätigte seine Mutter. „Wir haben uns …"

„Sorgen gemacht", sagte sein Vater.

Seine Mutter fuhr fort: „Ja, wir haben uns Sorgen um dich gemacht. Seit deine Großmutter von uns gegangen ist, bist du einfach nicht mehr du selbst. Deine Kopfschmerzen sind schlimmer geworden, und wir wissen alle, dass sie mittlerweile öfter auftreten. Allein gestern ist es zweimal passiert!"

„Ich weiß, aber ich lerne dazu …" Er brach ab. Was sollte er ihnen sagen? Er hatte es schon früher mit der Wahrheit versucht, aber das hatte zu nichts geführt. Seine Großmutter hatte an die Jedi geglaubt, doch da war sie in ihrer Familie – abgesehen von ihm selbst – die Einzige gewesen. „Ich lerne, damit zu leben."

Seine Mutter lächelte warmherzig und tätschelte sein Knie. „Du bist sehr tapfer, Sohn. Aber wir haben endlich eine Rückmeldung von dem Spezialisten bekommen, der dich letzten Monat untersucht hat – von dem, der extra von Chandrila hergekommen ist. Er hat eine Weile gebraucht, um alle Testergebnisse zu analysieren, aber jetzt haben wir …“ Sie schaute zu ihrem Mann auf, aber er brachte den Satz nicht für sie zu Ende, deshalb sprach sie weiter – auch wenn sie nicht sonderlich überzeugend klang. „Wir haben ein paar Antworten – und wir haben einen Plan.“

„Teilweise wird dir dieser Plan vermutlich gefallen“, gestand Tomar, „aber den Rest wirst du wahrscheinlich hassen. Aber es ist nur zu deinem Besten.“

Karr seufzte. „Na, dann … möchte ich zuerst die guten Neuigkeiten hören, schätze ich.“

„Die guten Neuigkeiten …“, wiederholte seine Mutter. „Na ja, du hasst doch die Schule, oder?“

„Diese hier schon, ja“, gab er zu; dabei vermied er den Blickkontakt zum Direktor.

Der Schulleiter indes seufzte. „Mir ist durchaus bewusst, dass du deine Probleme hattest, besonders nach diesem Todesfall in eurer Familie.“

„Meine Mutter“, sagte Tomar. „Seine Großmutter. Sie hat bei uns gelebt. Sie und Karr standen sich sehr nahe.“

Der Direktor nickte mitfühlend mit seinem gehörnten Kopf. „Das war zweifellos eine schwierige Zeit für Sie alle. Und jetzt auch noch *das*.“

Karr schmollte. „Jetzt *was*? Ich glaube, ihr hattet mir für den Anfang gute Neuigkeiten versprochen.“

Seine Mutter ließ sich von seinem Einwand nicht beirren. „Ja, und die gute Neuigkeit ist – nach dem Ende dieses Semesters musst du nicht mehr zur Schule gehen! Na ja, jedenfalls nicht auf *diese*. Du willst doch unbedingt hier weg, und angesichts deiner ganzen Ohnmachtsanfälle ist uns klar geworden, dass es einfach nicht gut für dich und deine Gesundheit ist, wenn du noch länger herkommst."

„Moment mal. *Was?*"

Sein Vater warf hastig ein: „Du wirst künftig auf die Berufsschule in der Taeltor-Provinz gehen, an der mein Bruder unterrichtet. Dort wirst du lernen, die Dinge ein bisschen lockerer zu nehmen."

Karr war verblüfft und nicht im Mindesten erfreut über diese Entwicklung. Nichts von alldem hörte sich in seinen Ohren sonderlich gut an. Er kam sich vor, als wäre er belogen worden. „Was? Ihr könnt mich doch nicht … Das könnt ihr nicht machen! Ihr könnt mich doch nicht einfach wegschicken, bloß weil ich Kopfschmerzen habe."

Der Direktor entfaltete seine Hände und beugte sich vor; die oberen und die unteren Hörner in seinem Gesicht kamen näher. Vermutlich sollte das Ganze eine beruhigende Geste sein, doch vor allem anderen wirkte sie bedrohlich. „Das verstehst du vollkommen falsch, junger Mann. Niemand schickt dich weg. Es ist nur so, dass diese ganze … Aufregung nicht gut für deinen Gesundheitszustand ist. Das sagt jedenfalls dein Arzt."

Karr wandte sich an seine Eltern. „Klar werde ich viel geärgert, aber das ist nicht die Ursache für diese Kopfschmerzen. Oder dafür, dass ich ohnmächtig werde."

Looway schaute ihn mit großen, feuchten Augen an, aus denen zweifellos jeden Moment Tränen quellen würden. „Aber, Liebes, genau das ist ja der springende Punkt. Der Stress, den dir das alles bereitet. Das meint jedenfalls der Arzt – und er ist immerhin der führende Experte auf diesem Gebiet."

„Ist mir egal, was er ist. Er hat unrecht. Oma sagte, ich habe die Macht, und ich glaube ihr!"

„Selbst wenn wir das ebenfalls glauben würden – was wir *nicht* tun", fügte sein Vater hastig hinzu, „gibt es keine Tests mehr, denen man dich noch unterziehen könnte. Du wurdest von jedem halbwegs fähigen Mediziner und Droiden durchgecheckt, den wir uns leisten können, und das ist die Diagnose, die bei alldem herausgekommen ist."

„Die Diagnose ist, dass ich ein Schwächling bin?"

Seine Mutter schüttelte den Kopf. „Nein, deine Diagnose ist, dass du *sensibel* bist. Du hast dich vom ersten Tag an über diese Schule beschwert. Da dachte ich, dass du froh bist, zu hören, dass du das Semester nicht zu Ende machen musst."

„Das ist der einzige Teil an der Sache, über den ich *tatsächlich* froh bin!", beharrte er, obwohl er nicht anders konnte, als an Maize zu denken. „Aber inwiefern wird dadurch irgendwas besser? Dass ihr mich aus einer Schule rausnehmt und mich dafür in eine andere steckt? Was bringt euch auf den Gedanken, dass das die Dinge besser oder mich irgendwie glücklicher macht?"

Tomar zuckte mit den Schultern. „Na ja, an der neuen Schule wirst du nicht so allein sein wie hier. Dein Onkel wird da sein, um auf dich aufzupassen, und du musst dich nicht mit einer Horde anderer unreifer Kinder herumschlagen. Die meisten Schüler an der Berufsschule sind älter als du."

„Ja, weil das eigentlich eine Schule für Erwachsene ist, nicht für Kinder!"

„Unter uns: Wir haben einige Fäden gezogen", erklärte der Direktor. „Ich weiß, dass euer Familiengeschäft vielleicht –" Er suchte nach den richtigen Worten. „– nicht unbedingt deine größte Leidenschaft ist. Doch wir alle sind der Meinung, dass es dir guttun wird, dich auf solidere Arbeit zu konzentrieren. Darauf, mit deinen Händen zu arbeiten. Du solltest etwas tun, dem du dich ohne jede Ablenkung widmen kannst."

„Du bist inzwischen fast schon ein Mann", sagte sein Vater. „Es wird Zeit, dass du mehr lernst, als eine saubere Naht zu nähen oder die Qualität von Stoff zu beurteilen. Du hast zu Hause alles gelernt, was es dort für dich zu lernen gibt, und du hasst diese Schule. Du bist hier unglücklich, deine Gesundheit ist angeschlagen, und es ist an der Zeit, etwas Neues auszuprobieren – was böte sich da mehr an, als dich mit den fortgeschritteneren Techniken der Schneiderei vertraut zu machen? Das ist vielleicht nicht unbedingt das, was du dir vorgestellt hast, aber du kannst nicht abstreiten, dass du ein gewisses Talent dafür hast. Mit einer etwas fokussierteren Ausbildung könntest du es als Schneider weit bringen. Stell dir nur vor: Du kreierst deine eigene Kleidung, nach deinen eigenen Vorstellungen, für deine eigenen Kunden! Du könntest der jüngste Ladenbesitzer auf dem ganzen Planeten sein!"

„Klingt total aufregend."

„Ich weiß, dass du das gerade nicht so meinst. Aber um ehrlich zu sein, wäre ich sogar *froh darüber*, wenn dich das Ganze langweilt! Ein bisschen Langeweile kann dir nicht schaden; im Gegenteil. Ich denke wirklich, das wird dir guttun. Es wird dir helfen, ein wenig zur Ruhe zu kommen", sagte er mit Nachdruck. „Ich habe alles mit Cornell besprochen, und er hat sich um sämtliche Formalitäten gekümmert. Du hast echt Glück, dass er ein so guter Lehrer ist und in seiner Schule ein so hohes Ansehen genießt."

„*Glück*", brummte Karr verbittert.

Der Ovissianer lehnte sich in seinem Sessel zurück. „Ja, *Glück*. Die Ärzte sind der Ansicht, dass deine Kopfschmerzen nachlassen und auch deine Ohnmachtsanfälle verschwinden werden – wenn du eine Möglichkeit findest, deine Zeit so unaufgeregt wie nur möglich zu verbringen. Und ich bin derselben Meinung."

„Ich werde dafür bestraft, weil ich anders bin. Nichts weiter."

„Nein", beharrte der Direktor. „Du bekommst die Chance, anderswo Zufriedenheit und Stabilität zu finden. Lass uns nicht um den heißen Brei herumreden, Karr: Du machst vielleicht keinen großen Ärger, aber du hast es hier definitiv nicht leicht. Diese Schule ist nicht immer unbedingt der friedvollste Ort in der Galaxis, und ich bin mir durchaus bewusst, dass wir Schüler haben, die mit anderen, die jünger und kleiner sind –"

Karr seufzte. „Schwächer. Sagen Sie doch einfach schwächer."

„Wir halten dich nicht für schwach", versicherte ihm Looway.

„Ihr denkt, ich bin nutzlos."

Jetzt fing sie schließlich an zu weinen. „Bitte, sei nicht so. Wir wollen doch nur dein Bestes, und hier warst du nicht glücklich."

Damit hatte sie nicht unrecht, aber der Gedanke daran, von hier fortzugehen, gefiel ihm ebenso wenig. Er hatte nur noch drei Semester vor sich, bevor er seine gesamte Pflichtschulzeit hinter sich gebracht hatte. Und wenn ihm der Sinn danach gestanden hätte, zu arbeiten, dann hätte er sich mit Sicherheit für andere Berufe entschieden, als für die Schneiderei. Für Jobs, die ihn von Merokia wegbrachten, damit er seiner wahren Bestimmung folgen konnte: ein Jedi zu werden. Irgendwie würde er es schon schaffen, noch so lange durchzuhalten, oder? Besonders wenn das bedeutete, dann mehr Zeit mit Maize verbringen zu können.

Vielleicht war sein Verhalten nicht rational und auch nicht fair seinen Eltern gegenüber – doch jetzt, wo man ihm quasi die Luke zur Rettungskapsel aufhielt, wollte er nicht von hier weg. Hier kannte er sich aus und hatte sogar eine Freundin gefunden. Eine hübsche Freundin. Eine Freundin, die ihn zwar für ein wenig sonderbar hielt, ihn aber nicht so behandelte, als wäre er ein Idiot.

Jemanden, zu dem er eine echte Bindung aufbauen konnte.

Mit der Zeit. Da war er sich ziemlich sicher.

Der Direktor und seine Eltern versuchten, ihn davon zu überzeugen, dass er die ganze Sache falsch verstand, dass alles wirklich nur zu seinem Besten war, aber vergebens. Als er es schließlich satthatte, sie über sich reden zu hören, schnappte Karr sich seine Tasche und sprang auf die Füße.

„Ihr habt gesagt, bis zum Ende dieses Semesters bleibe ich

noch hier, richtig? Dann muss ich nach wie vor zum Unterricht, jedenfalls für die nächsten paar Wochen – also verschwinde ich jetzt. Ich habe eigentlich gerade Rechenwesen."

Sein Vater rief seinen Namen, aber Karr drehte sich nicht um. Er ließ die Bürotür hinter sich zugleiten. Im Vorraum stieß er mit seiner Tasche und seiner Schulter die Tür zum Korridor auf und eilte in den Gang hinaus, bevor ihn irgendjemand daran hindern konnte.

Draußen war es sehr still.

Er war lange genug im Büro gewesen, dass mittlerweile die nächste Stunde angefangen hatte, sodass die Schüler größtenteils an ihren Tischen saßen und so taten, als würden sie demjenigen zuhören, der gerade redete, wer auch immer das sein mochte, während sie sich insgeheim wünschten, gerade irgendwo anders zu sein. In den Fluren war es ruhig – jedenfalls wenn man von den Echos seiner quietschenden Schritte und dem dumpfen Pochen in seinen Ohren absah, bei dem es sich um sein eigenes Herz handelte, das zu wild schlug, weil er so fuchsteufelswütend war.

Er marschierte automatisch in Richtung des richtigen Klassenzimmers, aber dann stellte er fest, dass er dort nicht hineingehen wollte. Nein, er wollte wegrennen und schreien und währenddessen am besten noch etwas kaputt machen. Doch das war auch keine Option. Es musste noch einen anderen Weg geben.

Seine Schritte wurden langsamer.

Sie hatten gesagt, dass er nicht viel Ärger machen würde. Aber was, wenn er das doch tat? Was, wenn er *richtigen* Ärger machte? Würden sie ihn nicht hochkant aus der Berufsschule in der Taeltor-Provinz werfen, wenn er verhaftet wurde? Natürlich hätte das seinen Onkel in Verlegenheit gebracht, doch andererseits kannte er den Typen kaum. Er war um einiges älter als Karrs Vater, und sie sahen einander ohnehin hauptsächlich an Feiertagen oder auf Beerdigungen.

Er fragte sich, welches nicht allzu schwere Verbrechen er wohl begehen sollte. Es durfte nicht zu heftig sein, und es durfte auch nicht zu viel Schaden dabei entstehen, schließlich wollte er niemandem wirklich wehtun. Vielleicht genügte es ja, Schuleigentum zu zerstören oder etwas Wertvolleres zu verunstalten als die Bank im Vorzimmer des Direktors. Ja, vielleicht war Vandalismus ein guter Anfang.

Seine Gedanken schweiften gerade in Richtung von „womöglich leichte Brandstiftung", als er ganz in der Nähe etwas zerbrechen hörte. Er huschte einige Schritte zurück, lauschte angestrengt und hörte noch etwas kaputtgehen. Im Wissenschaftslabor ging irgendetwas vor.

Er schlich sich zur Tür und spähte durch das darin eingelassene Fenster hinein.

Drinnen sah er Maize. Sie war stinkwütend. Wütend genug, um Dinge kaputt zu machen.

Ein weiterer gläserner Messbecher flog durch die Luft, und unwillkürlich zog Karr den Kopf ein, auch wenn das Risiko, dass der Becher ihn treffen würde, verschwindend gering war. Tatsächlich krachte das Gefäß stattdessen gegen die Wand, und nachdem die letzten Trümmerstücke zu Boden geprasselt waren, klopfte er an die Tür – vorsichtig und laut genug, dass selbst ein zorniges Mädchen in einem Raum voll zerbrechlicher Dinge es hörte und als die freundliche Geste erkannte, als die das Klopfen gemeint war. Dann drückte er mit der Handfläche auf den Türöffner.

„Hey. Ähm …" Ein langes, transparentes Reagenzglas schlug neben seinen Füßen auf den Boden, und er zuckte zusammen. Das Glas verfehlte ihn zwar, jedoch nur um Haaresbreite. „Hey, Maize, könntest du … könntest du vielleicht kurz damit *aufhören?*"

Sie erstarrte mitten in der Bewegung. „Karr?"

„Ja. Hi!" Er richtete sich gerade auf und betrat das Labor.

„*Raus* hier!" Maize schniefte und wischte sich die Nase am

Ärmel ab. Sie hatte offensichtlich geweint, doch sie gab sich alle Mühe, so zu tun, als wäre dem nicht so. Sie stand inmitten eines Kriegsgebiets, umgeben von zerbrochenem Glas – und hinter ihr befand sich ein Tisch, auf dem zwei Brenner lichterloh brannten. Also war Karr nicht der Einzige, der daran gedacht hatte, einen Brand zu legen. Noch etwas, das sie beide gemeinsam hatten.

„Bist du okay?"

„Ich sagte: Raus hier!"

„Ich weiß, dass du das gesagt hast, aber ich will nicht gehen. Was ist los?"

Ihre Hand schloss sich um einen weiteren Messbecher. Einen Moment lang fürchtete Karr, sie hätte vor, den Becher nach ihm zu werfen, doch dann stellte sie ihn wieder hin – fest genug, damit das Glas auf dem Tresen Risse bekam. „Mein Vater wurde heute Morgen versetzt. Eins der großen Schiffe der Ersten Ordnung hat eine Fähre geschickt, um ihn abzuholen, und jetzt sitzen wir hier ohne ihn fest! Ich weiß nicht einmal, wann er wieder zurückkommt."

„Seid ihr nicht gerade erst hergezogen?"

„Ja!", rief sie. Mit dem Arm fegte sie den stabilen Glasbecher vom Tisch, der mit einem Klimpern zu Boden fiel und in drei Teile zerbrach. „Dann hätten wir auch gleich bleiben können, wo wir waren!"

„Konntest du dich wenigstens verabschieden?"

„Nein! Als ich aufgestanden bin, war er schon fort. Und es ist fast, als wäre das meiner Mutter vollkommen egal – sie hat mich einfach zur Schule geschickt, als wäre überhaupt nichts passiert. Dabei ist es ständig so. Ich bin es so leid, immer das tun zu müssen, was sein Job verlangt. Warum können wir nicht einfach mal irgendwo *bleiben*, an einem Ort, wo wir in Ruhe leben können?"

„Aber … aber du kannst doch hier leben. Selbst wenn er weg ist."

„Hier? *Hier* ist das reinste Nirgendwo! Das weißt du genauso gut wie ich. Jetzt sitze ich hier fest, vermutlich für mindestens ein weiteres Schulsemester, und das Ganze ist einfach bescheuert. Es ist einfach nur total *bescheuert.*" Sie fing wieder an zu weinen; ihre hellblauen Augen glänzten feucht. „Nichts gegen dich."

„Schon gut." Er lachte leise und unbeholfen. „Und irgendwie fast ein bisschen witzig. Denn ich habe gerade erfahren, dass ich ebenfalls weggeschickt werde."

Sie hielt stirnrunzelnd inne. „Oh, stimmt ja. Ich habe gehört, wie sie deinen Namen über Lautsprecher ausgerufen haben. Ich habe mich schon gefragt, was jetzt wohl wieder los ist. Jetzt verlässt du mich also auch? Na großartig. Einfach großartig."

„Na ja, jetzt weißt du, was los ist. Meine Eltern schicken mich auf die Berufsschule. Und die ist ziemlich weit entfernt."

Wieder wischte sie sich die Nase ab, diesmal mit ihrem anderen Ärmel. „Willst du denn da überhaupt hin?"

„Nein."

Sie dachte einen Moment lang nach. Karr konnte förmlich sehen, wie sich die Rädchen in ihrem Gehirn mit einem Mal mit doppelter Geschwindigkeit drehten. „Was, wenn ich mit dir gehe? Es kann nirgendwo schlimmer sein als hier."

Er holte überrascht Luft. Stand diese Möglichkeit überhaupt im Raum? Er glaubte nicht. „Bevor die dich an der Berufsschule aufnehmen, musst du erst mal deine Regelschulzeit beendet haben. Bei mir geht das auch nur, weil ich diesen Onkel habe, der seine Beziehungen spielen lässt, um mich da reinzubringen. Ist eine lange Geschichte."

Ein Signalton an der Tür erschreckte sie beide. Sie wirbelten genau in dem Moment herum, als die Tür aufglitt und Namala Moffat hereinspähte. Sie warf einen Blick auf das Chaos und die beiden Kinder, die es offenkundig angerichtet hatten. Dann verdrehte sie die Augen, wie verdrossen darüber, dass es schon wieder ausgerechnet sie beide waren, und sagte: „Rührt euch nicht vom Fleck. Ich hole den Direktor."

Sofort begann Karr, sich fieberhaft eine Ausrede zurechtzulegen. Es hatte ein Erdbeben gegeben – ja, das würde er sagen. Ein sehr schwaches, auf ein sehr kleines Gebiet begrenztes Beben. Nein, es gab eine Explosion! Jemand hatte ein Experiment unbeaufsichtigt gelassen; das hatte das Durcheinander verursacht. Er musste sich irgendetwas Glaubwürdiges ausdenken. Denn obwohl er selbst die Absicht gehabt hatte, ein bisschen Unheil zu stiften, und auch wenn er nicht hier bei Maize auf der Schule bleiben konnte, wollte er auf keinen Fall, dass *sie* Ärger bekam. Was, wenn sie hinausgeworfen wurde, bevor er auf die Schule seines Onkels wechselte?

Dann würde er sie nie wiedersehen.

Die Fältchen auf Maizes Stirn verrieten ihm, dass sie ebenfalls angestrengt nachgrübelte. Dann klärte sich ihr Blick und sie schaute ihn auf eine Art und Weise an, die gleichermaßen nachdenklich wie beängstigend wirkte. „Ich habe eine andere Idee. Du möchtest nicht auf die andere Schule gehen, und du willst auch nicht auf dieser hier bleiben. Ich will auch nicht hierbleiben. Vielleicht sollten wir einfach … anderswohin gehen."

„Aber wohin? Und *wie?*"

In diesem Moment schrillte ein Alarm los. Es war kein lauter, furchteinflößender Alarm, sondern vielmehr eine Reihe leiser Piepser, die bedeuteten, dass jemand in Schwierigkeiten war und sich die Lehrer sofort beim Direktorat einfinden sollten. Und mit jedem Signalton wurde Maizes wildes Grinsen noch breiter. „Na, *irgendwohin*. Und wie? Mit dem Schiff von meinem Vater!"

„Was? Auf keinen Fall!"

„Die haben ihn mit einer Fähre abgeholt; er braucht das Schiff, das die Erste Ordnung ihm überlassen hat, erst, wenn er wieder zurück ist, und bis dahin dauert es noch Monate – *mindestens*. Es sei denn, natürlich, ich kriege vorher richtig üble Probleme." Auf ihrem Gesicht breitete sich ein strahlendes, durchtriebenes Lächeln aus.

„Weißt du überhaupt, wie man fliegt?"

„Ja, ich kann fliegen", sagte sie mit einem Selbstbewusstsein, das nicht ganz auf ihn übersprang. Karr war sich nicht sicher, ob er ihr wirklich glaubte, was sie da sagte, aber er *wollte* es glauben. „Mein Vater hat es mir beigebracht, und ansonsten kannst du ja deinen Droiden mitnehmen. Der kann doch fliegen, richtig? Sagtest du nicht, das wäre eines der Dinge, die er könnte?"

Karr war sich zwar verdammt sicher, nie auch nur eine einzige Silbe in dieser Richtung geäußert zu haben, aber in diesem Moment war er einfach zu aufgewühlt, um ihr zu widersprechen. „Klar, er kann fliegen. Klar, wir können … Wir können das machen", sagte er, während er sich allmählich für ihre Idee erwärmte. „Ich rufe Erzett – er kann in ein paar Minuten hier sein. Vermutlich sogar, bevor meine Eltern wieder zu Hause sind."

„Dann tu das. Ruf ihn, aber …" Das Alarmsignal wurde lauter, die Frequenz nahm zu. Draußen auf dem Gang ertönten Schritte. „Er soll uns bei mir daheim abholen. Ich gebe dir die Koordinaten. Und verriegle diese Tür!", wies sie ihn an.

Karr schlug auf den entsprechenden Knopf.

Maize lief zum nächstgelegenen Fenster und riss es auf. Sie hielt es für Karr auf, der an ihre Seite eilte.

„Sollen wir das wirklich tun?", fragte er; eins seiner Beine baumelte bereits über der Kante, während er mit dem anderen noch auf dem Fensterbrett kauerte.

Sie stieß ihn kurzerhand vollends aus dem Fenster und sagte, während er weiter unten in den Büschen landete: „Ja, sollen wir. Also komm! Lass uns irgendwohin gehen, wo es aufregend ist."

6. KAPITEL

Maize lebte ganz in der Nähe der Schule, in einem Viertel mit hübschen Häusern, die für gewöhnlich von Behördenmitarbeitern bewohnt wurden, weshalb Karr annahm, dass ihr Vater ein ziemlich interessanter Typ sein musste. Als er sich nach Maizes Vater erkundigte, erklärte sie: „Er ist Diplomat und auf Technologie-Systeme spezialisiert. Er sorgt bei Bauprojekten der Ersten Ordnung für die nötige Sicherheit und kümmert sich um die Folgen von Sicherheitsverstößen."

„Und was genau bedeutet das?"

Sie zuckte mit den Schultern. „Wenn *unsere* Spione erwischt werden, hilft er ihnen, zu verstecken, was sie erbeutet haben. Werden *deren* Spione erwischt, bringt er in Erfahrung, was sie wissen, und hindert sie daran, dieses Wissen mit jemandem zu teilen."

„Er stopft also Sicherheitslücken. Schon verstanden."

„So ungefähr, ja." Sie tippte eine Zahlenkombination in dem Tastenfeld ein, und die Vordertür öffnete sich. „Wir sollten uns besser beeilen. Meine Mutter kommt gegen Mittag wieder heim, uns bleibt also nicht viel Zeit, um uns zu schnappen, was wir brauchen, und dann schleunigst von hier zu verschwinden."

Eigentlich wollte Karr ihr zu ihrem Zimmer folgen, aber dann stand er stattdessen unbeholfen inmitten des Wohnbereichs und ließ seinen Blick über die geschmackvollen Kunstwerke und Möbel schweifen, die so aussahen, als hätten sie mehr Geld gekostet, als er jemals besessen hatte. Oder gesehen hatte. Oder von dem er je gehört hatte, dass jemand so viel Geld besaß. Das lag nicht so sehr daran, dass der Raum an sich sonderlich schick gewesen wäre. Sondern eher an all den klaren Linien und den glatten Oberflächen; an dem Umstand, dass sich nirgends ein Fitzelchen Staub fand; daran, dass nirgendwo schmutziges Geschirr und Stoffreste vom Nähen herumstanden oder -lagen. Dieses Haus wurde von einem Reinigungstrupp sauber gehalten.

Als Maize mit einer Tasche über der Schulter zurückkam, fragte er: „Hast du irgendwelche Credits? Wäre vermutlich besser, wenn wir etwas Geld bei uns hätten, oder?"

„Längst dran gedacht." Sie tätschelte ihre Tasche. „Also, wo steckt dein Droide?"

„Er wird jede Sekunde hier sein."

Am Ende waren es über dreißig Sekunden, doch dann fuhr Karrs Familien-Landgleiter vor dem Haus vor; neben all den hübschen Gebäuden und Vehikeln wirkte der Gleiter ein bisschen fehl am Platz. „Hallo, Sir! Ich habe die Dinge mitgebracht, um die Sie gebeten haben", verkündete der Droide, als die Kinder an Bord kletterten.

„Klasse. Danke, Erzett!"

„Und wo geht es jetzt hin?"

„Zum Raumhafen", erklärte ihm Maize. „Und drück auf die Tube!"

„Machen Sie eine Reise, Madam?"

Karr übernahm es, darauf zu antworten. „Ja, das tun wir, Kumpel. Ich erkläre es dir unterwegs."

Als sie einige Zeit später den Parkplatz erreichten, auf dem Maizes Vater sein Firmenschiff abgestellt hatte, war der Droide auf dem neuesten Stand und mehr oder minder mit dabei. „Aber, Sir", sagte er in einer Lautstärke, die man durchaus als Flüstern bezeichnen konnte, „ich bin nicht darauf programmiert, solche Aufgaben –"

Karr brachte ihn mit einem Wink zum Schweigen und erwiderte in gleichermaßen gedämpftem Tonfall: „Unterwegs wirst du schon alles Nötige lernen. Maize weiß, wie man fliegt. Sie kann es uns beibringen." Jedenfalls hoffte er das.

Bei dem Schiff handelte es sich um eine kleinere Raumjacht der Ersten Ordnung namens *Avadora*, die zugegebenermaßen eher aussah wie ein silbernes Küchengerät, über dessen Funktionsweise Karr allenfalls spekulieren konnte. Das Schiff war schnittig und glänzte und kostete höchstwahrscheinlich mehr als der ganze Ort, in dem er aufgewachsen war, aber, hey – er brauchte eine Mitfluggelegenheit, um von Merokia zu verschwinden, da hätte er es zweifellos erheblich schlimmer treffen können.

Die Rampe senkte sich, und Maize marschierte an Bord, als würde ihr das Ding gehören – was eigentlich ja auch der Fall war, wie sie ihm auf dem Weg ins Cockpit versicherte. „Niemand braucht oder will dieses Schiff, bis mein Vater zurückkommt."

„Du hast gesagt, bis dahin könnten … Monate vergehen?"

„Ich wäre jedenfalls ziemlich überrascht, wenn er eher wieder hier wäre. Manchmal ist er ein ganzes Jahr lang weg. Hey, Droide", sagte sie zu RZ-7. „Wenn du mein Kopilot sein willst, schnall dich da drüben an."

„Ja, Madam, aber ich brauche noch etwas … Zeit zum Konfigurieren."

„Nur zu, konfigurier dich, so viel du willst. Karr, für dich ist hier vorne auch noch Platz."

Er quetschte sich ins Cockpit und schnallte sich im Sitz fest, während er besorgte Blicke mit RZ-7 tauschte, der seine Aufmerksamkeit tapfer wieder der vor ihnen liegenden Aufgabe zuwandte.

„Alle startklar?", sagte Maize.

Karr versuchte, cool zu klingen. „So startklar, wie ich nur sein kann!"

„Soll mir genügen", murmelte sie.

„Werden die uns einfach so … wegfliegen lassen? Ohne irgendwelchen Papierkram oder …?"

„Ja, mein Vater hat eine Prioritätsfreigabe. Niemand wird uns aufhalten. Pass auf." Sie legte einige Schalter um, schloss ein paar Ventile und zündete die Triebwerke, woraufhin die *Avadora* geschmeidig von der Landeplattform abhob – um in den Himmel emporzusteigen und mühelos in die Atmosphäre zu schießen.

Es dauerte nicht lange, bis sie im Orbit stoppten. Karr saß schweigend da und starrte auf die einzige Welt hinab, die er je gekannt hatte. Der Planet war größtenteils braun und rot von Wüstenstaub, jedoch von blauen Flächen durchzogen, wo sich die Ozeane ausbreiteten und zwischen den Bergen Seen schimmerten. Von hier oben wirkte alles viel größer, als es sich angefühlt hatte, wenn er auf der Oberfläche stand. Bislang war er praktisch noch nirgendwohin geflogen, ganz zu schweigen außerhalb der Atmosphäre, doch als Maize das Thema zur Sprache brachte, ertappte er sich dabei, dass er log.

„Die Aussicht von hier oben gefällt mir besser als da unten. Warst du schon mal im Weltraum?"

„Ein paarmal. Aber das ist schon 'ne Weile her", fügte er hinzu, bevor sie sich nach irgendwas Speziellem erkundigen konnte. „Ich hatte ganz vergessen, wie … hm … ruhig es hier oben ist."

Gemeinsam bewunderten sie den schwachen Schimmer der Atmosphäre unter ihnen. „Ja, das kann es sein. Also, wo soll's jetzt hingehen?", fragte sie.

„Jetzt?"

„Na, wir wollen doch *irgendwohin* fliegen, und ich bin offen für Vorschläge. Irgendeine Idee?"

Er kratzte sich im Nacken. Jetzt, wo sie ihren ganzen „Abhau"-Plan wirklich in die Tat umsetzten, war er sich nicht sicher, wie es weitergehen sollte. „Wir sollten uns definitiv auf die Suche nach Jedi-Artefakten machen", sagte er.

Sie verdrehte die Augen. „Ich dachte, wir wollen, dass das hier eine *erfolgreiche* Mission wird."

„Wo willst *du* denn hin?", gab er etwas zu schnippisch zurück.

Sie dachte für einen Moment darüber nach. „Keine Ahnung. Wann immer ich mich bei meinem Vater darüber beschwere, wie häufig wir schon umziehen mussten, sagt er dasselbe: ›Ich verspreche dir, sobald meine Arbeit erledigt ist, ziehen wir hin, wo immer du möchtest. Dann kannst du aus der ganzen Galaxis wählen.‹" Sie sprach in tieferer Stimmlage, um die drollige Aussprache ihres Vaters nachzuäffen. „Doch ich weiß, dass das nur dummes Gerede ist, damit ich für eine Weile die Klappe halte. Trotzdem denke ich die ganze Zeit über, dass ich mehr über all das wissen sollte, was da draußen ist, damit ich das nächste Mal, wenn er das zu mir sagt, eine Antwort parat habe und genau weiß, wo ich hinwill." Sie lehnte sich zurück, legte ihre Füße auf die Steuerkonsole und verschränkte die Arme hinter dem Kopf. „Wenn du also unbedingt nach dem Kram irgendwelcher längst toter Zauberer suchen willst, soll's mir recht sein. Immerhin erweitere ich so meinen Horizont, entgehe dem Nachsitzen und bekomme so definitiv die Aufmerksamkeit meines Vaters. Also, schieß los." Sie deutete auf die Leere des Weltalls draußen vor dem Cockpitfenster. „Wo soll's hingehen?"

„Hm. Okay. Na ja … Bis Utapau ist es doch gar nicht so weit, oder?"

Sie ließ sich das durch den Kopf gehen; gut möglich, dass sie Berechnungen anstellte oder im Kopf Karten wälzte. „In der großen Ordnung der Dinge betrachtet … Nein, bis Utapau ist es nicht weit. In diesem Ding sind wir ziemlich schnell da. Denkst du wirklich, dass du dort irgendwelche Hinweise auf diese seit einer Ewigkeit spurlos verschwundenen Laserschwerttypen findest?"

Er verspürte den Drang, sie zu bitten, sie bei ihrem korrekten Namen zu nennen, aber sie war die Pilotin, daher behielt er seinen Protest für sich. „Die *Jedi*", sagte er stattdessen mit extra Betonung, „haben auf Utapau Seite an Seite mit den Klonkriegern gekämpft. Das war eine ihrer letzten bekannten Schlachten. Vielleicht stoßen wir ja auf jemanden, der sich an irgendetwas von damals erinnert."

„Meinst du so was wie überlebende Klone? Diese Typen hatten keine allzu lange Lebensdauer, weißt du?"

„Dann finden wir vielleicht jemand anders. Lass es uns einfach versuchen und schauen, was dabei herauskommt. Ich habe da ein ganz gutes Gefühl."

„Ach, hast du?", fragte sie zweifelnd.

„Ja. Ich kriege schon Kopfschmerzen, wenn ich nur daran denke."

„Und das freut dich? Also gut. Dann machen wir es so. Mein Vater wird so *sauer* sein."

Karr vermochte nicht zu sagen, ob diese Aussicht ihr Angst machte – oder ihr gefiel. „Was wird er tun, wenn er dich in die Finger kriegt?"

Maize legte den Kopf schief, packte den Steuerknüppel fester und wandte sich dem Navicomputer zu. „Wer sagt denn, dass er mich in die Finger kriegt?"

Karr lächelte. „Ich wette, einen Jedi würden sie nicht auf die Nähschule schicken."

„Sollst du deshalb dorthin? Um Nähen zu lernen? Hast du nicht was von einer Berufsschule gesagt?"

„Schneider ist ein Beruf. Das Handwerk, mit dem meine Familie ihr Geld verdient, um genau zu sein. Sie wollen, dass ich die letzten Semester sausen lasse und stattdessen gleich damit anfange, Klamotten zu machen, aus Spaß und um Credits zu verdienen." Seine letzten Worte trieften förmlich vor Sarkasmus.

„So wie deine Handschuhe?"

„So wie meine Handschuhe."

Sie programmierte die Kurskoordinaten für Utapau und setzte sich wieder in den Pilotensessel. „Du hasst die Vorstellung, Schneider zu werden, oder?"

„Ja."

„Bist du denn gut darin?"

Er nickte grimmig. „Ja."

„Vielleicht machst du ja eines Tages für *mich* Klamotten."

Er errötete bis in die Haarspitzen. „Ähm ... Du kannst dir wesentlich bessere Sachen leisten, als ich je herstellen könnte."

„Na und? Ich hätte lieber etwas, das ein Freund gemacht hat, als etwas aus einem Geschäft. Wie auch immer, halte dich fest – wir sind bereit für den Sprung in den Hyperraum. Nächster Halt: Utapau."

Sie gab den Kurs ein, zog am Steuerknüppel, und die Sterne wurden zu langen, schmalen Strichen im blauen, kalten Ozean des Hyperraums.

Unterwegs wurde Maize bald klar, dass sie es nicht unbedingt mit zwei der talentiertesten, erfahrensten Piloten der Galaxis zu tun hatte – nicht, dass das auf sie selbst zugetroffen hätte. Sie kannte zwar nicht viel mehr als die Grundlagen, doch sie brachte Karr und RZ-7 so viel übers Fliegen bei, wie sie nur konnte. Was den Droiden betraf, so klinkte er sich schließlich in die Lehrprogramme der Jacht ein und machte sich mit den fortgeschritteneren Aspekten von Weltraumreisen vertraut.

„Sobald ich sämtliche Schalt- und Funktionspläne heruntergeladen habe, sollte ich eigentlich ohne Weiteres imstande sein, dieses Schiff zu fliegen. Nur für den Fall, dass Sie aus irgendwelchen Gründen ausfallen, Captain."

Sie nickte. „Captain – das gefällt mir!"

„Wenn du der Captain bist, was bin ich dann?"

„Übergepäck?", entgegnete der Droide.

Karr lachte. „Okay, Sportsfreund. Mach's dir in diesem Sitz lieber nicht zu bequem."

Als sie den Hyperraum schließlich wieder verließen, lag vor ihnen der Planet Utapau – eine Kugel aus hellgrünen Flächen und mattbraunen Schneisen, mit ein bisschen Blau dazwischen. Hier und dort flackerten Lichter jenseits der scharf abgegrenzten Schatten, aber ansonsten war aus dieser großen Entfernung nicht allzu viel zu erkennen. Im Orbit gefangen waren neun Monde, die anmutig um den Planeten und umeinander tanzten.

Maize verkündete triumphierend: „Wir sind da! Was machen wir jetzt? Es ist zwar kein sonderlich großer Planet, aber trotzdem … Ich meine, es ist immerhin ein *Planet*. Wenn sich deine Kopfschmerzen melden oder so was, gib mir einfach weitere Anweisungen." Sie rief einen Datenstrom mit allgemeinen Fakten darüber auf, was sie auf der Oberfläche erwartete, dazu Städte, Ortschaften, Siedlungen und Außenposten.

„So funktionieren meine Fähigkeiten zwar nicht wirklich, aber ich habe auch nichts dagegen, mich nach meinem Bauchgefühl zu richten, wenn es stark genug ist." Karr betrachtete die Informationen, die über den Bildschirm scrollten, und konzentrierte sich darauf. Dies war der Planet, auf dem General Grievous getötet worden war, was den Krieg letztlich beendet hatte. Das hatte er in der Schule gelernt. Außerdem betrachtete er sich selbst als so eine Art Geschichtsfan, soweit es die Jedi betraf. Zog ihn irgendein Ort besonders an? Das Ganze sah wie eine Liste von Ortsnamen und trockenen Tatsachen aus, und er hatte keine Ahnung, was davon wichtig war und was nicht.

Dann sah er Pau-Stadt im Datenstrom nach oben rollen. „Warte! Stopp, genau hier."

Sie pausierte die Daten. „Was ist? Was hat es damit auf sich?"

„Pau-Stadt – da hat alles angefangen. Die Schlacht von Utapau. Lass uns dort mit der Suche beginnen."

„Hier steht, dass das bloß ein großes Loch im Boden ist."

Maize wählte die Position trotzdem aus. „Bist du dir sicher, dass du dorthin willst?"

„Hundertprozentig", log er mit zusammengebissenen Zähnen.

„Na schön. Dann fliegen wir da hin. Ich hoffe, du bist zufrieden."

„Total zufrieden."

„Dann gilt das immerhin für einen von uns."

Er lachte. „Ach, gib's doch zu: Dir macht's auch Spaß."

„Ich gebe gar nichts zu!", erklärte sie, aber sie lächelte dabei.

Als sie ihr Ziel erreichten, waren sie beide überwältigt. Aus der Nähe betrachtet war die Stadt mehr oder weniger so, wie sie es erwartet hatten. Wind peitschte über die Planetenoberfläche. Sie hatten alle Mühe, aufrecht zu stehen, sich gegen die heftigen Böen zu stemmen und zu blinzeln, bis ihnen die Augen tränten.

„Mann, du hast echt nicht übertrieben. Als du meintest, der Ort wäre ›bloß ein Loch im Boden‹, dachte ich, das wäre nur eine Redensart."

„Nö", sagte sie. „Pau-Stadt ist ein echtes Sinkloch. Ich schätze, das gilt für alle Ortschaften hier."

Karr stand zwischen Maize und RZ-7, neben der *Avadora*, die sie am Rande des klaffenden Kraters geparkt hatten, der zum Planetenkern hin abfiel. „Warum bist du ausgerechnet hier gelandet?"

„Weil es eine Sache ist, deinen Heimatraumhafen mit dem Schiff deines Vaters zu verlassen. Doch es ist etwas völlig anderes, auf einem fernen Planeten mit einer Jacht der Ersten Ordnung aufzutauchen, die keinen offiziellen Flugplan hat." Maize machte sich auf einem Datenpad eifrig mit weiteren Informationen über diesen Ort vertraut und fuhr mit den Fingern eine Textspalte ab. „Das hier ist definitiv ein Sinkloch, und da unten befindet sich eine ganze Stadt. Wow! So etwas habe ich noch nie zuvor gesehen."

Karr spähte mit zusammengekniffenen Augen in die Dunkelheit hinab. „Da geht's *ewig weit* hinunter."

„Nein, nur elf Stockwerke. Schauen wir uns das Ganze mal näher an."

„Sollten wir uns vorher vielleicht nicht erst lieber hier oben umsehen?"

Sie schüttelte den Kopf. „Nein. Hier oben ist es zu windig, und mein Hemd ist schon voller Sand. Gehen wir."

Er überließ es ihr, die Führung zu übernehmen – nicht, weil es ihm irgendwie Unbehagen bereitet hätte, sich unter die Erde zu begeben, zu einer Fremdweltler-Zivilisation … Na ja, vielleicht doch genau aus diesem Grund. Aber er hatte nicht vor, das laut auszusprechen.

Die einzelnen Ebenen der Stadt waren jeweils ein Viertel für sich, erklärte ihm Maize, die gleichzeitig lesen und gehen und reden konnte, und zwar viel besser, als Karr es je vermocht hätte. Ganz oben befanden sich die Regierungs- und Verwaltungsbereiche, darunter lebten die reichsten Bürger und so weiter und so fort. Weiter unten, fast am Boden, waren die Produktionsebenen, die die Stadt mit allem versorgten, was benötigt wurde. Die Ebenen waren durch Turbolifts miteinander verbunden, die die Bewohner bei Bedarf nach unten und nach oben beförderten.

„Und was ist *ganz unten*?", fragte Karr.

„Minen, scheint es. Dort wird dieses ganze Gestein abgebaut. Nein, warte. Das ist kein Gestein. Das sind versteinerte Knochen. Das ist ihr wichtigstes Baumaterial. Klingt nach einem ziemlichen Aufwand, und es gibt jede Menge, was man unternehmen und sich ansehen kann. Du bist doch derjenige von uns, der so extrem auf die telekinetischen Laserritter abfährt. Also sag du *mir*, was als Nächstes passiert."

Rings um sie herum pulsierte die Stadt, die in erster Linie von einheimischen Utai mit langen, kahlen Köpfen und weit vorstehenden Augen und von Pau'anern bewohnt wurde, hochgeschossenen grauen Humanoiden. Allerdings tummelten sich hier außerdem genügend Fremde von anderen Welten, dass niemand die beiden Jugendlichen mit mehr als einem flüchtigen, neugierigen Blick bedachte. Menschen marschierten vorbei, zusammen mit Droiden aus jedem Winkel der Galaxis. Da waren Weequays, Rodianer, Sakiyaner und noch eine ganze Reihe anderer Spezies. Unterhalb der hellsten, saubersten oberen Ebenen mit den teuersten Wohngelegenheiten und Läden herrschte ein wildes Durcheinander von Märkten und Händlern, und an jeder Straßenecke wurden ein Dutzend verschiedener Sprachen gesprochen.

„Sollen wir hier den ganzen Tag herumwandern oder …?", drängte Maize.

„Vielleicht könnte ich etwas vorschlagen", warf RZ-7 versuchsweise ein.

„Ich denke nach", sagte Karr. „Ich denke nach!"

Eine riesige, echsenartige Kreatur mit schartiger Haut stieß ein protestierendes Kreischen aus und wich einem Stadtwartungsdroiden aus. Die Kreatur trug einen Sattel und einen Reiter, der in einem Dialekt über den Droiden schimpfte, den Karr nicht verstand.

„Dort rüber – da muss es doch *irgendetwas* geben." Er hoffte, dass er damit recht hatte. Als er schließlich auf einen Gebrauchtwarenladen deutete, der zwischen einer Mechanikerwerkstatt und einem Lebensmittelgeschäft eingequetscht lag, das auf lokale Produkte wie Beeren und frische Meeresfrüchte spezialisiert war, konnte er seinen Herzschlag unruhig hinter seinen Augäpfeln pochen spüren. Das unangenehme Gefühl weckte in ihm den Wunsch, sich zu übergeben, aber er riss sich zusammen und konzentrierte sich auf das, was jetzt zu tun war.

„Ein Ramschladen, Sir?", sagte RZ-7.

„Ramschläden sind Goldminen, Erzett. Passt auf: Ich werde es euch beweisen."

Ein großer, kräftiger Menschenmann lehnte in der Nähe an einer Hauswand und rauchte eine unbekannte Substanz mit einer Pfeife, die fast so lang war wie sein Unterarm. Er schnaubte in Karrs allgemeine Richtung und fragte: „Was nennst du hier *Ramsch?*"

Der Junge räusperte sich und wich unwillkürlich einen Schritt zurück. „Ähm, nichts, Sir."

„Du hast mein Geschäft als Ramschladen bezeichnet." Er wies mit dem Kinn auf das kleine Schaufenster.

„Nein, ich nannte Ihr Geschäft eine *Goldmine*. Wenn Sie das mit dem Ramschladen gehört haben, müssen Sie … den Teil mit der Goldmine auch mitbekommen haben. Tut mir leid, ich hatte nicht die Absicht, irgendwen zu beleidigen. Ist das … ist das *Ihr* Ramschladen? Ich meine, Ihre Goldmine?"

Er lachte – ein lautes, mächtiges Lachen, das der Größe des Mannes gerecht wurde. „Ja, der Laden gehört mir, das stimmt. Meine Frau mag's nicht, wenn ich drinnen rauche, und ich hatte Lust auf 'ne Pause. Die Klimakontrolle funktioniert nicht, deshalb ist es drinnen verdammt heiß, obwohl die Ventilatoren laufen."

„Es ist tatsächlich ein bisschen warm", pflichtete Karr ihm bei, in dem Versuch, freundlich zu sein, immerhin hatte sich seine erste Interaktion mit einem Einheimischen als unfreiwillige Beleidigung erwiesen.

„Es ist *zu* warm. Das liegt an den Quellen", fügte er hinzu. „Ein oder zwei Ebenen tiefer. Manchmal steigt die Hitze nach oben und macht alles klebrig. Also, was suchst du in meinem Ramschladen, Junge?"

„Das weiß er nicht genau", sagte Maize.

„Dann wollt ihr euch einfach bloß umschauen? Soll mir recht sein. Vielleicht stoßt ihr dabei ja auf einen Schatz." Er nahm einen weiteren langen Zug von seiner Pfeife, ehe er sie umdrehte, sie ausklopfte und auf die glimmende Asche trat, um sie zu ersticken. „Kommt rein und seht euch um."

Der Laden war ein einziges wirres, chaotisches Wunderland. Überall standen deckenhohe Regale, die unter der Last der Dinge, die sich darauf türmten, bogen. Auf den ersten Blick sah Karr Bücher und Schriftrollen und Musikinstrumente, Spielzeuge und Waffen und Spiele, Sattel- und Zaumzeug für Arbeitstiere, Kommunikationsgeräte und Bildschirme und Rechenschablonen, Anstecker und Becher und Buttons, Lampen und Überlebensausrüstung und Flaschen mit antiken Spirituosen, die niemand, der auch nur halbwegs bei Trost war, trinken würde.

Der Händler quetschte sich hinter den Tresen und ließ sich in einen großen runden Sessel mit Kissen sinken, die sich längst an seine mächtige Gestalt angepasst hatten. „Ich bin Sconto, meine Freunde. Was bringt euch nach Pau-Stadt, und was hofft ihr hier in meinem Laden zu finden?"

„Ich nehme nicht an, Sie haben irgendwelche Dinge aus den Klonkriegen?", fragte Karr.

Der Mann lächelte sie an. „Machst du Witze? Zufällig habe ich das Beste anzubieten, das die Klonkriege *überhaupt* hervorgebracht haben … mich!"

7. KAPITEL

Maizes Augen wurden groß. „Sie haben in den Klonkriegen gekämpft?"

Sconto stieß ein weiteres, tief aus dem Bauch kommendes Lachen aus. „Nicht ganz. Mein *Vater* war ein Klon."

Jetzt war es an Karr, erstaunt zu sein. „Im Ernst?"

„Jedenfalls, sofern ich meiner Mutter Glauben schenken kann, und ich habe keinen Grund, an ihren Worten zu zweifeln."

„Aber ich dachte, Klone leben nicht besonders lange. Dann müssen Sie ja …" Maize brach ab, als ihr klar wurde, dass es unhöflich gewesen wäre, darüber zu spekulieren.

Auch Sconto selbst verriet ihr nicht, wie alt er war, er gab ihr lediglich einen Hinweis darauf. „Ich bin ungefähr so alt, wie ich aussehe. Entweder hat mein Nicht-Klon-Blut den Kampf gewonnen – oder ich hatte einfach Glück, weil ich ihre traurige, kurze Lebensspanne nicht geerbt habe." Wenn er tatsächlich die Wahrheit sagte, was seinen Vater betraf, dann musste er Ende fünfzig sein.

Karr strahlte. Merokia zu verlassen, hatte sich bereits als richtige Entscheidung erwiesen. „Wenn Ihr Vater ein Klonkrieger war, müssen Sie auch etwas über die Jedi wissen", sagte er.

Scontos Gesicht fiel in sich zusammen. Eine leere, gleichmütige Miene ersetzte sein breites Lächeln.

Karr sah Maize an, dass sie drauf und dran war, loszulachen, in der Annahme, jemanden gefunden zu haben, der ihren Unglauben an die Jedi teilte. Dann jedoch stellte sie fest, dass schlagartig alle gute Laune aus dem Raum verschwunden war.

„Ich will nicht über die Jedi reden", sagte Sconto; sein freundliches Auftreten nahm einen harten Zug an.

Karr verfluchte sich dafür, so unbedarft seine Mission ausgeplaudert zu haben. Er hatte ganz vergessen, dass die Galaxis ein großer Ort voller unterschiedlicher Meinungen war, von denen viele nicht mit seinen eigenen Überzeugungen übereinstimmten. „Ich interessiere mich dafür, weil ich ein totaler Geschichtsfan bin. Ich versuche, Dinge aufzuspüren, die –"

Doch der Mann unterbrach ihn. „Mein Vater ist in diesen Kriegen umgekommen. Er starb, bevor ich auch nur die Chance hatte, ihn kennenzulernen. Und ich glaube, ich muss euch nicht eigens erklären, wen ich dafür verantwortlich mache?"

„Die Jedi", sagte Erzett enthusiastisch, als würde er auf eine Quizfrage antworten.

Karr zuckte zusammen und wünschte, er hätte den Droiden darauf programmiert, zu realisieren, wann eine Frage bloß rhetorisch gemeint war.

„Krieg ist eine hässliche Sache", fuhr Sconto fort. „Beide Seiten glauben, sie sind im Recht, und opfern dafür viele Leben. Man kann zwar nicht leugnen, dass es eigentlich eine gute Sache ist, für das zu kämpfen, woran man glaubt, aber …" Er hielt inne, als hätte er erneut Mühe, seine Verärgerung zu zügeln. „Verrat!", bellte er. „Sich gegen seinen Waffenbruder zu wenden, ihn zu verraten und aus dem Hinterhalt zuzuschlagen wie Feiglinge! Das ist einfach …" Er suchte nach dem schlimmsten Wort, das ihm einfiel. „Schändlich." Dann spie er auf den Boden, als würde das Wort allein nicht genügen, um seine Position hinreichend deutlich zu machen.

Alle waren ein bisschen sprachlos, doch Maize konnte nicht anders, als das Schweigen zu brechen.

„Dann haben die Jedi tatsächlich existiert?"

„Absolut", sagte Sconto voller Verbitterung. „Es gab etliche von ihnen. Aber jetzt sind sie fort. Natürlich ist ihre Legende mittlerweile sehr viel größer geworden, als ihr Einfluss tatsächlich war. So ist das manchmal, mit Helden und Schurken gleichermaßen. Die Wahrheit ist nie so einfach, wie es auf den ersten Blick scheint, weder in Geschichtsbüchern noch irgendwo sonst. Die Jedi waren ein Haufen machtgieriger Abtrünniger, von denen einige möglicherweise wirklich *gewisse* Fähigkeiten besaßen." Er winkte verächtlich ab. „Doch letzten Endes waren sie nichts anderes als gewalttätige Hochverräter, und es war rechtens von den Klonen, sie zu erledigen."

Maize beschloss, es mit ein bisschen Diplomatie zu versuchen. „Wir interessieren uns nicht für Politik", gab sie zu. „Wir sind bloß im Rahmen eines Schulprojekts hier."

Als Karr endlich begriff, worauf sie hinauswollte, ergänzte er ihre Tarngeschichte um ein „Ja, genau, für ein Geschichtsunterrichtsprojekt!".

Endlich klärte sich Scontos Blick wieder. „Für die Schule, hm?"

„Ja, Sir", bestätigte RZ-7. „Meine jungen Freunde hier arbeiten gegenwärtig an einem Themenreferat, außerhalb des Klassenzimmers. Zielorientiertes Lernen wird das genannt."

Karr nickte nachdrücklich. „Wir untersuchen die Auswirkungen des … ähm, des Untergangs der Republik auf Planeten wie Utapau."

„Oder auf Mirial!", pflichtete Maize ihm bei und brachte damit den Planeten ins Spiel, von dem sie selbst stammte. „Sie wissen schon, abgelegene Welten, die nach all den Kämpfen aufgegeben wurden, ohne dass irgendeiner von den Verantwortlichen dageblieben ist, um das Schlamassel wieder in Ordnung zu bringen. Mirial ist unser nächstes Ziel, aber Utapau lag näher, deshalb haben wir hier angefangen."

Karr bewunderte sie für ihr Talent, zu lügen, und versuchte, mit ihr mitzuhalten. „Wir leben auf Merokia, und von da aus ist das hier der nächstgelegene Ort, an dem eine große Schlacht stattfand. Deshalb sind wir hier, in Ihrem großartigen Geschäft, anstatt uns in irgendeiner verstaubten alten Bibliothek zu langweilen – wir sollen Primärquellen verwenden, also zum Beispiel Leute interviewen, die die Kriege überlebt haben, oder Gegenstände katalogisieren, die bei den Kämpfen verwendet wurden. Solche Dinge."

„Das gibt Extrapunkte", setzte Maize ihrer Geschichte das i-Tüpfelchen auf.

Sconto beruhigte sich wieder, und plötzlich stand erneut der freundliche Ladenbesitzer vor ihnen, den sie ursprünglich kennengelernt hatten. Er klatschte in die Hände, wie um die Szene noch mal von vorne zu beginnen. „Dann seid ihr hier goldrichtig, das ist mal sicher! Ihr könnt mich natürlich gern interviewen, und ich habe … Oh", sagte er, und seine Stimme driftete ein wenig ab, als er den Sessel auf seinen rostigen Rädern zur Seite rollte und mit den Händen über die Regale hinter dem Tresen strich, „hier gibt es so viele merkwürdige kleine Dinge, die euch vielleicht von Nutzen sein könnten. Schauen wir mal, was ich finde …"

Er kramte mit den Fingern in Nischen und Ecken herum, um Rekorder hervorzuholen und Helme wie den, den Karr seiner Lehrerin überlassen hatte, außerdem Gürtel, Stulpen, Manschetten, selbst gebaute Bauteile merkwürdiger Waffen, kleine Bücher und verschiedene Bedienungsanleitungen, Schlüssel in jeder Form und Größe sowie das konservierte Skelett eines kleinen Tieres, bei dem es sich einst vielleicht um so etwas Ähnliches wie eine Tooka-Katze gehandelt haben mochte.

Eins nach dem anderen reihte er die Gegenstände auf dem Verkaufstresen auf.

Karr zog schweigend seinen rechten Handschuh aus und steckte ihn in seine Tasche, während Sconto eifrig weiterredete.

„Hier haben wir eine kleine Kontrolltafel von der Art, wie sie als Türschlüssel oder Lukenversiegelung benutzt worden sind. Man sagte mir, dass sie vom zweiten Todesstern stammt, aber es ist schwer, das mit Sicherheit zu bestimmen. Möglicherweise ist das Ding auch einfach aus einer ähnlichen Einrichtung oder von ganz woanders her. Hier drüben haben wir ein Set Gläser aus der Alten Republik, die aus der Kantine eines großen Schlachtschiffs stammen, das immer noch fliegt, hat man mir versichert. Jemand hat mir erzählt, dass das Schiff zu einem Hospitalschiff umgebaut wurde, das Hilfsmissionen in der ganzen Galaxis erfüllt, aber dafür konnte ich bislang noch keine Belege finden. Und das hier – " Er deutete auf eine andere geheimnisvolle Bedieneinheit voller Schaltkreise, die praktisch jede erdenkliche Funktion hätte haben können, auf jedem Schiff oder in jedem Haus. „Das … In Ordnung, ich will ehrlich zu euch sein. Das hier stammt von einem Händetrockner im Waschraum eines Mannschaftsunterstützungsschiffs. Nicht jedes Teil kann aufregend und spektakulär sein, aber trotzdem ist jeder Schnipsel, der überdauert, bedeutend, versteht ihr? Alles, was von damals noch übrig ist und gehalten oder berührt oder repariert werden kann … hat für irgendwen, irgendwo eine Bedeutung."

„Was ist damit?", fragte Karr und wies auf einen Gehstock, der ihn an den erinnerte, den er zu Hause in seiner Sammlung hatte.

„Ah!", machte der Ladenbesitzer und umklammerte den Stock mit einer Hand. „Gute Wahl! Dieses Baby hat sogar so was wie ein *Echtheitszertifikat*, jedenfalls beinahe." Er drehte den Gehstock, um einen Namen zu enthüllen, der in die Seite geätzt war.

Karr legte den Kopf schief und las den Namen laut vor. „›Medon‹?"

Sconto wartete noch einen Moment länger, um die Dramatik zu steigern, ehe er gestand: „Na ja, ich war mir auch nicht sicher, wer genau das war. Aber dann habe ich einige Nachforschungen angestellt. Und wenn ich mit meiner Annahme recht habe, dann hat dieser Stock *Tion* Medon gehört, dem Raumhafen-Verwalter hier in Pau-Stadt, damals, während der Klonkriege."

„Dann hat dieser Medon also einiges von der Action mitbekommen?", fragte Karr.

Sconto zuckte mit den Schultern. „Schon möglich. Ich wünschte, ich könnte mit Sicherheit sagen, dass es sein Gehstock war, denn in diesem Fall könnte ich einen guten Preis für das Ding verlangen, aber leider ist Medon kein so seltener Name, wie ich's gern hätte."

Karr hörte ihm nur mit halbem Ohr zu. „Sir, könnte ich … den Stock berühren? Ganz vorsichtig natürlich. Ich schwöre, ich werde ihn nicht kaputt machen oder beschädigen."

„Na, ich schätze, weil ihr so gute und tüchtige Schüler seid, kann ich euch das ruhig erlauben", entgegnete Sconto. „Wollt ihr das Ganze aufzeichnen? Für euer Projekt?"

„Ja!", sagten beide Kinder gleichzeitig.

Maize förderte aus den Untiefen ihrer Tasche ein Aufnahmegerät zutage, als Beweis für ihre aufrichtigen Absichten.

„Sehr gut. Dann mal los. Aber bitte seid vorsichtig. Der Stock ist sehr zerbrechlich, und ich würde nur ungern eure Eltern anhauen, damit sie für den Schaden aufkommen, wenn ihr ihn kaputt macht."

Schon bevor er auch nur die Hand danach ausstreckte, wusste Karr, dass er Glück hatte. Das Stück war definitiv alt, und seine Haut brannte schon, bevor sich seine Finger vollends um den Gehstock geschlossen hatten. Dann, als er ihn mit so etwas wie Entzücken – gemischt mit einem Hauch von Entsetzen – studierte, packte er das Artefakt ein wenig fester.

Es gab einen Blitz. Darauf folgte Dunkelheit.

Aus der Schwärze schälte sich ein verschwommenes Bild. Karr versuchte, sich zu konzentrieren, doch es hatte keinen Sinn. Und in gewisser Weise steigerte der Nebel sein Unbehagen noch. Er sah eine hoch aufgeschossene, schlaksige Gestalt, die rötlich braune Kleidung trug. Und obwohl er das Gesicht nicht erkennen konnte, war er sich ziemlich sicher, gezackte Zähne und blutende Augen auszumachen. Er versuchte, sich einzureden, dass die Augen nicht wirklich bluteten – dass er nichts weiter als einen ganz normalen Pau'aner vor sich sah –, aber so ganz gelang ihm das nicht. Was er erblickte, genügte beinahe, damit er den Stock in der realen Welt losgelassen hätte, doch bevor er dazu kam, verkündete der Pau'aner: „Seid gegrüßt, junger Jedi. Was führt Euch in unser abgelegenes Allerheiligstes?"

Karr wirbelte rasch herum, um zu sehen, wer da mit ihm sprach. Er fragte sich gerade, ob sich sein Körper in Scontos Laden wohl ebenfalls gerade umdrehte – als er ihn plötzlich vor sich sah! Einen Mann, der – nach allem, was Karr erkennen konnte – ein braunes Gewand mit Gürtel trug. Ein richtiger Jedi-Ritter! Im ersten Moment konnte Karr ihn nicht hören – doch mit einem Mal drang seine Stimme ganz klar und deutlich an sein Ohr: „Unglücklicherweise der Krieg."

Karr keuchte und blinzelte hektisch. Das Bild wechselte und machte einen Zeitsprung.

„Mit Eurer freundlichen Erlaubnis hätte ich gern etwas Treibstoff", sagte der Jedi, „und würde Eure Stadt gern als Basis benutzen, während ich in den benachbarten Systemen nach General Grievous suche."

Tion Medon trat näher an den Jedi heran und flüsterte: „Er ist hier! Wir sind seine Geiseln. Sie beobachten uns."

Einen Moment lang glaubte Karr, Medon würde damit ihn meinen. Doch dann machte das Bild erneut einen Sprung.

„Eure Leute müssen umgehend in Deckung gehen", sagte der Jedi. „Falls Ihr Kämpfer habt – die Zeit ist gekommen!"

Das Bild geriet noch mehr ins Stottern. Karr versuchte verzweifelt, es festzuhalten, so gut er nur konnte. Alles wurde undeutlicher. Sein Blickfeld schwankte hin und her, vor und zurück, wurde für eine Sekunde schwarz und klärte sich dann wieder.

Der Pau'aner verbeugte sich vor dem Jedi und stützte sich dabei auf denselben Stock, den Karr in diesem Augenblick in den Händen hielt. Als sich der Raumhafen-Verwalter zum Gehen wandte, hörte Karr, wie eine andere Gestalt ihn fragte: „Schickt er weitere Kämpfer?"

„Das sagte er nicht", entgegnete Medon und ging noch einmal zu dem bereits im Aufbruch befindlichen Jedi hinüber. „Meister Kenobi", flüsterte er in verschwörerischem Ton, als er sich dem Schiff des Jedis näherte. „General Grievous sollte man nicht unterschätzen. Werdet Ihr noch weitere Truppen anfordern?"

Das Bild von Kenobi flackerte, und seine Stimme wurde mal lauter und mal leiser. Karr versuchte, sich an die Vision zu klammern. „… Seid unbesorgt … nötigen Vorkehrungen getroffen. General Skywalker und ich haben bereits gegen ihn gekämpft … entsprechend vorgesorgt."

Die Welt um Karr herum funkelte und summte; die Realität kämpfte darum, die Oberhand zu gewinnen, um schließlich nahtlos den Platz mit dem psychischen Abbild des Jedi-Meisters von damals zu tauschen.

Karr wollte noch mehr erfahren, wollte für alle Zeiten in dieser anderen Welt verweilen, wo es, wie er sich ausmalte, Tausende von Jedi gab. Doch zugleich wollte er auch auf Nummer sicher gehen, dass er nicht wieder ohnmächtig wurde oder hinfiel – oder den Gehstock zerbrach, der dem Ladenbesitzer so viel bedeutete.

„Bist du in Ordnung, Söhnchen?"

„Karr? Karr, komm schon – komm wieder zu dir!"

„Sir! Benötigen Sie gegenwärtig medizinische Unterstützung? Sofort, Sir." Die Stimme von RZ-7 drang durch das statische Rauschen. „Ich helfe Ihnen dabei, sich hinzusetzen. Dann geht es Ihnen gleich besser."

Karr ließ zu, dass man ihm half, auf dem Boden Platz zu nehmen. Maizes kleine Finger wanden ihm den Stock aus den Händen, und sie gab ihn Sconto zurück – der aufrichtig besorgt wirkte. Er war hinter dem Tresen hervorgekommen und beugte sich nervös über sie.

„Tut mir leid", keuchte Karr. „Das tut mir echt leid, Leute. Es ist nichts. Mir geht's gut. Ich schwöre, ich bin okay. Das passiert mir ständig. Ich habe bloß …"

„Er hat dünnes Blut", informierte der Droide den Ladenbesitzer. „Ein tragisches Leiden, aber, wissen Sie, genau aus diesem Grund reise ich mit ihm – zu seiner Sicherheit, und zur Sicherheit der anderen. Er kommt schon wieder in Ordnung. Geben Sie ihm nur einen Moment Zeit."

Der große Mann zappelte unruhig herum. „Braucht er irgendwas? Was kann ich tun?"

Maize tätschelte Scontos Arm. „Sein Medi-Droide wird sich um ihn kümmern. Bitte, machen Sie sich keine Sorgen. Er muss etwas essen, das ist alles. Ich gehe mit ihm … irgendwohin, um die Ecke. Dort gibt es doch einen Imbiss, oder? Dann ist er im Handumdrehen wieder ganz er selbst."

„In diesem Distrikt gibt es jede Menge Lokale, aber nur in den wenigsten bekommt man halbwegs gutes Essen – oder auch nur Essen, das ihr vertragen würdet. Ich hole ihm schnell etwas …"

„Oh nein, nein! Machen Sie sich bitte keine Umstände! Vielen Dank für Ihre Zeit", sagte Karr und kämpfte sich mit tatkräftiger Unterstützung des Droiden wieder auf die Beine. „Sie waren uns eine große Hilfe. Maize, hast du … Hast du Bilder von dem Gehstock gemacht?"

„Oh, ja, das sollten wir nicht vergessen", sagte Maize und machte rasch einige Aufnahmen mit ihrem Gerät.

Doch bevor sie gemeinsam nach draußen gehen konnten, hielt Karr noch einmal inne, drehte sich zu Sconto um und sagte: „Sir, danke, dass ich Ihr Artefakt halten durfte. Das ist wirklich ein Prachtstück. Und wenn Sie mich fragen, dann hat der Stock definitiv Tion Medon gehört. Also sollten Sie ruhig einen angemessenen Preis dafür verlangen."

Mit einem Mal betrachtete der Ladenbesitzer den Gehstock mit ganz neuen Augen. Es gab keinen Grund für ihn, dem Jungen zu glauben, und eigentlich gab es dafür auch keinen konkreten Anlass, aber Karr spürte, dass er es trotzdem tat. „Danke", sagte Sconto mit einem Lächeln. „Mache ich."

Die anderen beeilten sich, dem Ladenbesitzer ebenfalls überschwänglich zu danken, ehe sie so schnell aus dem beengten kleinen Geschäft verschwanden, wie sie konnten, ohne Argwohn zu erregen.

Karrs Kopf schwirrte immer noch ein bisschen von dem Blackout, aber als sie einen Moment später wieder draußen auf der Straße waren, konnte er seine Aufregung nicht länger im Zaum halten. „Ich habe einen gesehen! Ich habe einen echten Jedi gesehen!"

„Was? In einer Vision?", fragte Maize.

„Ja. Von dem Stock. Und er war genauso, wie ich mir die Jedi vorgestellt habe. Er trug das richtige Gewand und … Na ja, alles, was ich erkennen konnte, war das Gewand, aber es war mit Sicherheit ein Jedi. Der Raumhafen-Verwalter hat ihn sogar so angesprochen."

„Wow!", sagte Maize. „Und ich dachte, es wäre schon großartig, dass du jemanden gefunden hast, der die Existenz deiner verrückten Kreuzritter tatsächlich bestätigt hat."

„So kannst du sie jetzt nicht mehr nennen", sagte Karr überschwänglich. „Denn wir haben Beweise dafür gefunden, dass es sie wirklich gab! Und weil ich selbst einen gesehen habe." Er war so aufgedreht, dass ihm schon wieder ein bisschen schwindelig wurde. „Whoa!"

RZ-7 stützte ihn. „Sie haben gerade einiges durchgemacht, Sir. Vielleicht wäre es wirklich besser, wenn Sie etwas Nahrung zu sich nehmen würden?"

„Ja, ich schätze, etwas zum Beißen könnte helfen."

„Allerdings dürfte die lokale pau'anische Küche Ihnen beiden nicht sonderlich zusagen. Versuchen wir es lieber eine Ebene tiefer. Dort sollten wir zumindest eine Cantina oder ein ähnliches Etablissement finden, das Angehörige anderer Spezies verköstigt."

Tatsächlich dauerte es nicht lange, bis sie einen kleinen, düsteren Imbiss entdeckten, der Speisen für eine breite Palette von Reisenden anbot. Sie quetschten sich in eine Sitznische im hinteren Teil des Lokals und schickten den Droiden mit Credits und groben Anweisungen zur Theke, etwas Essbares zu bestellen.

In dem Imbiss herrschte rege Betriebsamkeit, und die Drinks flossen in Strömen – den Jugendlichen bot allerdings niemand etwas an, und keiner von ihnen war gewillt, ihr Glück auf die Probe zu stellen, indem sie nach etwas fragten, das man ihnen vom Alter her eigentlich noch gar nicht verkaufen durfte. Karrs Gehirn schien in seinem Schädel herumzuhüpfen, und dort, wo er den Gehstock berührt hatte, fühlten sich seine Hände ganz heiß an. Er war zutiefst erleichtert, als sein Droide schließlich mit großen Krügen Wasser und dem Versprechen zurückkehrte, dass man ihnen gleich Runyipkäse und Cracker bringen würde.

Er leerte in wenigen Sekunden die Hälfte seines Krugs und fühlte sich sofort ein bisschen besser, auch wenn der Nebel der Version noch immer schmerzhaft in seinem Verstand nachhallte. Er rieb sich mit dem Handrücken die Augen und unterdrückte ein gequältes Stöhnen.

„Also, was genau hast du gesehen?", wollte Maize wissen.

„Ist Ihnen jetzt wieder wohler, Sir?"

Er beantwortete zuerst die Frage von RZ-7. „Mir geht's gut. Um ehrlich zu sein, war es diesmal gar nicht so schlimm. Immerhin bin ich nicht ohnmächtig geworden oder so was!"

Maize goss etwas von ihrem eigenen Wasser in seinen Krug, um ihn wieder aufzufüllen. „Ja, total spitze. Aber hat dir die

Vision sonst noch irgendwas Nützliches verraten? Oder war sie bloß eine Bestätigung der Dinge, die du ohnehin schon wusstest?"

Er strahlte seine beiden Begleiter an. „Ich kenne jetzt *Namen.*"

„Namen? Als ich dir das Werkzeug meines Vaters gegeben habe, hast du in erster Linie etwas darüber gemurmelt, wie er aussieht. Diesmal hast du konkrete Namen erfahren?"

„Zwei, um genau zu sein. Einer war Kenobi und der andere General ... Skywalker, glaube ich!", verkündete er aufgeregt.

Am Nebentisch bellte ein Utai, der den Overall eines Stadtmitarbeiters trug: „Skywalker?" Sofort drehten sich mehrere Köpfe zu ihm um – darunter auch Karrs. „Also, diesen Namen hört man nicht jeden Tag, jedenfalls heute nicht mehr."

Karr wandte sich auf dem groben Sitzkissen zu ihm um. „Sie kennen diesen Namen?"

„Ja, ein Jedi, hm", murmelten mehrere andere.

Der Stadtmitarbeiter nickte; seine weit vorstehenden Augen hüpften in seinem Gesicht auf und ab. „Ach, das sind nichts weiter als alte Geschichten."

„Keine Geschichten!", widersprach jemand anders an dem Tisch.

„Letzten Endes ist doch alles bloß eine Geschichte", wandte der erste Utai ein. „Jedenfalls solange noch jemand lebt, der sie erzählt, und jemand da ist, der sie hören will. Das gilt für die Republik, das gilt für die Jedi, das gilt für alle von uns, eines Tages, wenn wir Glück haben."

Karr sagte leise zu Maize: „Noch mehr Beweise dafür, dass es sie tatsächlich gab."

Der Einheimische hörte ihn trotzdem. „Es gab sie, ja. Das steht überhaupt nicht zur Debatte. Aber waren sie gut? Waren sie böse? Lagen sie richtig oder falsch?"

„Und sie wurden alle vernichtet?", fragte Karr hastig, bevor die Philosophielektion noch weiter ausufern konnte.

Der Utai zuckte die Schultern. „Wer weiß das schon! Vielleicht sind sie ja auch einfach fortgegangen. Keine Ahnung. Jedenfalls sind sie nicht mehr da. Aber!", sagte er und hob demonstrativ einen Finger. „Wollt ihr wissen, was ich gehört habe? Es gibt da diese Geschichte, die man sich auch heute noch erzählt, am Lagerfeuer und auf langen Reisen durchs All: Es heißt, dass Luke Skywalker in der Schlacht von Jakku die Macht nutzte, um in den Himmel emporzugreifen und die Raumschiffe des Imperiums abstürzen zu lassen! Sie sagen, dass sie dieses Gefecht gewannen, ist allein sein Verdienst. Ja, genau das sagen sie!"

Karrs Augen wurden groß. *Imperiale Raumschiffe!* Wollen Sie damit sagen, dass es die Jedi auch nach den Klonkriegen noch gab?" Er war daran gewöhnt, dass niemand auf Merokia auch nur das Geringste über die Jedi wusste – oder auch nur über die Historie der Galaxis, was das betraf –, daher war die Erkenntnis, dass womöglich immer noch Jedi am Leben waren, für ihn ein echter Knaller. „Dann wäre dieser Skywalker aber verdammt alt, wenn er die Klonkriege *und* den Bürgerkrieg überlebt hat", merkte Karr an, während ihm von Neuem in den Sinn kam, dass es vielleicht falsch von ihm gewesen war, die Geschichten seiner Großmutter infrage zu stellen.

„So habe ich es jedenfalls gehört. Auf diese Weise entschied die Neue Republik die Schlacht von Jakku für sich und gewann zugleich auch den Krieg gegen das Imperium. Ich bin mir allerdings sicher, jemand, der dort lebt, wo das alles passiert ist, könnte euch mehr darüber erzählen, als ich. Besucht den Außenposten von Niima, und versucht dort euer Glück."

Als Karr Maize fragend ansah, rechnete er fest damit, dass sie wieder einmal die Augen verdrehen würde. Aber das tat sie nicht. Stattdessen schaute sie ihn an und sagte: „Also los. Finden wir deine Jedi!"

8. KAPITEL

Sobald die Freunde sich mit Wasser und Käse und einer merkwürdig schmeckenden Limonade eingedeckt hatten, die Maize unbedingt probieren wollte – und dann sofort in den Müll
warf –, kehrten sie alle zum Schiff zurück, um ihr weiteres Vor-
gehen zu planen. Karrs Kopfschmerzen waren verschwunden,
ersetzt durch Aufregung. Irgendwo auf Jakku würde er mit Sicherheit noch weitere Jedi-Artefakte finden! Es war, als würde
die Macht selbst ihn leiten! Doch als er das Maize gegenüber
erwähnte, begann ihr Enthusiasmus schlagartig zu schwinden.

„Vielleicht. Wenn wir Glück haben."

Aber er war nicht in der Stimmung für negative Gedanken.
„Ich weiß, wir haben nicht viel, worauf wir uns berufen können, aber *jeder* Hinweis ist besser als *kein* Hinweis – und diesem werde ich nachgehen. Meine Großmutter hatte recht:
Übung und Beharrlichkeit zahlen sich aus. Allmählich werde
ich besser darin."

„Das ist wahr, Sir", stimmte der Droide ihm zu. „Und das
sage ich als hochrangiges Mitglied des Medi-Korps."

Der Versuch des Droiden, Humor zu demonstrieren, brachte
Karr tatsächlich zum Lachen. „Ich bin ziemlich begeistert darüber, wie unser letzter Ausflug gelaufen ist."

Sie verließen den Schatten des Sinklochs und kehrten zur
Avadora zurück, die genau dort auf sie wartete, wo sie sie zurückgelassen hatten. Da das Schiff die ganze Zeit über in der
Sonne gestanden hatte, war es an Bord recht warm, doch dann
fuhr Maize die Lebenserhaltungssysteme hoch, und innerhalb

von Sekunden sank die Temperatur wieder. Sie suchte die Koordinaten für Jakku und begann sie in den Navicomputer des Schiffs einzuprogrammieren.

„Alle anschnallen. Wir verlassen die Atmosphäre, treten in den Orbit ein, und dann machen wir den Sprung in den Hyperraum – damit wir uns ein paar Stunden Schlaf genehmigen können. Daheim wären wir schon lange im Bett, und es wird eine Weile dauern, bevor wir unser Ziel erreichen."

Karr überprüfte die Daten auf der Steuerkonsole des Schiffs. „Ist es schon so spät?"

„Hm-hm. Für mich jedenfalls. Keine Ahnung, was mit dir ist, aber ich könnte ein Nickerchen vertragen."

„Gibt es in dieser Mühle …" Er schaute sich um. „… so etwas wie Kabinen?"

„Es gibt ein paar Ausziehbetten und einen Waschraum. Das ist alles. Dies ist kein Passagierschiff für lange Reisen. Es soll schnell und bequem sein. Für einen wochenlangen Aufenthalt im All ist es nicht gemacht. Erzett?"

„Ja, Madam?"

„Du hältst so lange die Augen für uns offen, okay?"

„Absolut. Ruhen Sie sich ein wenig aus, während ich meine Pilotenprotokolle finalisiere, sodass ich das Schiff fliegen kann. Falls dies erforderlich werden sollte. Ohne Ihre Unterstützung. Für Notfälle, Sie verstehen schon. Nur für den Fall, dass Sie oder Karr dazu nicht imstande sind."

Während RZ-7 den Hyperraumsprung in Angriff nahm, kuschelten sich die Kinder in ihre jeweiligen Schlafecken und dimmten das Licht. Bis zu diesem Moment war Karr nicht klar gewesen, wie erschöpft er eigentlich war, doch schließlich lag ja auch ein geschäftiger Tag hinter ihnen. Vielleicht sollte er seine Eltern kontaktieren und sie wissen lassen, dass es ihm gut ging. Vielleicht hatten sie es aber auch nicht verdient, das jetzt schon zu erfahren. Vielleicht war es besser, wenn sie sich eine Weile Sorgen um ihn machten, damit sie begriffen, dass es nicht in Ordnung war, sich einfach sein Kind zu schnappen und es gegen seinen Willen auf die andere Seite des Heimatplaneten zu verfrachten.

„Zu meinem eigenen Besten", murmelte er.

„Was ist?"

„Tut mir leid. Ich rede nur mit mir selbst."

Gähnend sagte Maize: „Das ist albern. Ich bin doch hier. Du kannst mit *mir* reden."

„Worüber?"

„Na ja … Erzähl mir eine Gutenachtgeschichte", sagte sie mit einem weiteren Gähnen, bei dem es sich aber ebenso gut um ein Seufzen handeln konnte. „Erzähl mir von deiner Großmutter. Sie scheint nett gewesen zu sein."

„Sie *war* nett. Sie war diejenige, die mir erklärt hat, was für Fähigkeiten ich besitze, und sie half mir, mehr darüber zu erfahren. Sie hat mir beigebracht, wie ich sie kontrollieren kann."

Maize kicherte. „Bist du sicher, dass sie dafür angemessen qualifiziert war? Ich meine", fügte sie hastig hinzu, bevor er protestieren konnte, „wie schlimm waren deine Visionen, bevor sie anfing, dich zu unterweisen? Denn ich habe mittlerweile ein paar davon miterlebt, und was da mit dir passiert, sieht echt schrecklich aus."

„Die Visionen sind aber nicht schrecklich. Okay, das Ganze ist schon *irgendwie* schrecklich. Aber noch viel schlimmer war es, als ich nicht wusste, was sie überhaupt verursacht oder was sie bedeuten oder wie ich es vermeiden kann, sie überhaupt zu haben. Um ehrlich zu sein, hat Oma nie ein Geheimnis daraus gemacht, dass sie die Macht nicht besitzt, aber sie hat trotzdem daran geglaubt. Sie *wünschte*, sie hätte sie gehabt. Und ja, vielleicht war sie auch nicht unbedingt die beste Lehrerin, aber die Sache war ihr wichtig. *Ich* war ihr wichtig. Obwohl ich eine Gabe hatte, die sie selbst niemals haben würde. Manchmal denke ich, dass das noch viel wichtiger war, weil sie das Ganze nicht als Selbstverständlichkeit betrachtete. Und als sie erkannte, dass ich die Macht habe, tat sie ihr Bestes, um mir dabei zu helfen, mein Potenzial zu entfalten." Karr hielt inne. Eigentlich hatte er nicht die Absicht gehabt, so viel über sich preiszugeben, aber irgendwie hatte Maize diese Wirkung auf ihn. „Wie auch immer, sie war auch diejenige, die diese Handschuhe für mich gemacht hat, und das war eine große Hilfe. Ich hoffe, dass ich eines Tages gut genug darin bin, Dinge zu berühren und deutlich zu lesen, ohne Kopfschmerzen zu bekommen oder in Ohnmacht zu fallen."

„Und deine Großmutter glaubte, dass es so sein kann? Eines Tages?"

Er nickte, auch wenn Maize ihn in der Dunkelheit nicht sehen konnte. „Sie hat immer an mich geglaubt", sagte er. „Mehr, als es meine Eltern jemals taten."

„Was *das* für ein Gefühl ist, weiß ich."

„Ach ja?"

„Na ja, irgendwie schon. Mein Vater ist praktisch nie zu Hause, und ich finde nicht, dass meine Mutter sich sonderlich für mich interessiert."

„Warum denkst du das?"

„Keine Ahnung", sagte Maize schläfrig. „Ich glaube, sie denkt, ich hätte mehr mit meinem Vater gemeinsam als mit ihr. Dass es da eine natürliche Verbindung zwischen meinem Vater und mir gibt, die sie und ich ..." Sie gähnte. „... niemals haben werden."

„Und stimmt das?"

Sie drehte sich von ihm weg und starrte die Wand an. „Wer weiß das schon! Er ist nie lange genug da, um das herauszufinden."

„Das ist wirklich seltsam. Denn deine Mutter und du, ihr seht euch so ähnlich, dass ich eigentlich gedacht hätte, dass ihr mehr gemeinsam habt."

„Woher weißt du, wie meine Mutter aussieht?", fragte sie und drehte den Hals, um ihn anzuschauen.

„Bei dir zu Hause gab es ein paar Holos. Du bist ihr wie aus dem Gesicht geschnitten. Abgesehen von den Tätowierungen natürlich."

Maize ächzte und wandte sich wieder ab. „Hmpf! Lass mich ja mit den Tattoos in Ruhe."

„Warum?"

„Weil das so ziemlich das Einzige ist, worüber sie mit mir reden will. Sie stammt aus dieser sehr … sagen wir, traditionsbewussten Familie, die sehr darauf bedacht ist, mirialanische Gebräuche zu pflegen."

„Wozu auch gehört, sich tätowieren zu lassen?"

„Ja. Normalerweise wird das gemacht, sobald du gewisse …" Sie gähnte wieder. „… Aufgaben gemeistert oder … etwas Bestimmtes erreicht hast oder … so was." Karr hörte, wie sie allmählich eindöste. „Aber wenn du mich fragst, sind das bloß Statussymbole. Das ist alles, wofür sie sich interessiert. Ich sagte ihr, dass ich generell nichts davon halte, doch dass eine solche Tätowierung, falls ich mich jemals dazu entschließen sollte, mir eine stechen zu lassen, nur die Hälfte meines Gesichts bedecken würde, weil ich ja auch nur … zur Hälfte … Mirialanerin bin."

Die Worte waren ihr kaum über die Lippen gekommen, als sie auch schon durch leises Schnarchen abgelöst wurden.

Karr lächelte. Hätte ihm jemand vor einer Woche erzählt, dass er zusammen mit einem merkwürdigen, reichen Mädchen von einer anderen Welt ausreißen würde, hätte er es nicht geglaubt. Doch hier war er nun – verängstigt, aufgeregt und erschöpft – und das größtenteils nur wegen ihr. Aber er hätte es nicht anders haben wollen.

„Möchtest du noch mehr über meine Großmutter hören?", sagte er im Scherz zu niemand Bestimmten. Und obwohl ihm niemand antwortete, beschloss er trotzdem, an sie zu denken.

*

„Was meinst du damit, ich soll meinen Geist leeren?", fragte der fünfzehnjährige Karr seine Großmutter neugierig. „Ist das nicht etwas Schlechtes? Ich meine, warum gehe ich denn eigentlich zur Schule, wenn es besser ist, wenn das Gehirn leer ist?"

J'Hara war gerade dabei gewesen, eine Rolle Garn aufzuwickeln, als ihre Unterhaltung begann. Jetzt verwendete sie die Rolle, um ihm die Prinzipien der Meditation zu erklären. „Das Gehirn funktioniert wie ein Schwamm, Karr", sagte sie. „Es kann jede Menge Informationen aufsaugen." Sie drückte das blaue Bündel getrockneten Banthafells zusammen. „Aber genau deshalb ist es manchmal übersättigt mit zu vielen Dingen, die eigentlich entbehrlich sind."

Karr fragte sich, ob er soeben den Teil seines Gehirns „geleert" hatte, der wusste, was *entbehrlich* bedeutete. Als sie seinen verwirrten Gesichtsausdruck bemerkte, fügte sie hinzu: „Unnötig. Überflüssig. Unwichtig."

„Wie zum Beispiel, was die Höchstgeschwindigkeit des Incom-T-85-X-Flüglers ist?"

„Ganz genau. Doch indem du deinen Geist leerst, indem du deine Gedanken zum Schweigen bringst, gibst du deinem Gehirn die Möglichkeit, sich zu öffnen und empfänglich für Dinge zu werden, von denen du nicht einmal wusstest, dass sie überhaupt dort draußen sind."

„So wie die Macht", sagte er; es war weniger eine Frage als vielmehr ein Beleg für seinen Eifer.

„So wie die Macht", wiederholte sie mit einem Lächeln. „Sollen wir es gemeinsam versuchen?"

Karr nickte, als seine Großmutter sich zu ihm auf den Boden gesellte und die Beine im Schneidersitz übereinanderschlug, wie als stummes Signal an ihn, es ihr gleichzutun.

„Meditieren die Jedi so?", fragte er.

„Die Leute können auf alle möglichen Arten meditieren. Aber ja, ich würde sagen, die Chancen stehen gut, dass die

Jedi es so gemacht haben. Doch jetzt lass uns den Mund halten und dafür unseren Geist öffnen."

Karr setzte sich neben sie, in derselben Position, und verfolgte, wie sie ihre Augen schloss und ihre Hände auf ihre Knie legte. Sie nahm einen tiefen Atemzug und ließ ihn wieder entweichen. Karr tat es ihr gleich.

Nach einigen Sekunden des Schweigens sagte Karr: „Es ist schwer, an gar nichts zu denken."

Er schaute sie an, um zu sehen, wie sie darauf reagieren würde, aber ihre Miene blieb reglos.

Sie schwiegen noch einen Moment länger.

„Irgendwie muss ich ständig daran denken, dass es besser gewesen wäre, ein Kissen darunterzulegen, um bequemer zu sitzen", sagte Karr dann.

Ohne die Augen zu öffnen, flüsterte J'Hara: „Wenn du Bedauern empfindest, lebst du in der Vergangenheit. Wenn du deine Zeit damit vergeudest, dir Sorgen zu machen, lebst du in der Zukunft. Versuch stattdessen, den Augenblick zu leben. Das Hier und Jetzt."

Karr schloss erneut die Augen.

Einige Sekunden später fragte er: „Wo lebe ich eigentlich, wenn ich Hunger habe?"

J'Hara atmete aus; es klang wie ein resigniertes Seufzen.

„Tut mir leid", sagte Karr, als er die Frustration seiner Großmutter bemerkte. „Ich werde auch weiterhin versuchen, offen zu sein und über die Macht nachzudenken, aber irgendwie ist das Einzige, was ich gerade vor mir sehe, wie Lichtschwertkämpfe meiner Meinung nach aussehen müssten."

„Das wird schon noch", sagte sie müde. „Probier's … einfach weiter. Übung und Beharrlichkeit zahlen sich am Ende immer aus."

„Mache ich." Dann fragte er, als wäre ihm gerade erst in den Sinn gekommen, in dieser Sache um etwas Anleitung zu bitten: „Woran denkst du, wenn du an die Macht denkst, Oma?"

Die ältere Frau schaute ihn überrascht an, und dann sah er, wie sie ihren Blick nach innen richtete. Eine Träne rollte ihre Wange hinab. „Es ist am besten, sich solche Gedanken *nicht* zu machen. Befreie deinen Geist", sagte sie. „Die Macht ist nichts, das man einfach so festhalten kann. Sie fließt dir zu, durch dich hindurch … und manchmal auch von dir fort."

*

Er konnte sich nicht entsinnen, eingenickt zu sein, und war ziemlich überrascht, als ihn mit einem Mal ein Kissen am Kopf traf.

„Aufstehen! Du hast lange genug gepennt, und wir haben Jakku mittlerweile fast erreicht."

„Was?" Schlaftrunken setzte Karr sich im Bett auf. „Ich meine: Bereit, wenn Sie's sind, Captain."

„Schon besser. Nenn mich ruhig weiter so", entgegnete sie lächelnd.

„Mache ich."

Als die *Avadora* den Hyperraum verließ, poppte im Kommunikationslogbuch des Schiffs eine Mitteilung auf. Maize sah sie, rief sie auf und löschte sie fast augenblicklich wieder – bevor Karr auch nur erkennen konnte, worum genau es sich handelte.

„Was gibt's?", fragte er. „Irgendetwas Wichtiges?"

„Nein. Nur eine Nachricht von meiner Mutter."

„Ist sie sauer?"

Maize zuckte mit den Schultern. „Wen juckt's!"

„Was schreibt sie?"

„Du meinst, abgesehen von ›Was treibst du da, Maize?‹ … Keine Ahnung, und es kümmert mich auch nicht. Deshalb habe ich sie auch nicht ganz durchgelesen. Sie kommt schon klar", sagte sie und winkte ab. „Sie kommt *immer* klar. Sie wird einfach losgehen und sich ein neues Paar Schuhe kaufen, und schon hat sie mich vergessen. Ich bin ehrlich überrascht, dass das nicht längst passiert ist."

„Sie ist deine Mutter."

„Das heißt nicht zwangsläufig, dass ihr mein Wohlergehen am Herzen liegt", sagte sie, ehe sie ihren Mund zu einem festen Strich zusammenpresste. Dann wechselte sie das Thema: „Übrigens, das ist der alte Hutten-Außenposten, den der Utai erwähnt hat."

Er eilte zum Sichtfenster hinüber, als könnte er den Außenposten vom Weltall aus erkennen. „Niima?"

Sie zeigte ihm eine holografische Karte. „Genau hier." Sie deutete auf einige Punkte in einer Wüstenebene. „Ich hoffe, meine Sprachfähigkeiten sind so gut, wie ich in der Schule immer tue."

„Wie bitte? Ich dachte, du sprichst Huttisch."

„Ich spreche ein kleines bisschen sehr derbes Huttisch, aber ich hoffe, dass ich das nicht brauchen werde. Los, lass uns diesen Vogel landen und nachschauen, was da unten abgeht."

Kurze Zeit später traten sie in den brütenden Backofen einer öden beigefarbenen Welt aus Sand hinaus. Der Wind blies heiß und heftig, trieb winzige Sandkörner in ihre Augen und unter ihre Kleidung und in das Gehäuse von RZ-7, um seine Gelenkverbindungen und Schaltkreise zu malträtieren.

„Diese Umstände sind ... nicht ganz ideal, Sir", stellte der Droide fest.

Der Himmel über ihnen erstrahlte in einem glänzenden, blassen Blau, das so hell war, dass es fast weiß wirkte, und die Hitze war trocken, aber hartnäckig. Karr konnte förmlich spüren, wie seine Augäpfel verschrumpelten, als er dort stand. Maize schien auch nicht sonderlich glücklich zu sein, während der Droide sein Bestes tat, sich nicht anmerken zu lassen, wie sehr ihm die Natur gerade zusetzte. „Wie weit sind wir von dem Außenposten entfernt?"

Maize blickte mit zusammengekniffenen Augen auf ihr mobiles Karten/Komm-Gerät hinab. „Er ist gleich dort drüben."

„Das ist eine Sanddüne."

„Dann liegt der Außenposten auf der anderen Seite der Düne. Kommt! Je schneller wir dort sind, desto eher sind wir wieder von hier verschwunden. Hier ist es nicht lustig."

„Kein Wunder. Das ist 'ne Wüste."

„Ja, genau. Und in einer Wüste gibt's nun mal nicht sonderlich viel zu tun. Jedenfalls nicht viel, das Spaß macht." Sie schlang einen luftigen Schal um ihr Gesicht, um die winzigen, stechenden Sandkörner fernzuhalten, stemmte sich gegen den Wind und übernahm die Führung.

Karr und RZ-7 folgten ihr, ohne dass einer von ihnen Widerworte erhob.

Maizes Karte hatte recht: Auf der anderen Seite der Sandhügel schmiegte sich eine kleine Siedlung in den Schutz einer halbmondförmigen Düne. Die Siedlung bestand aus einer Handvoll Gebäude, vereinzelten Marktständen und Läden, einem mit Sonnensegeln versehenen Blockhaus, bei dem es sich um so etwas wie die hiesige Operationsbasis zu handeln schien, und einem großen „Stadttor" im Hutten-Stil, das verkündete, dass es sich hierbei tatsächlich um eine Ortschaft handelte – und dass außerdem alle davon absehen sollten, sie zu betreten, sofern man nicht darauf aus war, Geschäfte zu machen, und das gefälligst mit der gebotenen Höflichkeit und entsprechendem Betragen.

„Das ist *definitiv* Huttisch", sagte Karr.

Doch anstatt zu antworten, starrte Maize auf ihr Datenpad hinab, auf das sie sämtliche Informationen geladen hatte, die sie über die Siedlung hatte finden können. „Hier steht, dass der Außenposten früher mal huttisch *war*, aber jetzt nicht mehr. Vor der Schlacht von Jakku haben hier Hutten gesiedelt, aber es scheint, als wären sie nicht sonderlich lange geblieben." Sie hob den Blick und schaute sich um, entdeckte jedoch nichts, das ihr Interesse erregte, und konzentrierte sich wieder auf das Datenpad. „Angeblich gibt es hier eine Menge alter Waffen – und Schiffe und andere Dinge aus der Schlacht von damals. Die Leute bergen und plündern dieses Zeug, um damit ihren Lebensunterhalt zu bestreiten."

„Ich kann nichts dergleichen entdecken."

„Als wir in die Atmosphäre eingetreten sind, habe ich einige abgestürzte Sternzerstörer gesehen. Schon diese Schiffe allein müssen den Schrottsammlern reichlich Arbeit verschafft haben."

„Eigentlich sollte man doch annehmen, dass sie sie mittlerweile komplett ausgeschlachtet haben."

Maize schüttelte den Kopf. „Mit Sicherheit nicht. Hätten sie schon alles aus den Dingern herausgeholt, das sich zu Credits machen lässt, wäre jetzt niemand mehr hier. Niemand bleibt irgendwo, wenn es dort kein Geld zu verdienen gibt."

Er stieß sie mit dem Ellbogen an. „Hey, schau mal, dort drüben!"

„Bei dem Schrottplatz?"

„Ja. Sieh dir diese riesigen Abdeckplanen an. Ich frage mich, was da drunter ist?"

„Müsste ich raten, würde ich vermutlich sagen … Schrott."

„Komisch. Ich würde eher tippen, es sind … Schiffe." Er trat an ihr vorbei und übernahm die Führung. „Mal schauen, was da drunten ist. Mit deinen Huttisch-Kenntnissen und meinem Wissen über die Jedi … haben wir so schnell alles Nennenswerte über den legendären Skywalker in Erfahrung gebracht, wie ein Teek auf einer Shopping-Tour."

RZ-7 brachte gerade genug Enthusiasmus auf, um zu sagen: „Ja, vielleicht sind wir tatsächlich im Handumdrehen wieder zurück an Bord des Schiffs und in der kühlen, sandfreien Leere des Weltraums!"

„Ihr beide macht mich fertig", murmelte Karr.

Und vielleicht stimmte das tatsächlich, aber sie folgten ihm trotzdem – die Düne hinunter, an dem klobigen Tor vorbei, an dem NIIMA-AUSSENPOSTEN stand, und auf das, was wohl als Marktplatz der Siedlung durchging.

Eigentlich war es eher ein ovaler als ein quadratischer Platz, und allzu viel Betriebsamkeit herrschte nicht. Eine Handvoll Händler verkauften merkwürdige gegrillte Käfer am Stiel; andere boten die hiesige Version von Bier oder ein dickflüssiges dunkles Gesöff feil, das roch, als wäre etwas in der ekligen Brühe gestorben. Der ganze Markt wirkte provisorisch und behelfsmäßig, als würde niemand freiwillig hier leben – und als wollte auch niemand länger hierbleiben, als absolut notwendig war.

Das Blockhaus thronte wuchtig und einfach in der Mitte des Außenpostens. Der Droide steuerte direkt darauf zu.

„Wo willst du hin, Erzett? Ich wollte mir doch erst mal angucken, was unter den Planen ist!" Denn etwas in seinem Hinterkopf flüsterte ihm die ganze Zeit zu, dass die Schiffe wichtig waren.

„Falls ich eine Alternative vorschlagen dürfte, Sir … Lassen Sie uns demjenigen unsere Aufwartung machen, der für das zuständig ist, was immer sich unter diesen Planen befindet. Dies ist ein Schrottplatz voller Ramsch, und in dem *Ramschladen* hatten Sie so ungeheures Glück … Also schauen wir doch mal, ob Ihre Glückssträhne anhält. Abgesehen davon: Wenn wir uns die Mühe machen, uns vorzustellen, mindert dies das Risiko, dass man wegen unbefugten Betretens das Feuer auf uns eröffnet, sobald wir uns den Planen nähern. Für den Fall natürlich, dass diese Siedlung tatsächlich von Hutten kontrolliert wird."

„Ich sagte euch doch, dass das früher so war", erklärte Maize. „Aber heute nicht mehr."

„Umso mehr ein Grund, mit Bedacht vorzugehen", entgegnete der Droide. „Wollt ihr allen Ernstes Leute verärgern, denen es gelungen ist, die Hutten dazu zu bringen, mit Sack und Pack das Lager zu räumen?"

„Gutes Argument, Erzett", sagte Karr. „In Ordnung, statten wir dem Mann, der hier das Sagen hat, einen Besuch ab."

„Oder der Frau."

„Ja, Captain. Oder der Frau."

Seite an Seite standen Karr und Maize im Schatten des Hutten-Tores, drückten sich selbst die Daumen und versuchten, den nötigen Mut aufzubringen, die Siedlung zu betreten, während der vermeintliche Medi-Droide auf das Blockhaus zumarschierte, dem Schicksal entgegen, das sie darin erwartete, wie immer es auch aussehen mochte.

9. KAPITEL

Draußen vor dem Blockhaus hatte sich eine kurze Schlange gebildet. Karr, Maize und RZ-7 stellten sich hinten an. Die anderen waren größtenteils Menschen, mit ein paar Teedos dazwischen, und alle hatten das zerlumpte, heruntergekommene Aussehen von Leuten, die Schrott sammelten, um davon ihren mageren Lebensunterhalt zu bestreiten. Die meisten hatten armeweise Metallschrott dabei, den sie aus Schiffen geplündert hatten, die vor über einer Generation auf diesem Planeten abgestürzt waren. Sie waren hungrig, pleite und verschwitzt.

„Ähm, entschuldigen Sie", sagte Karr, in dem Bemühen, die Aufmerksamkeit eines groß gewachsenen, dürren Mannes zu erregen, der sich hinter ihnen in die Reihe gestellt hatte. „Könnten Sie mir vielleicht sagen … Warum genau stehen wir hier eigentlich Schlange?"

„Wir sind alle hier, um den Blobfisch zu sehen", sagte er mit tiefer, leiser Stimme.

Maize drehte sich zu ihm um und fragte: „Den Blobfisch?"

„Pssst!", sagte der Mann. „Das ist nicht sein richtiger Name. Eigentlich heißt er Unkar Plutt. Ihr seid jetzt in *seiner* Stadt."

„Ist er ein Hutte?", wollte sie wissen.

Der Mann schüttelte den Kopf. „Nein, die Hutten sind alle schon lange fort."

„Und ist das gut oder schlecht?" Sie reckte den Hals, um an den Leuten vor ihnen vorbeizusehen.

„Kommt drauf an. Unterm Strich ist es nicht viel anders als damals."

Als sich die Freunde weiter dem vorderen Ende der Reihe näherten, stellten sie drei Dinge fest. Erstens: Die meisten Schrottsammler standen hier an, um ihre Funde gegen kleine Nahrungsrationen einzutauschen. Zweitens: Unkar Plutt war ein Geizkragen. Und drittens: Es hatte seinen Grund, warum die Leute ihn alle den Blobfisch nannten.

Er war groß und breit wie ein Hutte, aber damit endeten die Ähnlichkeiten im Wesentlichen auch schon. Der Schrott-Boss von Jakku war ein Crolutaner – eine humanoide Spezies, die sich in einem feuchten Umfeld höchstwahrscheinlich wesentlich wohler fühlte als auf einem Wüstenplaneten. Seine Gliedmaßen waren stämmig und fleischig, sein Gesicht dagegen platt und schlaff. Er wirkte, als wäre er am glücklichsten, wenn er auf einem umgestürzten Baumstamm in einem miefigen Moor hockte – oder, noch besser, mittendrin.

Seine gummiartigen Finger zählten mit überraschender Schnelligkeit Essensrationen ab und heimsten Dinge ein, die man ihm zum Kauf anbot. „Drei Viertelrationen", sagte er, als er die Rationen im Austausch für die Beute eines Schrottsammlers auf den Tresen warf. Die Kreatur schaute zwar finster drein, nahm die angebotene Bezahlung dann aber doch. Karr wusste zwar nicht das Mindeste über die Währung dieses Planeten, aber selbst er fand, dass das ein ziemlich mieser Ausgleich für das war, was der Schrottsammler gerade quer durch die Wüste hierher geschleift hatte.

Karr trat an das offene Fenster, und der Crolutaner hielt die Hand auf. „Was hast du für mich?", fragte er, ohne Karr auch nur richtig anzusehen. Dann wurden seine winzigen, tief eingesunkenen Augen sogar noch schmaler. „Hey, ich kenne euch nicht. Das hier ist mein Lizenzstand, kein Wohltätigkeitsverein. Haut ab, alle drei! Sofern ihr nix zu verkaufen habt, habe ich nix zu geben."

„Wir haben Credits", sagte Maize. „Wir sind hier, um etwas zu kaufen, wir wollen nicht verkaufen."

Vielleicht lag es an ihrem Selbstbewusstsein oder ihrer Kleidung oder daran, dass Plutt annahm, dass Leute der Oberschicht für gewöhnlich leichte Beute waren, doch der Crolutaner schenkte ihr – wenn auch widerwillig – seine Aufmerksamkeit. Karr hatte keine Ahnung, was den Crolutaner dazu brachte, ihr zu glauben, und eigentlich kümmerte es ihn auch nicht. Er war einfach nur froh, dass der Blobfisch aufgehört hatte, sie anzubrüllen.

„Ja, Sir", setzte Karr nach. „Um genau zu sein, sind wir auf der Suche nach *Jedi*-Artefakten. Wenn möglich, sogar vom Ende des Galaktischen Bürgerkriegs", sagte er und verlieh seinen letzten Worten besondere Betonung, in der Hoffnung, dass der Händler verstand, worauf er hinauswollte, und preisgab, was er zu diesem Thema wusste. Als er das trotz allem nicht tat, fügte Karr hinzu: „Man sagte uns, wenn wir irgendwo in dieser Ecke der Galaxis hochwertige Waren finden, dann wären wir bei Ihnen genau richtig." Vielleicht würde es helfen, wenn er dem unangenehmen Typen schmeichelte.

Unkar verschränkte seine Wurstarme vor der Platte, die vor seiner Brust baumelte und bei jeder Bewegung, die er machte, klirrte und klapperte. „Die Jedi sind seit den Klonkriegen ausgestorben", erklärte er sachlich, doch dann versuchte er, sie zu ködern: „Allerdings besteht die *Möglichkeit,* dass ich mich im Besitz einiger Gegenstände befinde, die ihnen gehört haben." Da er gehofft hatte, mehr darüber zu hören, wie dieser Jedi Skywalker Raumschiffe aus dem Himmel auf die Planetenoberfläche zog, war Karr durch die Bemerkung bezüglich der Klonkriege wie vor den Kopf gestoßen. Doch er war froh, dass sie dennoch auf der richtigen Fährte zu sein schienen. „Allerdings", knurrte der Händler, „wenn ihr lügt, was eure finanzielle Situation betrifft, werde ich euch die Haut vom Leib ziehen und schauen, was ich dafür kriegen kann." Dann brüllte er den anderen in der Schlange etwas in einer Sprache zu, die Karr nicht kannte.

Als er Maize anschaute, um zu sehen, ob sie wusste, was das für eine Sprache war, zuckte sie bloß mit den Schultern.

Die übrigen Schrotthändler hingegen stapften davon, als hätte man ihnen befohlen zu verschwinden, und Unkar Plutt griff nach oben, um eine Metallplatte nach unten zu ziehen, die das Verkaufsfenster verschloss. „Kommt hierher", forderte er sie auf. „Kommt nach hinten, dann könnt ihr euch meine *richtigen* Waren ansehen. Ich habe da zwei oder drei Dinge im Kopf, von denen ich denke, dass sie euch gefallen werden. Gegenstände, die bei den Jedi beliebt waren, die von den Jedi getragen wurden. Ja, die die Jedi sogar in den Klonkriegen benutzt haben, wenn die Geschichten stimmen!"

Maize stellte Blickkontakt zu Karr her und verdrehte ein wenig die Augen, um ihm klarzumachen, dass sie Plutt nicht ein Wort davon glaubte, aber sie spielte trotzdem mit.

Auf der Rückseite des Blockhauses war eine Tür. Der Händler öffnete sie und winkte sie in den dunklen, vollgestopften Lagerraum dahinter, während er unermüdlich weiterplapperte. „Das meiste von dem, was man hier auf Jakku findet, stammt aus der Schlacht zwischen der Neuen Republik und dem Imperium. Ich selbst hatte wenig für beide Seiten übrig, egal für welche, aber ich schätze, ich habe ihnen trotzdem einiges zu verdanken. Bei dem ganzen Chaos und all den Trümmern, die sie hinterlassen haben. Diese ganzen gewaltigen Kriegsmaschinen, einfach aufgegeben und zurückgelassen, als wären sie nicht das Geringste wert. Tja. In Wahrheit sind sie sogar *eine Menge* wert, wenn man weiß, wie man sie in Einzelteilen, Stück für Stück, verkaufen kann."

RZ-7 übernahm es, dem Händler darauf angemessen Honig um den Bart zu schmieren. „Zweifellos führen Sie ein blühendes Unternehmen. Sie müssen wirklich ein bemerkenswerter Geschäftsmann sein." Der Crolutaner starrte RZ-7 an, als hätte er ihn gerade zum ersten Mal bemerkt. Er musterte ihn von Kopf bis Fuß und sagte dann: „Wie viel wollt ihr für den Droiden?"

RZ-7 keuchte.

„Er hat einige interessante Bauteile. Für einen *Medi-Droiden*", sagte Plutt demonstrativ mit einem, wie es schien, wissenden Blick.

„Ähm, gar nichts", stammelte Karr. „Er ist nicht zu verkaufen."

„Bah!" Der Blobfisch stürmte voraus; sein Körper wogte dabei von links nach rechts.

Plutt führte sie in einen runden Lagerraum voller Regale und Leitern. An Kabeln hingen einzelne Lampen, um die Listen, Tabellen und Inventaraufstellungen zu erhellen, die die Wände bedeckten.

Bislang hatten sich Karr und das Mädchen darauf beschränkt, beipflichtend zu murmeln. Jetzt sagte Maize: „Vermutlich schicken Sie viele Ihrer Waren zu anderen Planeten, oder? Schließlich können Sie ja unmöglich alles hier aufbewahren."

„Das tue ich auch nicht. Doch andererseits bin ich mehr als ein Händler – ich bin Sammler. Manchmal behalte ich auch Dinge für mich, und manchmal halte ich bestimmte Gegenstände zurück, von denen ich glaube, dass sich in Zukunft jemand Wohlhabendes dafür interessieren könnte. Und einige der Sachen, die ich anderen abkaufe, verwahre ich hier. Sachen aus der Zeit vor dem Imperium. Dinge, die nicht für alle, sondern nur für einige wenige Auserwählte einen Wert haben."

Er warf ihnen einen durchtriebenen Blick zu; ebenso gut hätte er laut sagen können, dass er glaubte, genau die richtigen Trottel mit genügend Credits gefunden zu haben, um irgendetwas von seinem Plunder für übertriebenes Geld loszuwerden.

Maize bekam es nicht mit, aber Karr schon. Er kannte diesen Blick. Normalerweise sah man ihn bei Leuten, die drauf und dran waren, nach einem Rabatt zu fragen oder sich darüber zu beschweren, dass der Preis für ihre neuen Klamotten zu hoch sei, oder herumzujammern, ob es möglich wäre, später zu bezahlen, nur dieses eine Mal. Es war der Blick eines Mannes, der Geld nicht nur liebte – es war der Blick eines Mannes, der schamlos lügen und betrügen würde, um es zu bekommen oder zu behalten.

Doch der Blick verschwand so schnell wieder, wie Karr ihn bemerkt hatte, als der große, schwabbelige Kerl ihnen den Rücken zuwandte und seine Reihen voller Waren zu durchforsten begann. Einige der Regale waren mit Beschriftungen versehen, andere wiederum nicht. Auf ein paar Dingen klebten Zettel, die besagten, dass der jeweilige Gegenstand reserviert oder bereits verkauft war und nur noch darauf wartete, abgeholt zu werden. Unkar Plutt ließ diese Waren links liegen. Stattdessen ging er zu einem zweiten Regal, kletterte auf einen Schemel und dann auf eine Leiter, bis er genau das richtige Objekt fand, um es seinem Publikum zu präsentieren.

„Hier haben wir es. Das Ding, das ich euch zeigen wollte."

Als er die Leiter wieder hinabstieg, hielt er die Schubkontrolle eines Raumschiffs in den Händen – bloß den Schubhebel mitsamt Verschalung. Sämtliche Kabel waren abgeklemmt und in einen Gehäuseblock gestopft worden, auf dem das Ganze jetzt thronte wie auf einem Präsentationsständer.

„Was ist das?", fragte Maize mit großen Augen.

„Das stammt aus einem der republikanischen Schiffe – aus einem kleinen Jäger, der nach einer Auseinandersetzung mit den Separatisten irgendwo abgestürzt ist. Vermutlich mit einem Jedi am Ruder. Als mir jemand von einem anderen Planeten dieses Teil zum Kauf anbot, wusste ich sofort, dass es sich dabei um etwas Besonderes handelt. Diesem Schwachkopf dagegen war nicht einmal klar, was er da eigentlich hat."

„Dürfen wir es berühren?" Diesmal war es Maize, die die Frage stellte.

Doch Karr zögerte. Seine Finger wollten das Ding nicht anfassen. Nichts an dem Schubhebel kam ihm in irgendeiner Hinsicht bemerkenswert vor. Es kostete ihn alle Energie, seine Enttäuschung zu verbergen.

Der Händler reichte ihr den Gegenstand mit so etwas wie Ehrfurcht – vielleicht war es auch Angst, als könnte das Ding explodieren, wenn man zu sorglos damit umging.

Maize drehte den Schubhebel in ihren Händen, drückte auf die Knöpfe auf der linken Seite des Hebels und fummelte vorsichtig an den Abdeckungen der Drähte herum. „Das ist wirklich ziemlich cool", sagte sie. „Wissen Sie, wem das Schiff gehört hat?"

„Ich sagte doch, es wurde von einem Jedi geflogen", meinte er, aber etwas an seinem desinteressierten Tonfall verriet, dass er wahrscheinlich nicht die ganze Wahrheit sagte – sofern überhaupt etwas von seiner Geschichte stimmte. „Es gab mindestens eine Handvoll von denen. Vielleicht noch mehr als das – wer weiß das schon! Der Preis für das Ding ist allerdings weder ein Trick noch ein Witz. Ich weiß, was das Teil wert ist, und gebe es auch nicht für weniger her."

„Selbstverständlich nicht. Um den Preis zu feilschen würde uns nicht im Traum einfallen", erklärte RZ-7, bevor ihm wieder einfiel, dass es vermutlich nicht das Klügste war, solchermaßen die Aufmerksamkeit auf sich zu ziehen.

„Da sprichst du nur für dich selbst", sagte Karr zu ihm.

Plutt brummelte missbilligend. Seine Speckarme schwabbelten, und seine Brustplatte klapperte. „Keine Verhandlungen! Meine Waren sind selten und haben einen entsprechenden Preis. Entweder könnt ihr sie euch leisten oder eben nicht. Vergeudet nicht meine Zeit!"

Erst jetzt fiel Maize auf, dass Karr bislang noch nicht versucht hatte, das Schubregler-Gehäuse zu berühren. „Karr, willst du … Willst du dir das nicht näher ansehen?"

„Ähm, ja. Klar. Gib es her."

Er streifte einen Handschuh ab, nahm den Gegenstand in die Hände und tat ganz nachdenklich. Er drehte das Ding hin und her, um es aus jeder Perspektive zu betrachten. Aus dem Augenwinkel konnte Karr sehen, wie Plutt ihn ebenso eingehend prüfte wie er den Schubhebel. Dann erregte mit einem Mal ein leises elektronisches Piepen ihrer aller Aufmerksamkeit. Karr und Maize sahen RZ-7 an, doch der Droide schien nicht die Quelle des Geräuschs zu sein. Unkar Plutt stieß ein missmutiges Grunzen aus und zog einen Mobilkommunikator aus seinem Gürtel. Er hielt das Gerät an seinen Mund und sagte: „Warte kurz." Dann drehte er sich zu den Kindern um und knurrte: „Rührt euch nicht vom Fleck!"

Er wandte sich einer Tür zu, die teilweise von einer hohen Metallleiter mit Rollen verborgen war. Er stieß die Leiter beiseite und öffnete die Tür, um dahinter ein kleines Büro zu offenbaren, kaum größer als das Cockpit der *Avadora*. Er quetschte sich hinein und ließ die Tür einen Spaltbreit offen stehen, um seine Gäste im Auge behalten zu können, während er sich um die zwielichtigen Geschäfte kümmerte, die gerade seine Aufmerksamkeit verlangten.

Maize flüsterte Karr zu: „Du scheinst langsam richtig gut darin zu werden. Du hast nicht einmal mit der Wimper gezuckt, als du das Ding berührt hast!"

„Nur, weil da nichts ist."

Sie runzelte die Stirn. „Nichts? Nicht mal ein Kribbeln? Nicht einmal eine klitzekleine Vision?"

„Nein. Das Teil hatte nichts mit irgendwelchen bedeutenden Ereignissen zu schaffen. Ich bezweifle, dass es überhaupt etwas mit der Republik zu tun hat. Um ehrlich zu sein, macht nichts in diesem Lagerraum den Eindruck, als könnte es uns irgendwie weiterhelfen. Lass uns zum Schrottplatz gehen. Ich würde mich viel lieber da umsehen."

„Und was hoffst du, dort zu finden?", fragte sie.

„Ich weiß nicht." Er krümmte den Daumen und wies in die Richtung, die er meinte. „Ich habe da aber so eine Ahnung. Mal sehen, ob ich richtigliege. Alles hier drinnen ist nur –"

In diesem Moment kam Unkar Plutt aus dem kleinen Büro zurück. „Nur *was?*"

„Nur … außerhalb meines finanziellen Budgets", sagte Karr hastig.

„Dann macht mir ein Angebot."

Doch alles, was Karr wollte, war, von hier zu verschwinden. „Danke, aber das ist schon okay. Alles bestens. Es ist nur einfach nicht das, wonach ich gesucht habe."

„Beleidige mich lieber nicht, Junge! Ich verliere schon Geld, allein dadurch, dass ich mit euch rede. Ich habe meinen Stand dichtgemacht, um euch diesen Schubregler zu zeigen, weil ich dachte, ihr wärt seriöse Sammler."

„Hören Sie", mischte sich Maize ein. „Wenn mein Freund sagt, dass das nicht das ist, was er sucht, dann ist das eben so. Nehmen Sie's bitte nicht persönlich. Das soll keine Beleidigung sein. Wir suchen einfach nach ein paar sehr speziellen Gegenständen."

„Ja, und das ist leider keiner davon", ergänzte Karr. „Aber wir möchten uns trotzdem gerne noch weiter auf dem Außenposten umschauen, wenn das für Sie in Ordnung ist, Sir."

„Bah!" Plutt warf seine Arme in die Höhe und schleuderte das Datenpad auf ein Regal in der Nähe. „Wenn euch nicht gefällt, was ich anzubieten habe, dann seid ihr hier auch nicht willkommen. Verschwindet von hier! Ich muss mich um die Schrottsammler kümmern, und wenn ihr mir nichts zu bieten habt und auch nichts kauft … seid ihr für mich nicht von Nutzen."

Bevor Unkar Plutt seinen Worten noch mehr Nachdruck verleihen konnte, eilten Karr, Maize und RZ-7 in die quälend heiße Wüstensonne hinaus. Die Tür fiel krachend hinter ihnen ins Schloss.

„Na, das lief ja großartig", murmelte Maize sarkastisch.

Doch RZ-7 war anderer Ansicht. „Betrachten Sie die positiven Aspekte des Ganzen, Miss … Mr Plutt hat sich drinnen eingeschlossen, und wir interessieren uns ohnehin viel mehr für das, was er *draußen* aufbewahrt." Er wies mit dem Kopf in Richtung des frei zugänglichen Schrottplatzes.

„Dann lasst uns mal sehen, was wir dort finden", sagte Karr. „Allerdings sollten wir ihm lieber nicht noch einmal in die Quere kommen, falls möglich. Am besten teilen wir uns auf, und falls irgendwer auf etwas Interessantes stößt … dann pfeift er oder so was."

Der Droide war sofort Feuer und Flamme. „Sehr gut, Sir! Wie wäre es hiermit?" Er stieß ein schrilles Pfeifen aus, das alle in Hörweite dazu brachte, sich nach ihnen umzudrehen. Ja, einige Tiere gerieten vor Schmerz sogar ins Wanken.

Karr nahm die Hände wieder von den Ohren. „Ich würde zwar vorschlagen, du reduzierst die Lautstärke um tausend Dezibel, aber ja, so habe ich das gemeint."

Mit diesen Worten streifte Karr seinen Schal über sein Gesicht, zum einen um es vor der Sonne zu schützen, aber auch um sein Antlitz zu verbergen – auch wenn das reichlich albern war, da Plutt ihn zweifellos trotzdem erkennen würde, wenn er ihn dabei ertappte, wie er unter den Abdeckplanen umherschlich. Trotzdem fühlte er sich wie ein Spion auf geheimer Mission. Und stimmte das nicht auch irgendwie? Es machte jedenfalls Spaß, so zu tun als ob, und er musste außer Sichtweite des Crolutaners bleiben.

Mit zusammengelegten Händen hob Karr demonstrativ seine Zeigefinger, um das Abbild eines Blasters zu formen. Er schaute dramatisch nach links, spähte nach rechts, und als niemand in seine Richtung zu schauen schien, rannte er, so schnell er konnte, auf die nächstbeste Plane zu, während er unterwegs vorgab, feindlichem Beschuss auszuweichen. Als er schließlich unter der Abdeckung des ersten Schiffs außer Sicht und damit in Sicherheit war, sah er nach oben und erblickte das Fahrwerk eines Quadspringers über sich; die Außenhülle des Gefährts war eingerissen, und die Hitzeschildkacheln waren lose und fielen eine nach der anderen in den Sand.

Karr zog einen Handschuh aus und hob die Hand, um das Schiff zu berühren, doch das Einzige, was er spürte, waren das warme Metall und die abblätternde Lackierung.

Also weiter zur nächsten Plane.

Zum imaginären Krachen von Schiffsfeuer rollte Karr sich purzelbaumschlagend durch den Sand und lief gerade geduckt, im Zickzack, zur nächsten Plane, als er mit einem Mal einen Pfiff hörte. Aufgeregt schaute er sich um, um Maize zu entdecken, die ihn mit verblüffter Miene anstarrte und gestikulierte, als wollte sie sagen: *Was zur Hölle treibst du da?* Karr grinste nur, als er zur nächsten Abdeckplane rannte, unter der sich aber nur das Wrack einer Taylander-Fähre befand. Die Raumfähre war komplett ausgeschlachtet worden, und niemand wäre je auf die Idee gekommen, dass dieses Schiff einst für Interstellarflüge verwendet wurde, ganz zu schweigen davon, dass früher mal ein Jedi am Steuerknüppel saß. Zeit für die nächste Plane.

„Aller guten Dinge sind drei", machte er sich im Flüsterton selber Mut. An der Spitze der Schlange der Schrottsammler, die sich inzwischen wieder vor dem Konzessionsstand gebildet hatte, konnte er noch immer keine Spur von Unkar Plutt ausmachen, deshalb atmete er tief durch und sprintete zu der Plane hinüber, die am weitesten entfernt war und das größte Schiff bedeckte. Während er immer schneller wurde, stellte er fest, dass es sich ungeheuer gut anfühlte, nach der Enge an Bord der *Avadora* endlich wieder seine Beine zu benutzen. Als er sein Ziel schließlich erreichte, gratulierte er sich selbst dafür, dass es ihm gelungen war, den Dutzenden von Spionen zu entkommen, die ihm in seiner Fantasie auf den Fersen waren, und stützte sich mit der Hand an der nächstbesten Oberfläche ab, um wieder etwas zu Atem zu kommen. Doch anstatt sich zu beruhigen, ging seine Atmung schlagartig schneller. Selbst durch seinen Handschuh fühlte er, dass er es hier mit etwas zu tun hatte, dem er unbedingt auf den Grund gehen sollte. Langsam hob er den Blick, um den Schatz vor sich zu begutachten: einen corellianischen Frachtraumer.

Als er schließlich wieder ruhiger atmete, wusste er, dass er den Jackpot geknackt hatte. Er hatte keine Ahnung, woher er das so genau wusste, aber es war so. Dieses Schiff war etwas Besonderes.

Es war schwierig, unter der Plane und dem Bauch des Schiffs mehr zu erkennen als die vage, kreisrunde Form mit den beiden Spitzen, die an einem Ende weiter hervorstanden – doch er fand die Einstiegsluke trotzdem und schaffte es, sie zu aktivieren. Die Luke öffnete sich mit einem Summen und einem Schleifen, und als Karr auf die Rampe trat, hätte er vor lauter Begeisterung fast laut gelacht.

Er schob seine rechte Hand wieder zurück in den Handschuh und versuchte, nichts zu berühren.

Er wandte sich der Stelle zu, wo RZ-7 und Maize kauerten, hinter dem von den Hutten gebauten Tor, das den Eingang des Niima-Außenpostens markierte, und stieß einen Pfiff aus. *Kommt!*, formte er lautlos mit den Lippen, als sie ihm endlich ihre Aufmerksamkeit schenkten, während er ihnen mit beiden Händen signalisierte, sich ihm anzuschließen.

Als die Luft schließlich rein war, kamen sie der Aufforderung nach. Sie rannten unter die Abdeckplane, duckten sich unter das Schiff und sprangen auf die Einstiegsrampe – wo Karr bereits auf sie wartete.

„Sind Sie in Ordnung, Sir?", fragte der Droide mit seiner sanften Digitalstimme.

„Mir geht's bestens. Sieh dir dieses Schiff an, Erzett!"

Maize hingegen war alles andere als beeindruckt. „Das ist kein Schiff. Das ist ein Schrotthaufen."

„Stimmt", pflichtete Karr ihr bei. „Aber da drin ist irgendwo der Hauptgewinn!"

10. KAPITEL

Karr ging voran und führte die anderen in den Bauch des Raumschiffs. Es war nicht unbedingt das, was er erwartet hatte, und er versuchte angestrengt, nicht enttäuscht zu sein. Das Innere des Frachtraumers war schmutzig und schmierig, aber größtenteils intakt, und das Vehikel sah genau wie die Art von kleinem, heruntergekommenem Schiff aus, das eine Generation zuvor sehr beliebt gewesen war ... Heutzutage hingegen war die Kiste vermutlich nicht mal mehr imstande, zwischen zwei Planeten im selben System hin- und herzufliegen, ohne dass die Schaltkreise durchbrannten. Jedenfalls nicht ohne eine Menge Hilfe.

Das lag nicht am Rost, denn den gab es kaum. Es waren auch nicht die altmodische Ausstattung oder die freiliegenden Schaltpaneele oder die merkwürdigen Flecken. Ja, es war nicht einmal der abgestandene, warme Geruch von etwas Dunklem und Ausgedörrtem und Aufgegebenem.

Aber vielleicht war es auch genau das. Vielleicht lag es auch an alldem zusammen und noch an dem einen oder anderen Faktor mehr – ein einstmals stolzes Schiff, unter einer Drillichplane bei einem unbedeutenden Außenposten auf einem Wüstenplaneten zum Vergammeln zurückgelassen. Niemand scherte sich mehr darum.

„Meiner Prognose nach handelt es sich hierbei ... um ein ausgesprochen bedauernswertes Schiff in einem ausgesprochen bedauernswerten Zustand – wenn wir ehrlich sind, Sir", sagte RZ-7.

Doch Karr war trotz allem zu aufgeregt, um sich zu beruhigen. „Schon möglich. Aber spürt ihr es denn nicht?"

„Was soll ich spüren?", fragte Maize gereizt.

„Ich kann es nicht beschreiben. Da ist etwas in der Luft. Nein, an dem Schiff selbst. Denk doch nur an all die Dinge, die es miterlebt haben muss! Es ist wie … Es ist, als würde es mir alles darüber erzählen wollen."

„Das ist nicht dein Ernst."

„Sir, hier drinnen ist es ziemlich dunkel", sagte Erzett. „Ich schaue mal, ob ich die Lichter einschalten kann."

„Aber sei vorsichtig", ermahnte ihn Karr. „Und leise. Tu nichts, das Aufmerksamkeit erregen würde."

Maize war diesbezüglich weniger bekümmert. „Hier brauchst du schon ein Feuerwerk, damit irgendjemand auf dich aufmerksam wird. Mach dir deswegen mal keine Sorgen."

Karr ließ seine behandschuhten Hände über jeden Zentimeter des Schiffes gleiten. „Ich frage mich, wo es schon überall gewesen ist und was damit transportiert wurde. Ich frage mich, wer wohl der Pilot war. Vielleicht verrät das Schiff es mir ja." Er begann eine Hand aus einem der Handschuhe zu ziehen.

Doch Maize schüttelte den Kopf. „Also, für mich sieht das Ding wie ein alter Gewürz-Frachter aus. Erzett, kannst du irgendwelche Hinweise darauf finden, was diese Schrottlaube früher mal befördert hat?"

Der Droide schwieg einige Sekunden lang. „Ich will es versuchen, Madam. Doch angesichts dieser Vielzahl von Frachträumen kann ich mir vorstellen, dass man hiermit so gut wie alles schmuggeln könnte."

„Das ist nicht besonders hilfreich, Erzett", spöttelte Maize.

„Obwohl er damit ein gutes Argument vorbringt, Karr. Vielleicht ist das, wonach du suchst, ja irgendwo hier drinnen versteckt, in einem Geheimfach oder so. Andernfalls hätten die Schrottsammler es sich doch ohnehin schon geholt, oder meinst du nicht? Es sei denn, diese Mühle ist so alt, dass niemand sie haben will – nicht mal in Einzelteilen", sagte sie, wie um ihre Frage selbst zu beantworten.

„Vermutlich ist es dank der Macht noch hier." Karr hüpfte freudig hin und her. „Meine Großmutter sagte immer, dass die Jedi gut darin waren, sich unter die Leute zu mischen und harmlos zu wirken, genau wie dieses Schiff. Es mag vielleicht nutzlos und alt aussehen, aber dennoch haben wir es hier gefunden, intakt, und das nur, weil Unkar Plutt niemanden dazu bringen konnte, es zu kaufen. Nicht einmal als Ersatzteillager oder in Einzelteilen. *Das* ist das Werk der Macht."

„Bist du dir da sicher?", fragte sie.

Karr hielt mit seiner Erkundungsexpedition inne. „Denkst du *wirklich*, andernfalls hätte dieser Typ dieses Ding nicht längst für zwei Credits und ein Glas Saumilch verkauft, ob nun ganz oder in Einzelteilen?"

Maize dachte darüber nach; ihr Kopf schwang von links nach rechts, während sie die Möglichkeiten erwog. „Da hast du vielleicht recht."

„Ich habe immer recht!"

„Na ja, *manchmal*", entgegnete sie, aber da war er schon längst wieder verschwunden.

Karr ging weiter durch das Schiff, öffnete Schränke und steckte seinen Kopf unter Computerkonsolen. Er strich mit den Fingern über leere Regale und probierte jeden Hebel, jeden Knopf und jeden Schalter aus. Doch nichts sprang an, keine Lämpchen leuchteten auf, und auch sonst geschah nicht das Geringste.

Maize holte ihn schließlich irgendwo beim zentralen Sitzbereich ein, wo er gerade dabei war, die Polster von einer Sitzbank zu nehmen, und gegen alles trat, das aussah, als würde es vielleicht aufgehen, wenn er nur versuchte, es zu öffnen. „Wonach suchst du?"

„Nach irgendwas."

„Das ist nicht besonders hilfreich."

„Ich bitte ja auch gar nicht um Hilfe", sagte er, unter einem Holoschach-Tisch hervor. „Ich finde es schon selbst. Es ist hier irgendwo – ich kann es *fühlen.*"

„*Was* kannst du fühlen?"

„Das hier. Glaube ich." Er krabbelte unter dem Tisch hervor, stieß sich dabei jedoch den Kopf an der Unterseite an und ließ das, was er in den Händen hielt, fallen. „Aua!" Der Gegenstand rollte über den Boden.

„Erwischt", sagte Maize und stoppte das Ding mit dem Fuß. Als Karr sich wieder aufgerappelt hatte, stieß sie das Objekt mit dem großen Zeh in seine Richtung.

„Danke! Ich bin froh, dass es nicht kaputtgegangen ist. Es ist mir aus den Fingern gerutscht. Ich habe versucht, es festzuhalten, aber mit den Handschuhen war das gar nicht so einfach." Er hob die Kugel auf, die zu seinen Füßen lag. Sie war grau und mit silbernen Kreisen übersät. Er musterte das Ding mit zu Schlitzen zusammengekniffenen Augen, während er darum kämpfte, nicht die Kontrolle zu verlieren.

Sein Kopf schwirrte, und seine Augen tränten, aber er ließ das Objekt nicht los.

„Was ist das?", fragte Maize.

In diesem Moment stieß auch RZ-7 zu den beiden. „Ja, Sir, was haben Sie entdeckt?"

„Ich habe keine Ahnung!", sagte er fröhlich, während er das Ding betastete und eingehend von allen Seiten begutachtete. „Aber ich weiß, dass es wichtig ist!"

„Okay, dann sag uns, was du siehst. Konzentrier dich, oder was immer du dafür auch tun musst."

„Mach ich ja, mach ich ja", versicherte er ihnen.

Er nahm das Ding zwischen seine lederbedeckten Handflächen und konzentrierte sich so sehr, wie er nur konnte. Dann streifte er einen Handschuh ab und berührte die Kugel vorsichtig mit seinen Fingerspitzen.

Das Innere des düsteren Raumschiffs, das größtenteils von den Bedienelementen von RZ-7 und der trüben gelben Notbeleuchtung erhellt wurde, die aufgeflammt waren, als die Einstiegsrampe nach unten geglitten war, verdunkelte sich noch mehr. Alles wurde schwarz, und ganz gleich, wie sehr Karr blinzelte oder wie angestrengt er hinschaute, er sah nicht das Geringste. Da war nichts als Dunkelheit und dann Helligkeit und dann …

Als Karr sein inneres Auge öffnete, das Auge seines Verstandes, erkannte Karr, dass er sich noch immer an Bord des Schiffs befand. Funktionierte die Vision irgendwie nicht richtig? Normalerweise wurde er in solchen Momenten in eine andere Zeit und an einen anderen Ort versetzt, doch er stand nach wie vor neben dem Holoschach-Tisch. Dabei war er sich seiner Sache so sicher gewesen.

Da durchschnitt mit einem Mal die blaue Klinge eines Lichtschwerts die Luft, wie um jeden Zweifel an seinen Fähigkeiten, den er gehabt haben mochte, zu eliminieren. Zeuge welcher Ereignisse die Kugel auch gewesen war, sie hatten sich hier auf ebendiesem Frachtraumer abgespielt. Karr versuchte, sich auf das Gesicht der Person zu konzentrieren, die das Lichtschwert führte, aber so gut beherrschte er sein Talent noch nicht. War das … ein Jedi?

„Jetzt, wo du dich ein wenig mit dem Lichtschwert vertraut gemacht hast", hörte er jemanden sagen, „solltest du vielleicht deine Technik trainieren." Irgendetwas an der Stimme brachte in Karrs Kopf ein Glöckchen zum Klingeln. Er kannte sie von irgendwoher, wusste aber nicht genau, von wo. Karr folgte der Stimme, bis sie ihn zu einer anderen Gestalt führte. Auch das Gesicht dieser Person konnte er nicht erkennen, aber der Mann trug eine wallende Robe. *Also das*, dachte Karr, *ist definitiv ein Jedi.*

„Ich soll doch nicht etwa gegen Sie kämpfen, oder?", sagte die Gestalt, die das Lichtschwert schwang.

Der Mann in der Robe lachte. „Nein. Aber wir sollten an deiner Verbindung zur Macht arbeiten."

„Kann ich vielleicht irgendwie behilflich sein, Meister Kenobi?", fragte ein goldener Schemen – vielleicht ein Droide? – ganz in der Nähe.

Meister Kenobi? Karr konnte es kaum glauben. Kein Wunder, dass ihm die Stimme bekannt vorkam. Sie gehörte demselben Jedi, den er in seiner früheren Vision gesehen hatte!

„Nein, Dreipeo", entgegnete Kenobi. „Das muss der junge Skywalker hier schon allein machen."

Und Skywalker! Das konnte kein Zufall sein! Die beiden mussten sehr bedeutende Jedi gewesen sein, wenn sie gleich zweimal in seinen Visionen vorgekommen waren. Und dann der Gedanke, dass sie an derselben Stelle gestanden hatten, an der sich Karr jetzt befand … Wenn auch vor langer, langer Zeit, sagte er sich, da es schien, als würde Kenobi Skywalker ausbilden, was bedeutete, dass er zu diesem Zeitpunkt noch nicht der *General* Skywalker aus Karrs Klonkriege-Vision war.

Karr verfolgte, wie Kenobi zu etwas hinüberging, das ihm gerade ins Auge gefallen war. Dann holte er aus einem Fach genau die Kugel hervor, die Karr in diesem Moment in den Händen hielt. Einen Augenblick lang hatte Karr das Gefühl, als würde er etwas mit dem Jedi-Meister teilen. Nicht nur diese Vision. Nicht nur eine Lektion. Sondern eine Verbindung.

„Versuch, dich dagegen zu verteidigen", sagte Kenobi.

„Was, wenn mir das nicht gelingt?"

„Die wichtigere Frage ist: Was, wenn es dir gelingt? Abgesehen davon ist das nur eine Trainingssonde, die mit harmlosen Lasern ausgestattet ist, speziell für Übungszwecke. Ich nehme an, dank dieser Zielhilfe kann unser Pilot mit seinem Blaster besser umgehen, als wir es uns vorstellen."

„Es sei denn, das Ding gehört dem Wookiee", witzelte Skywalker.

Kenobi lächelte, als er die Sonde in die Luft warf. „Konzentrier dich!"

Skywalker ging in Kampfposition und stellte sich der Sonde, die zischend und brummend quer durch den Raum schoss. Und Karr genoss es, dem Jedi beim Trainieren zuzusehen, wie er ihr auswich und das blaue Lichtschwert schwang, fast so, als würde er nur darauf warten, selbst an die Reihe zu kommen.

Doch dann hielten mit einem Mal beide Männer inne.

Kenobi griff sich an die Brust und sah sich nach einem Platz um, wo er sich hinsetzen konnte. Skywalker deaktivierte das Lichtschwert.

„Ist Ihnen nicht gut? Stimmt etwas nicht?"

„Ich spürte eine große Erschütterung der Macht", erklärte Kenobi mit ernster Miene. „Als ob Millionen in panischer Angst aufschrien und plötzlich verstummten. Etwas Furchtbares ist passiert ..."

Dann verstummte Karrs Vision genauso abrupt wie jene Stimmen, von denen der Jedi-Meister sprach.

Als seine Augen wieder so funktionierten, wie sie sollten, hatte Karr den Eindruck, als wären bei RZ-7 noch ein paar Lämpchen mehr an, als zuvor. Jedenfalls war es jetzt heller im Raum, und an den Steuerkonsolen blinkten reihenweise Anzeigen, wie im Bereitschaftsmodus. Karr schwirrte der Kopf, aber das kümmerte ihn nicht – nicht im Mindesten. Vielmehr grinste er von einem Ohr zum anderen.

Maize ragte über ihm auf. Sie grinste ebenfalls und hatte eine Hand in ihre Hüfte gestemmt. „Dafür, dass du gerade hingestürzt und dir den Kopf angeschlagen hast, siehst du verdammt fröhlich aus."

„Ich habe mir den Kopf angeschlagen?"

„Am Sitz", sagte sie und wies mit einem Kopfnicken auf die Bank.

Er rappelte sich auf die Füße. „Ich habe nichts davon mitbekommen. Wie lange war ich weg?"

„Neun Komma null zwei Sekunden", erklärte sein Droide. „Schätzungsweise."

„Also war meine Reaktion heftiger als bei Sconto", sagte Karr. „Aber das war es wert!"

„Na, wenn du das sagst", entgegnete Maize skeptisch. Erleichtert darüber, dass er nicht sterben würde oder so was, ließ sie sich auf die Sitzbank fallen und legte ihre Füße auf den runden Tisch zwischen ihnen. Der Tisch war am Boden festgenietet. Ihre Stiefelfersen kratzten über die Oberfläche, doch das Möbelstück bewegte sich keinen Millimeter.

„Als ich das erste Mal ohnmächtig wurde, war ich eine Ewigkeit weggetreten. Meine Eltern dachten, ich wäre tot."

„Sie machen bemerkenswert positive Fortschritte, Sir", ermutigte ihn RZ-7. „Sie sind nach neun Sekunden mit einem Lächeln aus Ihrer Bewusstlosigkeit erwacht. Man kann also mit Fug und Recht behaupten, dass dies Ihre bislang erfolgreichste Vision war! Vorausgesetzt, natürlich, dass binnen der nächsten Stunde nicht Ihr Kopf explodiert."

„Ich glaube nicht, dass er tatsächlich explodieren wird. Es ... fühlt sich einfach nur so an." Er rieb sich die Schläfe und versuchte, nicht zu stöhnen.

„So, so, die Sache war es also wert. Was hast du gesehen? Hast du irgendetwas Neues erfahren?"

Er fläzte sich auf den Sitz neben ihr. „Das war's absolut wert! Ich habe wieder diese Namen gehört. Dieselben wir zuvor."

„Du meinst Skyhopper und so?"

„Skywalker", korrigierte er sie und verdrehte die Augen. „Und Kenobi. Aber das Ganze war schon eine ganze Weile her."

„Wie meinst du das?", wollte sie wissen.

„In dieser Version war Skywalker noch kein General oder so was. Und er schien auch so gut wie gar nichts über die Macht zu wissen. Er ... hat trainiert. So wie ich, jedenfalls in gewisser Weise. Allerdings hatte er einen richtigen Lehrmeister. Einen echten Jedi, der ihm gezeigt hat, wie die Sache funktioniert."

Maize konnte Karr förmlich ansehen, wie seine Laune schlechter wurde. „Vielleicht", sagte sie. „Aber weißt du, was er nicht hatte? Eine coole Freundin, die ihm dabei half, das zu finden, was er brauchte, indem sie ihn quer durch die Galaxis geflogen hat."

Karr lächelte. „Das stimmt."

„Und du kriegst schon noch das, wonach du suchst. Hab einfach ein bisschen Geduld. Schließlich haben wir ja genau genommen gerade erst angefangen."

Karr wurde klar, dass Maize vollkommen recht hatte. Wenn aus dem jungen Skywalker, der voller Selbstzweifel mit dieser Trainingssonde übte, ein Jedi geworden war, der allein mit Hilfe der Macht Raumschiffe vom Himmel geholt hatte, dann bestand für Karr ja vielleicht auch noch Hoffnung.

11. KAPITEL

Alle drei Entdecker huschten unbemerkt aus dem Frachtraumer, streiften etwas von dem Sand, dem Staub und dem
Schmieröl ab, mit dem sie an Bord in Berührung gekommen
waren, und kehrten zum Niima-Außenposten zurück, um zu
sehen, ob irgendjemand dort möglicherweise noch mehr über
Skywalker oder Kenobi wusste. Hierzu teilten sie sich kurzzeitig auf: RZ-7 beschloss, sein Glück mit einigen Wartungsdroi-
den zu versuchen; Maize stöberte auf dem Markt herum; und
Karr stattete den Essensständen einen Besuch ab, wo er trotz
aller Bemühungen absolut niemandem begegnete, der irgendwelche nützlichen Informationen für ihn hatte.

„Das ist doch bescheuert!", beschwerte er sich bei niemand
im Besonderen. Der Außenposten war nicht allzu groß, weshalb es bloß eine begrenzte Anzahl von Leuten gab, die ihm
vielleicht weiterhelfen konnten. „Ein Mann hat allein mit der
Kraft seines Willens Raumschiffe zum Absturz gebracht!", rief
er. „Wie kann es sein, dass hier niemand irgendetwas darüber
weiß?"

Niemand war in Hörweite, und niemand antwortete ihm –
doch trotz allem begann sich in der Menge eine gewisse Un-
ruhe breitzumachen. Die Leute tuschelten nervös miteinander.
Einige machten ihre Stände auf dem Marktplatz dicht, rollten
ihre Teppiche zusammen und sperrten Schränke voller Essen
zu, verstauten Waren und hängten Schilder an ihre Türen, auf
denen in einem halben Dutzend Sprachen *Geschlossen* stand.

Irgendetwas ging hier vor.

Karr schirmte seine Augen mit den Händen ab und ließ seinen Blick über die gleißend helle, ausgedörrte Landschaft schweifen. Die Jalousien der Blockhütte waren geöffnet, um Geschäfte zu machen, aber die Schlange hatte sich merklich ausgedünnt. Auch auf einem kleinen Nebenplatz, wo normalerweise Vieh und Droiden eingepfercht waren, um lauthals angepriesen und verkauft zu werden, war es abgesehen vom unruhigen Grunzen der Happaboren ungewöhnlich ruhig geworden.

„Aufhören! Lasst mich los!"

Das war Maize.

Panisch suchte Karr seine Umgebung nach ihr ab – dann folgte er einfach dem Klang ihrer Stimme, während sie weiter schrill und zornig protestierte. Als er sie schließlich entdeckte, sackte ihm das Herz bis in die Knie.

Sie hing zwischen zwei Sturmtrupplern der Ersten Ordnung, die sie mit Gewalt davonschleiften.

Die Soldaten reagierten überhaupt nicht auf ihre Tritte, ihre Flüche und ihre Ellbogenstöße; stattdessen zerrten sie Maize ungerührt aus dem Außenposten und auf ein Raumschiff zu, dessen Außenhülle auf der Rückseite der nächstgelegenen Düne aufragte.

Wie war es möglich, dass er den Tumult bislang nicht gehört hatte?

Wie war es möglich, dass er die Truppler bislang nicht gesehen hatte?

Er wollte Maize unverzüglich zu Hilfe eilen, aber RZ-7 hielt ihn zurück. „Sie können jetzt nichts für sie tun, Sir."

„Aber ich muss es versuchen!" Er rannte quer über den Markt, durch die Schlange vor dem Blockhaus, und warf sich geradewegs gegen den Rücken des Soldaten, der ihm am nächsten war. Der Truppler geriet ins Stolpern und gab Maizes linken Arm frei. „Lass sie los!"

Maize nutzte die Gelegenheit, um dem Truppler, der ihren

rechten Arm festhielt, einen gezielten Kniestoß in die Leistengegend zu verpassen. Allerdings wandte er sich schnell genug zur Seite, dass ihm die größte Wucht der Attacke erspart blieb, und drehte ihr den freien Arm hinter den Rücken, um sie auch weiterhin in Schach zu halten.

Sie konnte nichts weiter tun, als sich zu winden und zu fluchen.

Der andere Truppler fand sein Gleichgewicht wieder und stieß Karr beiseite. „Schwirr ab, Junge! Das hier geht dich nichts an."

„Sie ist meine Freundin!"

„*Und* unsere Mitfluggelegenheit nach Hause …", merkte RZ-7 in einem allzu lauen Flüsterton an, den aber trotzdem nur Karr zu hören schien.

Maize bäumte sich auf und beugte ihren Rücken nach hinten, in dem Versuch, sich aus dem Griff des Soldaten zu befreien, aber es hatte keinen Sinn. „Mein Vater hat sie geschickt! Sie wollen mich zurückholen!"

„Nein", sagte Karr zur Galaxis im Allgemeinen. „Nein, ihr könnt sie nicht mitnehmen. Sie gehört zu *mir*."

„Willst du sie dann vielleicht begleiten?", sagte der Mann abfällig; der Helm ließ seine Stimme undeutlich und künstlich klingen.

Karr war schon drauf und dran, zu entgegnen, dass er nicht glaube, eine andere Wahl zu haben, immerhin handelte es sich um das Raumschiff ihres Vaters, das sie sich einfach genommen hatten, um zu diesem Abenteuer aufzubrechen – doch sie hielt ihn davon ab, indem sie brüllte: „Nein!"

Maize und Karr sahen einander in die Augen, und sie starrte ihn an, als würde sie versuchen, auf telepathischem Wege mit ihm zu kommunizieren. Mit zusammengebissenen Zähnen sagte sie: „Dann müsstest du dein Schiff hierlassen. Sie sind nur wegen mir hier, nicht wegen dir! Also schwing dich an Bord deines Schiffs, und verschwinde von hier!"

„Häh?", sagte er verwirrt.

„Auf dich warten immer noch jede Menge Nachforschungen. Dinge, die du ... berühren musst, oder was weiß ich. Tote, verzauberte Weltraumritter, die es aufzuspüren gilt. Es gibt keinen Grund für dich, nach Merokia zurückzukehren. Du kannst auch ohne mich *in der Galaxis herumfliegen*", erklärte sie demonstrativ, während sie mit den Augen in die Richtung deutete, in der sie die *Avadora* abgestellt hatten.

Die Truppler waren nicht wegen des Raumschiffs hier; sie waren nur gekommen, um Maize zu holen – das war es, was sie ihm die ganze Zeit über klarzumachen versucht hatte.

Karr warf RZ-7 einen Seitenblick zu und fragte sich, ob es ihnen tatsächlich gelingen würde, das Schiff ohne sie zu bedienen. Der Droide zuckte erst die Schultern, dann nickte er.

„Hey, Jungs, lasst mich los – nur für eine Sekunde, okay?", bat sie die Truppler. „Richtet meinetwegen einen Blaster auf mich oder tut, was ihr sonst glaubt, tun zu müssen, aber lasst mich den beiden etwas geben, in Ordnung? Bitte? Es ist wirklich wichtig."

„Na schön. Für einen Moment – aber", fügte er in ihr Ohr hinzu, „lass dir ja keine Dummheiten einfallen. Wir wissen alles über dich, Mädchen. Wenn's nach mir ginge, hätten wir dich einfach betäubt und an den Füßen zurückgeschleift, aber du kannst von Glück sagen, dass dein Vater bei der Ersten Ordnung so eine große Nummer ist." Er gab sie frei und trat einen Schritt zurück, sodass er sie mit seinem Blaster ins Visier nehmen konnte.

„Oh, das tue ich *ständig*", sagte sie sarkastisch. „Jeden Tag, auf jedem Planeten, auf dem ich leben musste."

Der andere richtete seinen Blaster ebenfalls auf sie. „Ja, wirklich tragisch. Bedank dich bei deinem Vater; ohne ihn hätte dich vermutlich längst irgendwer aus einer Luftschleuse geworfen. Jetzt verabschiede dich oder was immer du vorhast. Aber beeil dich gefälligst!"

Maize strich ihre Jacke glatt, richtete ihre Hosen und streifte imaginäre Sturmtruppler-Verunreinigungen wie Staub von ihren Schultern. Sie trat zu Karr und schaute ihm tief in die Augen. *Will sie mir etwa einen Abschiedskuss geben?*, fragte er sich plötzlich. Damit hatte er mit Sicherheit nicht gerechnet. Besonders nicht vor Soldaten der Ersten Ordnung. Doch dann steckte sie die Hand in ihre Tasche und wühlte darin herum, bis sie fand, wonach sie suchte: den kleinen Holokommunikator, den sie bei Sconto benutzt hatte. „Nimm den mit", erklärte sie ihm, als sie ihm das Gerät in die Hand drückte. „Damit kannst du mich über deine Abenteuer auf dem Laufenden halten."

„Genau", sagte er und zügelte seine Erwartungen. „Um dich damit auf dem Laufenden zu halten."

„Und … Ich schätze … Um mit deinen Eltern Kontakt aufzunehmen, wenn du möchtest. Ich kann deine Nachrichten an sie weiterleiten, und, hey – vielleicht hält sie das davon ab, dir irgendwelche Trottel wie diese Typen hier hinterherzuschicken."

„Ich kann dir versichern, dass sie keine Möglichkeit haben, solche … solche – " Er sah die beiden schwer gepanzerten und bewaffneten Truppler an. „– Typen hinter mir herzuschicken. Dafür fehlen ihnen die Credits und die Verbindungen. Sie werden sich bloß Sorgen machen und rummaulen. Sie werden nicht versuchen, mich zurückzuholen."

„Na ja, du solltest den Kommunikator trotzdem behalten."

„Wegen dir?"

„Wegen mir." Sie nickte. „Wenn das für dich genug ist."

Er erwiderte ihr Nicken, ein bisschen nachdrücklicher und ein bisschen enthusiastischer. „Klar, das genügt vollauf. Ich will weiter mit dir in Verbindung bleiben. Für immer."

Sie hob eine Augenbraue und grinste. „Für immer? Sei nicht immer so vorschnell. Du bist immer so verdammt vorschnell …"

„Du weißt genau, wie ich das meine", sagte er verlegen.

„Im Ernst: Melde dich hin und wieder bei mir, okay? Damit ich weiß, dass du noch lebst und dich niemand abgeknallt oder … *dich* aus einer Luftschleuse geworfen hat."

„Mache ich", gelobte er. „Jeden Abend. Zweimal am Tag. So oft du willst."

Sie lachte, trat zurück und hielt dem Sturmtruppler ihre Hände hin, als rechnete sie damit, dass man ihr Handschellen anlegen würde. „Wer ist hier jetzt vorschnell?", entgegnete der Truppler und packte sie stattdessen am Arm.

Während er mit Maize im Griff auf die Düne und das Schiff zumarschierte, das dahinter wartete, schaute der Truppler über die Schulter zurück und sagte: „Viel Glück, Kleiner! Mit Freunden wie ihr wirst du alles Glück brauchen, das du kriegen kannst."

Karr verfolgte, wie sie sich entfernten.

Mit jedem ihrer Schritte zog sich der Knoten in seinem Magen fester zusammen.

Als sie schließlich fort waren und er das brummende Geräusch hörte, mit dem das Triebwerk der Fähre der Ersten Ordnung hochgefahren wurde, wandte er sich an RZ-7.

„Was machen wir jetzt, Erzett?"

„Wir machen einfach weiter, Sir. Bis wir finden, was Sie brauchen!"

„Genau so machen wir es", sagte er voller Zuversicht.

Dann fügte der Droide hinzu: „Jedenfalls so lange, bis Ihre Eltern die Behörden verständigen und sie dazu bringen, nach Ihnen zu suchen, um Sie abzuholen, wie diese Soldaten der Ersten Ordnung Maize abgeholt haben."

„Meine Eltern haben nicht die finanziellen Mittel, um mich nach Hause zurückholen zu lassen. Aber du hast recht: Irgendwann wird ihr Vater sich fragen, wo das Schiff ist – oder irgendjemand anders. Und sobald es so weit ist, werden sie anfangen, mich zu suchen."

Der Droide widersprach ihm nicht. „Dann müssen wir die

Zeit, die uns bis dahin bleibt, so effizient nutzen wie nur möglich."

„Hattest du mit deinen Nachforschungen Glück? Konntest du irgendetwas über Kenobi oder Skywalker in Erfahrung bringen?"

„Keiner der hiesigen Droiden, mit denen ich gesprochen habe, konnte dazu irgendwelche Angaben machen", erklärte er. „Ich nehme an, Sie hatten ebenfalls kein Glück?"

Karr verfolgte, wie das Schiff mit seiner Freundin an Bord abhob und immer höher aufstieg. Gleich würde sie fort sein. In diesem Moment wünschte er sich mehr als jemals zuvor, er hätte die Gabe besessen, Raumschiffe vom Himmel nach unten auf die Planetenoberfläche zu ziehen, so wie Skywalker es Gerüchten zufolge getan hatte. „Bislang kein Glück", bestätigte er. „Aber ich verschwinde nicht eher von hier, bis ich etwas Hilfreiches erfahren habe."

Dann wandte er sich um und steuerte auf einen der Marktstände zu, während er die verschiedenen Bewohner des Außenpostens nach jemandem absuchte, der aussah, als könnte er etwas wissen – oder zumindest wirkte, als könnte man ihm trauen. Sein Blick fiel auf eine alte Frau, die ihm ein Lächeln schenkte, in dem ein paar Zähne fehlten. Die Sonne hatte ihre Haut zu einem dumpfen, trockenen Braun gedörrt, und ihre Augen waren so eingesunken und blutunterlaufen wie die von jemandem, der ständig dehydriert war, also nicht genügend Flüssigkeit bekam. Karr hatte den Eindruck, dass sie entweder tausend Jahre alt sein musste oder zumindest schon lange genug hier lebte, um einige Dinge gesehen zu haben.

„Darf ich Ihnen eine Frage stellen, Ma'am?" Die Frau bedachte ihn mit einem Nicken und lächelte weiter. „Wissen Sie irgendetwas über einen Jedi namens Skywalker, der hier während der Schlacht gegen das Imperium angeblich mit der Kraft seines Willens Raumschiffe vom Himmel geholt hat?"

Die alte Frau nickte.

Karrs Aufregung nahm raketenhaft zu. „Ach, tun Sie?" Er drehte sich um und rief nach seinem Droiden. „Erzett! Ich habe jemanden gefunden!"

Während Erzetts Füße rasch durch den Sand schlurften, wandte sich Karr wieder der alten Frau zu. „Ich kann Ihnen gar nicht sagen, wie sehr es mich freut, Sie kennenzulernen! Mein Name ist Karr."

Sie ergriff die Hand, die er ihr hinhielt, und lächelte unbeirrt weiter. „Wie heißen Sie?", fragte er. Doch die Frau nickte bloß und lächelte weiter.

Allmählich überkam Karr ein Anflug von Besorgnis. „Verstehen Sie überhaupt, was ich sage?", fragte er. Wieder ein Nicken. Allmählich hatte er so eine Ahnung, worauf das Ganze hinauslief. Er warf Erzett einen skeptischen Blick zu, bevor er die alte Frau fragte: „Wollen Sie einen Stern kaufen? Ich habe da einen, den ich Ihnen zu einem Spottpreis überlassen würde." Sie nickte erneut und lächelte weiter, während sich Karrs Lächeln in Wohlgefallen auflöste. Diese Frau hatte offensichtlich nicht mehr alle Murmeln im Beutel.

Vom Stand nebenan hörte Karr gackerndes Gelächter. Er drehte sich um, um festzustellen, dass das Lachen von einem Angehörigen einer humanoiden Spezies stammte, die ihm vollkommen unbekannt war. Das Wesen hatte einen großen, fast achteckigen Kopf, von dem das Gesicht jedoch bloß einen kleinen Teil einnahm. Zudem hätte Karr seine Hände womöglich gar nicht bemerkt, wenn das groß gewachsene, dürre Geschöpf nicht mit einem der drei Finger geradewegs auf die alte Frau gezeigt hätte.

„Du vergeudest deine Zeit mit der da", sagte das Wesen. „Die war ein bisschen zu lange hier, verstehst du?"

„Genau darauf hatte ich gehofft", sagte Karr, in dem Wissen, dass das nicht das war, was das Wesen meinte. „Sie wissen nicht zufällig etwas über einen Jedi, der Raumschiffe vom Himmel geholt hat, oder?"

Der Humanoid pustete auf eine Art und Weise Luft durch seine Lippen, die Unglauben zu suggerieren schien. „Darüber weiß ich leider nichts, aber ich habe etwas viel Besseres." Er beugte sich vor und sah Karr mit seinen schmalen blauen Augen durchdringend an. „Ich weiß von einem Jedi, der vom Himmel *geholt* wurde!"

RZ-7 und Karr tauschten Blicke. Ein Hinweis war so gut wie der andere, und mittlerweile waren sie so verzweifelt, dass ihnen fast schon jeder recht war, der sie irgendwie weiterbrachte. Doch bevor Karr darauf irgendetwas erwidern konnte, kam der Droide ihm zuvor. „Erzählen Sie uns mehr darüber."

Das Wesen reckte seinen spitz zulaufenden Hals nach links und nach rechts. Karr vermochte nicht zu sagen, ob es geheimnistuerisch tat oder einfach nur mit dem Gewicht seines eigenen Kopfes zu kämpfen hatte, bis es in gesenkter Lautstärke zu sprechen begann. „Es gibt da diesen Wüstenmond, der Oba Diah umkreist. Ich würde dir ja sagen, wie er heißt, aber ich bezweifle, dass er überhaupt einen Namen hat. Doch dort ist etwas, was diesen Ort höchst faszinierend macht: das abgestürzte Raumschiff eines Jedi-Meisters."

Seit dem Vorfall mit der alten Frau war Karr grundsätzlich etwas skeptischer als sonst. „Wie ist das passiert?", fragte er. „Dieser Absturz?"

„Vor langer Zeit. Noch vor den Klonkriegen."

„Und woher wissen Sie davon?"

„Ich weiß davon, weil meine Familie dafür verantwortlich war. Wir Pykes sind aktiv im, na ja, sagen wir einfach … Gewürzhandel. Doch das ist nicht das Einzige, worauf wir uns gut verstehen. Und als der Plan aufkam, einen gewissen Jedi-Meister namens Sifo-Dyas zur Strecke zu bringen, waren es die Pykes, die für diesen Job angeheuert wurden."

„Ich glaube Ihnen nicht", gab Karr zurück. „Jedi-Meister sind unglaublich mächtig. Ihr hättet niemals –"

„Dann überzeug dich doch selbst, wenn du mir nicht glaubst", beharrte der Pyke. „Obwohl ich nicht selbst dabei war, bin ich ein Nachfahre derjenigen, die damals den Auftrag erledigt haben. Derjenigen, die sein Schiff *vom Himmel geholt haben.*" Die letzten vier Worte betonte er ganz besonders.

Karr hatte fast den Eindruck, als würde der Kerl es auf einen Streit anlegen.

„Warum erzählen Sie mir das alles?"

Der Pyke legte den Kopf ein wenig schief. Auf diese Frage war er nicht vorbereitet, aber Karr sah ihm an, dass er dennoch um eine ehrliche Antwort bemüht war. Und nach einem Moment des Schweigens sagte er: „Aus Stolz womöglich? Immerhin haben die Pykes einen Jedi-Meister besiegt."

„Da die Jedi mittlerweile höchstwahrscheinlich alle tot sind, scheint es mir, als wären die Pykes nicht die Einzigen, denen dieses zweifelhafte Privileg gebührt", stellte RZ-7 fest.

Der Pyke warf dem Droiden einen grimmigen Blick zu. „Ich rede nicht von den Klonkriegern, die diese Verräter unschädlich gemacht haben. Du willst wissen, warum ich dir davon erzählt habe? Genau darum. Abgesehen davon ist das Ganze schon lange her. Ich kann dir nicht mit Gewissheit sagen, was du finden wirst, wenn du den Mond von Oba Diah aufsuchst. Aber manchmal ist das Wertvollste, das uns bleibt … dass die Geschichte weitergegeben wird."

„Ich werde der Sache nachgehen", sagte Karr; es klang fast wie eine Drohung.

„Tu das", ermutigte ihn der Pyke. „Begib dich zum Mond von Oba Diah. Brüll den Leichen, die du vielleicht dort findest, oder dem Wrack, das womöglich noch dort liegt, deine Fragen entgegen. Aber denk daran: Der Grund dafür, dass du und der Jedi dann dort seid, ist ein Pyke. Und wenn du nicht auf der Hut bist, werden die Pykes auch der Grund sein, warum keiner von euch wieder von dort wegkommt."

„Ist das eine Drohung?"

„Eine Drohung ist nicht nötig. Auf Oba Diah und seinen Monden gibt es viele kriminelle Außenposten. Betrachte meine Worte einfach als Warnung."

Damit drehte er sich um und schlenderte zwischen den verschiedenen Zelten und Händlern davon.

„Fliegen wir wirklich nach Oba Diah, Sir?", fragte RZ-7.

Im ersten Moment zögerte Karr. Dann sagte er: „Darauf kannst du wetten!" Er dachte noch einen Augenblick länger nach und murmelte dann: „Gewürzhandel. Sagte Maize nicht, dass das Schiff, das wir vorhin gesehen haben, vermutlich früher ein Gewürz-Transporter war?"

„Ja, Sir. Und ich habe im Frachtraum Rückstände von Gewürz entdeckt."

„Das ist zwar eine ziemlich dürftige Verbindung, aber selbst wenn wir auf dem Mond von Oba Diah nichts Interessantes finden, können wir zumindest der Gewürzroute folgen. Wenn dieses Schiff, auf dem wir vorhin waren, tatsächlich irgendwann einmal Jedi befördert hat, stoßen wir ja vielleicht mit der Zeit doch noch auf etwas Brauchbares. Und falls nicht, können wir jederzeit nach Hause zurückkehren und Maize aus dem Knast holen. Um dann noch mal von vorn anzufangen." Er umklammerte den Kommunikator in seiner Tasche.

Im Gegensatz zu ihm glaubte der Droide jedoch nicht, dass das Ganze so einfach werden würde. „Sir, wenn wir nach Merokia zurückkehren, wird man Sie auf die Berufsschule schicken – und ich wage zu behaupten, dass man Maize höchstwahrscheinlich in einer Erziehungsanstalt unterbringen wird, vermutlich sogar auf einem anderen Planeten. Haben Sie mitbekommen, wie diese Truppler über sie gesprochen haben? Ich vermute, sie hat sich in der Vergangenheit schon anderes zuschulden kommen lassen."

„Außerdem hat sie einen Vater, der offensichtlich keine Probleme damit hat, auf Mittel der Ersten Ordnung zurückzugreifen, um sie wieder nach Hause zu holen. Hätte er wirklich vor, sie in irgendeine Einrichtung für junge Kriminelle zu stecken, hätte er das schon vor langer Zeit getan."

Der Droide nickte und ging neben ihm her. Als sie schließlich wieder bei ihrem Schiff waren, verbrachten sie die nächsten ein oder zwei Stunden damit, sich möglichst eingehend mit allem vertraut zu machen, um einen möglichst guten, soliden Eindruck davon zu bekommen, wie alles funktionierte. Maize hatte ihnen alles erklärt, was sie wusste, und sie war ausgezeichnet geflogen. Warum sollten sie das dann nicht auch hinbekommen?

„Ich habe meine Navigationsprotokolle so weit aktualisiert, wie es überhaupt nur möglich ist", versicherte ihm RZ-7.

„Und ich habe aufmerksam zugehört, als Maize alles erklärt hat."

Der Droide legte den Kopf schief. „Dessen bin ich mir gewiss."

„Sehr komisch. Was kann ich dafür, dass wir uns so gut verstehen?"

„Ich stelle lediglich fest, dass Sie Ihre Mission bereits erfüllt hätten, wenn Sie anstatt nach dem Jedi in Ihnen nach dem Romantiker in sich suchen würden."

Karr lachte. „Schätze, das wäre eine gute Idee gewesen. Doch andererseits: Wo bliebe da der Spaß? Jetzt lass uns dieses Baby hochfahren!"

Der Droide nahm im Co-Piloten-Sitz Platz und schnallte sich an.

„Unverzüglich, Sir. Die Koordinaten von Oba Diah und seinem Wüstenmond habe ich bereits lokalisiert."

„Ausgezeichnet!"

Karr ließ sich in den Pilotensessel sinken. Er hatte zwar kein hundertprozentiges Vertrauen in seine eigenen Fähigkeiten und hatte auch nicht die geringste Ahnung, ob dieses ganze Abenteuer am Ende zu irgendetwas führen würde, doch er konnte nicht leugnen, dass sich das Ganze irgendwie wichtig anfühlte – *bedeutend*. War er dabei, sein Schicksal selbst in die Hand zu nehmen? Vielleicht, vielleicht auch nicht. Hatte er die Kontrolle über dieses ausgesprochen fesche Raumschiff? Im Augenblick schon, ja.

Noch nie zuvor in seinem Leben hatte er sich so frei gefühlt.

Noch nie zuvor in seinem Leben hatte er solche Angst gehabt oder war sich so verloren vorgekommen, aber er war nicht allein, und er hatte die Sternenkarten der *Avadora*, die ihn leiten konnten.

„Also los, Erzett. Schauen wir mal, ob wir einen Jedi finden können, vergessen auf einem Mond ohne Namen. Wir kriegen das hin, richtig? Wir sind keine Federn in einem Sandsturm, oder?"

„Nicht im Geringsten, Sir", gab der Droide zurück.

Karr wusste, dass das gelogen war. Doch das kümmerte ihn in diesem Moment kein bisschen. „Das wird einfach nur großartig!"

„In der Tat, das wird es, Sir. Doch kurzfristig schlage ich vor, dass Sie sich etwas Ruhe gönnen. Die Galaxis ist groß, und Sie sind nur ein Mensch."

Doch Karr wollte sich nicht ausruhen. Er wollte dieses Abenteuer weiter mit allen Sinnen genießen – doch der Droide hatte natürlich recht. Karr *war* nur ein Mensch, und er war erschöpft. Deshalb beschloss er, nachdem es ihnen erfolgreich gelungen war, das Schiff zu starten und in die Atmosphäre zu bringen (was sich angesichts ihrer allenfalls rudimentären Pilotenkenntnisse als ziemliche Herausforderung erwies), dass es höchste Zeit für ein Nickerchen wurde, um zu träumen. Und um sich zu erinnern.

*

„Ich hasse ihn!", heulte Karr, als er ins Zimmer seiner Großmutter stürmte.

„Wen?", fragte sie und legte das Schnittmuster beiseite, an dem sie gerade arbeitete.

„Diesen blöden Zabrak! Er hat einen Flügel von meinem Schiff abgebrochen!"

„Beruhige dich. Ein vierzehnjähriger Junge sollte nicht wegen eines Spielzeugs weinen."

„Das ist kein Spielzeug", widersprach er. „Das ist eine originalgetreue Modellversion eines B-Klasse-X-Flüglers. Und ich habe eine Ewigkeit gebraucht, um es zusammenzubauen."

„Das mag sein. Aber wenn du in der Macht unterwiesen werden willst, musst du lernen, dich von deinen Gefühlen zu lösen."

„Ich würde lieber seinen Arm aus seiner Schulter lösen."

„Karr!", schalt seine Großmutter ihn, was ihm ein hastiges „Tut mir leid!" entlockte.

„Im Jedi-Orden sind persönliche Beziehungen und Besitz untersagt."

„Bedeutet das, dass die Jedi kein Spielzeug haben dürfen?"

Sie lachte. „So habe ich das nicht gemeint. Die Jedi glauben, dass familiäre Bindungen und Besitz zu Neid und Missgunst verleiten … und damit letzten Endes auf die Dunkle Seite der Macht führen."

Karr ließ das Schiffsmodell fallen, als fürchtete er, sich eine ansteckende Krankheit davon einzufangen. „Oh nein! Ich bin doch gerade nicht etwa auf die Dunkle Seite gewechselt, oder?"

„Nein", sagte J'Hara beruhigend. „Aber du musst dich auf das konzentrieren, was im Leben wichtig ist."

Karr blickte auf das Schiffsmodell hinab, dem dank ihm jetzt beide Flügel fehlten. „Ich schätze, ich komme auch ohne ein lausiges Spielzeugraumschiff zurecht."

„Ja, aber das gilt nicht nur für materielle Dinge. Das bezieht sich auch auf Lebewesen."

„Auf Leute?"

„Falls nötig, auch das, ja. Aus diesem Grund ist es Jedi beispielsweise nicht erlaubt zu heiraten."

Karr hielt mit dem inne, was er gerade tat. „Sie dürfen nicht heiraten?" Das war ihm bislang noch nie in den Sinn gekommen. Nicht, dass er irgendjemanden im Kopf hatte, den er gern geheiratet hätte, natürlich. So, wie die Dinge lagen, hatte er ja kaum Freunde, und das einzige Mädchen, das er irgendwie mochte, war eine Twi'lek, die ihn konsequent links liegen ließ. Doch zumindest war diese neue Erkenntnis es wert, zur Kenntnis genommen zu werden. „Dann haben die Jedi also keine Familie?"

J'Hara schluckte, als wollte sie mehr dazu sagen, aber dann schüttelte sie stattdessen einfach nur den Kopf.

„Wow, das muss echt hart sein", sagte er. „Familie ist wichtig." Doch obwohl er das Wort *Familie* aussprach, war klar, dass er damit in Wahrheit J'Hara meinte. Denn sie war diejenige in seiner engsten Umgebung, auf die er sich verlassen konnte. Sie war diejenige, die auf ihn aufpasste.

Karr betrachtete sich selbst seit jeher als Einzelgänger, als Kind, das keine Freunde hatte, doch jetzt wurde ihm bewusst, dass der Begriff „Einzelgänger" nicht wirklich auf jemanden zutraf, der eine liebe Oma hatte, die extra Handschuhe für ihn anfertigte. Hatte er das Zeug dazu, ein richtiger Einzelgänger zu sein? Denn das musste er sein, wenn er ein Jedi werden wollte. Und darum ging es bei alldem doch schließlich, oder nicht? Seine Großmutter half ihm dabei, dieses große Ziel zu erreichen.

„Aber sogar Jedi brauchen eine Familie, oder nicht? Ist es nicht irgendwie natürlich, dass man denjenigen liebt, der einen in der Macht unterwiesen hat? Der einem beigebracht hat, wie man sie einsetzt? Das ist alles ein bisschen verwirrend."

„Du bist nicht der Erste, der das denkt", sagte sie. „Und du hast recht, das Band zwischen Meister und Schüler ist stark. Doch auch diese Verbindung hat ihre Grenzen, allein schon, um den emotionalen Verlust so gering wie möglich zu halten, wenn der Meister irgendwann nicht mehr gebraucht wird."

J'Hara ließ sich das, was sie gerade gesagt hatte, noch einmal durch den Kopf gehen. „Obwohl ich annehme, dass das leichter gesagt ist als getan."

„Ja, wahrscheinlich", pflichtete Karr ihr bei. Er konnte sich beim besten Willen nicht vorstellen, was er ohne seine Großmutter anfangen sollte. Würde er jemals jemanden finden, der sie ersetzen könnte? Nein, *ersetzen* war das falsche Wort. Würde er jemals jemanden finden, zu dem er eine ähnlich innige Beziehung aufbauen könnte wie zu ihr? Jemanden, der ihn so zum Lächeln bringen könnte, wie sie es tat? Er wusste es nicht. Doch glücklicherweise waren das Fragen, auf die er keine Antwort brauchte. Noch nicht.

12. KAPITEL

Als Karr und RZ-7 den Hyperraum verließen, befanden sie sich auf dem Kessel-Flug, einer ganz besonderen Route, die normalerweise von Schmugglern verwendet wurde, die Gewürze zu zwielichtigen Kunden transportierten.

„Ich habe den Eindruck, dass wir hier nicht ganz in unserem Element sind, Sir", sagte RZ-7.

„Umso besser. Wir wissen bereits, was wir wissen. Lass uns damit anfangen, Dinge zu lernen, von denen wir noch keine Ahnung haben."

„Ich möchte gerne anmerken, Sir, dass ich zwar zahlreiche Sprachen fließend beherrsche, Ihre Aussage jedoch in keiner einzigen davon irgendeinen Sinn ergibt. Abgesehen davon sind wir im Anflug auf Oba Diah und seine Monde."

Die beiden Reisenden studierten die Karten, die sie herunterladen konnten. Bislang war der einsame kleine Mond so gut wie überhaupt nicht vermessen worden, und ein Großteil davon war im Laufe der Jahre von verschiedenen Militärs als „geheim" eingestuft worden, sodass das vorliegende Material schrecklich unvollständig zu sein schien.

„Sieh dir das an, genau hier. Das ist eine Schlucht, oder?" Karr nahm die Holokarte eingehend in Augenschein.

„Ich glaube, ich erkenne Klippen. Ja, Sie könnten recht haben."

„Na ja, der Rest des Planeten ist so eben wie die Kopfhaut eines Umbaraners, also lass uns da anfangen."

Der Droide zögerte. „Was ist mit den Kriminellen, vor denen uns dieser Pyke gewarnt hat? Glauben Sie, das ist eine ihrer Siedlungen?" Er deutete auf ein kleines Lager einige Klicks weiter östlich.

Karr vergrößerte die Karte so weit, wie es irgend ging. „Keine Ahnung. Auf diesen Aufnahmen wirkt das Lager beinahe verlassen, findest du nicht?"

„Hoffen wir, dass dem tatsächlich so ist. Denn falls nicht, könnte es gut sein, dass dieser Ausflug nicht ganz so reibungslos verläuft wie die letzten."

Karr versuchte, sich die Laune nicht von diesen trüben Aussichten vermiesen zu lassen. „Lass uns auf der anderen Seite der Schlucht runtergehen. Selbst wenn die Siedlung da drüben nicht verwaist ist, sieht uns dann vielleicht niemand."

„Eine sehr gute Idee, Sir, aber wir sollten vorsichtig sein. Das wird Ihre erste Landung."

„Ich habe gehört, jede Landung, die man heil übersteht, ist eine gute Landung."

„Ich neige zwar dazu, die Latte ein wenig höher zu legen", sagte der Droide, „aber ich nehme an, das ist wahr. Allerdings: Wenn wir nach dieser Landung nicht mehr *wegfliegen* können, würde das bedeuten, dass wir auf einem Wüstenmond gestrandet wären, der möglicherweise verlassen ist, auf dem es womöglich aber auch vor Verbrechern nur so wimmelt."

„Ich hasse es, wenn du recht hast. Sind deine Diagnoseprogramme auf dem neuesten Stand?"

„Ja, Sir."

„Und ich habe jede Bedienungsanleitung gelesen, die ich in diesem Ding finden konnte, man könnte also sagen, wir sind so gut auf das vorbereitet, was jetzt kommt, wie nur möglich."

„Sehr ermutigend, Sir."

„Danke, Erzett! Ich übermittle jetzt die Koordinaten für … eine Stelle, die nach einem guten Landeplatz aussieht. Schätze ich."

Zehn Minuten später setzte die Avadora mit nur ein paar Rucklern und Hüpfern auf dem Boden eines Grats im Norden der Schlucht auf – auf einer Lichtung, bei der es sich früher vielleicht einmal um einen Wasserlauf gehandelt hatte. Womöglich war es aber auch einfach nur ein breites, flaches Erdloch, in dem sich der Staub der Jahrhunderte sammelte.

„Das war … zwar nicht so geschmeidig, wie ich es mir vorgestellt hatte, aber immerhin leben wir noch – deshalb würde ich sagen, das war eine gute Landung." Karr schnallte sich aus dem Pilotensitz ab und geriet ein wenig ins Schwanken, ehe er schließlich wieder sicher auf den Füßen stand. Der Boden, auf dem das Schiff gelandet war, war nicht ganz ebenmäßig, und der Junge war noch ganz aufgewühlt von seinem allerersten Mal, ein Raumschiff auf der Oberfläche eines Planeten gelandet zu haben. Noch vor einer Woche hätte er es sich niemals träumen lassen, dass das überhaupt möglich wäre. Jetzt war er dabei, Hinweisen auf Jedi von einem System ins andere nachzugehen.

Obwohl er noch immer Angst hatte und im Grunde die ganze Zeit über überwältigt von all diesen neuen Eindrücken war, die auf ihn einstürmten, grinste er von Ohr zu Ohr.

„Die Systeme scheinen in Ordnung zu sein, und die Triebwerke oder die Schilde haben offenbar keinen Schaden genommen, daher würde ich das Landemanöver ebenfalls als Erfolg werten." Der Droide löste seine Sicherheitsgurte und schwankte, ehe er sich wieder fing. „Scanne die Umgebung jetzt nach Fragmenten von Schwermetallen oder anderen Anzeichen von Wrackteilen."

„Drück uns die Daumen, dass wir auf Jedi-Überbleibsel stoßen, anstatt auf die zwielichtigen Machenschaften irgendwelcher Verbrecherclans."

„Würde ich über entsprechend biegsame Fingerglieder verfügen, würde ich das zweifellos tun."

Karr lachte. „Du weißt genau, wie ich das meine."

„Natürlich. Und ich glaube, der Schiffsscanner hat Hinweise auf eine Absturzstelle geortet. Einige Klicks westlich von hier."

„Im Ernst? Ist es die Raumfähre?"

„Unklar, Sir. Ich registriere Metallteile, aber keine großen."

Karr seufzte. „Na ja, lass uns einfach schauen, was wir finden. Ich weiß, es ist merkwürdig, aber fast wünsche ich mir, dass dieser Pyke sich irrt."

„Ich verstehe, Sir. Er war ein wenig zu überschwänglich, was die Leistungen seiner Familie angeht. Aber falls wir tatsächlich auf etwas stoßen, das mit den Jedi zusammenhängt, dann wäre das wohl eine Win-win-Situation."

„Wohl wahr, wohl wahr", gab Karr zurück, während er die Rampe hinabmarschierte.

Die Luft draußen unterschied sich nicht allzu sehr von der auf Jakku – sie war heiß, trocken und voller winziger brauner Sand- und Schotterkörner. Allerdings bot die Schlucht ihnen einen gewissen Schutz und jede Menge Schatten, deshalb war die Umgebung nicht ganz so bescheiden wie die Wüste, aus der sie gerade kamen. Karr hatte sich eine Feldflasche um die Hüfte geschnallt, die er in der winzigen Kombüse des Schiffs gefunden hatte, die nicht im Entferntesten an eine Küche erinnerte. Vor dem Gesicht trug er einen Schutzvisor, den er unter einem Sitz entdeckt hatte, damit die gleißende Helligkeit ihn nicht blendete. Er hatte jede nur erdenkliche Vorsichtsmaßnahme ergriffen, doch irgendwie hatte er das Gefühl, als wäre das trotzdem noch nicht genug.

Er platzierte einen Signalgeber, damit sie das Schiff später wiederfanden, um von hier zu verschwinden. Dann marschierte er los. Der Droide folgte ihm vorsichtig; er bildete die Nachhut und hielt nach Ärger Ausschau.

Eine gute Stunde lang durchstreiften sie staubige Flussbetten, kletterten Berge von Geröll hinauf, das sich von den Schluchtwänden gelöst hatte, und landeten in einer Reihe von Sackgassen, die nichts, aber auch gar nichts von Interesse für sie bereithielten. Auch von anderen Leuten hatten sie bislang keine Spur entdeckt – weder von irgendwelchen Spezies noch von potenziell zwielichtigen Machenschaften.

Soweit Karr das beurteilen konnte, war der ganze Mond verlassen.

„Das stimmt nicht ganz, Sir – hier und da gibt es kleine Gemeinden. Größtenteils Silikatbergleute."

Karrs Lippen waren trocken und rissig. Er versuchte, nicht darüber zu lecken, aber das fiel ihm schwer. Er streifte seine Handschuhe ab und stopfte sie in seine Taschen; es war einfach zu heiß, um sie anzulassen, und abgesehen davon gab es hier außer Sand ohnehin nichts, was er hätte berühren können.

„Ich wäre ausgesprochen erleichtert, wenn es auf diesem Mond keine gefährlichen Kriminellen geben würde."

„Ja, ich auch. Hey, was ist das?" Karr blieb am Rande eines großen Grabens stehen.

„Eine natürliche geologische Eigenschaft des Mondes?"

Er schüttelte den Kopf. „Nein, schau doch. Das sieht aus wie eine Schleifspur im Gestein. So, als wäre hier etwas Großes entlanggeschrammt. Könnte gestern gewesen sein oder auch vor hundert Jahren, aber dies ist das einzige Anzeichen von Fremdeinwirkung auf diesem ganzen erodierten Planeten, also lass uns dieser Spur folgen."

„Sehr wohl, Sir. Vielleicht haben Sie recht. Es kann jedenfalls nicht schaden, der Angelegenheit auf den Grund zu gehen."

„Es sei denn natürlich, wir stoßen dabei auf gefährliche Kriminelle."

„Lassen Sie uns das Schicksal lieber nicht herausfordern, Sir", entgegnete der Droide.

„Das Schicksal nicht herausfordern, alles klar." Er ging an der Seite des Grabens entlang, stapfte durch die aufgewühlte Erde daneben. „Schau!"

„Was haben Sie entdeckt?"

Er deutete auf ein verdrehtes Metallstück, das aus dem Boden ragte. „Das ist definitiv das Trümmerteil eines Raumschiffs!"

„Oh, definitiv. Ja, Sir", sagte RZ-7 in einem Tonfall, der andeutete, dass er jetzt die Augen verdreht hätte, wenn ihm dies möglich gewesen wäre.

„Ich meine, vielleicht ist es auch nur *Müll,* aber vermutlich nicht. Sieht für mich nach einem Bruchstück von einem Hitzeschild aus." Er stieß mit seinem Stiefelzeh dagegen. Als der Droide nichts darauf erwiderte, ließ er das Trümmerteil, wo es war, und begann zu laufen. „Hey, da drüben ist ein Schutthaufen."

„Seien Sie vorsichtig, Sir. Sie wollen doch keine Geröllllawine lostreten."

Doch Karr hatte den tückischen Hügel aus Felsbrocken und Steinen schon zur Hälfte erklommen; Kiesel prasselten nach unten, als er noch weiter hinaufkletterte. Entweder hatte er keine Angst davor, auszurutschen und herunterzustürzen, oder er war zu aufgeregt, um daran auch nur einen Gedanken zu verschwenden. „Ich habe es gefunden, Erzett! Ich habe … *etwas* gefunden …"

Der Droide versuchte, den Hügel ebenfalls hochzusteigen, geriet jedoch ins Wanken und rutschte wieder hinunter. „Sofern es Ihnen nichts ausmacht, Sir, bleibe ich hier und halte die Augen offen."

„Soll mir recht sein! Aber du solltest das wirklich sehen."

„Machen Sie doch einige Aufnahmen mit Ihrem Rekorder, wenn es so wichtig ist."

„Den habe ich im Schiff gelassen", sagte er, ehe er auf der anderen Seite des Hügels nach unten hüpfte.

Dort sah er ein dreieckiges Metallstück aus dem Sand ragen, ein bisschen größer als er selbst, das einen langen, geraden Schatten auf den Sand warf. Das Trümmerteil war im Zuge einer verheerenden Bruchlandung von etwas Größerem abgerissen worden, soviel war offensichtlich. Hier und dort lagen kleinere Wrackteile in der Landschaft verstreut, doch abgesehen von dem einen großen Stück waren alle übrigen Trümmer, die er entdeckte, klein genug, um in eine Schultasche zu passen.

„Sehen Sie das Schiffswrack, Sir?", rief RZ-7.

„Ich sehe kleine Metallteile", sagte Karr. „Das ist aber auch schon alles. Falls es hier jemals größere Trümmer gab, hat irgendwer sie längst weggeschafft."

Er schob sich seitwärts an den steilen Hang heran und arbeitete sich vorsichtig nach unten. Er rutschte aus, stürzte hin und rollte den Abhang hinunter, bis er gegen das größte Trümmerstück stieß, das wie ein seltsamer Obelisk senkrecht in die Höhe ragte. „Dieses Ding ist schon ziemlich lange hier!", rief er für den Fall, dass RZ-7 ihn noch immer hören konnte.

Der Droide rief irgendwas zurück, das ermutigend klang, anstatt alarmiert, weshalb Karr ihn nicht eigens bat, seine Worte noch einmal zu wiederholen.

An der Außenseite des Metallteils sah er eine Reihe von Zahlen, konnte sie jedoch nicht deutlich erkennen. Mit dem Ärmel rieb er den Schmutz weg und stieß auf Spuren roter Farbe, zusammen mit einer Nummer, von der er annahm, dass es sich dabei um die Seriennummer der Fähre handelte: 775 519. Hätte ihm irgendeine Datenbank zur Verfügung gestanden, hätte er die Nummer überprüfen können, um zu sehen, von welchem größeren Schiff aus die Raumfähre gestartet war und wann und zu welchem Zweck. Doch im Augenblick konnte er nur Vermutungen anstellen.

Er ging, kroch und kletterte auf dem Trümmerfeld umher, um jedes einzelne Trümmerteil zu untersuchen und dann als uninteressant einzustufen. Dann entdeckte er ein Stück, das etwas größer als die anderen war. Oder jedenfalls eine Ecke von einem; der Rest lag im Sand begraben. Er trat neugierig näher und kickte vorsichtig dagegen. Das Teil rührte sich nicht.

Es war schwer, und nachdem er einige Minuten lang mit den Händen gegraben hatte, stellte er fest, dass er einen kleinen Lagerschrank gefunden hatte.

Er wuchtete den Schrank aus dem Loch und wünschte, RZ-7 wäre hier gewesen, um ihm dabei zu helfen. Dort, wo die Bolzen abgetrennt worden waren, mit denen der Schrank im Innern des Schiffs festgemacht gewesen war, war die Rückseite des Metallkastens verbeult und verbogen. Der Schrank war bei dem Absturz geradewegs aus seiner Verankerung gerissen worden.

Er schob seinen Visor hoch auf die Stirn.

„Hier ist ein Raumschiff abgestürzt, und jemand hat das Wrack fortgeschafft, aber wer immer das war, hat nicht alles mitgenommen", sagte er, während er in Gedanken versuchte, sich auf das Ganze einen Reim zu machen. „Ein Jedi hat dieses Schiff gesteuert. Oder war zumindest an Bord." Als er die Worte laut aussprach, klangen sie, als wären sie die Wahrheit. „Wo hat er gesessen? Wo wollte er hin? Warum wollte er dorthin? Warum ist er hier abgestürzt?"

Wurde er tatsächlich abgeschossen, oder hatte das Schiff vielmehr eine mechanische Fehlfunktion?

Karr vermochte es nicht zu sagen. Dafür mangelte es ihm schlichtweg an der nötigen Erfahrung. Er war ja kaum imstande, das Schiff zu steuern, das sie hierher gebracht hatte. Jeder Versuch seinerseits, über die Absturzursache zu spekulieren, war von Anfang an sinnlos. „Jedenfalls, wenn ich probiere, auf die *herkömmliche* Art und Weise mehr darüber zu erfahren", murmelte er.

Er holte sein treues kleines Messer aus der Tasche und begann das ramponierte Metall zur Seite zu biegen. Beim dritten oder vierten Versuch sprang die Abdeckung krächzend und knirschend auf. Darunter befand sich ein Gewirr loser Kabel und Drähte, die allesamt ins Nichts führten, und ein bereits verbrauchtes Lebenserhaltungspaket. Im ersten Moment konnte er sonst nichts weiter in dem Schrank entdecken, doch irgendetwas sagte ihm, dass es sich lohnen würde, noch genauer nachzuschauen.

Also suchte er weiter, schob die Drähte und den Schrott beiseite, bis er es schließlich entdeckte: ein rundliches, handflächengroßes Gerät aus matt glänzendem Metall.

Seine Augen weiteten sich. Er hielt den Gegenstand hoch ins Licht, um einen besseren Eindruck davon zu gewinnen, und als er sicher war, was er da entdeckt hatte, rief er RZ-7 aufgeregt zu: „Ich habe etwas gefunden! Ich habe wirklich etwas gefunden!"

13. KAPITEL

Während er darauf wartete, dass der Droide durch den Sand zu ihm gelaufen kam, drehte Karr das kleine Gerät wieder und wieder in den Händen, um es von allen Seiten eingehend zu mustern. „Funktionierst du noch?", fragte er das Ding, doch dann kam er sich irgendwie dämlich vor. Selbst wenn der Apparat ihm hätte antworten wollen, wie wäre das möglich gewesen? Er aktivierte sich nicht, summte nicht und projizierte auch keine hilfreichen Bilder in die Luft. „Erzett!", rief Karr erneut.

„Ich bin hier, Sir", sagte der Droide, der mit einem Mal viel näher war, als Karr erwartet hatte. „Verzeihen Sie, es hat mich einige Mühe gekostet, zu Ihnen zu gelangen."

„Sieh, was ich gefunden habe!"

„Einen Holoprojektor? Sehr gut, Sir!"

„Er war versteckt, oder vielleicht ist er auch einfach nur irgendwie in den Schrank geraten, als das Schiff abgestürzt ist. Leider funktioniert das Gerät nicht mehr. Denkst du, du kannst da etwas machen?"

„Ich werde mein Bestes tun, Sir."

Während sich der Droide an der schweigenden kleinen Einheit zu schaffen machte, streifte Karr seine Handschuhe ab und berührte den Holoprojektor ganz vorsichtig am Rand.

Zapp!

Lärm. Triebwerksgebrüll. Das Gefühl, zu trudeln, vom Himmel herabzustürzen.

Er riss die Hand ruckartig zurück.

„Sir?"

„Alles okay." Er versuchte es noch mal. Diesmal sah er Dinge fallen und hörte Laserfeuer. Alles war außer Kontrolle – Funken sprühten, Metall kreischte und verbog sich. Die Notbeleuchtung blinkte, und Alarmsirenen heulten.

Dann sah er ihn. Eine Gestalt, die angestrengt versuchte, das Schiff zu steuern. Der Pilot trug eine Jedi-Robe, und einen Moment lang schoss Karr durch den Kopf, welches Glück er hatte, dass die Jedi diese speziellen Gewänder anhatten. In seinen Visionen half ihm das stets, sie als das zu identifizieren, was sie waren.

Doch jetzt wurde der Schmerz zu stark. Er spürte gerade noch rechtzeitig, dass er ohnmächtig zu werden drohte, um das Gerät loszulassen und sich hinzusetzen. Er zog die Knie an die Brust und ließ den Kopf zwischen seine Beine hängen, während er wieder zu Atem zu kommen versuchte.

„Eine schlimme Vision, Sir?"

„Ziemlich schlimm. Der Absturz ... Alles, was ich sehe, ist der Absturz."

In diesem Moment gab der Holoprojektor das leise Schleifen winziger Zahnräder von sich, die sich nach langer Zeit das erste Mal wieder in Bewegung setzten. Sowohl Karr als auch RZ-7 sprangen überrascht zurück.

„Sir, mir scheint, als steckte doch noch etwas Leben in dieser Einheit. Warten Sie, ich versuche etwas ..." Er fummelte erneut an dem kleinen Gerät herum, bastelte hier und fummelte da herum, bis schließlich ein schwaches blaues Licht aufleuchtete.

„Es funktioniert! Du hast es geschafft!"

„Ich habe mein Bestes getan, Sir." Der Droide hebelte eine kleine Abdeckung auf, die mit Sand verklebt gewesen war. Ein weiteres Lämpchen loderte auf, das daraufhin ein winziges Hologramm erzeugte.

Das Bild war blass und trüb und von Statikschnee überlagert. Aber die Aufzeichnung lief.

Soweit er das nach seiner Vision beurteilen konnte, waren der Jedi in dem Hologramm und der Pilot, der darum kämpfte, die Kontrolle über das Schiff zurückzuerlangen, ein und dieselbe Person. Er sah aus wie ein Mann, der schon einiges hatte einstecken müssen, und ließ das Schiff hin- und herrollen in dem verzweifelten Bemühen, es am Himmel zu halten. „Hier spricht Meister Sifo-Dyas, auf dem Weg zu dem Wüstenmond, der Oba Diah umkreist. Bei mir … ist –" Eine Explosion schüttelte das Schiff durch, in dem er die Aufnahme zu machen schien. „– Silman, an Bord von Notfallüberlebenskapsel sieben-sieben-fünf-fünf-eins-neun. Unser Langstreckentransmitter ist ausgefallen. Wir werden von den Pykes angegriffen, und ich habe vor, diesen Projektor, in der Hoffnung, dass ihn jemand findet, von Bord zu schießen, und –" Die nächsten paar Sekunden waren vollkommen verzerrt.

„Oh, wow, Erzett."

„In der Tat, Sir!"

Dann war Sifo-Dyas wieder zu verstehen. „Und um ehrlich zu sein, rechne ich damit, dass wir das hier nicht lebend überstehen." Er wirkte erschöpft und verängstigt, aber entschlossen. „Sollte dem so sein, dann soll es so sein. Doch es gibt Dinge, die deshalb nicht verloren gehen dürfen. Darauf läuft am Ende alles hinaus – und ich möchte … ich möchte, dass alle wissen, dass ich mein Bestes gegeben habe. Einige mögen vielleicht mit meinen Methoden hadern, doch dies sind verzweifelte Zeiten. Wie Ihr wohl wisst, habe ich eine Vision der Zukunft gesehen, die mich zu der Überzeugung geführt hat, dass wir eine Armee brauchen. Ihr wart anderer Ansicht, doch ich glaubte, keine andere Wahl zu haben. Deshalb habe ich bei den Kaminoanern eine Armee in Auftrag gegeben: eine Klon-Armee. Etwas musste getan werden, darum traf ich diese Entscheidung. Gut möglich, dass mich diese Entscheidung noch teuer zu stehen kommt, und –" Weiteres statisches Rauschen und verzerrte Rufe von einer anderen Person an Bord der Raumfähre. „– doch andererseits ist es ziemlich gut möglich, dass ich ohnehin nicht allzu lange mit dem leben muss, was ich getan habe."

„Oh Mann …", murmelte Karr fassungslos.

Sifo-Dyas verblasste und wurde dann wieder deutlicher. Er rief jemand anders in der Fähre – vermutlich diese Person namens Silman – zu: „Beeilung – noch so einen Treffer wie den gerade überstehen wir nicht!" Dann fügte er an die Person gerichtet, die diese Botschaft vielleicht irgendwann einmal finden und abspielen mochte, hinzu: „Kommt und findet mich!"

Die Übertragung brach ab.

Karr war wie betäubt. Enthusiastisch. Und gleichzeitig wie benommen. „Erzett, das war … Das war …"

„Ein Jedi-Meister, ja, Sir."

„Keine Vision", stellte er hastig klar. „Kein vages Gefühl, sondern das erste Mal, dass ich einen echten, leibhaftigen Jedi gesehen habe." Er nahm sich einen Moment Zeit, um diese Tatsache zu verarbeiten.

„Es geschieht wirklich, Erzett. Ich stelle eine Verbindung her. Erst durch die Kopfschmerzen, dann, indem ich auf diesem Schiff an derselben Stelle war, wie Kenobi und Skywalker. Und jetzt habe ich auch noch einen echten Jedi zu Gesicht bekommen."

„Was fehlt denn sonst noch?", fragte der Droide.

„Keine Ahnung. Ich bin mir nicht sicher. Aber irgendwie habe ich das Gefühl … dass sie … dass sie vielleicht noch am Leben sind, irgendwie. Irgendwo."

„Sie werden so lange höchst lebendig bleiben, wie Sie sich an sie erinnern, Sir."

„Das stimmt, Erzett, aber das meine ich nicht. Ich kann es nicht erklären, aber irgendetwas gibt mir das Gefühl, dass ich bald einem begegnen werde."

„Aber vermutlich nicht Sifo-Dyas, fürchte ich."

„Nein, ihm höchstwahrscheinlich nicht. Aber vielleicht kannte Sifo-Dyas ja Skywalker! Oder Kenobi! Vielleicht hat er mit ihnen zusammengearbeitet oder Seite an Seite mit ihnen gekämpft! Und hast du das mit den Klonen gehört? Ob das wohl wahr ist? Denkst du, das könnte wahr sein?"

„Dass die Klonkrieger letzten Endes von einem Jedi erschaffen wurden? Jedenfalls sind mir keine Fakten bekannt, die das Gegenteil belegen würden, und diese tragische Aufzeichnung stützt die Geschichte noch zusätzlich." Während RZ-7 sprach, begann der kurzzeitig wieder zum Leben erweckte alte Holoprojektor unvermittelt zu brummen und zu zischen. Dann rauchte es, und die Lämpchen an dem Gerät erloschen. Voller Bedauern musterte der Droide die Einheit. „Zu schade, dass wir uns den Rest der Nachricht nicht mehr ansehen können, aber ich fürchte, das war das letzte bisschen Leben, das noch in dem Apparat war. Allerdings hat er seine Aufgabe trotz allem erfüllt."

Karr nickte. „Sifo-Dyas muss diese Botschaft, nur Sekunden bevor die Fähre vom Himmel gestürzt ist, aufgenommen haben." Allein diese Vorstellung genügte, um ihn erschaudern zu lassen.

„Ich schätze, dieser Pyke hat doch die Wahrheit gesagt."

„Und wir sind praktisch Zeuge von Sifo-Dyas' letzten Worten geworden." Ein Durcheinander der Gefühle erfüllte seine Brust. Wieder war er einem echten Jedi so nah gekommen, dass er ihn fast anfassen konnte. Er stand im Wrack neben jener Fähre, mit der der Mann hier aus dem Weltall abgestürzt war, und er war Zeuge der allerletzten Augenblicke seines Lebens geworden. Was Karr einmal mehr an die Pykes denken ließ.

„Lass uns von hier verschwinden, bevor irgendwelche von diesen Kriminellen auftauchen", sagte er; dabei klang er genauso erschöpft, wie er sich fühlte.

„Gute Idee, Sir. Wo soll es als Nächstes hingehen?", fragte der Droide, als sie sich durch die Schlucht auf den Rückweg zu ihrem Schiff machten.

„Ich könnte etwas zu essen vertragen. Kehren wir diesem Mond den Rücken. Mal sehen, was uns auf Oba Diah selbst erwartet."

„Sehr wohl, Sir."

Zurück an Bord, überprüften sie ihre Karten und stießen dabei auf eine Stelle auf dem Planeten, die ihnen zum Landen geeignet erschien. Eine Stunde später saßen sie an der Bar einer Cantina, umgeben von den Angehörigen verschiedener Spezies, darunter einige Gestalten in beigefarbenen Bergarbeiteroveralls, die mit demselben rötlichen Staub bedeckt waren, mit dem alles auf dem Mond überzogen gewesen war. Zwar fingen sich Karr und RZ-7 einige verwirrte Blicke ein, doch niemand machte ihnen Schwierigkeiten, als Karr eine Scheibe von dem lokalen Brotauflauf bestellte, der wie Pappe schmeckte, und dazu das merkwürdige Sprudelwasser, das Maize gestern getrunken hatte.

Das Wasser war nicht besonders lecker, doch es ließ ihn an sie denken.

„Sie können zufrieden mit sich sein, Sir. Sie haben gefunden, was Sie gesucht haben – die sprichwörtliche Feder im Sandsturm, wenn ich es einmal so bezeichnen darf."

„Du hast recht, Erzett. Ich habe nur einfach nach wie vor das Gefühl, dass es irgendwo da draußen noch einen lebenden Jedi gibt. Vielleicht nicht Sifo-Dyas, aber womöglich Skywalker oder jemand anders." Er seufzte dramatisch und legte sein Kinn auf den Rand seines Bechers.

Ein Mann, der zu gleichen Teilen als Wirt und als Kellner fungierte, tauchte zu seiner Linken mit einem großen Krug Limonade auf und bot Karr an, sein Glas wieder aufzufüllen.

Karr hob den Kopf, ließ sich einschenken und bedankte sich. Zwar schmeckte das Zeug jetzt auch nicht besser als zuvor, doch zumindest war es nass, und er hatte Durst. Jetzt, wo er darüber nachdachte, stellte er fest, dass er eigentlich schon seit einer Ewigkeit durstig gewesen war.

Der Mann mit dem Krug hielt inne. „Habe ich das gerade richtig gehört? Du suchst nach Jedi?"

Karr war zu erschöpft, um aufgeregt zu sein, deshalb murmelte er einfach nur: „Ja."

„Dann steht dir eine herbe Enttäuschung bevor, mein Freund, denn die sind alle tot. Und das schon seit sehr langer Zeit. Seit den Klonkriegen, nach allem, was mir zu Ohren gekommen ist."

„Danke", sagte Karr, mit mehr als nur einem Anflug von Sarkasmus in der Stimme.

„Aber wenn du eine *richtig* verrückte Geschichte hören willst, solltest du mit Nabrun Leids reden. Das ist einer unserer Stammgäste. Er behauptet, vor ungefähr dreißig Jahren einen gesehen zu haben."

„Vor dreißig Jahren?" Mit einem Mal war Karr *doch* aufgeregt. „Das war lange nach den Klonkriegen." Er sprang von seinem Stuhl auf, um näher an den Wirt heranzutreten.

Der Barmann versuchte, Karrs Erwartungen zu zügeln. „Mach dir nur keine zu großen Hoffnungen, Junge. Wie schon gesagt, ist er hier Stammgast. Und ich wäre nicht überrascht, wenn er im Laufe der Zeit auch Stammgast in jeder anderen Cantina auf dieser Seite der Galaxis war, wenn du verstehst, was ich meine? Deshalb sage ich ja auch, dass die Geschichte verrückt ist. Es gibt zwei Dinge, die sich mit Läden wie diesem nicht unter einen Hut bringen lassen: niedrige Rechnungen und ehrliche Gäste."

Karr wirbelte herum und ließ seinen Blick über sämtliche Gesichter im Schankraum schweifen. „Welcher ist es?", fragte er, ohne der Warnung des Wirts auch nur die geringste Beachtung zu schenken.

Seufzend deutete der Mann quer durch den Raum. „Der Morseerianer, der dort drüben sitzt."

Karr sah sich angestrengt um. Nach außen hin wirkte er vielleicht wie ein erfahrener Weltraumreisender, doch in Wahrheit hätte er einen Morseerianer nicht einmal dann erkannt, wenn er geradewegs auf ihn draufgefallen wäre.

Der Wirt streckte seinen Zeigefinger noch weiter aus. „Der große, vierarmige grüne Kerl mit der Gasmaske."

Als Karr auf den Piloten zuging, fragte er sich, ob er dem Morseerianer vielleicht irgendwie Angst einjagte, doch dann wurde ihm klar, dass die Vertreter dieser Spezies einfach nur richtig große Augen besaßen. „Ist es wahr, dass Sie vor Jahren einem Jedi begegnet sind", fragte er rundheraus.

Der Schmuggler lehnte sich zurück und nahm durch eine spezielle Röhre, die in seiner Maske verschwand, einen ordentlichen Schluck von seinem Drink. „So wahr wie der hoffnungsvolle Ausdruck auf deinem Gesicht."

Es war offensichtlich, dass er drauf und dran war, mit einer Geschichte zu beginnen, die er schon Hunderte, wenn nicht gar Tausende Male zuvor erzählt hatte, aber Karr war außerstande, seine Ungeduld zu zügeln. „Wo? Wann?"

„An einem Ort, ganz ähnlich wie diesem, um ehrlich zu sein. Ich habe mir gerade einen Drink gegönnt, als dieser Junge in den Laden geschlendert kam; er war nicht viel älter als du jetzt. Ehrlich gesagt hätte ich ihn vermutlich überhaupt nicht bemerkt, wäre da nicht die Tatsache gewesen, dass er Droiden bei sich hatte, was dem Inhaber gar nicht in den Kram passte, deshalb schrie er herum, die Blechköpfe sollten schleunigst verschwinden. Wie auch immer, ich kümmerte mich also gerade um meinen eigenen Kram, als dieser Junge mit einem aqualishianischen Schmuggler namens Ponda Baba in Streit geriet. Im nächsten Augenblick sehe ich, wie ein alter Mann in einem weiten Gewand quasi aus dem Nichts auftaucht und ein Lichtschwert aktiviert. Ich hatte damals schon gewisse Gerüchte über die Jedi gehört, doch bis zu diesem Augenblick hatte ich sie für einen Mythos gehalten. Und dann stand da plötzlich dieser magische Ritter vor mir, mit seinem Schwert, das den Raum erhellte, und er schwang seine Waffe und trennte diesem Schmuggler mit einem Hieb sauber den Arm ab. Ich sage dir, das Ganze könnte ebenso gut eine Sekunde oder einen Tag gedauert haben. Alles, was ich weiß, ist, dass die Zeit mit einem Mal stillstand. Und dann war es vorbei, genauso unvermittelt, wie es angefangen hatte. Alle wandten sich wieder dem zu, was sie gerade gemacht hatten, während der alte Mann und der Junge davongingen, um mit einem Wookiee zu reden. Das weiß ich, weil ich einfach nicht die Augen von ihnen lassen konnte. Ich meine, immerhin war das ein richtiger, echter Jedi. Und ich sage dir, woran ich mich noch entsinne. Obwohl er es nicht eingesetzt hat … trug auch dieser Junge ein Lichtschwert bei sich."

Karrs Wangen glühten förmlich. Nicht aufgrund der Wärme einer Vision, sondern vor lauter Aufregung darüber, zu wissen, dass er den Jedi dichter auf den Fersen war, als er gedacht hatte. „Und Sie sagen, das war vor dreißig Jahren?"

Nabrun Leids nahm noch einen Schluck durch seine Maske. „Lass mich mal überlegen: Ich schmuggle jetzt seit ungefähr vierzig Jahren, mehr oder weniger, also ja, irgendwo um den Dreh."

Karr konnte es kaum glauben. Das hier war bereits der zweite Beweis, dass es auch nach den Klonkriegen noch Jedi gegeben hatte, den er gefunden hatte. Und wenn das möglich war, dann war *alles* möglich. „Wo war das?", fragte er.

„Tja, das lässt sich nicht mehr so einfach sagen. Weißt du, ich war schon überall in dieser Galaxis, und nach einer Weile fängt eine Cantina an, auszusehen wie die andere."

„Ach, kommen Sie!", drängte Karr. „Sie müssen sich doch an irgendetwas erinnern."

Dann kam ihm mit einem Mal selbst etwas in den Sinn.

„Lassen Sie mich Ihre Maske berühren!" Aufgeregt riss Karr sich seinen rechten Handschuh von den Fingern und warf ihn zu Boden, ohne es so recht zu bemerken. Doch da sie sich in einer Bar befanden und eine solche Geste für gewöhnlich einen Kampf bedeutete, griff der Morseerianer nach seinem Blaster. Zu Karrs Glück schwappte die Flüssigkeitsmenge im Körper des Piloten durch die plötzliche Bewegung nach links – und Nabrun Leids gleich mit. Er stürzte zu Boden.

„Oh nein! Ich hatte nicht die Absicht, Ihnen etwas zu tun!", versicherte Karr ihm.

Doch es war bereits zu spät. „Ich denke, du solltest besser verschwinden, Junge!", rief der Wirt quer durch den Raum.

„N-nein", stammelte Karr. „Ich wollte ihm nichts tun. Ich habe bloß … Haben Sie diese Maske getragen, als Sie den Jedi gesehen haben?"

Nabrun Leids kletterte wieder auf seinen Stuhl. „Nein. Die von damals ist schon lange weg."

Jetzt gewann Karrs Frustration allmählich die Oberhand. „Können Sie sich denn an gar nichts erinnern, was diesen Planeten betrifft?"

„Ich hatte dich gebeten zu gehen, Junge!", brüllte der Wirt.

Doch Karrs Aufmerksamkeit blieb auf den Morseerianer gerichtet. „An gar nichts?"

„Ich … ich weiß nicht recht. Vielleicht gab's da …"

„Gab's da *was*?", drängte Karr.

Aber der Wirt hatte genug. „Nimm dein Wechselgeld und geh!", verlangte er und warf die Credits, die Karr noch zurückbekam, quer durch den Raum.

Instinktiv streckte Karr die Hand in die Höhe, um das Geld zu fangen.

„Oh nein", murmelte er, als der Schmerz seinen Schädel durchzuckte wie ein Blitz. Wenn es etwas gab, das von einer Seite der Galaxis zur anderen gereist und Zeuge aller bedeutenden Ereignisse geworden war, die das Leben so zu bieten hatte, dann war es Bargeld. Kriege, Geburten, Morde, Geschäftsverhandlungen, Schulabschlüsse, wissenschaftliche Durchbrüche, Krönungen – das alles erzeugte einen Sturm geballter, verwirrender Bilder, der mit solcher Wucht über Karr hereinbrach, dass er mit dem geringen Ausmaß an Kontrolle, das er mittlerweile über seine Fähigkeit hatte, nicht dagegen ankam. Sofort spürte er, wie ihm die Sinne schwanden.

Das Letzte, was er hörte, bevor er ohnmächtig wurde, war der Morseerianer, der sagte: „Vielleicht gab's da zwei Sonnen."

*

Als Karr erwachte, sah er sich einem Chadra-Fan gegenüber. Das war zwar nicht so schön, wie Maize in die Augen zu schauen, wenn er wieder zu sich kam, aber zumindest machte das Gesicht einen freundlichen Eindruck.

„Du scheinst ziemlich wenig zu vertragen."

„Was?"

„Ich habe dich beobachtet, und es sah aus, als hätte ein einziger Drink genügt, um dich auf die Bretter zu schicken."

„Das hatte nichts mit dem Drink ..." Doch Karr war nicht nach Erklärungen zumute, deshalb sagte er nur: „Ja, stimmt. Ich vertrage wirklich wenig."

„Außerdem habe ich gehört, wie du mit Nabrun Leids geredet hast."

Als Karrs Kopf sich langsam klärte und er sich wieder an alles erinnerte, schaute er sich hektisch nach dem Schmuggler um. „Wo ist er? Wo ist er hin?"

„Ganz ruhig. Er ist schon lange weg. Und so, wie unser Wirt da drüben dich anguckt, schlage ich vor, dass du ebenfalls schleunigst von hier verschwindest."

Karr dachte einen Moment lang nach. „Kennst du irgendwelche Planeten mit zwei Sonnen?"

Der Chadra-Fan lachte. „Ich bin sicher, davon gibt's da draußen eine ganze Menge."

Karr ließ den Kopf sinken. So dicht dran und doch so weit vom Ziel entfernt. Doch zumindest hatte er eine neue Spur.

„Hör zu, vergeude deine Zeit nicht damit, irgendwelchen verrückten Geschichten nachzujagen. Die Jedi sind tot, aber wenn du unbedingt ihren Geistern nachstellen willst, solltest du dich nach Batuu begeben."

„Nach Batuu? Noch nie davon gehört."

„Das liegt am Rand des Wilden Raums und ist die Art Planet, wo die meisten Leute nur durchreisen, anstatt dort zu leben oder länger zu bleiben. Doch es gibt da jemanden, einen Mann namens Dok-Ondar. Er ist der beste Antiquitätenhändler, den ich kenne. Der Beste, von dem ich je gehört habe. Sag ihm, ich habe dich geschickt. Mein Name ist Qweek, und wir beide waren früher einmal sehr gut miteinander bekannt. Das ist zwar schon viele Jahre her, aber er wird sich an mich erinnern."

„Danke, ich weiß das zu schätzen. Wirklich", fügte er nachdrücklich hinzu und schüttelte dem Chadra-Fan die Hand.

„Schön, dass ich behilflich sein konnte."

RZ-7 verfolgte, wie Qweek zur Theke zurückkehrte. Dann sagte er: „Was halten Sie davon, Sir? Ist dieser Tipp die Mühe wert, dafür zum Rand des Wilden Raums zu fliegen?"

„Definitiv. Er war ... sehr konkret. Und fest steht: Je mehr wir herumgereist sind, desto mehr haben wir erfahren. Also, warum jetzt damit aufhören?"

„Vielleicht, weil jeder unserer Ausflüge uns mit Hutten-Treffpunkten, Sturmtrupplern der Ersten Ordnung und verschiedenen kriminellen Elementen in Kontakt gebracht hat?"

Karr lachte. „Das war eine rein rhetorische Frage, Erzett. Abgesehen davon ..." Er schloss für einen Moment die Augen. „... habe ich das Gefühl, dass die Macht versucht, mich zu leiten. Jedes Mal, wenn ich drauf und dran bin, aufzugeben und zu sagen, dass das Ganze einfach eine Nummer zu groß ist, bekommen wir einen weiteren Hinweis. Eine neue Spur. Einen neuen Namen oder einen neuen Ort."

In diesem Moment betraten zwei Sturmtruppler die Cantina. Die Soldaten blieben stehen, um mit einigen Männern in der

Nähe der Tür zu sprechen. Karrs Magen krampfte sich zusammen, wenn er nur daran dachte, wie diese beiden Truppler Maize abgeführt hatten, und er fragte sich, ob sie jetzt zurückgekommen waren, um ihn und RZ-7 zu holen?

„Dann fliegen wir also nach Batuu, Sir?"

Er nickte, ohne die Sturmtruppler aus den Augen zu lassen. „Wir fliegen *definitiv* nach Batuu."

Zusammen schoben sie sich an den Soldaten vorbei und zur Tür hinaus, bevor die Sturmtruppler auf die Idee kommen konnten, sie als Nächstes zu verhören.

Später, an Bord des Schiffs, begaben sie sich in eine stabile Umlaufbahn, um sich die Nacht über auszuruhen – jedenfalls wäre es jetzt Nacht gewesen, wenn sie sich noch auf Merokia befunden hätten. Zwar wäre es Karr ebenso lieb gewesen, weiterhin festen Boden unter den Füßen zu haben, doch RZ-7 hatte ihn an die Gefahren erinnert, die ihnen durch Kriminelle oder Banditen drohten, und er war zu müde gewesen, um mit dem Droiden zu streiten.

Also begaben sie sich in den Orbit, wobei der Droide die Systeme des Schiffs kontrollierte, damit Karr meditieren konnte. Seit seine Großmutter ihm gezeigt hatte, wie das ging, versuchte er, es mindestens einmal am Tag zu machen. Er nahm an, dass das eine der Methoden war, wie er lernen konnte, die Dinge zu tun, zu denen die Jedi imstande waren. Zudem schadete es nicht, da es nicht wehtat. Jedenfalls nicht seinem Gehirn. Doch obwohl er dringend einen klaren Kopf brauchte, kehrten seine Gedanken immer wieder zu Maize zurück. Er holte den Holokommunikator hervor, den sie ihm gegeben hatte. Er verband das Gerät mit dem Holonetz-Transmitter des Schiffs und klinkte sich in das Netzwerk ein, das die Welten der Neuen Republik miteinander verband. Das mochte vielleicht riskant sein, doch er gelangte zu dem Schluss, dass die Sache es wert war, dieses Risiko einzugehen. Er rief seine Freundin an.

Sie nahm die Übertragung sofort entgegen. Sie saß auf ihrem Bett – oder auf dem, was er für ihr Bett hielt, schließlich hatte er ihr Zimmer nie gesehen. Sie trug einen Pyjama und sah aus, als hätte sie gerade ein Bad genommen. Sie hatte ihr Haar in ein Handtuch gewickelt.

„Wie läuft's bei euch?", fragte sie ihn.

„Es liefe mit Sicherheit besser, wenn unser rechtmäßiger Captain noch hier wäre, um diese Kiste zu fliegen, aber zumindest ist das Schiff bislang noch in einem Stück!", erklärte er stolz. „Ich bin heute sogar gelandet und alles."

„Wirklich? Und wo seid ihr jetzt?"

„In der Umlaufbahn von Oba Diah." Er begann ihr von all dem zu berichten, was passiert war, seit sie sich das letzte Mal gesehen hatten, von allem, was er seither entdeckt hatte, aber es dauerte nicht lange, bis sie ihn unterbrach.

„Oh, wow – das ist ja großartig! Tut mir echt leid, dass ich das verpasst habe. Das kannst du mir glauben. Dieser Planet ist immer noch genauso bescheuert, wie er war, bevor wir abgehauen sind, und jetzt habe ich zu allem Überfluss auch noch Hausarrest." Sie schmollte.

Er war erschüttert. „Echt? Die haben dich verhaftet?"

Sie zuckte mit den Schultern. „Nicht wirklich, aber ich wurde von der Schule suspendiert und sitze hier fest. Die haben eine Alarmanlage an meiner Tür angebracht, Karr. Ist das – glau– Eine *Alarm–*"

Die Verbindung wurde immer schlechter.

„Hey, Erzett!", rief Karr. „Was ist da los? Die Übertragung bricht ab."

RZ-7 versuchte mit einer Systemdiagnose, das Problem zu finden, doch dann erklärte er Karr, dass schlechter Empfang manchmal einfach nur das war: schlechter Empfang.

„Maize!", rief Karr, in dem Versuch, ihre Aufmerksamkeit zu erlangen. „Wir werden getrennt!"

Dann, ganz plötzlich und glasklar, sagte sie: „Ach, tun wir

das? Muss man nicht erst mal *zusammen* sein, bevor man sich trennt?"

Karr lachte. „Nein", sagte er. „Ich meine, ich konnte dich nicht hören, und ich wollte dir doch erzählen, was wir entdeckt haben. Ich glaube, die Jedi könnten trotz allem noch am Leben sein. Und ich habe den Teil eines Rätsels gefunden. Im Zusammenhang mit einem verschwundenen Jedi-*Meister*."

Maizes Augen wurden groß. Doch bevor sie etwas darauf erwidern konnte, brach die Verbindung vollends ab. *Zu schade*, dachte er. Dabei gab es so viel zu besprechen. So viel, worauf er sich bislang noch keinen rechten Reim machen konnte. Doch er war sich sicher, dass er ihr nach ihrem Besuch auf Batuu noch viel mehr berichten konnte als jetzt. Deshalb beschloss Karr, sich schlafen zu legen, auch wenn der helle Stern, der über Oba Diah und seinem Wüstenmond stand, noch rosa am Horizont glomm. Er schaltete die Lichter aus, und es dauerte nicht lange, bis er einschlummerte, fortgetragen in die Traumwelt von den Worten des vermissten Jedi-Meisters: *Kommt und findet mich!*

14. KAPITEL

Karr und RZ-7 verließen den Hyperraum. Die Sternenstreifen schrumpften zu Punkten zusammen, der Junge konnte wieder atmen, und dann schwebte die *Avadora* am Rande der Atmosphäre von Batuu. „Da wären wir. Viel weiter können wir nicht fliegen, ohne dass es uns in den Wilden Raum verschlägt. Und dort draußen?" Er zuckte mit den Schultern. „Wer weiß schon, was dort draußen ist, jenseits von alledem?"

„Ich schlage vor, dass wir uns von dort fernhalten, Sir." RZ-7 brachte das Schiff in eine stabile Umlaufbahn, und beide lehnten sich in ihren Sesseln zurück.

„Das habe ich auch vor", sagte Karr grinsend.

„Gut. In diesem Fall sollten wir uns vielleicht auch nicht dort hinunterbegeben", sagte der Droide und wies auf die blaugrüne Oberfläche von Batuu.

„Was? Warum nicht? Stimmt irgendetwas mit diesem Dok-Ondar nicht oder damit, wo er lebt?"

„Nicht notwendigerweise, Sir. Aber jedes Mal, wenn wir uns an einen neuen Ort wagen, habe ich den Eindruck, als kämen wir der Gefahr dabei immer näher und näher."

„So ist das nun einmal, wenn man Neuland erkundet, Erzett. Gewöhn dich besser dran."

„Das würde ich lieber vermeiden, Sir."

Karr wedelte mit der Hand vor der Gesichtsplatte von RZ-7 herum und tat spaßeshalber so, als würde er versuchen, den Droiden mit Hilfe der Macht dazu zu bringen, das zu tun, was er wollte. „Du *wirst* mich begleiten."

Der Droide dachte einen Moment darüber nach und entgegnete dann: „In Ordnung. Ich begleite Sie."

Karrs Unterkiefer klappte herab. „Moment mal. Hast du das gerade gesagt, weil die Macht bei dir gewirkt hat, oder weil du meiner Meinung bist?"

„Was davon würde Ihnen besser gefallen, Sir?"

Karr wedelte erneut mit der Hand herum. „Du wirst mir die Wahrheit sagen."

„Ja, ich werde Ihnen immer die Wahrheit sagen, Sir."

Karr vergrub sein Gesicht in den Händen. Wenn das irgendetwas bringen sollte, musste er den Droiden beim nächsten Mal mit einer weniger wesensverwandten, zögerlichen Persönlichkeit programmieren. „Lokalisiere bitte die Position von Dok-Ondars Geschäft."

„Oh, wo das ist, weiß ich bereits." Der Droide rief eine Landkarte auf. „Es befindet sich im Black-Spire-Außenposten."

„Klingt nach einem aufregenden Ort."

„Schon möglich, aber wir sollten unser Bestes tun, um Aufregung jeder Art zu vermeiden, Sir. Wir sollten keine Aufmerksamkeit auf uns lenken. Sie nennen es ›aufregend‹ – ich bezeichne es als ›beunruhigend‹. Auf Batuu gelten galaktisches Recht und Gesetz … sagen wir mal … eher als unverbindliche Empfehlungen. Die Leute kommen und gehen, wie es ihnen gefällt, fern vom Auge der Ersten Ordnung. Oder von irgendeiner anderen Autorität."

„Auf Batuu gibt es keine Erste Ordnung?"

„Nicht, dass ich wüsste, Sir. Soweit mir bekannt ist, besteht der Außenposten fast ausschließlich aus einem Raumhafen, einer Cantina, einem Marktplatz und einer Einkaufsstraße – was positiv ist, da es bedeutet, dass es uns vermutlich keine nennenswerte Mühe bereiten wird, diesen Antiquar dort ausfindig zu machen. Zumal er in diesem Winkel des Systems ziemlich berüchtigt zu sein scheint."

„Hoffen wir, dass du recht hast."

Niemand auf dem Raumhafen machte ihnen irgendwelche Schwierigkeiten, und es nahm auch kaum jemand von ihnen Notiz, als sie das Schiff so selbstverständlich parkten und stehen ließen, als würden sie hier ständig ein und aus gehen.

„Sieht doch ganz friedlich aus hier", flüsterte Karr RZ-7 vergnügt zu.

„Sir, es ist wesentlich wahrscheinlicher, dass die hiesige Bevölkerung davon ausgeht, dass ein junger Mann mit einer sehr ansehnlichen Privatjacht der Ersten Ordnung in die Art von Geschäften involviert ist, in die man sich besser nicht einmischt. Was ich als durchaus positiv bewerte. Dementsprechend rate ich dazu, dass wir diese Tarnung aufrechterhalten und nicht dadurch ruinieren sollten, dass wir die Wahrheit sagen."

„Wenn du es nicht vermasselst, tu ich das auch nicht."

Der Droide nickte, ehe er leise erklärte: „Sie müssen so tun, als wären Sie Maize, Sir."

„Was? Mich würde doch niemand je für Maize halten – ich habe die falsche Hautfarbe, ich gehöre der falschen Spezies an, und ich meine, hey, komm schon, ich bin ein *Junge!*"

„Ich meinte damit nicht, dass Sie vorgeben sollen, ein *Mädchen* zu sein, Sir, und gewiss auch kein Mirialaner – doch es kann nicht schaden, so zu wirken, als wären Ihnen Wohlstand und Privilegien nicht fremd. Gehen Sie aufrecht und hoch erhobenen Hauptes. Ignorieren Sie alle Fragen, die Ihnen nicht zusagen, und werden Sie rüde, wenn man Sie allzu eindringlich drängt, irgendetwas von sich preiszugeben. Verhalten Sie sich, als würden Sie niemandem irgendwelche Erklärungen schulden. Das habe ich damit gemeint."

„Verstanden. Das ist eine gute Idee. Ich werde meinen inneren Jedi herauslassen."

„Wenn Sie nicht gerade dabei sind, Ihre innere Maize herauszulassen, können Sie das gerne tun, Sir."

Die Welt außerhalb des Raumhafens war eine gleißend grelle Verschmelzung von Zivilisation und Wildnis. Der Außenposten war umgeben von Hügeln und Wäldern, aus denen die Spitzen gigantischer versteinerter Bäume ragten, die dieser Siedlung ihren Namen gaben: Black Spire – schwarze Spitze. Der Himmel erstrahlte in kräftigem Blau, die Baumwipfel waren von üppigem Grün, und der Markt war eine laute Ansammlung von Ständen, Plätzen und Gassen, wo es alles zu kaufen gab, was man sich nur vorstellen konnte, ob nun legal oder nicht.

Es kostete sie bloß ein oder zwei Minuten, um herumzufragen und festzustellen, dass RZ-7 recht gehabt hatte – es war nicht schwer, Dok-Ondar zu finden.

Er war Ithorianer, ein graugrüner Bursche, der an einem dicken Holzstab ging, mit dem er beim Sprechen gern hierhin und dorthin zeigte. Sein dürrer, knochiger Hals bog sich in einem Winkel von neunzig Grad nach oben, hin zu einem fleischigen, abgeflachten Schädel mit großen, vorstehenden Augen mit langen weißen Wimpern ringsum. Er unterhielt sich gerade mit einem Kunden in einer Sprache, die Karr nicht verstand, während eine dunkelhäutige Frau mit kahl rasiertem Kopf für ihn übersetzte.

Als der Kunde bekommen hatte, was er wollte, und gegangen war, war der Laden ansonsten verlassen. Karr nutzte diese günstige Gelegenheit, um zusammen mit RZ-7 hineinzugehen. Drinnen kam Karr sich weniger wie in einem Trödelladen als vielmehr wie in einem viel zu vollgestopften Museum vor. Die Regale waren sauber und frei von Staub, und die meisten Gegenstände waren mit Etiketten versehen, die erklärten, worum genau es sich dabei handelte, woher das jeweilige Objekt stammte und wieviel es wert war. Die Waren wurden hier nicht einfach nur gelagert, sondern auch ausgestellt.

Die Gegenstände selbst deckten eine breite Palette ab, von winzigen Knöpfen und Gewändern über Statuetten und Helme bis hin zu taxidermischen Tieren war alles dabei. Es hätte tausend Jahre gedauert, das alles in einer bestimmten Sprache zu katalogisieren – was vielleicht auch der Grund dafür war, warum es keine alphabetische Ordnung gab. Im besten Fall war der Laden vollgestopft, im schlechtesten ein einziges Chaos, und jedes noch so kleine Fleckchen wurde bestmöglich genutzt.

Der Ithorianer sagte etwas zu ihnen, und die Frau neben ihm übersetzte seine Worte für Karr: „Wer bist du, Junge – und was willst du?"

„Hallo, Sir! Mein Name ist Karr, und das hier ist mein Droide Erzett-Sieben", sagte er, nicht sicher, ob er dabei zuerst die Frau oder den Ithorianer ansehen sollte. „Ein Chadra-Fan namens Qweek hat uns an Sie verwiesen. Wir sind von weit her gekommen, um uns Ihr Geschäft anzusehen."

Dok-Ondar grunzte und sprach dann erneut. „Jeder, den es zu *meiner* Tür führt, kommt von weit her", übersetzte die Frau. „Du musst auf der Suche nach etwas ganz Besonderem sein. Wie kann ich dir helfen – sofern du das Geld hast, um mich zu bezahlen?"

„Wir haben genug Credits", erklärte er mit Nachdruck. „Wir bitten nicht um Almosen."

„Gut zu hören. Ich bin ein fairer Mann, aber nicht immer besonders mildtätig. Was suchst du?"

Karr spazierte auf den Verkaufstresen zu. „Ich bin auf der Suche nach Jedi-Artefakten – für ein Schulprojekt", fügte er hinzu, immerhin hatte das zuvor schon einmal funktioniert. Zwar machte es ohne Maize an seiner Seite nicht so viel Spaß, so zu tun als ob, doch der Gedanke, eine Tarngeschichte zu haben, gefiel ihm trotzdem.

Dok-Ondar nickte, wie um zu bestätigen, dass Karr hier in diesem Fall genau richtiglag. Seine Augen hüpften dabei auf und ab. „Jedi. Die gibt es schon lange nicht mehr."

„Stimmt. Deshalb suche ich ja auch nach Artefakten. Nach Dingen, die vielleicht einmal ein Jedi benutzt hat … Vielleicht sogar nach etwas, das sich einst im Besitz von einem befand. Gibt es irgendetwas in dieser Art in Ihrem Laden?"

„Da musst du schon etwas spezifischer sein", sagte die Frau (*Wie sie wohl heißt?*, fragte sich Karr) für Dok-Ondar.

„Im Grunde suchen wir nach allem, was diesbezüglich infrage käme", erklärte der Droide. „Es muss nicht in perfektem Zustand sein oder besonders teuer oder besonders schick."

„Dafür, dass du es etwas eingegrenzt hast", sagte Dok-Ondar mit gerade genügend Sarkasmus in der Stimme, dass Karr ihn bereits registrierte, bevor die Frau seine Worte übersetzte. „Gut möglich, dass ich etwas im Hinterzimmer habe, das diesen Vorgaben entspricht, und da ihr Credits habt, hole ich es. Nur zu, schaut euch in der Zwischenzeit ruhig um, aber fasst nichts an, das ihr euch nicht leisten könnt."

„Verstanden. Ja, Sir. Vielen Dank!" Karr nickte ungestüm. Er war ganz aufgeregt, weil er instinktiv wusste, dass sie diesmal am richtigen Ort waren.

„Was haben Sie vor, Sir?", fragte RZ-7, als sein Master davonschlenderte.

„Keine Sorge. Ich schaue mich nur um. Dieser Typ ist der Richtige, Erzett. Das hier ist etwas *völlig anderes* als der Lagerraum von Plutt." Er streifte seine Handschuhe ab und steckte sie in seine Taschen.

„Seien Sie nur *vorsichtig*, Sir."

„Ich habe nicht die Absicht, irgendetwas kaputt zu machen."

„Das wäre mir auch im Traum nicht eingefallen."

Er folgte seiner Intuition, ging erst die eine Regalreihe entlang, dann eine andere, und konzentrierte sich auf das Kribbeln in seinen Fingerspitzen, das er sich zwar möglicherweise nur einbildete, vielleicht aber auch nicht. Hin und wieder warf er einen Blick auf seine Füße, um sicherzugehen, dass er über nichts stolperte, während er sich seinen Weg durch das Gewirr der Regale bahnte, die vom Boden bis zur Decke reichten.

Es dauerte nicht lange, bis er vor einer Maske stehen blieb.

Nein, es war ein Helm.

Er hatte die Farbe von ausgedörrten Knochen, mit einem abstrakten Muster auf dem Gesicht und zwei schmalen Sichtschlitzen für die Augen.

„Haben Sie etwas gefunden, Sir?"

„Dem Etikett zufolge ist es ein Tempelwächter-Helm, Erzett. Denkst du, die Jedi hatten ihren eigenen Tempel? Ich muss ihn anfassen." Bevor der Droide ihm davon abraten oder der ithorianische Händler zurückkehren konnte, berühre Karr vorsichtig, ganz sanft, das bleiche, leere Gesicht auf dem Regal. Hinter seinen Augen zuckten Blitze.

Ein Meer von Weiß. Eine weiße Mauer. Die auf ihn zukam.

Er blinzelte angestrengt.

Nein, keine Mauer. Männer. Truppler. Klonkrieger, die in Formation marschierten, jedoch getrennt durch etwas Schwarzes in ihrer Mitte. Die Männer bewegten sich zielstrebig. Mit Präzision. Mehr wie bei einer zeremoniellen Prozession als wie im Kampf. War das vielleicht eine Parade? Oder eine Übung? Karr konnte nur ihre Bewegungen erkennen. Die Farben waren erst scharf und dann matt. Karr konzentrierte sich, so gut er konnte, versuchte, sich selbst zu kontrollieren, und legte einen zweiten Finger an die Maske, als würde er sie herausfordern, ihm mehr zu zeigen, und zugleich wie ein stummes Versprechen, dass er das schon aushalten würde.

Der Wächter mit der Maske sah die Soldaten näher kommen. Doch da war kein Gefühl drohender Gefahr, nur Vertrautheit. Karr kniff die Augen zusammen, um mehr zu erkennen, aber vergebens. Glücklicherweise sah der Wächter auch so, wer die Truppler anführte. Die Gestalt in Schwarz. Die treibende Kraft. Irgendwie wusste Karr dies alles, genauso, wie er wusste, dass der Wächter verwirrt war. Leiser, hinter der Maske und so, dass nur er selbst es hören konnte – mal abgesehen von Karr in diesem Moment –, sagte der Wächter: „Skywalker?"

Dann brach die Hölle los.

Skywalker aktivierte sein Lichtschwert und streckte den Tempelwächter nieder.

Karr konnte es kaum glauben, und er verstand auch nicht so recht, was er hier eigentlich sah; er wollte den Blick abwenden, doch dafür blieb keine Zeit, selbst wenn das hier eine Vision war. Skywalker – sofern er es denn tatsächlich war – bewegte sich einfach zu schnell, mit fürchterlicher Brutalität und so flink wie jemand, der einen Zaubertrick aufführt. Blaster feuerten. Lichtschwerter schwirrten. Körper stürzten zu Boden. Leute schrien. Es war viel zu schwierig, sich auf jedes Detail, auf jede Bewegung zu konzentrieren. Die ganze Szene spielte sich ab, als wäre sie ein Bewegtbild aus ruckelnden, blassen Wasserfarbenschemen.

Karr ließ die Maske keuchend los und taumelte zurück, gegen ein anderes Regal – aber RZ-7 war da, fing ihn auf und verhinderte, dass er ein Schlamassel anrichtete oder irgendwelche teuren Waren zerstörte.

„Sind Sie in Ordnung, Sir? Was haben Sie gesehen?"

„Ich weiß es nicht ... Ich bin mir nicht sicher. Es war ... Es war *übel*, Erzett. Da ist irgendetwas passiert. Etwas wirklich Schlimmes." Er rang nach Luft und hielt die Seiten seines Kopfes umklammert, als könnte er die Macht dazu nutzen, um den Schmerz zu lindern. Allmählich bekam er seine Atmung wieder unter Kontrolle und damit auch die Schmerzen.

Tat es immer noch weh? Ja. Konnte er sehen, ohne dass es sich anfühlte, als würden sich Dornen in sein Gehirn bohren?

Ja, auch das. Eine deutliche Verbesserung gegenüber früher, keine Frage. Doch war das, was er gesehen hatte, diese Unannehmlichkeiten wirklich wert?

Dok-Ondar kam aus dem Hinterzimmer oder Lagerraum zurück, in den er verschwunden gewesen war. Er hatte einen großen Glaskasten in der Hand, die Frau wie gewohnt an seiner Seite. Er brüllte sie an, und die Frau übersetzte für ihn: „Was habt ihr angestellt? Habt ihr irgendetwas kaputt gemacht?"

Der Droide antwortete, um seinem Master einige Extra-
sekunden Zeit zu verschaffen, seine Gedanken zu sortieren.
„Es ist alles in bester Ordnung, Sir. Wir haben uns lediglich
umgesehen. Dabei ist Karr auf diesen faszinierenden Helm
gestoßen, und wir hatten gehofft, Sie könnten uns vielleicht
mehr darüber sagen …"

„Ah, der Helm der Tempelwächter", übersetzte die Frau für
den Ithorianer. „Dann kennst du dich also *tatsächlich* ein wenig mit Jedi-Mythen aus."

Karr hatte nicht die Absicht, sich mit ihm anzulegen, deshalb sagte er, so gefasst, wie es ihm nur irgend möglich war:
„Ja, Sir, ich finde dieses Thema überaus faszinierend. Sind Sie
sicher, dass das Stück aus dem … Tempel stammt?"

„Aus dem Jedi-Tempel, ja. Oder jedenfalls gehörte er einem
der Burschen, die ihn bewacht haben. Wie dir zweifellos bekannt ist, waren die Wächter durch diese Helme und ihre Ze-
remoniengewänder praktisch anonym – ich fürchte allerdings,
dass ich keine ihrer Roben zu verkaufen habe. Jedenfalls keine,
die zu dem Helm passen würden, meine ich."

Karr konnte kaum glauben, dass etwas, das vor so langer
Zeit passiert war, ihn dermaßen aufwühlte. Er atmete noch ein
paarmal tief durch und versuchte, sich ins Gedächtnis zu rufen,
dass außer ihm niemand sonst im Raum diese Reise in die Vergangenheit unternommen hatte. Und dass er sich beruhigen
musste.

„Das ist wirklich schade", pflichtete Karr dem Ithorianer
schließlich bei. Seine Vision war jetzt fast zur Gänze verblasst,
sodass er kaum noch doppelt sah. *Doppelt sehen!*, dachte er.
Das erinnerte ihn an den Hinweis, den er von Nabrun Leids bekommen hatte, bezüglich der Zwillingssonnen. Irgendwie war
er sich sicher, dass der Ithorianer wusste, nach welchem Planeten er suchte. „Sir, haben Sie –"

Doch der Antiquitätenhändler hatte bereits das Thema
gewechselt. „Lass mich dir zeigen, was ich hinten entdeckt

habe", sagte er mit seiner menschlichen Übersetzerin. „Ich habe etwas gefunden, das für dich gewiss von Interesse sein dürfte."

Ungeachtet aller Höflichkeit, die er an den Tag legte, war Karr erpicht darauf, seine Frage zu stellen. „Kennen Sie zufällig irgendwelche Planeten mit Zwillings- ... Lichtschwerter!", sagte er keuchend, als der Sammler den Kasten auf den Tresen stellte. „Sie haben Lichtschwerter!"

Schlagartig vergaß Karr alles andere, was gewesen war, und konzentrierte sich voll und ganz auf das, was er jetzt vor sich hatte. „Echte Lichtschwerter!"

„Eine ganze Reihe davon, ja", bestätigte Dok-Ondar, während er mit seinen langen Fingern über den Glasschaukasten fuhr, der mit einem Schloss versehen war. Im Inneren des Kastens, auf einem Bett aus schützendem Schaum und edlem Stoff, sah Karr mindestens ein halbes Dutzend deaktivierter Lichtschwerter Seite an Seite liegen. Er drückte seine bloßen Hände gegen das Glas.

„Bitte, kann ich es mir ansehen?"

„Genau zu diesem Zweck ist es ja unter Glas", sagte die Übersetzerin in so trockenem Ton wie nur möglich.

Diplomatisch entgegnete RZ-7: „Ah, ja, gewiss – aber mein Freund würde es vorziehen, eins mit der Hand anfassen zu können, damit er es eingehender in Augenschein nehmen kann."

„Bitte, Sir."

Doch der Ithorianer schüttelte den Kopf, der auf seinem langen Hals vor- und zurückwippte. „Diese Waffen sind kostbar und gefährlich", übersetzte die Frau. „Sie sind für seriöse Sammler oder jene bestimmt, die die alten Traditionen aufrechterhalten wollen, indem sie damit trainieren ... sofern sie das nötige Geld dafür haben."

Karr versuchte, sich so zu verhalten, wie RZ-7 es ihm geraten hatte, und tat gleichermaßen selbstbewusst wie verärgert.

„Ich muss doch bitten, Sir! Sie sollten wissen, dass ich jede Menge Credits habe! Sind Sie potenziellen neuen Kunden gegenüber immer so beleidigend?"

„Bloß denen gegenüber, die Kleidung von anderswo tragen, hungrig aussehen und ... riechen, als könnten sie dringend ein Bad brauchen."

„Wie bitte?"

„Du hast mich schon verstanden", sagte der Händler. „Bevor du dir diese Schwerter ansehen darfst, will ich erst einmal deine Credits sehen. Wärst du wirklich ein wohlhabender Sammler, wüsstest du, dass das in solchen Fällen das übliche Prozedere ist." Er streichelte den Glaskasten und blickte den Jungen nachdenklich an. „Hättest du mir die Wahrheit darüber gesagt, warum du diese Dinge gern berühren möchtest, hätten wir uns vielleicht irgendwie einigen können."

„Aber ich habe Ihnen die Wahrheit gesagt", beharrte Karr. „Es ist für ein Projekt in der Schule. Und ... abgesehen davon interessiere ich mich persönlich sehr für die Jedi und ihre Lehren und ihre Traditionen. Alles, was ich will, ist lernen, Sir. Nichts weiter."

Dok-Ondar reckte seinen Hals, sodass sein schmales Gesicht über Karrs Kopf schwebte. „Wissen um des Wissens willen, hm? Dann willst du also kein Jedi werden?"

Karr war vollkommen überrumpelt. „Es ist nicht so, wie Sie denken."

„Ach nein? Nimm dich in Acht, junger Mann. Wir leben in komplizierten Zeiten. Du solltest sehr vorsichtig sein, welche Wünsche du in dieser Welt hast. Wenn du nicht imstande bist, die Last dieser Bürde zu tragen, wenn du diesem Druck nicht standhältst, wäre es besser für dich, die Finger davon zu lassen."

„Ich will nur lernen."

„Und dennoch hast du mir noch immer nicht dein Geld gezeigt."

Karrs Gedanken rasten. Er beschloss, bei seiner Geschichte zu bleiben, und sagte: „Sie haben mir noch keine Preise genannt."

Der Ithorianer lachte; seine Hände flatterten, und sein kaum vorhandenes Kinn hüpfte. „Du hältst dich für einen sehr cleveren Verhandlungspartner, was?", sagte die Frau für ihn. „Wie wäre es dann damit: Ich sage, die Lichtschwerter stehen nicht zum Verkauf."

„Aber –"

„Keines davon, mit Ausnahme von diesem." Dok-Ondar holte einen merkwürdig geformten Lichtschwertgriff unter den anderen hervor. „Und das ist defekt. Das ist das einzige, bei dem ich mich möglicherweise dazu durchringen könnte, es herzugeben, und das auch nur, wenn du freundlicher darum bittest, als du es bisher getan hast. Ich erkenne eine List aus tausend Klicks Entfernung, und wenn ich einen Farmburschen von einem Hinterwäldlerplaneten vor mir habe, erkenne ich das auch."

„Ich bin kein Farmbursche!"

„Vielleicht nicht im wahrsten Sinne des Wortes, das mag schon sein. Deine Hände haben bislang mit weicheren Materialien gearbeitet als mit einem Pflug. Aber du weißt, worauf ich hinauswill." Der Ithorianer hielt das kaputte Lichtschwert dicht an seine Brust. „Solche Täuschungsmanöver mögen bei niederen Wesen funktionieren, aber hier stehst du damit auf verlorenem Posten."

„Ich sagte Ihnen doch, ich *habe* Geld."

Dok winkte an. „Wenn du Geld hättest, hättest du es mir mittlerweile gezeigt – was bedeutet, selbst wenn du tatsächlich ein paar Credits besitzt, sind es deutlich weniger, als du vorgibst."

Karr war über alle Maßen frustriert. Er war nicht so weit gekommen, nur um jetzt wegen seines Aussehens abgewiesen zu werden. Er schwenkte seine Hand vor dem Gesicht des It-

horianers und sagte: „Sie werden mir das Lichtschwert überlassen."

Dok-Ondar starrte den Jungen ausdruckslos an. Genau wie
die Frau an seiner Seite.

Karr hatte keine Ahnung, ob es funktionierte, deshalb versuchte er es noch mal. „Sie werden mir das Lichtschwert über-
lasen." Noch immer keine Reaktion, darum fügte er hinzu:
„Zu einem angemessenen Preis … Bitte", schloss er, gefolgt
von einer weiteren Geste mit der Hand.

Dok-Ondar schaute dem Jungen in die Augen, und Karr hatte das Gefühl, geradewegs in die Seele des Ithorianers zu blicken. Jetzt wurde ihm klar, dass es nicht funktionierte. Doch
das hinderte ihn nicht daran, noch einmal mit der geöffneten
Hand herumzuwedeln, während er sagte: „Sie werden mir
verzeihen, dass ich es mit diesem Trick versucht habe." Mittlerweile hatte Karr so häufig mit seiner Hand vor Dok-Ondar
herumgefuchtelt, dass es aussah, als wollte er sich vergewissern, ob der Ladenbesitzer blind war.

Der Ithorianer seufzte und sprach. Die Frau wirkte, als würde
sie versuchen, ein Lächeln zu unterdrücken, als sie übersetzte: „Du kannst es dir ansehen. Nicht wegen der lächerlichen
Nummer, die du da gerade abgezogen hast. Sondern aus Res-
pekt vor dem schwierigen Pfad, den du eingeschlagen hast,
sofern ich mit meiner Vermutung richtigliege."

Die Worte des Antiquars erfüllten Karr mit einem ungüten
Gefühl, das er nicht einordnen konnte. Doch er sagte: „Ja,
bitte." Der Sammler hielt ihm das Lichtschwert hin. Der Griff,
kalt und tot, war in zwei Teile zerbrochen, die der Händler jetzt
beide auf den Tresen legte.

„Dieses Lichtschwert gehörte einst einem Inquisitor", erklärte die Frau.

„Keinem Jedi? Was ist ein Inquisitor?"

„Die Inquisitoren waren eine Geheimwaffe des Imperators.
Nach dem Ausführen der Order 66 wurden sie in alle Winkel

der Galaxis entsandt, um alle noch lebenden Jedi aufzuspüren und zu töten."

Karrs Gedanken waren in hellem Aufruhr. Er hatte noch nie etwas von diesen Inquisitoren gehört und wusste auch nichts darüber, dass die Jedi selbst nach dem Ende der Klonkriege noch gejagt worden waren. Allerdings würde das erklären, warum sie damals praktisch von einem Tag auf den anderen scheinbar spurlos von der Bildfläche verschwunden waren.

„Zusammengebaut", erklärte Dok mittels seiner Übersetzerin, „kann man dieses spezielle Lichtschwert in einem von zwei Modi verwenden: Halbmond oder Scheibe. Im Halbmond-Modus wird damit eine einzelne Klinge aktiviert. Wählt man hingegen die Scheibe, erwacht noch eine zweite Klinge zum Leben, die enormen Schaden verursacht, wenn man sie mit der gewünschten Geschwindigkeit herumwirbelt. Als diese Waffe noch intakt war, war dies ein außergewöhnliches Lichtschwert.

Hier. Sag mir, was du davon hältst. Was du fühlst, wenn du es in der Hand hast. Vielleicht liegt das hier ja eher im Rahmen deiner finanziellen Möglichkeiten?"

Bevor Karr auch nur die Chance hatte, sich irgendwie aus der Sache herauszureden, berührte er das Stück des Lichtschwertgriffs, das ihm am nächsten war.

In seinem Kopf explodierte ein Feuerwerk, doch das war für ihn nichts Neues, und er ignorierte es einfach. Er schob es beiseite und lauschte und beobachtete und bemühte sich, aufmerksam die Szene zu verfolgen, die jetzt in seinem Verstand ablief.

Dann riss er seine Hand zurück und starrte Dok-Ondar mit großen Augen an.

Rasch schnappte er sich die andere Hälfte des Lichtschwerts und umklammerte sie fest mit seinen bloßen Fingern.

Er sah eine Gestalt. Einen Jedi? Vielleicht, aber anders. Dann noch einen. Dieser war definitiv ein Jedi. Die beiden kämpften gegeneinander. Lichtschwerter schwirrten, Gewänder flatterten. Karr konnte die Anspannung und die Furcht spüren, die in der Luft lag. Das Ganze erinnerte ihn an die Vision mit Skywalker, die er kurz zuvor gesehen hatte. Die Vision ruckte, sprang vor und setzte an anderer Stelle wieder ein. Feuer brannten. Männer brüllten. Er sah, wie die Gestalt eine Lücke in der Verteidigung ihres Gegners nutzte – und den Jedi niederstreckte. Der Ritter fiel zu Boden, das Licht seines Schwertes und das Licht seiner Seele gleichermaßen ausgelöscht mit einem einzigen Hieb. Karrs Blickfeld verdunkelte sich. Alles, was er jetzt noch sah, war das Glühen der Waffe des Überlebenden. War das erneut Skywalker? Karr konzentrierte sich auf das Lichtschwert. Folgte dem Verlauf der Klinge bis hinunter zum Griff und dann den Arm des Mannes hinauf, der es führte. Allmählich wurde er immer besser darin. Die Visionen waren nicht mehr so vage und verschwommen wie früher, und die Klarheit des Bildes erlaubte es ihm, die Gestalt von oben bis unten zu studieren, bis er schließlich das Gesicht vor sich sah. Doch es war ein Gesicht, das Furcht im Herzen des Jungen säte. Denn das Gesicht – war sein eigenes!

Karr rang nach Luft. Nein, das konnte nicht er sein. Aber er war es, oder nicht? Es dauerte bloß einen Sekundenbruchteil, es war nur ein winziger Teil der Vision. Doch da war Karr, der erneut das Lichtschwert schwang, der erneut den Jedi attackierte, der seinerseits seine Waffe schwang, um sich zu verteidigen. Doch an seinem Schicksal änderte sich nichts, ganz gleich, wie viele Male sich Karr die Szene ansah. Und ganz gleich, wie viele Male er das Geschehen in seinem Verstand von Neuem abspielte, immer sah Karr sich selbst dabei, wie er den Jedi niederschlug. Dann verschwamm die Vision. Funken sprühten. Das riss ihn ruckartig zurück in die Gegenwart.

Karr ließ das zerbrochene Lichtschwert fallen, und offenbar sah er so grimmig aus wie der Tod selbst, da Dok-Ondar ihn anstarrte, als hätte er sich gerade selbst in Brand gesteckt.

„Geht es Ihnen gut, Sir?", fragte RZ-7. „Sie sehen aus, als wären Sie gar nicht ganz Sie selbst."

„Du bist bleich wie ein Geist", pflichtete der Händler dem Droiden bei. „Heißt das, du hast etwas gefunden, das dir gefällt – oder eher etwas, vor dem du lieber davonlaufen würdest?"

Karr hatte Mühe, die richtigen Worte zu finden. Er setzte an, brach ab und schaffte es dann zumindest, zu nicken. „Ich … Wie viel wollen Sie dafür haben? Ich möchte das kaufen. Ich … Ich nehme es. Das sollten wir unbedingt mitnehmen." Er holte seine Credits hervor und ließ sie so auf den Tresen fallen, als wäre es ihm vollkommen egal, wie viel der Ladenbesitzer sich davon nahm. Dann zog er seine Handschuhe aus den Taschen und schob seine Finger hinein.

Dok-Ondar musterte die Bezahlung argwöhnisch. Dann schob er das Geld wieder dem Jungen zu, ehe er Karr mit seinen knollenartigen, vorstehenden Augen von Kopf bis Fuß musterte. „Wenn dir diese Sache so wichtig ist", übersetzte die Frau, „wenn du nach noch mehr suchst, oder auch, wenn du lieber vor etwas fliehen möchtest – solltest du eine Freundin von mir aufsuchen. Was ich gern für dieses Lichtschwert hätte, das zerbrochen und damit nur recht wenig wert ist, wenn ich ehrlich bin? Nun, ein Gefallen wäre mir lieber als dein Geld."

„Ein Gefallen? Was für eine Art von Gefallen?", fragte Karr; seine Stimme klang ein bisschen zittrig.

„Ich habe ein Paket, das ich gern dieser besagten Freundin zukommen lassen würde. Auf Takodana wirst du eine Piratenburg und ihre Königin vorfinden, Maz Kanata. Sieh mich nicht so an – wie eine verängstigte Maus. Sie stellt für dich keine Gefahr dar – jedenfalls nicht, solange du mit aufrichtigen Absichten zu ihr kommst. Ich habe etwas für sie, und bislang war es mir nicht möglich, es ihr zukommen zu lassen. Wenn du mir deine Dienste als Kurier zur Verfügung stellst, kannst du das Lichtschwert haben. Ist das ein fairer Handel?"

RZ-7 sah, dass sein Master noch immer arg mitgenommen war und seine Gedanken zu sammeln versuchte, deshalb antwortete er für sie beide. „Mehr als fair, guter Herr. Es wäre uns eine Freude, Ihrer Freundin Ihr Paket zu überbringen."

Dok-Ondar nickte. „Sehr gut. Aber ihr müsst euch auf direktem Wege zu ihr begeben. Das ist meine einzige Bedingung. Keine Umwege, keine Abstecher. Könnt ihr mir das versprechen?"

Diesmal wollte Karr eigentlich für sich selbst sprechen, doch er war immer noch völlig benommen, daher nickte er nur.

„Gut", grunzte Dok-Ondar. „Gebt mir einen Augenblick Zeit, um die Sendung für sie fertig zu machen. Bleibt so lange hier. In meinem Laden gibt es viele gefährliche Dinge – jedenfalls für jene, die nicht aufmerksam sind."

Er und die Frau verschwanden wieder hinten im Lagerraum, und RZ-7 wandte sich an Karr. „Was haben Sie gesehen, Sir? Was hat Sie so ungeheuer mitgenommen?"

„Ich habe noch mehr Jedi kämpfen sehen, Erzett. Einer von ihnen hat den anderen umgebracht – und dieser Mörder ... Dieser Mörder war *ich!*"

15. KAPITEL

Nachdem sie mit ihrem Paket für Maz Kanata im Gepäck an Bord der *Avadora* zurückgekehrt waren, saß Karr im Co-Piloten-Sessel, während RZ-7 das Schiff für einen weiteren Sprung quer durch die Galaxis bereit machte. Der Junge war noch immer ziemlich benommen und starrte gedankenverloren durch das Sichtfenster, als hielte die Weite des Weltalls auf der anderen Seite irgendwelche Offenbarungen für ihn bereit. Doch die Leere verriet ihm nicht das Geringste, abgesehen davon, dass die Galaxis aus verdammt viel Dunkelheit bestand und aus erschreckend wenig Licht.

„Sir", sagte RZ-7. „Das ist mit ziemlicher Sicherheit ein Irrtum. Sie sind kein Jedi, und Sie waren auch noch nie einer. Sie können keine Vision von sich selbst gehabt haben, in der Sie wie einer gekleidet waren, weil Sie noch nie solche Gewänder getragen haben. Sie können überhaupt nicht gesehen haben, wie Sie einen Jedi töten, weil Sie noch nie einem begegnet sind. Es muss eine andere Erklärung dafür geben, die wir im Augenblick einfach noch nicht kennen."

„Ich weiß, was ich gesehen habe, Erzett. Das war *ich.* Ich war derjenige mit dem Lichtschwert, und die Klinge leuchtete so hell … Sie war grün, und ich habe das Schwert gehalten, als wüsste ich genau, wie man damit umgeht."

„Noch eine Unstimmigkeit, Sir. Schließlich haben Sie nie eine Lichtschwert-Ausbildung genossen und auch nicht die geringste Ahnung, wie man eine solche Waffe führt, wenn Sie mir meine Offenheit verzeihen." Das zerbrochene Lichtschwert war in einem Fach neben Karrs Koje verstaut, neben dem Paket, das sie zu dieser Piratenkönigin bringen sollten.

„Ich weiß, dass du recht hast, aber ich weiß *trotzdem,* was ich gesehen habe."

„Sie haben in Ihren Visionen noch nie die Zukunft gesehen, oder, Sir?"

Karr zuckte mit den Schultern. „Sifo-Dyas sagte, er hätte die Zukunft gesehen. Was, wenn ich dazu ebenfalls imstande bin? Was, wenn ich Zeuge meines eigenen Schicksals wurde und ich gar nicht dazu bestimmt bin, ein Jedi zu werden, sondern vielmehr einer dieser Inquisitoren? Ich habe so viele verwirrende Dinge gesehen, Erzett. Ich weiß nicht mehr, was ich glauben soll und was nicht. Waren die Jedi gut? Ich habe gesehen, wie Skywalker einen anderen Jedi niedergemäht hat, als bestünde er aus Schimmerseide. Was, wenn die Jedi in Wahrheit böse waren? Was, wenn sie es *verdient* hatten, unschädlich gemacht zu werden? Was, wenn – "

Erzett brachte ihn rasch zum Schweigen. „Die Antworten auf diese Fragen sind irgendwo dort draußen, Sir. Eins weiß ich jedoch mit Sicherheit, nämlich, dass wir sie heute Abend nicht mehr finden werden."

„Du hast recht. Ruhen wir uns die Nacht über aus oder zumindest für ein paar Stunden. Und sobald ich eine Mütze voll Schlaf hatte, bringen wir dieses Paket nach Takodana. Bis dahin hat sich hoffentlich auch mein Magen wieder beruhigt. Was auch immer das für ein Zeug war, das ich da auf dem Markt gegessen habe, es bekommt mir nicht besonders."

Der Droide strahlte. „Vielleicht ist ja genau *das* das Problem, Sir! Eine Magenverstimmung könnte Ihre Fähigkeiten beeinträchtigen. Ich denke, dass ein solcher Zustand für Ihre Spezies im Allgemeinen und für Ihre Familie im Besonderen eine nicht unerhebliche Ablenkung vom Wesentlichen bedeutet."

„Ja, wir müssen aufpassen, was wir essen, und ich war in dieser Hinsicht in letzter Zeit … ziemlich abenteuerlustig."

„Nun, Sie sind von einem Planeten zum anderen gereist und hatten viel um die Ohren. Alles in allem, Sir, würde ich sagen, dass Sie sich bemerkenswert gut geschlagen und eine Menge erreicht haben. Eine schlechte Vision an einem schlechten Tag macht Ihre ganzen Fortschritte nicht gleich wieder zunichte."

„Danke, Erzett! Ich weiß das zu schätzen."

Karr überließ es dem Droiden, die Koordinaten zu berechnen und den Kurs zu programmieren. Er machte es sich in seiner Koje bequem, um ein bisschen zu schlafen, aber die Sorgen, die ihn quälten, ließen ihn nicht zur Ruhe kommen. Hatte er tatsächlich sein eigenes Schicksal vorhergesehen? Oder das einer anderen Person, von einem Jedi-Mörder aus längst vergangener Zeit? Seine Visionen waren nur selten kristallklar, aber diese war ihm so persönlich vorgekommen. Und zutiefst beängstigend. Er stellte fest, dass er etwas noch viel dringender brauchte als Schlaf, und das war Ablenkung.

Als Erstes versuchte er, Maize mit dem Holokommunikator zu erreichen, aber sie ging nicht ran, und da er auch keine Ahnung hatte, was er ihr für eine Nachricht hinterlassen sollte, unterbrach er die Verbindung. Er hatte beim besten Willen nicht vor, ihr zu erzählen, dass er sich selbst gesehen hatte, wie er einen Jedi ermordete. Vielleicht hätte er ihr berichten können, dass sie gerade auf dem Weg nach Takodana waren, doch ein Anflug von Paranoia hielt ihn davon ab. Was, wenn jemand alles mit anhörte? Er wusste, dass das Signal über zahlreiche Übertragungsknoten lief, bis es sie erreichte, und wenn jemand das nötige Wissen dafür besaß, bestand die Möglichkeit, dass kein einziger davon „sauber" war.

Es machte ihm zwar nichts aus, wenn Maize wusste, wohin er flog, aber vielleicht war es eher unklug, wenn der Rest des Universums ebenfalls darüber informiert war.

Er brauchte das Schiff noch eine Weile länger, denn er hatte eine Mission zu erfüllen.

Und danach?

Er verschränkte die Hände hinter dem Kopf und ließ sich auf das kleine Kissen sinken, auch wenn das Ding kaum weich genug war, um als Kissen durchzugehen. Vielleicht würde er nach dem Trip nach Takodana einfach nach Hause zurückkehren. Zu Hause war das Risiko, dass er irgendwelche Jedi-Ritter umbrachte, ziemlich gering – praktisch gleich null. Abgesehen davon brauchte er sich dann keine Gedanken mehr darüber zu machen, mit einem gestohlenen Raumschiff erwischt zu werden oder sich irgendwo am Rande der Galaxis zu verirren.

Doch andererseits würde sein Zuhause nicht mehr lange sein Zuhause bleiben. Bald würde eine Berufsschule auf der anderen Seite des Planeten sein Zuhause sein.

Um ehrlich zu sein, hatte er keine Ahnung, wo er sonst hingehen sollte, außer nach Takodana. Er wusste nicht, wo sich der Jedi-Tempel befand – sofern er überhaupt noch existierte –, und er wusste auch nicht, wie dieser Planet mit den zwei Sonnen hieß. Und er vermochte nicht zu sagen, wer der tote Jedi in seinen Visionen war. In gewisser Weise hatte er das Gefühl, als würde er sich im Kreis drehen, ohne die geringsten Fortschritte zu machen, ohne wirklich voranzukommen. Kam er den Jedi nun näher, oder rückten sie in immer weitere Ferne? Wurde er allmählich zu einem sachkundigen Behüter der Galaxis, oder war er dazu verdammt, für immer der Kleinstadtbursche zu bleiben, der nichts weiter wusste als nutzloses Zeug wie „Schau auf Tatooine niemals direkt in eine Doppelnimbus-Sonnenfinsternis"?

Bei diesem Gedanken richtete sich Karr so ruckartig auf, dass er sich den Kopf an der niedrigen Decke seiner Koje stieß. „Doppelnimbus-Sonnenfinsternis!", rief er. „Tatooine! Das würde ja bedeuten … Ich meine, das könnte heißen, dass –" Er war so aufgeregt, dass er es nicht einmal schaffte, den Satz zu Ende zu bringen. „Erzeeeett!", brüllte er und sprang von seiner Pritsche. „Wie konnte ich das nur vergessen?", fragte er sich selbst.

„Was denn, Sir?"

„Tatooine!", verkündete er. „Tatooine hat zwei Sonnen!"

„Ach, tatsächlich?"

„Ja! Jedenfalls glaube ich das. Ein Pilot – irgend so ein Kerl, mit dem ich auf Merokia handeln wollte – hat mir seine Schutzbrille gegeben und meinte: ›Die Brille ist ziemlich gut, bietet aber vor allem Schutz gegen blendendes Licht. Man sollte damit niemals direkt in die Sonne sehen. Schon gar nicht während einer Sonnenfinsternis. Und schon zweimal nicht während einer *Doppelnimbus-Sonnenfinsternis auf Tatooine*.‹ Das hatte ich ganz vergessen – na ja, jedenfalls bis jetzt. Jetzt habe ich mich wieder daran erinnert. Das könnte unser Planet mit den zwei Sonnen sein, von dem Nabrun Leids uns erzählt hat."

„Das wäre in der Tat möglich, Sir."

„Setz Kurs auf Tatooine!", rief er. „Das ist eine verdammt heiße Spur!"

„Aber, Sir …"

„Vielleicht lebt dort ja noch ein Jedi. Vielleicht könnte er mir beibringen, meine Kräfte so einzusetzen, dass ich nicht zu einer Bedrohung werde. Vielleicht könnte er mir erklären, was genau ich in der Vision gesehen habe!"

„Aber, Sir", wiederholte der Droide und erhöhte seine Lautstärke dabei um drei viertel Dezibel.

„Was denn?", fragte Karr.

„Wir haben Dok-Ondar versprochen, sein Paket auf direktem Wege zu Maz Kanata zu bringen."

„Ja, schon, aber … Das würde er doch garantiert verstehen, oder nicht?"

„Wir haben ihm unser Wort gegeben, Sir", erinnerte ihn der Droide.

Karr atmete laut aus. Obwohl ihm nichts einfiel, das wichtiger gewesen wäre, als einer so heißen Jedi-Spur zu folgen, wusste er doch, dass Erzett recht hatte. Sosehr er sich auch wünschte, seine Jedi-Kräfte zu verfeinern, so wenig durfte er riskieren, das aus den Augen zu verlieren, was ihn zu einem anständigen Menschen machte. „In Ordnung, Erzett. Als Erstes fliegen wir nach Takodana. Aber danach geht's für uns definitiv nach Tatooine."

„Einverstanden."

Karr ging wieder zu Bett, doch seine Gedanken rasten in seinem Kopf und leisteten ihm Gesellschaft, bis sie schließlich zu Träumen über flatternde Roben und schwirrende Lichtschwerter wurden.

Einige Stunden später wachte er abrupt auf. Er hatte keine Ahnung, wie lange er geschlafen hatte, doch nachdem er sich ein wenig frisch gemacht hatte und nach vorn ins Cockpit ging, sah er auf der anderen Seite des Glases einen blaugrünen Planeten. Er brauchte einen Moment, um zu begreifen, dass das nicht mehr Batuu war. Oder doch?

„Erzett?", begann er.

„Ich habe mir die Freiheit genommen, die Zeit, in der Sie … unpässlich waren, zu nutzen, um den Hyperraumsprung nach Takodana einzuleiten, Sir. Es war nur ein kurzer Sprung mit eindeutigen Koordinaten und ohne jedwede Komplikationen. Von der Ersten Ordnung oder irgendwelchen Piraten war nichts zu sehen. Ich hoffe, das macht Ihnen nichts aus."

„Ob mir das was ausmacht?", fragte er, noch immer ein wenig überrumpelt. „Ähm, nein. Nein, das ist schon okay. Um ehrlich zu sein, ist das sogar eine ziemlich gute Neuigkeit."

„Es freut mich, das zu hören, Sir", sagte RZ-7. „Ich weiß, wie enttäuscht Sie waren, dass wir nicht sofort nach Tatooine geflogen sind, aber möglicherweise stoßen wir in dieser Piratenburg ja auf etwas ähnlich Vielversprechendes. Nach allem, was ich darüber in Erfahrung bringen konnte, handelt es sich dabei um einen ausgesprochen besonderen Ort. Dort ist jeder willkommen – unter der Voraussetzung, dass alle miteinander klarkommen. Wer Schwierigkeiten macht, wird von der Piratenkönigin persönlich hinausgeworfen. Daher wäre es in unserem besten Interesse, freundlich zu ihr zu sein. Vielleicht sollten Sie alles darüber vergessen, was ich darüber gesagt habe, dass Sie Ihre innere Maize herauslassen sollen. Ich glaube, auf Takodana erreichen wir mehr, wenn wir nett und höflich sind."

„Hoffentlich habe ich ›nett‹ besser drauf als ›rüde‹."

„Nun, Sir", protestierte der Droide nachsichtig, „immerhin *haben* Sie mit dieser Methode letzten Endes einiges Nützliches von Dok-Ondar erfahren."

„Ich habe dort nicht unbedingt das gesehen, was ich sehen wollte."

„Nein, aber diese Gefahr bestand doch letztlich von vornherein – dass Sie auf Dinge stoßen würden, die Ihnen nicht gefallen, und Sachen erfahren, die Ihnen nicht zusagen. Missionen, bei denen von Anfang an klar ist, dass sie gut ausgehen, gibt es nicht, Sir. Ich wage sogar zu behaupten, dass die meisten weniger erfolgreich verlaufen, als das bei unserer bislang der Fall ist."

Es dauerte nicht lange, und sie waren wieder unten auf dem Boden. Sie landeten am Rande eines unberührten Sees, an dessen Ufer die Burg aufragte, die Maz Kanata gehörte, der Piratenkönigin, die hier ihre Geschäfte betrieb. Karrs Ansicht nach erinnerte das Ganze allerdings mehr an eine Siedlung, und RZ-7 pflichtete ihm darin bei. „Vielleicht ist diese Burg ja auch so etwas wie eine Stadt für sich", spekulierte er.

„Irgendwie altmodisch, oder?", sagte Karr, der an den Mauern vorbei zu den Hunderten von Bannern aufschaute, die über den Gebäuden wehten. Die Fahnen und Flaggen hatten jede Form, Farbe und Größe, wie dekoratives Konfetti vor dem Hintergrund der Wolken.

Der Droide überprüfte seine Datenbanken. „Den verfügbaren Unterlagen zufolge ist die Burg über tausend Jahre alt – genau wie ihre Herrin."

Karr stieß ein leises Pfeifen aus. „Wow! Tja, wie heißt es noch gleich? Gut Ding will Weile haben."

„Jedenfalls einige, wie mir scheint."

„Zu Hause habe ich jede Menge Bücher. Antiquitätenführer. Damit will ich sagen, dass es da draußen unzählige Antiquitäten gibt. Irgendwie verschwindet alter Krempel nie wirklich."

„Haben Sie das Paket, das wir überbringen sollen?"

Er nickte und tätschelte die Tasche, die er quer vor der Brust trug. „Gleich hier. Los, suchen wir diese Lady."

Da jeder sie kannte und offenbar auch ein bisschen Angst vor ihr hatte – sie aber zugleich auch irgendwie mochte –, war es nicht schwer, Maz Kanata zu finden. Nicht zuletzt wegen der gigantischen Statue von ihr, die über der Burg aufragte und die man unmöglich übersehen konnte, selbst wenn man es versucht hätte.

Überall, wo Karr und RZ-7 hinkamen, war die Reaktion auf ihren Namen dieselbe, und die Angaben zu ihrem vermeintlichen Aufenthaltsort wiesen allesamt auf das Herz der Burg selbst hin.

Karr wollte es als Erstes im Speisesaal probieren, gab aber zu, dass da größtenteils sein Magen aus ihm sprach. „Vielleicht hat sie ja irgendwo ein Büro oder so was", spekulierte er laut, da aus der Bar dröhnende Musik nach draußen auf die Straße drang. „Oder … Wohnquartiere. Ich habe keine Ahnung."

„Ich auch nicht, Sir."

Als jemand Karr von hinten auf die Schulter tippte, fanden ihre Mutmaßungen ein jähes Ende. Als er sich umdrehte, sah er sich einem kupferfarbenen Droiden von bemerkenswerter Größe und beträchtlichem Alter gegenüber. Noch nie zuvor hatte er so etwas wie dieses weibliche, humanoide Design oder diese gelben Sensoren bei einem Droiden gesehen. „Sofern ich nicht irre, seid ihr auf der Suche nach Maz Kanata?"

Die Gegenwart der Droidin machte ihn aus Gründen nervös, die er selbst nicht recht verstand. „Wir haben ein Paket für sie", erklärte er. „Von Dok-Ondar auf Batuu. Er schickt uns."

Die Droidin legte ihren Kopf zur Seite und sagte: „Ein Paket von Batuu?" Es klang, als wäre sie sich nicht ganz sicher, ob das der Wahrheit entsprach oder nicht. „Das zwei Reisenden von ... anderswo anvertraut wurde?"

Ihr Tonfall klang nach Aufforderung und Frage zugleich, und Karr antwortete ihr. Er nannte ihr seinen Namen und fügte hinzu: „Das ist RZ-7. Wir reisen durch die Galaxis, um Jedi-Artefakte aufzuspüren und zu sammeln. Als Teil eines Schulprojekts. Wir haben Dok-Ondar kennengelernt, und er hat uns einige seiner Waren gezeigt. Dann bat er uns, ihm im Tausch gegen ein oder zwei seiner Antiquitäten diesen Gefallen zu tun."

Diesmal war es vermutlich am besten, bei der Wahrheit zu bleiben – oder zumindest so nahe dran wie möglich. Je länger er dort im Schutz der Burgmauern stand, desto überzeugter war er, dass es sich dabei um so etwas wie heiligen Boden handelte. Er konnte die Macht spüren, die diesem Ort innewohnte.

Die Droidin nickte und sagte: „Sehr gut. Ich bin Emme-Achtdeneun, auch wenn mich die Einheimischen meistens Emme nennen – wenn ihr wollt, könnt ihr das auch tun. Kommt mit, und ich bringe euch zu Maz Kanata. Sie wird interessiert sein, zu sehen, was ihr für sie habt."

„Ja, Ma'am", sagte RZ-7.

ME-3D9 führte sie an der Cantina vorbei und eine Gasse entlang, durch eine Tür und eine Treppe hinunter. „Ihr seid hier genauso willkommen wie jedermann", informierte sie sie. „Und zwar exakt so lange, wie ihr euch nicht zu Gewalttätigkeiten hinreißen lasst. Hier ist Kämpfen jeder Art untersagt. Alle, die Streit suchen, werden unverzüglich zwangsentfernt."

„Klingt fair", murmelte Karr und trottete weiter hinter der Droidin her.

Bald hatten sie eine Etage unmittelbar unterhalb der Stelle erreicht, wo die Cantina-Band spielte, oder zumindest hörte es sich durch die Decke über ihnen so an. Die Musik wurde lauter und leiser, fröhlich und rhythmisch, und wäre Karr besser drauf gewesen, hätte er womöglich sogar mit dem Fuß im Takt gewippt.

Doch dann fühlte er plötzlich das Gewicht des Ortes über sich und das Gewicht des Ortes unter sich auch. Er wurde zwischen den Backen einer unsichtbaren Schraubzwinge eingequetscht, und mit einem Mal hatte er Mühe, sich aufrecht auf den Beinen zu halten.

ME-8D9 bemerkte seine Reaktion und blieb stehen. „Wenn Sie mir sagen, was Ihnen fehlt, kann ich vielleicht behilflich sein."

„Danke, aber so einfach ist das nicht. Es ist einfach … Alles ist sehr …"

Er suchte noch immer nach den richtigen Worten, als am Ende des Korridors, in dem sie sich befanden, eine kleine Gestalt auftauchte. „Drückend", sagte sie.

Die Frau war winzig, vielleicht halb so groß wie Karr. Ihre Haut war bräunlich und spannte sich fest über ihrem Skelett; sie trug eine Brille mit großen runden Gläsern, die ihre Augen verzerrten und wie Knollen wirken ließen. Sie hätte einhundert, ebenso gut aber auch eintausend Jahre alt sein können. Hätte ME-8D9 Karr gegenüber das eine oder andere behauptet, hätte er ihr in jedem Fall geglaubt, so oder so.

ME-3D9 nickte der winzigen Gestalt respektvoll zu. „Maz Kanata, diese beiden haben nach Euch gefragt – überall in der Burg. Ich glaube nicht, dass sie schändliche Absichten verfolgen. Sie behaupten, ein Paket für euch zu haben. Von Batuu."

„Von Batuu?" Sie trat näher an Karr heran und schob ihre Brille hoch, sodass sie oben auf ihrem Kopf saß. Jetzt waren ihre Augen viel kleiner als zuvor, und sie sah ihn so durchdringend an, dass er halb fürchtete, sie könnte ihn denken hören.

Konnte sie ihn denken hören?

Sie lachte. „Nein, du alberner Junge. Ich kann deine Gedanken nicht hören, aber ich bin sehr alt und habe viel Zeit damit zugebracht, Leute zu beobachten. Ich erkenne ein verlorenes Kind, wenn ich eins sehe. Und ich erkenne jemanden, der die Macht spüren kann, wenn ich sehe, wie er an einem Ort wie diesem mit seiner Gabe zu kämpfen hat. Aber ich bin froh, dich zu sehen, Junge", schloss sie. „Wurde auch höchste Zeit, dass du endlich hier auftauchst!"

16. KAPITEL

Karr war verwirrt. Sein Kopf fühlte sich an, als wäre er vollgestopft mit Watte. „Ich verstehe nicht ganz. Sie haben mit uns gerechnet?"

„Ich rechne immer mit *allem*!", entgegnete sie fröhlich und blickte mit diesen strahlenden kleinen Augen zu ihm auf. „Aber ja, mit *dir* habe ich ganz besonders gerechnet."

Karr sah sie einen Moment lang an. „Wegen der Macht?", fragte er.

„Nein. Weil Dok mir eine Nachricht geschickt hat."

Karr bedachte sie mit einem Blick, als hätte sie sich gerade über ihn lustig gemacht, aber sie fuhr unbeirrt fort: „Er sprach darin von einem Droiden und einem Jungen mit einer Leidenschaft für Jedi-Artefakte, die ihn praktisch umhauen!"

„Das hat er Ihnen alles erzählt?"

„Nicht mit so vielen Worten, aber ja. Ihr seid hier willkommen, wie Emme euch gewiss bereits mitgeteilt hat – auch wenn ich dir ansehe, dass dir deine Umgebung nicht sonderlich behagt." Dann setzte sie sich in Bewegung, entfernte sich und bedeutete ihnen mit einer Geste, ihr zu folgen. „Komm mit, und ich sage dir, woran das liegt. Vielleicht kann ich dir helfen. Nein, ich bin mir sicher, dass ich dir helfen kann." Ihre kleinen Füße trugen sie weiter.

„Helfen … wobei?", fragte RZ-7. „Unsere einzige Aufgabe besteht darin, Ihnen ein Paket zu überbringen."

„Ah, aber eure *Mission* ist eine völlig andere als eure *Aufgabe,* oder nicht?" Sie blinzelte Karr über die Schulter hinweg zu. „Du fühlst eine Verbindung zu den Jedi, zur Macht. Und sie ist sehr stark, würde ich annehmen."

Vage, aber aufrichtig sagte Karr: „Ich verstehe eigentlich gar nicht so genau, was mit mir passiert ..."

Sie kicherte. „Das ist aber eine ziemliche Untertreibung, junger Mann." Sie führte ihn in einen Raum, der wie ein Büro aussah. Es gab einen Schreibtisch, hinter dem kein Stuhl stand, doch dafür befanden sich zwei davor. Anstatt sich hinter den Tisch zu begeben, setzte sie sich einfach im Schneidersitz darauf. „Danke, Emme! Ich mache ab jetzt weiter."

Emme neigte ihr Haupt und zog sich diskret zurück.

Karr und RZ-7 nahmen auf den Stühlen Platz. Obwohl Maz auf dem Tisch saß, waren sie alle nahezu auf Augenhöhe. Der Junge griff in seine Tasche, holte das Paket daraus hervor, das Dok ihm gegeben hatte, und hielt es ihr hin.

Ohne es auch nur eines Blickes zu würdigen, nahm sie es entgegen und legte es neben ihr Knie. „Ich mag deine Handschuhe", sagte sie zu ihm.

„Ähm, danke! Meine Großmutter hat sie für mich gemacht."

„Eine Familie, die Dinge herstellt, ja. Eine gute Familie, von der du abstammst. Aber du trägst die Handschuhe nicht wegen der Kälte oder weil du so empfindliche Haut hast, nicht wahr?" Bevor er darauf etwas erwidern konnte, beantwortete sie ihre Frage selbst: „Nein, tust du nicht! Du trägst sie, um dich vor den Dingen zu schützen, die du berührst. Das ist der wahre Grund, ja."

„Ja, Ma'am", flüsterte er. Sein Blickfeld drohte sich zu trüben, aber er kämpfte dagegen an. Er konzentrierte sich auf seine Atmung – eins, zwei, ein, aus –, bis er schließlich nicht länger das Verlangen verspürte, die Augen zu schließen.

„Weißt du, wo du hier bist, junger Mann?"

„In ... in Ihrer Burg. In Ihrer ... Bibliothek?" Der Raum hatte ungefähr die Größe eines Schlafzimmers und war gesäumt von Regalen, die zwar vollkommen überladen, aber dennoch geordnet wirkten. An einer Wand hingen gerahmte Gemälde, Leuchten und einige Gedenktafeln in Sprachen, die Karr nicht lesen konnte.

„Nah dran, aber ungenügend. Diese Burg, wie du sie nennst, steht hier schon seit einem Jahrtausend. Davor, so sagt man, war dies im Prinzip so etwas wie ein Jedi-Hauptquartier, mit Katakomben darunter. Das ist natürlich nur ein Gerücht, musst du wissen. Aber vielleicht ist es das, was du fühlst …" Sie sah ihn durchdringend an. „Das Kommen und Gehen. Die Bürde der Jedi drückt von oben auf deine Schultern und drängt von unten gegen dich."

„Katakomben?", quiekte er.

„Die toten Jedi müssen irgendwohin gehen. Warum nicht hierher?"

Ihm fiel kein guter Grund ein, der dagegensprach, und die Vorstellung, in einem Raum über einem Jedi-Friedhof zu sitzen, faszinierte ihn dermaßen, dass er für einige Sekunden sogar seine Kopfschmerzen völlig vergaß. „Sie sind hier begraben? In einer Gruft, direkt unter uns?"

„Sie wurden hier *beigesetzt,* mein Junge", korrigierte sie ihn. „Nicht begraben. Falls sie *tatsächlich* hier sind. Wann immer möglich, werden alle Jedi eingeäschert, genau genommen müsste man daher also von einem Kolumbarium sprechen, von einer Urnenhalle. Deshalb fühlst du womöglich ihre Gegenwart über und unter uns, das will ich damit sagen."

„Spüren Sie … Spüren Sie es ebenfalls? Denn wenn Sie das tun, muss ich Sie fragen: Wie halten Sie das aus? Ich kann hier unten kaum *atmen.* "

Sie schüttelte den Kopf. „Oh, ich spüre durchaus *etwas,* aber es tut mir nicht weh. Ob das nun an meinem Alter oder an meinen eigenen Fähigkeiten liegt, werden wir wohl nie erfahren, schätze ich – die Macht funktioniert bei unterschiedlichen Leuten auf unterschiedliche Weise, verstehst du?"

„Sind Sie eine Jedi, Maz?"

Wieder ließ sie ihr rostiges kleines Lachen hören. „Ich, eine Jedi? Absolut nicht. Aber ich habe einige Jedi gekannt, und ich besitze ... eine gewisse Sensibilität. Es ist nicht leicht zu erklären, aber du weißt, was ich meine. Du hast versucht zu lügen, anstatt dich zu erklären. Ich bin darüber nicht verärgert. Ich verstehe, warum du diesen Impuls verspürt hast. Manchmal ist eine Lüge für alle der leichteste Weg, und wenn sie niemandem schadet – wen sollte sie dann stören?"

„Ich habe nicht die Wahrheit gesagt, weil ... Na ja, weil ich dachte, Ihre Droidin würde nicht verstehen, warum ich Sie suche, und Sie wollte ich anlügen, weil ich Angst davor hatte, Sie würden mir nicht glauben. Abgesehen davon hatten nicht alle, denen wir auf dieser Reise bislang begegnet sind, viel für die Jedi übrig."

„Oh, ich weiß genau, was du meinst. Nicht zuletzt deshalb ist das Universum heute ein noch dunklerer Ort als früher. Die Macht erfordert ein Gleichgewicht, und heutzutage scheint es, als wäre die einzige Seite, auf der sich etwas tut, die Dunkle Seite. Um dem Licht zu dienen, sind dies wahrhaft schwierige Zeiten."

Maz Kanata fuhr damit fort, zu erklären, was genau die Macht war – ein bisschen eingehender, als seine Großmutter es getan hatte – und dass sie am besten funktionierte, wenn sie im Gleichgewicht war. „Doch dieser Tage ist es schwer, dieses Gleichgewicht herzustellen", endete sie schließlich mit einem Seufzen. „Jetzt sag mir: Wie leitet die Macht dich, junger Mann?"

„So, wie Sie es wegen der Handschuhe schon vermutet haben. Ich berühre Dinge."

„Vermutet? Ich habe nichts vermutet!", wandte sie ein, doch es lag kein Tadel in ihren Worten. „Ich muss niemals Vermutungen anstellen. Aber das ist noch nicht alles, oder? Momentan berührst du überhaupt nichts, außer dem Stuhl, auf dem du sitzt – und dieser Stuhl ist nie mit der Macht in Kontakt gekommen, weder mit der Hellen Seite noch mit der Dunklen oder sonst irgendwie."

„Oh. Richtig. Ähm … Ich habe, na ja … Wenn ich Dinge berühre, habe ich manchmal Visionen. Besonders wenn diese Dinge bei bedeutenden Ereignissen dabei waren. Die Jedi-Visionen mag ich am liebsten. Aber sie tun mir weh – sie verursachen mir schreckliche Kopfschmerzen –, und manchmal … Manchmal gefällt mir das, was ich sehe, nicht …" Er verlor den Faden, als er unwillkürlich daran denken musste, wie er sich selbst dabei beobachtet hatte, wie er einen Jedi-Ritter ermordet hatte. Er wollte ihr davon erzählen, doch er konnte sich einfach nicht dazu durchringen, die Worte auszusprechen.

„Oh, genug mit deiner Ungewissheit! Sofern ich mich nicht irre, lernst du ständig dazu, jede Minute. Und ich irre mich praktisch nie", versicherte sie ihm, während sie nachdenklich mit dem Finger seitlich gegen ihren Kiefer tippte. „Als ich dich das erste Mal sah, dachte ich, du würdest unter der Last deiner Schmerzen zusammenbrechen. Aber jetzt? Dir ist unbehaglich zumute, ja. Aber man kann wohl kaum behaupten, dass du gerade stirbst."

Da hatte sie recht, und ihm blieb nichts anderes übrig, als ihr zuzustimmen. „Es tut zwar immer noch weh, aber …"

„Aber du bist dabei, das Gleichgewicht zu finden, obwohl das nie deine Absicht war. Du bist dabei, die Stelle in deinem Innern zu finden, wo alle Dinge eben sind." Auf dem Tisch stand ein transparentes Glas, das zur Hälfte mit Milch gefüllt war. Sie nahm es auf und hielt es ihm hin, sodass er es betrachten konnte. „Siehst du die Oberfläche? Wenn ich das Glas nach links neige, kippt die Oberfläche links nach oben und rechts nach unten. Und umgekehrt, wenn ich es zur anderen Seite neige. Aber halte ich es gerade – selbst wenn ich die Milch vorher ein bisschen schwappen lasse, etwa so! –, kannst du zusehen, wie sich die Flüssigkeit wieder … beruhigt. Die Milch setzt sich wieder, und die Oberfläche wird eben. Sie kommt wieder ins *Gleichgewicht.* Bei dir ist es genauso, auch wenn ich denke, dass du mir nicht genau erklären könntest, was genau mit und in dir vorgeht, selbst wenn ich dich drängen würde, es mir zu sagen."

„Da haben Sie recht. Ich weiß nicht, wie es passiert oder wie man es kontrollieren kann."

„Und trotzdem wirst du immer besser darin, damit umzugehen. Die Macht ist gleichzeitig das Thema und der Lehrmeister. Wenn du auf sie hörst, wirst du viel lernen. Da kommt mir ein Gedanke. Ich habe … mehr als nur ein paar Dinge, die einst den Jedi gehörten. Ich verfüge zwar nicht über eine so kuratierte Sammlung wie mein Freund Dok-Ondar, aber es befinden sich trotz allem einige qualitativ hochwertige Gegenstände darunter! Ich werde dich einen davon berühren lassen, als Test, und du sagst mir dann, was er dir verraten hat."

„Woher wollen Sie wissen, dass das, was ich sage, richtig ist? Oder dass ich die Wahrheit sage?", fragte er.

„Indem ich etwas auswähle, mit dem ich bestens vertraut bin", erklärte sie. „Ich gebe dir etwas, dessen Geschichte ich genau kenne. Warte einen Moment." Mit diesen Worten hüpfte sie vom Schreibtisch und verschwand draußen auf dem Gang.

Als sie fort war, sagte RZ-7 leise: „Ich hoffe, es macht Ihnen nichts aus, dass ich das sage, Sir, aber Sie scheinen sich wieder besser zu fühlen. Ihr Gesicht hat wieder etwas Farbe bekommen, und Ihre Herzfrequenz bewegt sich allmählich wieder im normalen Rahmen."

„Ich fühle mich zwar nicht wirklich gut, aber zumindest besser. Das Sitzen hilft."

Eine Minute später kam Maz zurück; sie hielt etwas Rundes an einer breiten Schleife in den Händen. „Hier", sagte sie. „Zieh deine Handschuhe aus!"

Karr streifte sie ab und legte sie auf seinen Schoß. Er streckte die Hände aus.

„Fühlst du es?", fragte sie ihn. „Von dort?"

Sie stand immer noch drei Meter entfernt. „Keine Ahnung", sagte er. „Ich kann's nicht genau sagen. Da ist so viel … Hintergrundrauschen."

„Kein Wunder. Wie ist es jetzt?" Sie kam einige Schritte näher.

Ja, da war es. Jetzt konnte er es fühlen. Es strahlte in schwachen, pulsierenden Wellen von dem Gegenstand aus; diese Wellen sorgten dafür, dass seine nachlassenden Kopfschmerzen wieder heftiger wurden. „Jetzt spüre ich es." Er streckte ihr seine rechte Hand noch weiter entgegen. „Was ist das?"

Sie hüpfte wieder auf den Tisch, wo sie offenbar am liebsten saß. „Dies wurde mir vor einigen Jahren anvertraut, um es sicher zu verwahren – von einem Mann, der seine Barrechnung nicht bezahlen konnte. Wenn du den Gegenstand berührst, wirst du mehr darüber erfahren. Nur zu, nimm ihn. Hör dir an, was er dir zu sagen hat. Und dann erzähl mir davon."

Er tat wie geheißen und riss reflexartig die Finger zurück, als die erste Berührung ihn mit der Wucht eines Stromschlags traf. Er riss sich zusammen und griff erneut danach. Maz Kanata ließ die Scheibe in seine Handfläche fallen, wo sich das Objekt machtvoll und warm anfühlte und vor Energie zu summen schien.

„Was ist das, Sir?", fragte RZ-7.

In seinem Verstand brodelten Visionen, die sich jedoch nicht sofort zu ihrer vollen Blüte entfalteten – deshalb beschränkte er sich auf das, was er mit seinen eigenen Augen sehen konnte. „Ist das ein Orden? Ein großer runder Orden mit einigen Symbolen darauf. Das Ding gehörte einst …" Die Vision traf ihn mit brutaler Kraft, wie ein Schlag gegen den Kopf. Der Raum ringsum wurde erst weiß und dann schwarz, und er blinzelte angestrengt, während er versuchte, das Gleichgewicht zu finden. Er stellte sich das halb volle Milchglas vor. Er stellte sich vor, wie die Milch im Glas umherschwappte, hin und her, hell zu dunkel und wieder zurück. Er dachte an die Oberfläche, eben und gleichmäßig.

Bleib in der Vision, gleichzeitig aber auch in der realen Welt, ermahnte er sich. *Finde den richtigen Pegel.*

„Also, sag mir: Was siehst du?", fragte Maz.

„Zwei Männer", entgegnete er. „Einer größer, mit dunklerem Haar. Der andere kleiner und jünger. Dieser Orden gehörte ... Er gehörte Skywalker." Wieder dieser Name! „Er wurde ihm umgehängt ... um den Hals. Von einer Frau. Sie hatte dunkles Haar, zu einem langen Zopf geflochten. Es gab eine Schlacht, und er war ein Held. Er bekam den Orden für seine Tapferkeit verliehen und zum Dank für seine Dienste."

„Moment", unterbrach Maz ihn. „Du sagst, der Orden gehörte Skywalker? Bist du dir da sicher?"

Karr nickte, und Maz lachte, tief und lauthals. Sie schlug mit der flachen Hand neben sich auf den Tisch und dann auf ihren Oberschenkel, und vermutlich hätte sie auch Karr einen fröhlichen Klaps verpasst, wenn er näher bei ihr gesessen hätte, so groß war ihre Heiterkeit. „Dieser Mistkerl!", sagte sie amüsiert. „Dieser hinterlistige Mistkerl!"

„Ich ... Was ist?", fragte Karr, der nicht wusste, wie er darauf richtig reagieren sollte. „Habe ich irgendetwas falsch gemacht?"

„Nein! Nein, du hast nichts falsch gemacht, du hast mir etwas erzählt, das ich eigentlich von vornherein hätte wissen müssen! Dieser gewiefte Mistkerl Solo – einmal ein Gauner, immer ein Gauner, besonders wenn man's ihm so leicht macht. Eines Tages wird es noch ein schlimmes Ende mit diesem Mann nehmen – merk dir meine Worte."

Er hatte immer noch keine Ahnung, was an der ganzen Sache so komisch war.

„Worte gemerkt, Ma'am", verkündete RZ-7.

„Eigentlich sollte dieser Orden eine Auszeichnung sein, die Leia Organa dem Mann verlieh, der später ihr Ehemann werden sollte – an Han Solo. Mögest du niemals das Unglück haben, dass sich deine Wege mit den seinen kreuzen", sagte sie, aber sie klang nicht wirklich wütend. Vielmehr wirkte sie belustigt und so, als käme sie sich ein bisschen albern vor, weil sie diesem Mann jemals auch nur ein einziges Wort geglaubt hatte, ganz gleich, worum es ging.

„Karr", sagte sie und sprach ihn damit zum ersten Mal mit seinem Namen an. „Was ich damit sagen will, ist, dass dieser Schwindler *mich* hereingelegt hat. Er versicherte mir, der Orden wäre sein eigener, doch stattdessen gab er mir den seines Freundes. Sie beide haben zusammen in der Schlacht von Yavin gekämpft und wurden dafür auch gemeinsam geehrt – zusammen mit einem ausgesprochen stattlichen Wookiee, der mich *niemals* auf diese Weise hinters Licht führen würde, und hätte er davon gewusst, hätte er das auch nie zugelassen. Wir sind einander sehr zugetan, und er hätte mich niemals so hintergangen. Lass dir ja nie von jemandem etwas anderes erzählen."

„Nein, Ma'am, werde ich nicht." Besonders im Hinblick darauf, dass er in seinem Leben bislang allenfalls ein paar Wookiees zu Gesicht bekommen hatte und sich beim besten Willen nicht vorstellen konnte, eines Tages mit einem Angehörigen dieser Spezies zu streiten – oder mit jemandem, der sich überhaupt dafür interessierte.

„Aber das muss dieser Possenreißer mit sich selbst ausmachen, schätze ich." Sie schüttelte den Kopf. „Nun, du hast mir gezeigt, was ich sehen musste. Du hast meinen kleinen Test bestanden. Wenn du recht hast mit dem, was du sagst – und ich habe keinerlei Grund, daran zu zweifeln –, dann wird dir das hier noch einiges mehr erzählen. Ich weiß, was für ein Mensch Solo war, als ich den Orden angenommen habe. Ich hätte das Ganze ein wenig mehr hinterfragen sollen – nicht, dass das unterm Strich eine große Rolle spielen würde, nehme ich an. Ich glaube, diese Orden waren ohnehin alle identisch.

Hier, lass es uns mit etwas versuchen, von dem ich jetzt glaube, dass du dafür bereit bist." Mit diesen Worten nahm sie das Paket zur Hand, das Karr ihr vorhin übergeben hatte.

„Ich verstehe nicht ganz …"

„Oh, ich schon. Und Dok-Ondar auch. Er will, dass du dieses Paket bekommst."

Karr runzelte die Stirn. „Aber er hat es doch *Ihnen* geschickt."

„Er hat es *mir* geschickt, damit ich es *dir* gebe, wenn es mir angebracht erscheint. Versuch, am Ball zu bleiben, Junge. Hör zu, das hier sollte dir eine ganze Menge Dinge über die Jedi erzählen, wenn du stark genug bist, um sie zu sehen – und mittlerweile denke ich, das bist du." Sie schnippte die Schnur beiseite, die das Paket zusammenhielt, und öffnete es, um einen großen Zylinder aus rostigem goldenem Metall zu enthüllen. Sie hielt das ramponierte, verbeulte Objekt in die Höhe und fragte Karr, was er sehe.

„Ist das …? Ich schätze, das sieht aus wie ein Arm." Er begann einige Zentimeter über dem Ellbogengelenk, und das Gewirr aus verdrehten Verbindungskabeln verriet, dass der Arm irgendeines armen Droiden mit Gewalt ausgerissen worden war.

„Sehr gut, ja. Genau das ist es. Ein Arm. Auch wenn ich beim besten Willen nicht sagen kann, wie Dok-Ondar ihn aus dem Magen der Bestie geholt hat, die ihn einst verschluckt hat. Doch er ist ein erfahrener, einflussreicher Sammler, und wenn etwas sein Interesse weckt, dann gibt er nicht eher Ruhe, bis er es in seinen Besitz gebracht hat. Du kennst dieses Gefühl, habe ich recht?"

Karr nickte. Seine Reise, an deren Ziel stand, sich selbst zu finden, mehr über die Jedi zu erfahren, hatte einerseits erst begonnen, doch andererseits schien sie schon ewig zu währen. Zugegeben, es war erst wenige Tage her, seit er und Maize von Merokia aufgebrochen waren, doch er war bereits von den Jedi besessen, seit seine Großmutter ihm vor Jahren von seiner Verbindung zu ihnen erzählt hatte. Seit sie ihm Hoffnung gemacht hatte, dass seine Kopfschmerzen weniger ein Fluch, sondern vielmehr ein Segen waren, eine besondere Gabe, die gefördert werden musste. Und dass er, wenn er etwas über die Jedi lernte, zugleich auch etwas über sich selbst erfahren konnte. Er hatte sein Bestes getan, aber manchmal musste die Galaxis auch einmal ihren Teil beisteuern.

„Dieser Moment ist jetzt gekommen", sagte Maz und hielt ihm den Gegenstand hin, als hätte sie seine Gedanken gelesen. „Ich möchte, dass du den Arm berührst, aber sei gewarnt. Ich kenne den Droiden, dem dieser Arm gehört hat, und ich weiß, wie viel er gesehen hat und was für ein umfangreiches Wissen er besitzt. Dieser alte Arm hat dir vermutlich eine ganze Menge zu sagen."

So eifrig, als hätte er die Warnung überhaupt nicht gehört, packte Karr den alten Metallarm mit beiden Händen.

Und hinter seinen Augen explodierte die ganze Galaxis. Er hatte alle Mühe, die Bilder zu verarbeiten, die in seinem Verstand aufblitzten, eins nach dem anderen, zwei auf einmal, zehn auf einmal. Männer und Frauen, die kamen und gingen. Raumschlachten. Zuckendes Laserfeuer. Der Todesstern! Er erkannte die gewaltige Kampfstation sofort und verfolgte, wie er zu einem Feuerball von der Größe eines Mondes detonierte – sogar zweimal –, während kleine Schiffe davon wegrasten. Er sah Wookiees und Weltraumschnecken. Und winzige Wookiees. Oder … waren das gar keine Wookiees? Jedenfalls hatten diese Kreaturen eine gewisse Ähnlichkeit mit Wookiees. Da war ein bewaldeter Mond oder Planet, auf dem Stämme dieser haarigen kleinen Wesen lebten, die wie Spielzeuge aussahen und Speere trugen und Kampfschreie ausstießen.

Er sah Hologramme und Droiden, insbesondere zwei Modelle immer wieder – eine Astromech-Einheit und einen schimmernden goldenen Protokolldroiden, bei dem es sich mit ziemlicher Wahrscheinlichkeit um den ehemaligen Besitzer dieses Arms handelte.

Er sah riesige, weitläufige Dünen voller großer und kleiner Sandkreaturen. Er sah Morde und Hochzeiten, Beinahe-Katastrophen und verheerende Niederlagen. Doch vor allem anderen sah er Jedi-Ritter! Sie waren kühn und stark und all das, was Karr sich jemals erträumt hatte.

Padawan-Schüler und Generäle, Männer und Frauen und Wesen, die beides oder gar nichts davon waren, Menschen und Fremdweltler, jede Spezies und Hautfarbe. Tausende von ihnen, überall in der Galaxis.

Ältere Leute, jüngere Leute. Soldaten und Schmuggler. Leute, die lernten und über sich selbst hinauswuchsen, die sich der Macht hingaben und sich von ihr leiten ließen. Er erfuhr von der Order 66 und von Palpatine.

Er sah Stärke und Ehre.

Er sah.

Er sah Skywalker, als Kind bei einem Podrennen. Als Jugendlichen in Karrs Alter, als Schüler unter den Fittichen von Kenobi. Er sah sie beide zusammen, Generäle und Meister, Lehrer und Novizen. Väter und Söhne. Er sah eine junge Frau mit einer kunstvollen Frisur und hübschen Kleidern, ruhig und nachdenklich und weise, aber gepeinigt von Schmerz. Er sah Kinder, ein Mädchen und einen Jungen, die als Säuglinge getrennt und in verschiedene Winkel der Galaxis gebracht wurden – zu ihrem eigenen Schutz.

Zum Schutz vor ihrem eigenen Fleisch und Blut.

Und zum Schutz vor …

Vor dem Ritter in Schwarz, der sie sonst beide umgebracht hätte. Vor ihrem eigenen Vater, der sich in etwas Abstoßendes verwandelt hatte, mehr Maschine als Mensch.

Er sah.

Er hörte …

Die Stimme von Maz Kanata: „Ich weiß, es gibt so viel zu sehen. Bereitet es dir diesmal auch wieder Schmerzen?"

„Es … tut … weh … aber gleichzeitig … ist es auch irgendwie lindernd", sagte er vage, nicht sicher, ob das überhaupt stimmte. Über all den Krawall hinweg war er kaum imstande, seine eigene Stimme zu vernehmen. „Es ist … Es ist so *viel*."

Sie nickte. „Ja, das kommt der Wahrheit schon näher. Aber du kannst es aushalten, ich weiß, dass du das kannst. Denn das musst du. Dieses Wissen ist für *dich* bestimmt, so oder so. Dies ist die Geschichte, die du sehen und hören musstest, um alles zu verstehen." Sie legte ihm eine Hand auf die Schulter.

Karr hatte nicht einmal bemerkt, dass Maz ihren Ausguck auf dem Tisch verlassen hatte, ganz zu schweigen davon, dass sie jetzt nah genug war, um ihn zu berühren. Die Realität sprang wild hin und her, riss ihn vor und zurück zwischen dem, was er sah, und dem, was er wusste, zwischen dem, was er erlebte, und dem, was er fühlte.

Nach und nach verblassten die Visionen, und Karr kam wieder zu sich. Dann war er schlagartig wieder da, vollkommen lebendig, vollkommen er selbst, und saß in Maz Kanatas Büro auf einem Stuhl, mit Jedi-Ruinen über und Jedi-Asche unter sich.

Jetzt wusste er, worum es bei alledem ging.

Darum, einen Platz in der Mitte zu finden.

Darum, sein inneres Gleichgewicht zu finden.

17. KAPITEL

Als die lange, dramatische Vision vorüber war, saß Karr Maz auf dem Stuhl gegenüber – er hatte den goldenen Arm auf dem Schoß und starrte seine Hände an, als gäbe es da womöglich noch mehr zu sehen. Sein Verstand klärte sich, und er sah nichts doppelt, doch dafür standen ihm Tränen in den Augen. Tränen der Freude. Tränen des Verlustes. Tränen der Euphorie. Es war genauso, wie seine Großmutter gesagt hatte, dass es sein würde: *wundervoll!* Ja, in diesem Moment glaubte er sogar, sie an seiner Seite zu fühlen. Um ehrlich zu sein, hatte er ihre Präsenz schon die ganze Reise über gespürt, und er war glücklich, dass sie diese Erfahrung miteinander geteilt hatten, genauso, wie sie es geplant gehabt hatten. Endlich hörte sein Herz auf zu rasen, und das Atmen fiel ihm leichter. Als er schließlich wirkte, als hätte er seine Gedanken wieder halbwegs zusammen, um etwas zu sagen, fragte Maz: „Wie war das?"

Das war die Art von Frage, die mehrere Antworten erforderte, doch er hatte nur noch Energie für eine einzige. „Hilfreich."

Maz Kanata war überrascht. „Hilfreich? Ist das alles? Dir wurde soeben die Geschichte der Jedi enthüllt – oder zumindest ein großer Teil davon. Und das Einzige, das du dazu zu sagen hast, ist, dass es *hilfreich* war?"

„Nein", gestand er. „Wundervoll war es auch. Alles daran. Ich habe so lange auf diesen Augenblick gewartet. Ich habe versucht, dahinterzukommen, wer die Jedi waren und wie die Galaxis aussah, als es sie noch gab. Ich wollte wissen, was mit ihnen passiert ist, und Sie haben mir die Antworten auf all meine Fragen gegeben. Sie haben die Lücken gefüllt und mir Dinge gezeigt, die ich nicht einmal für möglich gehalten hätte. Es gab *zwei* Skywalker!", rief er. „Vater und Sohn! Wie konnte mir das nur entgehen? Und dann noch Lukes Schwester, die Prinzessin! Und die Art und Weise, wie die Jedi umgekommen sind –" Er brach abrupt ab, als er sich an das grässliche Abbild von sich selbst erinnerte, das er gesehen hatte.

„Was?", fragte Maz. „Für jemanden, der gerade den Jackpot geknackt hat, wirkst du nicht sonderlich zufrieden. Warum bist du immer noch so durcheinander? Was hast du sonst noch gesehen?", drängte sie ihn behutsam. Sie war wieder von dem Tisch heruntergeklettert und stand neben ihm.

Als er sich umdrehte, um sie anzusehen, trafen sich ihre Blicke auf Augenhöhe. „Ich habe *alles* gesehen, außer … außer der einen Sache, die ich *nicht* gesehen habe."

„Die da wäre, Sir?", fragte RZ-7.

Er gab Maz den Arm zurück. „Ich habe *mich* nicht gesehen."

Sie tätschelte ihm sanft und freundschaftlich den Arm. „Ahhh. Tja, nun, das liegt daran, weil das nicht *deine* Geschichte ist, mein Junge. Tut mir leid, wenn dich das durcheinanderbringt, aber das ist nichts Schlechtes. Deine Geschichte gehört nur dir allein, und du kannst sie gestalten, wie immer du willst. Du hast die Dinge selbst in der Hand. Nur du, niemand sonst. Ob du dem Pfad der Jedi nun folgst oder nicht."

Während er sich ihre Worte durch den Kopf gehen ließ, bildete sich ein Kloß in seiner Kehle. Ob er dem Pfad der Jedi „folgte oder nicht" – diese Zweideutigkeit machte ihm Angst. Sehr lange hatte er sich eingeredet, dass es sein Schicksal wäre, ein Jedi zu werden. Und dass er zu einem werden würde, wenn es ihm gelang, die Wahrheit über die Jedi herauszufinden. Doch hier war er nun, nachdem er alles erfahren hatte, was er wollte, nachdem er alles wusste, was es über die Jedi zu wissen gab, und trotzdem war er sich noch immer unsicher. Er wollte Maz von der Vision erzählen, die er gehabt hatte, über die, in der er sich selbst dabei gesehen hatte, wie er Jedi tötete, aber er konnte sich nicht dazu durchringen. Das Ganze war schon furchteinflößend genug, wenn sie die Antworten *nicht* kannte. Karr konnte sich kaum vorstellen, wie einschüchternd es erst wäre, wenn sie die Antworten *kannte.*

Damit dankte Karr ihr für ihre Zeit und umarmte sie sogar zum Abschied. Dann verließen er und RZ-7 die Burg durch den Speisesaal.

Langsam machten sie sich auf den Rückweg zu ihrem geborgten Raumschiff. Karr schaute sich in der Burg und auf dem Markt, der sich darum herum erstreckte, um. Auf dem Weg nach draußen sah er dieselben Dinge, wie auf dem Weg hinein – Flaggen, Statuen, Monumente –, doch jetzt sah er sie mit anderen Augen. Mit wissenden Augen. Tatsächlich war er sich ziemlich sicher, dass er einige der Symbole auf diesen Flaggen von einigen Momenten in seiner Vision wiedererkannte.

„Ich schätze, ich sollte mich daran gewöhnen", sagte er laut.

„Woran genau, Sir?"

„Ich sehe die Dinge jetzt anders, Erzett. Ich meine, vermutlich ist das ganz normal. Ich glaube, man kann nicht erwarten, an einem einzigen Nachmittag so viel zu erfahren wie ich, ohne dass sich dadurch die eigene Weltsicht ändert, oder? In gewisser Weise bin ich gerade dabei, die Informationen eines ganzen Lebens zu verarbeiten."

„Wenn ich das, was Sie mir bislang erzählt haben, richtig deute, dann sogar mehr als nur die *eines* Lebens."

„Stimmt", entgegnete er. „Gibt es dafür nicht einen bestimmten Begriff? *Crashkurs,* vielleicht?"

„Ich denke, die Bezeichnung, nach der Sie suchen, Sir, ist … *Reife.*"

Karr blieb abrupt stehen. „Ich glaube nicht, dass das hier als Reife zählt, oder? Immerhin ist es ja nicht so, als hätte *ich* all diese Dinge erlebt."

Der Droide wandte sich seinem Master zu. „Mir ist durchaus bewusst, dass Sie soeben die Reise der *Jedi* nachempfunden haben, Sir, doch Sie sollten nicht vergessen, dass es *Ihre eigene* Reise war, die Sie überhaupt erst hierher geführt hat. Den Wert dieser, Ihrer Reise sollten Sie keinesfalls unterschätzen."

Karr dachte einen Moment über die Worte des Droiden nach, und ihm wurde klar, dass er Erzett nicht widersprechen konnte. Schließlich konnte man unmöglich vorhersagen, welche Erfahrungen eine Person verändern würden. Das Wichtigste dabei war, sie überhaupt gemacht zu haben. „Danke, Erzett! Für einen Droiden bist du ausgesprochen weise."

„Danken Sie nicht mir. Danken Sie meinem Erbauer – blinzel, blinzel."

Karr lachte. „Darauf, das mit dem Blinzeln zu sagen, bist du eigentlich gar nicht programmiert."

„Nun, auch das sollten Sie mit meinem Erbauer klären. Immerhin ist er derjenige, der mir keine Augenlider gegeben hat."

Als sie den Frachtraum der *Avadora* betraten, fiel Karrs Blick auf das kaputte Lichtschwert, das Dok-Ondar ihm im Tausch gegen das Ausliefern des Pakets überlassen hatte. Dieses Lichtschwert hatte sein Leben von dem Moment an verkompliziert, als er es berührt hatte. Er hatte Dok-Ondar aus einem Impuls heraus darum gebeten, weil er nicht wollte, dass eine andere Person Zeuge derselben Vision wurde, die er gehabt hatte – nicht, dass irgendjemand sonst dazu imstande gewesen wäre –, doch jetzt bedauerte er, es mit an Bord genommen zu haben. Während er es anstarrte, blitzten an den Rändern seiner Erinnerung flüchtige Impressionen seiner jüngsten Vision auf. Bilder von Skywalker – von denen es zwei gab, Luke und Anakin – und Kenobi und Eindrücke von all den Leben, die sie berührt und beendet hatten, und von all den Jedi, die jemals in diese Galaxis gekommen und wieder daraus verschwunden waren. Und noch immer fragte er sich, wie er selbst in dieses Puzzle hineinpasste.

„Ich bin durcheinander, Erzett. Was, wenn ich überhaupt nicht dazu bestimmt bin, ein Jedi zu werden?"

„Ihre Empfänglichkeit für die Macht spricht gegen eine solche Annahme, Sir."

„Und genau das ist es, was mir Sorgen bereitet. Was, wenn ich nicht dazu bestimmt bin, ein Jedi zu werden, weil ... weil ich dazu bestimmt bin, etwas *anderes* zu werden?"

„Ich verstehe nicht recht, was Sie damit meinen, Sir."

„Dass ich gewisse Fähigkeiten besitze und tatsächlich eine Rolle bei alledem spiele, ist wohl offensichtlich. Aber Maz meinte, ich würde nicht in dieser Vision vorkommen, weil das nicht *meine* Geschichte sei. Das würde bedeuten, dass die Jedi nicht meine Geschichte sind", erklärte er teilnahmsvoll. „Was ist, wenn ich in Wahrheit dazu bestimmt bin, stattdessen einer dieser Inquisitoren zu werden?"

„Ich glaube, wir haben in Erfahrung gebracht, dass sie nicht mehr existieren."

Karr wurde zusehends aufgewühlter. „Ja. Aber was, wenn sie zurückkommen? Was, wenn mir meine Vision die Zukunft gezeigt hat, in der ich zu so einer Art Anti-Jedi-Ritter werde? Mittlerweile wissen wir, dass die Jedi nicht vollends verschwunden sind. Skywalker hat überlebt, seine Schwester hat geheiratet, und mit Sicherheit gibt es dort draußen noch andere, die eine Verbindung zur Macht spüren, genau wie ich. Aber wenn ich durch all das etwas gelernt habe, dann, dass die Geschichte sich selbst immer wiederholt. Was, wenn die Macht erwacht und wieder irgendwelche Leute sie für ihre eigenen Zwecke ausbeuten wollen? Was, wenn es Leute gibt, die sich zur Dunklen Seite hingezogen fühlen und genau dazu bestimmt sind, und wenn es mein Schicksal ist, einer von ihnen zu sein? Denk an Anakin Skywalker. Er war nicht von Anfang an böse. Er war ein guter Junge, der ... eine harte Kindheit hatte, die Geduld verlor und vom rechten Weg abkam. Woher soll ich wissen, dass mir nicht ein ähnliches Schicksal bestimmt ist? Du hast mich doch selbst in letzter Zeit erlebt, Erzett. Ich wurde ungeduldig mit Nabrun Leids, und bei Dok-Ondar habe ich einfach getan, was mir in diesem Moment in den Sinn kam, ohne nachzudenken. Wie viel dunkler kann mein Pfad denn noch werden?"

RZ-7 schwieg. Er war ein mechanisches Wesen, das unter anderem darauf programmiert war, Mitgefühl auszudrücken, aber selbst er stieß bisweilen an seine Grenzen. „Wenn es Ihnen nichts ausmacht, dass ich das sage, Sir, dann würde ich meinen, dass es sich hierbei um eine Annahme handelt, die vollständig auf nicht hundertprozentig belegten Faktoren basiert. Auch Maz selbst steht mit der Macht im Einklang, und doch scheint der Untergang der Jedi sie nicht übermäßig zu belasten."

„Aber sie hatte auch keine Vision von sich selbst, in der sie einen Jedi tötet!", blaffte er.

Das darauf folgende Schweigen hing zwischen ihnen in der Luft, bis Karr klar wurde, dass er seinen Zorn am Falschen ausließ.

„Tut mir leid, Erzett. Siehst du? Ich habe es schon wieder getan. Lass uns … lass uns einfach von hier verschwinden."

„Und wo soll's hingehen, Sir?", fragte der Droide.

Am liebsten hätte Karr ihm eine epische Antwort auf diese Frage gegeben, irgendeine Anweisung, die sie in ihrem gestohlenen (nein, geborgten) Raumschiff so lange quer durch die Galaxis reisen ließ, bis die Erste Ordnung sie erwischte – um dann heldenhaft unterzugehen und im Geiste der Jedi gegen die Bösewichter zu kämpfen, und wenn auch nur, um auf diese Weise zu demonstrieren, dass ihnen seine wahre Treue und Zugehörigkeit galt.

Doch das tat er nicht. Weil es sinnlos gewesen wäre. Deshalb sagte er bloß: „Keine Ahnung. Wir sind so gut wie pleite. Uns gehen die Ideen aus …"

„Und wir haben nahezu keinen Treibstoff mehr, Sir. Ich denke, es ist angebracht, auch darauf hinzuweisen. Wir müssen die Tanks irgendwo auffüllen. Hier scheint es allerdings keine Anlage zu geben, die wir dafür nutzen könnten."

„Na klasse! Dann sind wir *vollkommen* pleite. Aber du hast recht, wir sollten unbedingt auftanken. Vielleicht …" Er dachte nach, während er es sich im Pilotensessel bequem machte. „Vielleicht sollten wir nach Tatooine fliegen. Dieser Planet hatte für Anakin und Luke eine große Bedeutung – beide sind dort aufgewachsen. Vielleicht bringt mich dort etwas auf neue Gedanken."

„Das klingt nach einem Plan, Sir."

Karr wusste den Enthusiasmus seines Gefährten zu schätzen, doch ihm war bewusst, dass er sich gerade an Strohhalme klammerte.

Eine Stunde später befanden sich die beiden Reisenden draußen in der Umlaufbahn, während RZ-7 einen Kurs nach Tatooine berechnete.

Karr wollte gerade über seinem Plan meditieren, als er sah, dass Maize auf dem Holokommunikator eine Nachricht für ihn hinterlassen hatte. Diese Tatsache allein genügte schon fast, um ihn aufzuheitern. Der Gedanke daran, dass sie an ihn gedacht hatte – auch wenn er nicht direkt vor ihr stand … Gut möglich, dass ihm so etwas noch nie zuvor passiert war.

Maizes Nachricht war kurz und eindeutig: „Hey, Lasergehirn, was gibt's bei euch Neues?"

Als er sie zurückrief, ging sie sofort ran. Es war toll, ihr Gesicht zu sehen, und wenn auch nur so klein und durchscheinend in Hologrammform. „Hi!", sagte er und winkte; er hoffte, dass es fröhlich klang. „Wie laufen die Dinge zu Hause?"

Offenbar war er nicht sonderlich gut darin, sich zu verstellen, da sie sofort die Stirn in Falten legte und sagte: „Was ist los?"

„Was meinst du damit, was ist los? Nichts ist los. Na ja, nichts Schlechtes jedenfalls."

„Du siehst aus, als wäre jemand gestorben. Ist mit Erzett alles in Ordnung?"

Er nickte. „Dem geht's bestens. Und mir geht's auch gut. Ich bin nur … müde, das ist alles. Ich habe heute etwas wirklich Bedeutendes erlebt, Maize."

„Erzähl's mir", sagte sie eifrig.

„Ich weiß nicht, ob ich das kann."

Sie war sofort stinksauer. „Was? Nach allem, was wir zusammen durchgemacht haben, willst du mir nicht – "

„So habe ich das nicht gemeint", wandte er ein, bemüht, ihrem Protest ein Ende zu machen. „Es ist nur so, dass ich so viel auf einmal erfahren habe. Ich bin heute auf einen Gegenstand gestoßen, der mir praktisch alles verraten hat."

„Alles worüber?"

„Über die ganze Geschichte, über die ganze Tragödie, einfach über alles. Ich weiß jetzt alles über die Jedi-Ritter."

Sie schnaubte. „Klar tust du das. Eine Woche draußen auf den Hyperraumrouten, und schon weißt du alles über einen Orden mystischer Mönche mit Leuchtwaffen, was man darüber nur wissen kann."

„Aber es stimmt!" Jetzt war es an ihm zu protestieren. „Und es war einfach erstaunlich, Maize. Ihre Geschichte ist unglaublich."

„Ach, tatsächlich? Das ist ja großartig. Ich kann kaum glauben, dass du jetzt alles über sie weißt. Weißt du denn jetzt auch, wie du deine Ausbildung zum Jedi beenden kannst?"

„Na ja", sagte er ein wenig zögerlich. „Wie so viele Antworten … führen auch diese zu noch mehr Fragen."

„Ist das nicht immer so?", entgegnete sie mit einer Lockerheit, die ihm klarmachte, dass sie die Tragweite all dessen nicht vollends begriff. Doch das war für ihn okay. Ja, in Wahrheit war ihm das sogar ganz recht. Jedenfalls fürs Erste.

„Was für ein Gegenstand war das?", fragte sie.

„Hm?"

„Was hast du berührt, das dir all diese Informationen vermittelt hat?"

„Oh! Es war der Arm eines Droiden."

„Echt? Wie schräg."

„Nicht wirklich", wandte RZ-7 ein. „Immerhin sind Droiden ein wahrer Hort an Daten. Und …", fügte er hinzu, während er sich dichter zu Karr beugte, „gern bereit, anderen zur *Hand* zu gehen."

Das Schweigen, das hierauf folgte, war tiefer als der Weltraum selbst. RZ-7 richtete sich wieder auf und machte sich auf den Weg ins Cockpit. Über die Schulter hinweg sagte er: „Sollten Sie je auf den Gedanken kommen, mich neu zu programmieren, Sir, vergessen Sie bitte nicht, meine Humorfunktionen entsprechend zu justieren."

Maize und Karr warteten, bis er verschwunden war, ehe sie beide so heftig anfingen zu lachen, dass es fast schien, als würden sie nie wieder damit aufhören. Schließlich kam Maize zurück zum Thema.

„Das ist echt großartig, Karr. Ich kann kaum glauben, dass du so viel erfahren hast. Und das alles in so kurzer Zeit. Wie geht es jetzt weiter?"

Karr wusste, dass dies eher eine rhetorische Frage war, doch er wusste keine rechte Antwort darauf, daher gab er ihr stattdessen eine konkrete Auskunft über seine weiteren Pläne. „Ich bin mir noch nicht sicher. Da Tatooine in der Vision, die ich gesehen habe, eine so große Rolle spielte, dachte ich daran, dorthin zu fliegen, aber andererseits … Keine Ahnung. Vielleicht wäre es besser, einfach nach Hause zurückzukehren und das Schiff zurückzugeben, bevor ich richtige Schwierigkeiten kriege."

„Ach, mach dir deswegen keine Sorgen. Meinem Vater ist das Schiff nicht besonders wichtig", erklärte sie, auch wenn das nicht die Art von Schwierigkeiten war, auf die Karr angespielt hatte. „Andernfalls hätte er dafür gesorgt, dass die Truppler es mitnehmen, als sie mich geholt haben. Darum brauchst du dir also nicht so viele Gedanken zu machen. Zumal sie dich ja sowieso auf die Berufsschule schicken wollen. Was könnten sie dir sonst noch antun?"

„Mich bei Sonnenaufgang hinrichten", witzelte er.

Sie tat den Gedanken mit einem Handwedeln ab. „Wie schon gesagt, niemand interessiert sich für das Schiff. Und falls dir deswegen am Ende tatsächlich irgendjemand Ärger macht, werde ich sagen, dass ich diejenige war, die es überhaupt erst geklaut hat. Als wir aufgebrochen sind, wusstest du ja nicht einmal, wie man das Ding fliegt."

„Ja, das stimmt ...", sagte er unsicher.

„Wir beide wissen es zwar besser, aber es ist schön zu hören, dass du inzwischen mit den Steuerkontrollen zurechtkommst. Oder hat sich in Wahrheit Erzett um alles gekümmert?"

„Wir, ähm ... Wir teilen uns die Navigationspflichten."

Sie lachte, und obwohl sie *über ihn* lachte, lächelte er. Es war angenehm, Zeit mit ihr zu verbringen. „Na ja, hat auch einer von euch Treibstoffdienst?", fragte sie. „Ich schätze, falls ihr bislang noch nicht nachgetankt habt, müsst ihr das in nächster Zeit tun."

„Ja, das wissen wir", sagte er defensiv, auch wenn es ursprünglich RZ-7 gewesen war, der ihn darauf aufmerksam gemacht hatte. „Wir sind gerade dabei, uns zu überlegen, wo wir einen Zwischenstopp zum Auftanken einlegen." Das erinnerte ihn an etwas. „Oh, hey, wie läuft's mit deiner Liste?"

„Mit welcher Liste?", sagte sie.

„Mit der Liste der Orte, an denen du gern leben würdest, wenn dein Vater dich das nächste Mal danach fragt."

Sie lachte leise. „Oh! Tja, wie du dich erinnerst, hat meine Reise ein sehr vorzeitiges und sehr abruptes Ende gefunden. Aber wenn ich zwischen dem Gestank von Utapau und der Hitze von Jakku wählen sollte, würde ich fürs Erste wohl lieber auf Merokia bleiben, schätze ich."

Er erwiderte ihr Lächeln. „Ja. Langsam fange ich auch an, zu erkennen, dass Merokia durchaus seinen Reiz hat."

„Obwohl …", fuhr sie fort, „ich meinen Vater gestern habe reden hören, und da erwähnte er einen Ort namens Kijimi. Falls das nicht zu weit entfernt von euch ist, könntet ihr ja dort euren Zwischenstopp einlegen, um aufzutanken und euch einmal für mich umzusehen. Denn wenn er mich da als Nächstes hinverfrachten will, wäre es gar nicht so schlecht, vorab das eine oder andere darüber zu wissen. Oder zumindest genug, um plausible Argumente parat zu haben, warum wir dort nicht hinziehen sollten."

Karr salutierte dem Hologramm. „Aye, Aye, Captain!"

Maize lächelte. „Super. Dann melde dich wieder bei mir, sobald das erledigt ist", wies sie ihn an.

„Verlass dich darauf", entgegnete er und beendete das Gespräch mit einem fröhlichen „Bis dann!".

*

Nachdem er sich die Zeit für ein kurzes Nickerchen genommen hatte, machten sie den Hyperraumsprung nach Kijimi und landeten auf dem Raumhafen von Kijimi-Stadt, hoch oben auf dem Berg Izukika. Noch bevor sie andockten, wusste Karr, dass er seine Warmwetter-Wohlfühlzone eindeutig hinter sich gelassen hatte. Abgesehen davon hatten sie bislang nichts entdeckt, das es wert gewesen wäre, Maize davon zu berichten, jedenfalls nichts Positives. Vielleicht glich nicht der ganze Planet einem Eisschrank, aber inmitten der Berge und des dichten weißen Schnees, der überall wehte, war Kijimi-Stadt aus der Ferne abgesehen von seinen glitzernden Lichtern praktisch unsichtbar. Der Raumhafen war nichts Besonderes, nichts, weswegen man begeistert zu Hause anrief, doch zumindest gab es dort all die üblichen Annehmlichkeiten – und Karr hatte gerade noch genügend Credits übrig, um die *Avadora* mit so viel Treibstoff zu betanken, dass es für den Heimweg reichen würde.

Sie spazierten eine kleine Weile durch die Stadt, bewunderten die antike Architektur, die Karr an Bilder von alten Klöstern erinnerte, und staunten über das breite Angebot an Waren, die zum Verkauf angeboten wurden. Doch es dauerte nicht lange, bis es Karr einerseits zu kalt wurde, als dass er sich noch länger draußen im Freien aufhalten wollte, und er andererseits auch zu entnervt von all den zwielichtig wirkenden Gestalten war, die ihnen begegneten. Daher kehrten sie schließlich zur Betankungsstelle zurück. Sie suchten sich einen Platz in der Eingangshalle, wo mehrere kleine Tische und Stühle standen, während in den Ecken leistungsschwache Heizgeräte gegen die frostigen Temperaturen ankämpften. An einer Wand befand sich eine lange Theke, wo man jeweils für ein paar Credits Getränke und kleine Snackpakete für eine Vielzahl weltraumreisender Spezies bestellen konnte.

Karr entschied sich für einen Beutel Chips, die vor allem anderen nach Salz und nach Silikon schmeckten, aber zumindest war es besser als nichts. RZ-7 stand neben ihm und hatte ein digitales Auge auf das Schiff, das sie durch die große Glasfront sehen konnten, die sie vom Arbeitsbereich des Raumhafens trennte.

Karr fröstelte und sagte: „Hier drinnen ist es eiskalt."

„Draußen ist es ebenfalls eiskalt, Sir, wie Sie sich gewiss erinnern. Aber wir werden ja nicht mehr allzu lange hier sein, und abgesehen von Ihnen scheint sich niemand sonderlich an der Kälte zu stören."

„Alle anderen sind ja auch entsprechend angezogen", sagte Karr und erinnerte sich voller Neid an die einheimischen Kijimi in ihren dicken Pelzen und Tierhäuten. Er warf die größtenteils geleerte Chipstüte in einen Abfalleimer. Dann schloss er die Augen und lehnte seinen Kopf gegen die Wand hinter sich. „Ich hoffe, auf Tatooine finden wir einige Antworten, Erzett."

„Da bin ich mir sicher, Sir. Aber falls nicht, haben Sie in Ihrer Vision noch andere Planeten gesehen, die uns außerdem weiterhelfen könnten?"

„Jede Menge, ehrlich gesagt, aber wenn wir vorhaben, weiter eine Welt nach der anderen abzuklappern, sollten wir uns wirklich lieber ein eigenes Schiff besorgen. Ungeachtet dessen, was Maize sagt, *wird* die Erste Ordnung früher oder später nach der *Avadora* suchen."

„Und zwar eher *früher* als später, fürchte ich", entgegnete der Droide.

„Sei gefälligst nicht so kleinlich, Erzett. Das ist nur eine Redewendung."

„Ich bin nicht kleinlich, Sir. Ich versuche, Sie zu warnen."

Aber Karr lehnte sich immer noch mit geschlossenen Augen zurück. „Und wovor willst du mich warnen?"

„Vor dem, was beim Schiff passiert, Sir."

„Was passiert denn beim Schiff?"

„Nun, Sir, es ist nicht mehr … unbeaufsichtigt."

Karr schlug die Augen auf. Da war sie, die *Avadora*, genau dort, wo sie sie abgestellt hatten. Doch jetzt war sie von einem guten Dutzend Sturmtrupplern der Ersten Ordnung umringt.

Durch die Scheibe verfolgte er, wie der Tankwart zuhörte, was die Sturmtruppler zu sagen hatte, dann aufschaute, Karr und RZ-7 auf der anderen Seite des Glases entdeckte … und mit dem Finger auf sie wies.

Obwohl sie schätzungsweise hundert Meter weit weg waren, hob Karr die Hände, wie um sich zu ergeben. RZ-7 tat es ihm gleich. Das waren viel mehr Soldaten als die zwei, die Maize abgeholt hatten. Nur Minuten später marschierten ein halbes Dutzend Truppler in die Eingangshalle. Dort blieben die meisten der Sturmtruppler stehen und gingen in Habtachtstellung. Offenbar hatte ein Mann in einer schwarzen Uniform das Kommando. Er baute sich mit vor der Brust verschränkten Armen vor dem Jungen und dem Droiden auf, ohne etwas zu sagen.

Dementsprechend war es Karr, der als Erster das Wort ergriff. „Sie haben uns erwischt", sagte er. „Mit Ihrem Schiff ist alles in Ordnung. Wir haben es nicht gestohlen, wir haben es uns bloß von Maize geborgt. Tut mir leid, dass wir Ihnen solche Umstände bereitet haben, aber es hat sich einfach so ergeben, und ich bin bereit, die Konsequenzen dafür zu tragen. Bringen Sie uns einfach bloß nach Hause."

Der befehlshabende Offizier schüttelte den Kopf. „Nach Hause? Du gehst nirgendwohin. Erst wirst du mir einige Fragen beantworten."

„Ach ja? Ich meine, wenn ich kann."

„Gut. Gehen wir an Bord, wo es ein bisschen privater ist, und unterhalten wir uns ein wenig."

Karr ließ die Hände sinken, da ohnehin niemand seine Waffe auf ihn richtete, und abgesehen davon hatte ihn auch überhaupt niemand dazu aufgefordert, sie hochzunehmen. Außerdem taten ihm allmählich die Schultern weh.

Als die Truppler ihn über den Raumhafen und die Rampe hinauf eskortierten (wobei RZ-7 die Nachhut bildete), begann Karr sich einmal mehr zu fragen, wie schwerwiegend sein Vergehen eigentlich genau war? Und was genau diese Typen sonst noch von ihm wollten?

Schließlich hatten sie ihr Schiff zurück, verdammt noch mal! Was hatten sie sonst auf diesem frostigen Planeten verloren?

Er und der Offizier mit dem grimmigen Gesicht nahmen – gegenüber voneinander – in dem winzigen Wohnbereich Platz, der kaum genügend Raum für sie beide bot, ganz zu schweigen von dem Droiden, der sich so lange am Eingangsschott herumdrückte, bis der Offizier unmissverständlich blaffte: „Verschwinde, bevor ich einen Dosenöffner aus dir mache und dich auf diesem Eiswürfel zurücklasse, um hier für den Rest der Ewigkeit Tiefkühlsnacks aufzumachen."

Dann waren Karr und der Offizier allein miteinander. Sein Gesicht mochte vielleicht nichts preisgeben, aber seine Körperhaltung verriet eine Menge über das, was in diesem Moment in ihm vorging. Er wollte nicht hier sein, er mochte Karr nicht, er mochte keine Droiden, und absolut nichts im Leben hatte ihn je glücklich gemacht.

Was überdeutlich wurde, als er sich vorbeugte und in drohendem Tonfall sagte: „Sag mir alles, was du über den Jedi weißt."

18. KAPITEL

Karr brauchte fast eine Stunde, um alles zu erzählen, was er an diesen Tag über die Jedi erfahren hatte. Der Arm des goldenen Droiden hatte ihm so viele Dinge vermittelt, und die Eindrücke in seinem Verstand waren noch ganz frisch. Doch als er aufschaute, spiegelte die Miene des Offiziers nichts als Verwirrung wider – ein Eindruck, der durch seinen weit offen stehenden Mund noch verstärkt wurde.

„Wovon zur Hölle redest du da eigentlich die ganze Zeit?", sagte er. „Ich frage dich nach einem Jedi, und du gibst mir Geschichtsunterricht?"

„Sie haben mich doch nach den Jedi gefragt", sagte Karr.

„Nein, ich habe nach *dem* Jedi gefragt", korrigierte der Offizier. „Damit meinte ich Skywalker!"

„Na, ich doch auch!"

„Aber das ist uralte Geschichte!", brüllte der Mann. „Ich spreche vom Hier und Jetzt!"

Jetzt war es an Karr, verwirrt zu sein. „Ich habe keine Ahnung, wo er ist. Sie vielleicht?"

Der Offizier legte sein Gesicht in seine Hände und atmete tief durch. „Warst du nicht auf einer Mission, um Skywalker zu finden?"

Karr rutschte auf seinem Stuhl herum. „Ich … schätze schon, ja. In gewisser Weise."

„Und im Zuge dessen hast du keinen Hinweis auf seinen Aufenthaltsort entdeckt?"

„Nein", entgegnete Karr.

Der Offizier beugte sich noch weiter vor, sofern das überhaupt möglich war, und wieder wich seine Verbitterung wildem Zorn. „Und *das* ist der Teil, den ich dir nicht abkaufe."

Karr protestierte. „Denken Sie wirklich, wenn ich Luke Skywalker tatsächlich gefunden hätte, würde ich hier jetzt mit Ihnen sitzen? Dann würde ich zu seinen Füßen knien und ihn anflehen, mich zu trainieren!"

Der Offizier tippte mit den Fingern auf einem Datenpad herum, das vor ihm auf dem Tisch lag; das Display leuchtete, doch der Offizier hielt das Gerät so, dass Karr nicht erkennen konnte, was darauf zu sehen war. „Unterhalten wir uns ein wenig über diese Nachricht, die du aus dem Orbit des Mondes von Oba Diah abgeschickt hast."

„Welche Nachricht?"

Der Soldat überflog einige Notizen auf dem Datenpad. „Die, in der du sagst, und ich zitiere: ›Ich habe einen Teil eines Rätsels gefunden. Im Zusammenhang mit einem verschwundenen Jedi-*Meister*.‹ Erinnerst du dich an diese Übertragung?"

Karr dachte einen Moment lang nach und nickte. „Ja. An diesem Abend habe ich mit meiner Freundin Maize gesprochen, nachdem wir das Wrack und den Holoprojektor gefunden hatten."

„Den Holoprojektor? Hat der die Karte angezeigt?"

„Welche Karte?"

„Hast du etwa keinen Teil einer Karte entdeckt? Oder irgendetwas anderes, das zu Skywalker führen könnte?"

„Zu Skywalker? Nein. Ich sagte Ihnen doch schon, ich habe einige Trümmer einer abgestürzten Fähre gefunden, die einst Sifo-Dyas gehörte, einem Jedi-Meister, der vor langer Zeit lebte. Darunter war ein alter, größtenteils kaputter Holoprojektor. Ich habe es zwar geschafft, dass er seine letzte Nachricht abspielt, aber die hatte nichts mit Skywalker zu tun."

Die Skepsis strömte dem Offizier aus allen Poren, als hätte er gerade darin gebadet. Er wies Karr an aufzustehen und befahl einem Sturmtruppler, ihn zu durchsuchen. Nachdem der Soldat ihn ausgesprochen grob gefilzt hatte, ohne sich auch nur im Geringsten um seine Privatsphäre zu scheren, meldete er: „Nichts, Sir."

Aber damit war der Offizier noch längst nicht zufrieden. Er wusste, dass Holoprojektoren sehr klein waren und praktisch überall versteckt werden konnten. „Zieh die Handschuhe aus!"

Karr tat wie geheißen und warf sie auf den Tisch neben sich. Der Mann untersuchte sie, aber das Einzige, was sie preisgaben, war, dass J'Hara eine überaus fähige Schneiderin gewesen war.

„Was kommt als Nächstes?", sagte Karr. „Wollen Sie, dass ich meine Zunge herausstrecke?"

Der Offizier lehnte sich zurück und leckte sich über die Unterlippe. „Bringt den Droiden rein!", rief er, an niemanden im Besonderen gewandt. Doch wer auch immer damit gemeint war, wusste, wem die Worte des Offiziers galten, denn schon wurde Erzett wieder die Rampe hoch geführt.

„Kann ich irgendwie behilflich sein, Sir?"

„Keine Ahnung", gestand Karr. „Ich glaube nicht."

Doch der Offizier hatte offenkundig andere Pläne. „Mir scheint, als stündet ihr beide euch sehr nahe."

„Natürlich", entgegnete der Droide.

„Da wäre es doch eine Schande, wenn du ohne ihn nach Hause zurückkehren müsstest."

„Ohne ihn?", wiederholte RZ-7 neugierig. „Das würde niemals passieren. Ich bin meinem Master treu ergeben und würde ihn niemals im Stich lassen, nicht in –"

Doch bevor er den Satz zu Ende bringen konnte, zog der Offizier seinen Blaster, um klarzumachen, was genau er mit seinen Worten meinte.

„Oh", sagte der Droide. „Jetzt verstehe ich."

Karr versuchte, dem Offizier klarzumachen, dass es sich bei

alledem offensichtlich um ein Missverständnis handelte. „Ich sagte Ihnen doch schon, ich weiß nicht das Geringste über Skywalkers Aufenthaltsort. Oder über irgendeine Karte. Ich habe ja erst kürzlich das erste Mal von diesem Skywalker gehört!"

Der Offizier hob langsam seinen Arm und richtete den Blaster auf Erzett. Schlagartig sprudelten die Worte noch schneller aus Karrs Mund. „Ich sage Ihnen die Wahrheit! Ich habe Ihnen alles gesagt, was ich weiß! Es gibt keinen Grund, Erzett zu erschießen!"

RZ-7 versuchte, in eigener Sache zu intervenieren: „Wenn es hilft, bin ich gern bereit, mich für Master Karr zu verbürgen. Er ist ein ehrenwerter – "

Doch als der Offizier seinen Arm nicht wieder herunternahm, wechselte Karr zu einer altbewährten Taktik. „Warten Sie!", rief er. „Tun Sie's nicht! Ich habe diese Kopfschmerzen, und Erzett ist der einzige Medidroide, der über das Wissen und die Fachkenntnis verfügt, mir zu helfen! Bitte! Ich brauche ihn!"

Der Offizier hielt inne, und jetzt, endlich, ließ er den Arm sinken. „Tut mir leid, das zu hören, Söhnchen. Denn wir beide wissen, dass er in Wahrheit überhaupt gar kein Medidroide ist. Und das bedeutet, *du* bist ein Lügner."

Die Blastersalve, die RZ-7 traf, schleuderte ihn quer durch den Raum und riss einen Arm von seinem Körper. „Erzett!", kreischte Karr. Ohne auch nur einen einzigen Gedanken an sich selbst zu vergeuden, sprang er aus seinem Stuhl auf und fiel neben RZ-7 auf die Knie. „Wie konnten Sie … Woher … wissen Sie das?"

Der Offizier stand von seinem Stuhl auf. „Wir wissen eine ganze Menge, Junge."

Er drehte sein Datenpad um und schob es über den Tisch. Dann tippte der Offizier ein paarmal auf den Bildschirm, um eine Holonachricht aufzurufen und abzuspielen.

Maize kam in Sicht. Sie lächelte und redete ganz aufgeregt.

Karr wirkte verwirrt. „Das ist meine Freundin Maize."

Der Offizier grinste verschlagen. „Bist du dir da sicher?"

Karr verfolgte, wie die Aufnahme weiterging, und das kleine Lächeln, das sich bei ihrem Anblick unwillkürlich auf seine Lippen geschlichen hatte, begann zu verblassen. Maize war bei sich zu Hause – er erkannte die Möbel im Wohnbereich wieder. Sie saß auf dem Sofa und sprach auf ihre gewohnt lebhafte Weise über … ihn.

„Er hat etwas gefunden", sagte sie. „Irgendwelche Hinweise auf einen verschollenen Jedi-Meister. Und ich weiß, dass er sich im Orbit von Oba Diah befindet."

An dieser Stelle endete die Holoaufnahme. Der Offizier zog das Datenpad über den Tisch wieder zu sich heran und schaltete es aus. „Bleibst du immer noch bei deiner Antwort?"

Karr brachte es kaum über sich, den Mann anzusehen. Stattdessen ließ er die Schultern vor Kummer hängen und murmelte mit zu Boden gerichtetem Blick: „Ich hab's Ihnen doch schon gesagt. Dieser verschollene Jedi war Sifo-Dyas. Ich weiß nicht, wo Skywalker ist."

Der Offizier atmete vernehmlich durch die Nase aus. „Verschwinden wir von hier", sagte er zu dem Sturmtruppler.

Der Truppler deutete mit seinem Blaster auf Karr. „Was ist mit ihm?"

„Lasst ihn in Ruhe! Er ist ein Niemand."

Nachdem die einschüchternden Männer das Schiff verlassen hatten, sackte Karr vollends zu Boden. All diese Aufregung, und trotzdem scherte sich immer noch niemand um die *Avadora*. Da konnte er ebenso gut das Beste daraus machen, um zum anderen Ende der Galaxis zu fliegen und von dort aus immer weiter. Denn schließlich: Was erwartete ihn jetzt noch zu Hause?

Karr versuchte zu schlucken, aber sein Mund war wie ausgedörrt. Maize hatte ihn an die Erste Ordnung verpfiffen!

Sein Magen brannte, und seine Augen brannten, und sein Gesicht brannte. Er war beschämt und wütend. Wie hatte er nur so dämlich sein können? So dämlich, zu denken, dass das coole neue Mädchen an der Schule tatsächlich seine Freundin war und allen Ernstes an ihn und seine Mission glaubte?

Am liebsten hätte er sich wie ein Säugling zusammengerollt und wäre vor Kummer gestorben, doch leider stand ihm diese Option nicht offen. Er musste sich um seinen Droiden kümmern.

„Bist du noch da, Erzett?"

„Wo sollte ich denn sonst sein, Sir?", entgegnete er, seine Worte unterbrochen von statischem Rauschen.

„Du kommst wieder in Ordnung", versicherte Karr sich selbst ebenso sehr wie dem Droiden. „Du kommst wieder in Ordnung. Ich kriege das wieder hin."

„Nicht, dass ich an Ihren mechanischen Fähigkeiten zweifeln würde, Sir, aber die Wahrscheinlichkeit, mich mit dem zu reparieren, was Sie an Bord dieses Schiffs vorfinden, liegt schätzungsweise bei zweitausendachthundertzwanzig zu eins. Tatsächlich fürchte ich, zum ersten Mal mit vollkommener Überzeugung sagen zu können, dass ich meine medizinische Fachkenntnis darauf verwetten würde, dass Sie nichts für mich tun können."

Karr stieß ein schwaches Lachen aus, mehr zur Beruhigung des Droiden als zu seiner eigenen. „Erzett, ich verspreche dir, dass du wieder in Ordnung kommst. Aber ich will, dass du etwas weißt."

„Und was, Sir?"

„Du bist mein bester Freund."

Wären Droiden imstande gewesen zu lächeln, hätte RZ-7 das in diesem Moment getan, doch stattdessen flackerten einfach nur seine Augen, mal heller, mal dunkler, als wäre er über diese Aussage angenehm überrascht. Zumindest beschloss Karr, seine Reaktion dahingehend zu deuten. Doch die Möglichkeit, sich dies von RZ-7 bestätigen zu lassen, blieb ihm verwehrt.

Der Boden war mit den Teilen seines Freundes bedeckt, und er wusste, dass seine einzige Hoffnung, ihn wieder zusammenzubauen, darin bestand, jedes einzelne davon einzusammeln. Doch er war so von seinen Gefühlen überwältigt, dass er, als er den Arm ausstreckte, um nach einem Gehäuseteil des Droiden zu greifen, vollkommen vergaß, dass er keine Handschuhe trug.

Sofort sah er eine Vision vor seinem inneren Auge, klar und deutlich. Plötzlich hörte er nichts anderes mehr. Er sah nichts anderes mehr. Weder RZ-7 noch das Innere der *Avadora*, sauber und hell und steril.

Er sah seine Eltern. Sein Zuhause. RZ-7 war runtergefahren und hockte in der Ecke wie ein abgelegtes Spielzeug, während sich seine Eltern mit der zwanglosen, offenen Unbekümmertheit von Leuten unterhielten, die sich um viele Dinge sorgen – nur nicht darum, dass jemand ihr Gespräch mitbekommt.

Seine Mutter saß an der Nähmaschine, die für eine größere Arbeit auf den Küchentisch gewuchtet worden war. Sie schüttelte den Kopf. „Irgendwann wird er es erfahren. Wenn nicht von uns, dann von jemand anders. Vielleicht sollten wir es ihm einfach sagen."

„Nein", entgegnete sein Vater. „Das würde seine Besessenheit nur noch mehr verstärken."

Seine Mutter klang nicht wirklich kalt und emotionslos, aber doch einigermaßen resigniert, als sie sagte: „Trotz allem ist es unsere Aufgabe, ihn zu beschützen."

„Und genau das tun wir."

Die Vision verschwamm, und Karr verpasste einige Worte, aber die letzten Bruchstücke der Unterhaltung bekam er trotzdem noch mit. „Was er nicht weiß, kann ihm auch nicht schaden."

„Schon möglich", erwiderte seine Mutter. „Aber dafür treibt es ihn vielleicht in den Wahnsinn."

Die Ränder der Vision waberten und schmolzen, und Karr wurde gleichzeitig von allen möglichen Gefühlen überrannt. Im ersten Moment kam er sich dumm vor. Bislang war ihm noch niemals in den Sinn gekommen, RZ-7 zu berühren, schließlich waren sie beide praktisch unzertrennlich. Das, was der Droide sah, sah auch Karr, und das, was sie nicht gemeinsam erlebten, erzählten sie einander. Bis zu diesem Moment war ihm nie auch nur der Gedanke gekommen, dass RZ-7 Zeuge von etwas Wichtigem geworden sein könnte, ohne sich selbst darüber im Klaren zu sein. Außerdem war Karr verwirrt. Wovon genau redeten seine Eltern da überhaupt? Was würde ihn in den Wahnsinn treiben? Hatte er etwa einen Gehirntumor? Doch vor allem anderen war er wütend – wütend darüber, dass man ihn anlog wegen ... irgendetwas. Wegen etwas Wichtigem. Und er beabsichtigte, herauszufinden, was das war.

Karrs Eingeweide fühlten sich an wie verknotet, doch sein Blick wurde hart und entschlossen, als er den leeren Pilotensessel musterte. In den wenigen Tagen, die vergangen waren, hatte er eine Menge gelernt – aber genügte das, was er gelernt hatte, um das Schiff alleine nach Hause zu fliegen? Er setzte sich in den Sessel und schnallte sich an.

Teufel, ja, dachte er. Tatsächlich war er drauf und dran, eine ganze Reihe von Dingen zu tun, die er noch nie zuvor getan hatte.

19. KAPITEL

Die Reise nach Hause kam Karr ungleich kürzer vor als der Trip, der ihn erst vor wenigen Tagen so weit davon fortgeführt hatte. Jetzt gab es kein Springen von Mond zu Mond und von Stern zu Stern mehr – es war nur ein Direktflug zu dem kleinen Planeten, auf dem er geboren worden war, auf dem sich bis zu diesem Zeitpunkt sein ganzes Leben abgespielt hatte … und auf dem er vermutlich auch seine Zukunft zubringen würde. Auf diesem letzten Flug tigerte er unruhig an Bord umher, während er sich fragte, ob er damit die richtige Entscheidung traf. Er hatte Angst, dass dem nicht so war, aber trotzdem war ihm vollauf bewusst, dass seine Wut und sein Adrenalin ihm letztlich überhaupt keine andere Wahl ließen.

Während er die *Avadora* durch die Atmosphäre von Merokia steuerte, dachte er an all die Dinge, die sich verändert hatten, seit er von hier aufgebrochen war. Er dachte an den Jungen, der zusammen mit seinen Freunden losgezogen war, um einem Märchen nachzujagen, und an den jungen Mann, der nun allein nach Hause zurückkehrte, um die Geschichte zu Ende zu bringen.

Als Karr das Schiff auf dem Landefeld von Maizes Familie parkte, war weit und breit niemand zu sehen, genauso, wie niemand hier gewesen war, als sie gestartet waren. Er wünschte, RZ-7 hätte miterleben können, wie souverän er die *Avadora* runter auf den Boden brachte, deshalb beschloss er, trotz allem so zu tun, als bekäme der Droide alles mit. „Sieh dir das an, Erzett! Wir haben es echt weit gebracht. Anfangs waren wir schon froh, keine Bruchlandung hinzulegen. Jetzt machen wir das wie die Profis!"

Sobald die Landestützen des Schiffs sicher fixiert waren und er alle Systeme heruntergefahren hatte, nahm Karr so viele von den Bauteilen des Droiden, wie er konnte, und stopfte sie in eine große Tasche. Er hielt den lädierten Körper von RZ-7 an der Hüfte fest, und so verließen sie beide das Schiff, wie alte Freunde, die von einer Party nach Hause kamen. Nur dass Karr nicht in Feierlaune war. Er wollte Antworten.

Als er schließlich zu Hause ankam, knallte er demonstrativ die Tür hinter sich zu, stürmte an seinem Bruder vorbei und rief: „Wo sind Mutter und Vater?" Ohne irgendeine Reaktion abzuwarten, marschierte er geradewegs ins Wohnzimmer, wo seine Mutter gerade dabei war, die Taille einer Kleiderpuppe zu vermessen.

„Was verheimlicht ihr mir?", fragte er rundheraus.

Looway Nuq Sin erschrak sich fast zu Tode. „Karr! Wo bist du gewesen? Ich war krank vor Sorge um dich!"

Karr achtete überhaupt nicht auf ihren Einwand und wiederholte seine Frage. „Was verheimlicht ihr mir?"

„Was? Nichts! Ich … Ich weiß nicht, wovon du da redest."

„Lüg mich nicht an!", rief er. Seine Stimme wurde dringlicher. „Nicht noch länger!"

Looway bemühte sich, ihn auf die Art und Weise zu beruhigen, wie Leute es tun, die Zeit zu schinden versuchen. „Liebling, du bist ja ganz außer dir. Aber ich habe wirklich keine Ahnung, wovon du sprichst."

„Ich spreche von dem Geheimnis, das du und Vater vor mir habt. Von dem, das zu meinem eigenen Besten ist. Von dem, das mich in den Wahnsinn treiben könnte", sagte er, allesamt Zitate aus seiner Vision.

Das ließ sie abrupt innehalten, und da wusste Karr, dass er nichts mehr sagen musste. Und obwohl ihn einerseits ein Gefühl der Bestätigung durchströmte, tat es ihm andererseits auch ein wenig leid, ihr Angst eingejagt zu haben, deshalb nahm er ihre Hände sanft in die seinen.

„Ich habe eine Gabe, Mutter. Ich habe nicht darum gebeten, und ich bin mir auch nicht immer sicher, ob ich sie überhaupt will", gestand er. „Aber sie ist nun einmal da, und sie ist real, und ich lerne gerade, wie ich damit am besten umgehen sollte. Das ist nicht einfach, und um ehrlich zu sein, fürchte ich mich noch immer ein bisschen davor. Aber jetzt, wo Oma tot ist, könnte ich eure Hilfe brauchen. Auf der Suche nach Antworten bin ich kreuz und quer durch die Galaxis geflogen, und jetzt bin ich müde. Doch ich bin nach Hause gekommen, weil mir klar wurde, dass die Antworten, die ich suche, möglicherweise genau an dem Ort zu finden sind, vor dem ich weggelaufen bin. Also, was habt ihr mir nicht erzählt?"

Looway kämpfte darum, nicht in Tränen auszubrechen, doch dann kapitulierte sie und begann zu weinen. „Du bist so schnell so groß geworden", sagte sie. „Aber ich möchte, dass du noch ein bisschen länger wartest. Ich verspreche dir, dass wir dir alles erklären, aber dein Vater musste für ein paar Tage fort, um Stoffe einzukaufen, und ich möchte, dass er dabei ist, wenn wir über alles reden. Du sollst es von uns beiden hören."

Damit konnte Karr leben. Immerhin rechnete er halb damit, dass seine Eltern ihn auch weiterhin anlügen würden, daher fiel ihm das Warten nicht schwer.

Maize rief ihn über den Holokommunikator an, aber er antwortete nicht. Auch nicht, als sie es noch einmal versuchte. Als sie das dritte Mal anrief, warf er das Gerät aus dem nächstbesten Fenster. Sie war die letzte Person auf diesem Planeten, mit der er reden wollte. Was immer sie ihm auch zu sagen hatte, er wollte es nicht hören.

Tage vergingen. Er achtete sorgsam darauf, die ganze Zeit über die Handschuhe zu tragen, weil er zu viel Angst davor hatte, noch irgendwelche weiteren Visionen zu haben. Abgesehen davon, dass sie inzwischen einfach zu stark waren, fürchtete er sich vor dem, was er dann vielleicht sehen würde.

Was, wenn er erneut die Zukunft sah? Was, wenn er noch mehr Jedi tötete?

War die Zukunft in Stein gemeißelt? Konnte man seinem eigenen Schicksal entgehen, es verändern?

Falls ja, war Merokia vermutlich der richtige Ort dafür. Denn sosehr er sich auch über Merokia beschwerte, war sein Heimatplanet in Wahrheit doch ausgesprochen sicher. Manchmal holte er das zerbrochene Lichtschwert des Inquisitors unter seinem Bett hervor und überlegte, es mit seinen bloßen Händen zu berühren, nur noch ein einziges Mal.

Doch der Gedanke an die sterbenden Jedi-Ritter hielt ihn stets davon ab. Die Vorstellung, dass er für ihren Tod verantwortlich war – oder dafür verantwortlich sein *würde* –, hinderte ihn daran, es noch einmal zu versuchen. Es war zu hart, auch nur daran zu denken. Es war schon schwer genug gewesen, die Vision einmal zu durchleben. Nein, wenn er zu Hause blieb und zur Schule ging und sich beruflich der Schneiderei zuwandte, wie es sich für einen guten, stumpfsinnigen Bürger gehörte, würde mit Sicherheit niemals irgendwelches Jedi-Blut an seinen Fingern kleben.

Auch der Gedanke an die Berufsschule war nicht mehr so grässlich wie noch vor ein oder zwei Wochen. Jetzt war er imstande, die Vorteile daran zu erkennen.

Die Berufsschule war ziemlich weit von seinen Eltern entfernt, die kaum noch wussten, wie es war, mit ihm zu sprechen. Außerdem war sie weit weg von Maize, die er nach dem, was sie der Ersten Ordnung gesagt hatte, nie mehr wiedersehen wollte.

Jetzt saß Karr auf seinem Bett und bastelte am noch immer leblosen Körper von RZ-7 herum. Rein äußerlich war der Droide fast schon wieder der Alte, vor allem dank eines neuen Sets an Schaltkreisen und einer neuen Kern-Abdeckung, die zwar nicht zum Rest seines Gehäuses passte, seine elektronischen Eingeweide jedoch verlässlich dort hielt, wo sie hingehörten.

Er wollte den Droiden gerade einschalten, als er vom Fenster her ein Kratzen hörte. Er schaute nicht nach, was dieses Geräusch verursachte, auch wenn er diesbezüglich einen gewissen Verdacht hegte.

Das Kratzen ertönte weiter, gefolgt von einem leisen Knacken, das klang, als wäre gerade etwas Kleines zerbrochen. Das war der Fensterriegel. Dann vernahm er ein Klacken, und sein Fenster öffnete sich mit einem verstohlenen, widerspenstigen Schaben.

Karr drehte sich um und sah zum Fenster, das von zwei Händen nach oben geschoben wurde und im Rahmen quietschte. Das Fenster ging gerade weit genug auf, dass jemand hindurchklettern konnte. Eine kleine Gestalt.

Vielleicht ein Mädchen. Eine Jugendliche. So wie Maize.

Sie zog sich auf das Fensterbrett hoch und schob als Erstes ihre Hände und ihren Kopf ins Zimmer, ehe sie sich auf den Fußboden plumpsen ließ. Dort blieb sie keuchend und schnaufend liegen, als hätte sie gerade einen Berg bestiegen, anstatt über die Fensterbank im Erdgeschoss eines Hauses geklettert zu sein. „Verdammt noch mal!", blaffte sie. „Was ist dein *Problem*, Karr?"

Sein Problem? Er hatte sich vorgenommen, ruhig und gefasst zu bleiben, wenn diese unvermeidliche Konfrontation schließlich stattfand, aber jetzt, wo es so weit war, stellte er fest, dass es viel einfacher war zu brüllen. „*Mein* Problem? Was willst du überhaupt hier? *Du* bist mein Problem!"

„Ähm, und wie kommst du *darauf?*"

Er schwang seine Füße über die Bettkante, sodass er dort sitzen und sie stinksauer anstarren konnte. „Du hast mich voll reingeritten!"

„Wie bitte? Wenn du mit ›reingeritten‹ meinst, dass ich dir geholfen habe, von diesem Planeten zu verschwinden und zu einer Mission aufzubrechen, um Zeug aufzuspüren, das du berühren kannst, um deine schrägen Visionen zu bekommen, dann, ja, dann, schätze ich, *habe* ich dich da reingeritten! Gern geschehen, möchte ich hinzufügen. Denk doch nur an all die galaktischen Schwertschwinger, von denen du überhaupt nichts wüsstest, wenn ich nicht gewesen wäre."

„So habe ich das nicht gemeint, und das weißt du genau", wandte er ein. „Du wusstest, dass ich unbedingt mehr über die Jedi in Erfahrung bringen wollte, deshalb hast du mich benutzt. Du hast dich meiner Fähigkeiten bedient und mich manipuliert, um der Ersten Ordnung dabei zu helfen, Luke Skywalker zu finden!"

„Was?"

„Der Macht sei Dank, dass ich nicht wusste, wo er ist. Andernfalls hätte ich sie geradewegs zu ihm geführt, und wenn er nicht längst tot ist, wäre er es dank mir mit ziemlicher Sicherheit bald gewesen." Karr brach ab; das Bild von sich selbst, wie er einen Jedi abschlachtete, stand ihm immer noch überdeutlich vor Augen.

Sie stand auf und starrte ihn an, breitbeinig, die Hände in die Hüften gestemmt. „Wovon redest du da überhaupt? Ich habe nichts dergleichen getan!"

„Ich hab's gesehen, Maize. Ich habe deine Holonachricht an die Erste Ordnung gesehen, in der du alle Informationen an sie weitergegeben hast, die du hattest, alles, was ich dir erzählt hatte. Über meinen Aufenthaltsort, darüber, dass ich einen Hinweis auf einen verschollenen Jedi-Meister entdeckt hatte. Sie wussten sogar, dass Erzett in Wahrheit gar kein Medidroide ist."

Sie warf einen Blick auf den reparierten Roboter und sah aus, als wollte sie ihn fragen, was mit RZ-7 passiert war, doch stattdessen blieb sie beim eigentlichen Thema und sagte: „Ich habe der Ersten Ordnung keine Botschaft geschickt, Karr. Die einzigen Nachrichten, die ich in dieser Zeit verschickt habe, waren die an meinen …" Sie brach ab, als ihre Gedanken ihr Mundwerk schließlich einholten. „… Vater."

„Der für die Erste Ordnung arbeitet", sagte Karr.

Maize starrte Karr an, doch in Wahrheit sah sie durch ihn hindurch. „Sie müssen die Übertragung abgefangen haben", sagte sie. „Oder sie haben den Kanal abgehört oder so was. Ich schwöre dir, ich hätte denen niemals auch nur ein Sterbenswörtchen über dich erzählt."

„Aber warum hast du es dann deinem Vater gesagt?"

Mit einem Mal brach es aus ihr heraus: „Weil du mein Freund bist, Karr! Ich habe dich nicht verpfiffen, du verdammter Blödian. Ich habe bloß versucht, meinem Vater *von dir* zu erzählen!"

Er stockte. „Du hast deinem Vater von mir erzählt?"

„Irgendwann hat er sich dann tatsächlich gefragt, was mit seinem Schiff ist, deshalb … Ja, ich habe ihm von dir erzählt. Von dem Jungen, den ich auf diesem neuen Planeten kennengelernt habe, der es irgendwie geschafft hat, dass ich mich weniger einsam fühle. Von dem Jungen, mit dem ich gerade abhänge. Ich habe versucht, ihm klarzumachen, dass du Großartiges geleistet hast und dass du ein guter Typ bist und dass du die *Avadora* nicht zerstören würdest oder so was. Ich sagte ihm, dass du total cool bist und dass du weißt, was du tust, und dass du früher oder später von ganz allein wieder nach Hause kommen würdest. Ich wollte ihn davon überzeugen, dass es keinen Grund gibt, dir die Sturmtruppler auf den Hals zu hetzen."

Er kniff die Augen zu Schlitzen zusammen. „Aber genau das hat er getan."

Sie warf genervt die Hände in die Luft. „Das war doch nicht meine Schuld! Ich bin mir nicht einmal sicher, ob er tatsächlich dafür verantwortlich ist. Gut möglich, dass er nicht einmal weiß, dass sie dich geschnappt haben."

„Lehn dich lieber nicht zu weit für ihn aus dem Fenster."

„Hat die Erste Ordnung dich denn gewaltsam nach Hause gezerrt, Karr? Ich glaube nicht, da jemand die *Avadora* auf dem Landefeld abgestellt hat, der vorher anscheinend noch nie ein Cockpit von innen gesehen hatte."

„*Noch nie ein Cockpit von innen gesehen?*", echote er. „Hey, das war eine erstklassige Landung!"

„Du standest so weit neben den Positionslinien, dass ich dachte, jemand hätte dir in einer dieser Cantinas einen Drink zu viel spendiert."

Um Karrs Mundwinkel spielte ein Lächeln, doch noch war er nicht bereit, ihr zu vergeben. Vorher gab es zu vieles, das er erst einmal verarbeiten musste.

„Sieh's positiv", sagte Maize. „Du hast es unbeschadet wieder nach Hause geschafft, du hast keine *ernsten* Schwierigkeiten bekommen – und du musst nicht einmal das aktuelle Schulsemester zu Ende machen!"

„Woher weißt du das?", fragte er.

Sie seufzte schwer und ließ sich auf die Bettkante sinken. „Moffat hat's mir erzählt, als sie mir die Hausaufgaben gebracht hat. Ich kann zwar erst wieder zur Schule gehen, wenn mein Stubenarrest und die Suspendierung aufgehoben werden, aber sie versorgen mich trotzdem mit allem, was nötig ist, damit ich zu Hause lernen kann, sodass ich später nicht alles auf einmal nachholen muss. Ich habe sie gefragt, wie es dir so geht, und sie meinte, sie hätte keine Ahnung, weil deine Eltern dich von der Schule genommen hätten. Und als du dann auch nicht auf meine Holokomm-Anrufe reagiert hast, habe ich mir Sorgen gemacht. Hast du gehört? Ich habe mir *Sorgen um dich gemacht*, obwohl du total grässlich zu mir warst."

Karr fühlte sich irgendwie ernüchtert. Zwar glomm immer noch ein gewisses Maß an Ärger in ihm, doch vor allem anderen war er einfach nur unglücklich. „Jetzt mach aber mal halblang! Du bist in mein Zimmer eingestiegen und hast mich mit alledem kalt erwischt. Ich habe ein paar echt harte Tage hinter mir, weißt du?"

„Wärst du an den Holokommunikator gegangen, hätte ich dir keinen Überraschungsbesuch abstatten müssen. Warum gibst du eigentlich mir die Schuld für alles, was passiert ist? Du solltest mir lieber danken. Immerhin habe ich dich aus diesem Haus geholt und dir die Chance gegeben, durchs Weltall zu reisen."

Vielleicht ist ja genau das das Problem, dachte er. Vielleicht wäre es besser für ihn gewesen, wenn er nichts von alledem erfahren hätte. Vielleicht konnte das, was er nicht wusste, ihm auch nicht schaden, um seinen Vater zu zitieren.

Langsam, liebevoll tätschelte sie ihm die Schulter. „Ich hatte dir nur ein Abenteuer versprochen. Ich habe dir nicht versprochen, dass am Ende alles genau so ausgeht, wie du es dir vorgestellt hast. Es tut mir leid, dass du keine intergalaktischen, das Verbrechen bekämpfende Zauberer gefunden hast, die dich hätten unterweisen können, aber immerhin hast du Beweise dafür entdeckt, dass es sie wirklich gab. Du hast mir gezeigt, dass ich mich irre. Das ist doch schon eine ganze Menge, oder?"

„Vielleicht", gestand er, und die flüchtigste Andeutung eines Lächelns spielte um seine Lippen. „Aber das genügt noch nicht. Könntest du mich jetzt bitte allein lassen? Meine Eltern haben mich jahrelang wegen irgendetwas angelogen, und ich bin gerade dabei, herauszufinden, wegen was."

Maize wartete noch ein oder zwei Minuten, um zu sehen, ob er es sich noch einmal anders überlegen würde. Als er das nicht tat, tätschelte sie ihn noch ein letztes Mal – ein bisschen fester als nötig, fand Karr – und verschwand auf demselben Weg wieder, auf dem sie gekommen war.

Karr wandte sich wieder der Arbeit an RZ-7 zu. Trotz der komplizierten Mechaniken, die erforderlich waren, um Droiden zum Leben zu erwecken, fand er, dass es unglaublich einfach war, Beziehungen zu ihnen aufzubauen. Als er RZ-7 gesagt hatte, dass er sein Freund sei, hatte er das genau so gemeint, und bei diesem Gedanken lächelte er, als er den Aktivierungsschalter des Droiden drückte.

„Und Sie sind mein Freund, Sir", sagte der Droide, als Reaktion auf das Letzte, das er gehört hatte, bevor einige Tage zuvor seine Energieversorgung ausgefallen war.

Zum ersten Mal seit einer ganzen Weile musste Karr lachen. „Schön, dass du wieder da bist, Kumpel."

„Habe ich irgendetwas Wichtiges verpasst?"

Mit einem Mal öffnete sich – begleitet von einem Quietschen – die Tür seines Zimmers, und seine Mutter steckte ihr beständig besorgtes Gesicht herein. „Karr? Liebling, dein Vater ist nach Hause gekommen. Er und ich, wir würden uns gerne mit dir unterhalten."

Karrs Blick kehrte zu Erzett zurück. „Ich schätze, das werden wir gleich erfahren."

20. KAPITEL

Karr begab sich ins Wohnzimmer, wo seine Mutter einen kleinen Snack aus Milch und Käse und Crackern bereitgestellt hatte, als würde sie Gäste erwarten. „Wofür ist das alles?", fragte er und deutete auf den Tisch, das Essen, die gekühlten Getränke. „Kommt jemand zu Besuch?"

„Nein, das ist alles für dich", sagte Tomar.

„Seit du zurück bist, hast du kaum etwas gegessen", fügte Looway hinzu. „Du musst etwas in den Magen bekommen. Du kannst dich doch nicht bis in alle Ewigkeit in deinem Zimmer verkriechen, und …" Was immer sie sonst noch sagen wollte, brachte sie nicht über die Lippen. Ihr versagte die Stimme.

„Heißt das, ihr sagt mir endlich die Wahrheit?"

Seine Eltern schauten einander an, als wüssten sie nicht, was sie darauf erwidern sollten.

Karr versuchte es erneut, diesmal mit ein bisschen mehr Nachdruck. „Die Wahrheit, die ihr mir so lange verschwiegen habt?"

Sein Vater atmete tief durch. „Setzen wir uns alle hin, okay? Ja, es gibt da einige Dinge, die wir dir nicht erzählt haben. Dinge, die wir dir vermutlich schon vor langer Zeit hätten sagen sollen, aber wir hatten unsere Gründe, es nicht zu tun. Ich hoffe, wenn du hörst, worum es geht – wenn du dir alles angehört hast und die ganze Geschichte kennst –, wirst du uns verstehen."

„Und was, wenn nicht?", fragte er. Er ließ sich aufs Sofa fallen und forderte sie förmlich heraus, ihn mit ihrer neugefundenen Offenheit zu beeindrucken.

„Dann hast du allen Grund dafür, sauer zu sein, schätze ich. Ich werde dir jedenfalls alles erklären, und wie du darauf reagierst … das bleibt ganz dir selbst überlassen." Sein Vater nahm ihm gegenüber Platz, während seine Mutter in der Nähe stehen blieb und ein Stück rötlichen Käse aß, der ihre Zähne ein wenig verfärbte.

Da Karr nicht wusste, was er sonst tun sollte, nahm er sich ein paar Cracker und knabberte an den Rändern herum. Er schluckte den ersten Bissen trocken hinunter und fragte: „Sterbe ich also doch? Ist das das große Geheimnis?"

„Nein, glücklicherweise ist es nichts dergleichen", sagte sein Vater. Seine Eltern wechselten einen weiteren nervösen Blick, als würden sie versuchen, sich zu einigen, wer von ihnen den Anfang machen sollte. Seine Mutter zog sich aus der Affäre, indem sie kurzerhand in der Küche verschwand. Während sie Schubladen öffnete und andere Geräusche machte, damit es so klang, als wäre sie ungeheuer beschäftigt, räusperte sein Vater sich und ergriff schließlich das Wort. Seine Augen blickten dabei auf den Tisch.

„Wir sind nicht ganz ehrlich zu dir gewesen", begann er und fummelte seinerseits an einem Stück Käse herum, bis seine Fingerspitzen ganz rosa waren. „Ein ähnliches Gespräch als das, was wir jetzt führen, hatten wir vor vielen Jahren mit deiner Großmutter. Wir waren in dieser Angelegenheit unterschiedlicher Meinung, aber da du mein Sohn bist, hat sie meine Wünsche respektiert."

Seine Mutter kehrte aus der Küche zurück, ein weiteres Glas Milch in der Hand. Sie schien angestrengt nach etwas zu suchen, womit sie sich beschäftigen konnte – jedenfalls war das sein Eindruck.

Sein Vater fuhr fort: „Ich erwarte nicht, dass du das verstehst, aber deine Mutter und ich … Wir hatten nur dein Bestes im Sinn." Karr stemmte seine Hände erwartungsvoll gegen die Sofakissen.

Seine Eltern tauschten wieder einen Blick. Allmählich konnte Karr sich auf diese ganzen Blicke keinen Reim mehr machen oder hatte auch nur die geringste Ahnung, worum es dabei ging. Aber sie gefielen ihm nicht. Er war schon drauf und dran, vor Frustration loszuschreien, als sein Vater sagte: „In der Geschichte unserer Familie gab es einen Jedi."

Karr war fassungslos. Er konnte von Glück sagen, dass er saß, denn andernfalls wäre er in diesem Moment mit Sicherheit vor Überraschung umgekippt. „Was? Wen?"

„Meinen Großvater. Deinen Urgroßvater."

„Omas Vater?", fragte er; er fühlte sich ein bisschen verraten.

„Ja."

„Ich dachte, Jedi dürfen keine Familie haben."

„Na ja, dieser hatte offensichtlich eine", entgegnete sein Vater. „Ich weiß nicht genau, wie die Dinge damals lagen. Ich denke, irgendetwas ist passiert, das ihn dazu brachte, den Jedi den Rücken zu kehren, noch vor den Klonkriegen. Und nachdem all die Jedi getötet worden waren, tauchte er dann unter."

„Warum hat Oma mir nichts davon erzählt? Warum habt *ihr* mir nichts davon erzählt? Ihr wisst doch genau, wie lange ich mich mit meinem Zustand herumgequält habe."

„Wir dachten nicht, dass das wichtig ist."

„*Nicht wichtig?*", wiederholte Karr ungläubig. „Wie meinst du das?"

Endlich fand Karrs Mutter den Mut, sich ebenfalls in das Gespräch einzuschalten. „Deine Kopfschmerzen wurden immer schlimmer, Karr. Wir wollten, dass du sie ernst nimmst. Und wir hatten das Gefühl, wenn du weißt, dass es einen Jedi in unserer Familie gab, würdest du die Kopfschmerzen vielleicht einfach hinnehmen oder behaupten, sie seien ein Zeichen der Macht, anstatt dich richtig ärztlich behandeln zu lassen."

„Aber diese Kopfschmerzen *sind* ein Zeichen der Macht! Das weiß ich jetzt. Und Oma wusste es auch, die ganze Zeit über! Warum hat sie mir nicht gesagt, dass ihr Vater ein Jedi war?"

„Weil wir sie gebeten haben, das nicht zu tun, aus den eben schon genannten Gründen. Sie war nicht glücklich darüber, aber sie hat unsere Wünsche respektiert."

„Jedenfalls größtenteils", sagte seine Mutter und hob dabei eine Augenbraue.

„Sie war einverstanden, dir nichts davon zu erzählen, aber sie meinte, sie könnte auch nicht einfach untätig zusehen und nichts tun. Deshalb einigten wir uns darauf, dass jeder von uns auf seine eigene Art und Weise damit umgehen würde. Während deine Mutter und ich dich weiter von qualifizierten Medizinern untersuchen ließen, tat deine Großmutter das, was sie für richtig hielt, um dir etwas über das beizubringen, von dem sie glaubte, dass es die Macht war, die in dir steckt."

„Versteh uns bitte nicht falsch, Karr", sagte seine Mutter flehentlich. „Nichts wäre uns lieber gewesen, als zu glauben, dass du anstelle eines tödlichen Gehirntumors irgendeine mystische Kraft besitzt, aber wir brauchten Gewissheit. Wir mussten alle Optionen abklären und alle medizinischen Mittel ausschöpfen. Du bist unser Sohn. Und wir müssen dich beschützen. Manchmal waren deine Ohnmachtsanfälle so schlimm, dass wir uns ehrlich gefragt haben, ob du jemals wieder aufwachst. Wir mussten den Tatsachen ins Auge sehen, und dir von einem Familienmitglied zu erzählen, das vielleicht etwas Ähnliches hatte wie du, vielleicht aber auch nicht, hätte die Dinge nur noch mehr verkompliziert. Wir mussten es erst mit Sicherheit wissen."

„Oma wusste es mit Sicherheit."

Sein Vater lehnte sich erschöpft in seinem Stuhl zurück, als hätte er jetzt gern etwas wesentlich Stärkeres zum Trinken gehabt als Milch. „Na ja, vielleicht können sich Großeltern diesen Luxus einfach leisten."

Bevor Karr nachfragen konnte, was genau sein Vater damit meinte, stand seine Mutter auf. „Der springende Punkt ist, dass wir dir jetzt glauben."

Diese Worte trafen Karr fast mit derselben Wucht wie eine seiner Visionen. „Ach, tut ihr das?"

„Ja", bestätigte sie. „Allerdings ist das keine Entschuldigung dafür, dass du einfach weggelaufen bist, ohne uns etwas davon zu sagen. Wir waren krank vor Sorge um dich, Karr. Soweit wir wussten, hättest du tot sein können. Deine Kopfschmerzen wurden in letzter Zeit immer schlimmer und schlimmer, und dann bist du plötzlich verschwunden, einfach so. Hast du dabei eigentlich auch einmal an uns gedacht?"

„Es tut mir leid", murmelte er; ihm war vollkommen bewusst, dass er bei alledem keine Sekunde daran gedacht hatte, wie es seinen Eltern wohl damit ging, und jetzt hatte er Schuldgefühle deswegen. „Aber warum habt ihr eure Meinung geändert? Warum glaubt ihr mir jetzt auf einmal, nachdem nicht einmal Großmutter euch überzeugen konnte?"

Maize machte mit einem demonstrativen Hüsteln auf sich aufmerksam und steckte ihren Kopf zur Wohnzimmertür herein. Sie begrüßte ihn mit einem kleinen Winken und trat nervös von einem Fuß auf den anderen.

„Maize?"

Karrs Vater ging zu Maize hinüber und legte seine Hände auf ihre Schultern. „Diese junge Dame hat uns erzählt, wo du warst und was du alles erlebt hast. Und ich muss sagen, was ich dabei hören musste, gefiel mir ganz und gar nicht. Im ersten Moment klang das Ganze einfach nur rücksichtslos und rebellisch. Aber als sie uns dann erklärte, wie du mit alledem umgehst und was du alles erreicht hast … Na ja, ich schätze, da fing ich an, die Dinge anders zu sehen."

„Das gilt für uns beide", sagte Looway. „Vergiss nicht: Soweit es uns betraf, hätten diese Visionen ebenso gut auch Halluzinationen sein können, die durch deine Schmerzen ausgelöst wurden. Es gab keinerlei Beweise für irgendetwas. Aber dann hat Maize uns erzählt, wie du dir diese Visionen zunutze gemacht hast, um Spuren zu verfolgen, und dass du Leute gefunden hast, die deine Entdeckungen bestätigt haben. Und das hat nichts mit Rücksichtslosigkeit zu tun, sondern mit Entschlossenheit. Und mit Tapferkeit. Das ist …" Sie suchte nach den richtigen Worten, doch Tomar kam ihr zuvor.

„Sagen wir einfach, dass das, was du getan hast, alles andere als feige war."

Karr lächelte, wusste er doch, dass sein Vater sich mit Lob und Anerkennung ausgesprochen schwertat.

„Zugegeben, wir waren nicht dabei, um das alles selbst mitzuerleben", fuhr er fort. „Aber ich muss sagen, was uns am meisten beeindruckt hat, war, wie überzeugt Maize von alledem ist. Sie hast du jedenfalls zu einer wahren Gläubigen gemacht."

„Ach, wirklich?", sagte Karr und wandte ihr langsam den Kopf zu.

„Guck nicht so selbstgefällig", sagte sie lachend. „Es hat eine Weile gedauert, bis ich so weit war, dir zu glauben. Um ehrlich zu sein: Hätte ich gewusst, dass du eine familiäre Verbindung zu diesem ganzen mystischen Zeug hast, hätte ich dir deswegen vielleicht nicht so sehr zugesetzt. Bist du sauer deswegen? Bitte, sei nicht mehr sauer auf mich. Ich habe nur versucht, dir zu helfen. Ich weiß, du wolltest nicht, dass sie wissen, wo du bist, aber als ich sah, wie sehr es meinen Vater mitgenommen hat, als ich verschwunden war, wurde mir klar, dass es vermutlich nicht fair ist, deine Eltern auf dieselbe Weise zu quälen." Sie trat weiter in den Raum hinein; sie wirkte nervös. „Und als ich dann erst mal angefangen hatte, über unsere Reise zu reden, konnte ich einfach nicht mehr aufhören, schätze ich. Ich dachte, wir hätten Spaß, bis die Soldaten mich abgeholt haben. Und es tut mir leid, dass du nicht genau das gefunden hast, wonach du gesucht hast, aber ich fand trotzdem, dass es wichtig – und richtig – ist, es ihnen zu erzählen …"

Karrs Mutter nickte und bedeutete ihr mit einer Geste, sich zu ihnen zu gesellen. „Sie sagte uns, wie ungeheuer wichtig das Ganze für dich ist und wie entschlossen du warst und … Na ja, in gewisser Weise, scheint es, als hättest du diese Neuigkeiten über deinen Urgroßvater ganz von allein herausbekommen. Trotzdem tut es mir leid, dass wir dir nicht von vornherein davon erzählt haben."

Maize beugte sich in sein Blickfeld. „Also … *bist* du noch sauer auf mich? Denn ich gehe nicht eher wieder, bis du mir sagst, dass du nicht mehr sauer auf mich bist."

Er dachte daran, irgendetwas Cooles zu sagen, wie beispielsweise, sich einen Stuhl zu schnappen und es sich bequem zu machen, da sie dann wohl in nächster Zeit nirgends hingehen würde. Doch irgendwie konnte er das nicht. Denn mit einem Mal wurde ihm klar, dass er in Wahrheit überhaupt nicht auf sie wütend gewesen war – er war wütend auf *sich selbst* gewesen. Und auf seine Eltern. Und obwohl er immer noch verärgert darüber war, dass sie ihn so lange hintergangen hatten, war er froh darüber, dass sie ihm endlich die Wahrheit gesagt hatten, wenn auch nur auf sein Drängen hin.

Endlich hatte Karr eine richtige Spur zu einem richtigen Jedi. Vielleicht zu einem toten Jedi, aber immerhin zu einem toten Jedi in seiner direkten Ahnenreihe! Er war der Urenkel eines Jedi!

Rückblickend wurde ihm bewusst, dass Maz Kanata niemals gesagt hatte, dass er kein Jedi werden würde – sie hatte lediglich gesagt, dass diese bestimmten Visionen nicht *seine* Geschichte erzählten.

„Wie hieß er?", fragte er, an niemanden im Besonderen gerichtet.

„Naq Med", sagte sein Vater. „Das war sein Name."

„Und kanntest du ihn?"

Sein Vater zuckte verlegen mit den Schultern; er hielt noch immer das vergessene Stück Käse in den Fingern. „Nicht wirklich. Er starb, bevor ich alt genug war, um mich an ihn zu erinnern. Wenn ich jetzt zurückdenke, wünschte ich, deine Großmutter hätte dir von ihm erzählt. Denn natürlich kannte sie ihn viel besser als ich." Er seufzte und sah dabei so traurig und kummervoll aus, dass auch die letzten Gefühle des Zorns, die noch in Karr schwelten, erloschen. „Sie *wollte* dir von ihm erzählen. Ich weiß, dass sie das wollte. Dass sie es nicht getan hat, ist unsere Schuld, nicht ihre."

Seine Mutter wischte eine einzelne Träne fort und schnäuzte sich in ein Taschentuch. „Wir hatten niemals die Absicht, dir wehzutun, Karr", sagte sie und wies mit dem feuchten Stück weichen Papiers auf ihn. „Wir wollten dich nur beschützen."

„Schon möglich, aber das könnt ihr nicht. Nicht für immer", entgegnete er.

„Offenbar nicht einmal so lange, wie wir gehofft hatten", murmelte sein Vater.

„Also, dass du ein Raumschiff gestohlen hast …", raunte seine Mutter zwischen ihren Schniefern. „Als sie mir davon berichteten, konnte ich es nicht glauben. Ich konnte es einfach nicht glauben."

Maize hielt eine Hand in die Höhe. „Na ja, *technisch gesehen* bin ich diejenige, die es gestohlen hat. Er konnte ja nicht einmal fliegen. Jedenfalls nicht, bis ich ihm gezeigt habe, wie's geht. Ich habe wirklich einen schlechten Einfluss auf ihn. Wenn Sie wollen, können Sie ruhig mir die Schuld für alles geben. Meine Eltern machen das auch immer."

Endlich lachte Karr. „Das ist einfach unglaublich. Das ist das Unwahrscheinlichste, das ich je gehört habe, und das soll was heißen, schließlich ist mir erst vor Kurzem das Unwahrscheinlichste passiert, das man sich nur vorstellen kann – zusammen mit der schrägsten Person, die ich je getroffen habe."

Maize grinste. „Oh danke, Karr! Du bist selbst übrigens auch ziemlich schräg. Oh, und außerdem: Ich war in eurer Küche und habe von eurem Essen gegessen: Dieser Käse ist echt ziemlich gut." Sie grinste noch breiter und ließ dabei ihre leicht rötlich verfärbten Zähne sehen.

„Nur zu", sagte Karr. „Bedien dich."

„Schon längst *passiert!*"

21. KAPITEL

Karr und Maize machten einen Spaziergang rings um den Hof der Familie. Eigentlich war es kein richtiger Hof – nur ein bescheidenes Häuschen mit einem großen Hof aus festgestampfter Erde, in der Ferne umringt von anderen Häusern, auf die so ziemlich dieselbe Beschreibung zutraf. Die Gegend war nicht der Rede wert, aber sie marschierten trotzdem gemeinsam umher … und wenn auch nur, um einen Vorwand zu haben, das Haus zu verlassen und sich so etwas Privatsphäre zu sichern.

„Tut mir leid, dass ich nicht sofort damit rausgerückt bin und zugegeben habe, dass ich es deinen Eltern erzählt habe", sagte Maize. „Aber ich fand, es wäre ihre Aufgabe, es dir mitzuteilen, wenn sie so weit sind."

Karr schüttelte den Kopf. „Du kannst einfach kein Geheimnis für dich behalten, was?", witzelte er.

„Hör zu, ich habe zugegeben, dass ich es deinen Leuten erzählt habe, aber nicht der Ersten Ordnung. Das ist ein großer Unterschied."

„Und du hast es deinem Vater gesagt", erinnerte er sie.

„Und ich habe es meinem Vater gesagt", pflichtete sie ihm bei. „Na schön, du hast recht. Ich *kann* keine Geheimnisse für mich behalten."

Die beiden lachten. Es war ein gutes Gefühl, dass zwischen ihnen alles wieder so war wie vorher, ohne dass irgendetwas zwischen ihnen stand. Na ja, fast nichts.

Während sie gingen, blickte Maize zu Boden. Die Wege waren ungepflastert, und die Straßen bestanden größtenteils aus Sand. Ihre teuren Stiefel wurden schmutzig, doch das schien sie nicht zu kümmern.

„Die Wahrheit ist, Maize, dass ich auch nicht vollkommen ehrlich zu dir war."

„Hast du meinen Eltern erzählt, dass ich Jedi-Kräfte besitze?", sagte sie lachend, aber Karr war nicht nach Heiterkeit zumute. „Was ist los?"

Er wusste nicht recht, wie er anfangen sollte, deshalb gab er seine Erlebnisse einfach so wieder, wie er sie sah. So, als wäre das Ganze eine seiner Visionen. „Als Erzett und ich auf Batuu waren, habe ich ein Lichtschwert berührt, das einst einem Inquisitor gehörte."

„Einem was?"

„Einem Inquisitor. Das waren Machtnutzer, deren Aufgabe es war, die Jedi unschädlich zu machen. Sie sollten alle Überlebenden der sogenannten Order 66 eliminieren."

„Ich verstehe zwar nicht einmal die Hälfte von dem, was du da gerade gesagt hast, aber es klingt, als wären diese Typen nicht die nettesten gewesen."

„Nein, das waren sie bestimmt nicht. Aber die Sache ist die: Als ich das Lichtschwert berührte, hatte ich eine Vision. Ich sah … mich selbst. Wie ich einen Jedi töte."

„Das ist unmöglich", sagte sie. „Du kannst nicht in die Zukunft sehen, sondern nur in die Vergangenheit, richtig?"

„Na ja, es gab mal einen Jedi namens Sifo-Dyas, der konnte in die Zukunft sehen, und ich habe Angst, dass ich vielleicht ähnliche Fähigkeiten besitze wie er. Vielleicht kann ich ja die Vergangenheit *und* die Zukunft sehen."

Sie blieb stehen. „Wow! Kein Wunder, dass du deswegen so außer dir warst. Das ist echt ziemlich heftiges Zeug. Wie soll man mit so etwas umgehen?"

„Am besten gar nicht", entgegnete er. „Das ist auch der Grund, warum ich nach Hause gekommen bin. Ich habe zu große Angst, noch einmal irgendetwas anzufassen oder irgendwohin zu gehen oder mich auch nur zu rühren, um ehrlich zu sein. Denn woher soll ich wissen, dass nicht jeder Schritt, den ich mache, ein Schritt in genau diese Richtung ist? Deshalb denke ich, wenn ich einfach auf die Berufsschule gehe und mich bedeckt halte, kann ich unmöglich zu dem werden, was ich fürchte."

Maize griff sanft nach seiner Hand. „Aber ist das denn noch ein Leben? Als ich dich zuerst traf, Karr, mochte ich am meisten an dir nicht, dass du die Macht nutzen kannst. Sondern, dass da ein Funken in dir war. Diese Energie, die in dir schlummert, diese Entschlossenheit … Das ist es, was dich wirklich besonders macht. Ich meine, klar, es ist schon ziemlich cool, dass du etwas mit einer Legion mystischer Ritter gemeinsam hast, die die Galaxis beschützt haben, aber wenn du diesen Funken verleugnest, was macht das dann für einen Unterschied? Ob nun gut oder schlecht, du wärst nicht mehr du selbst."

Er trat gegen einen Erdklumpen, der daraufhin auseinanderfiel. „Ich weiß deine Worte und dein Mitgefühl sehr zu schätzen, Maize. Aber ich weiß jetzt, dass Skywalker überlebt hat. Und das bedeutet, dass sich die Jedi wieder erheben könnten. Und falls meine Vision der Zukunft zutrifft, bin ich eine Gefahr für sie. In was für eine Situation bringt mich das? Zu was macht mich das? Was soll ich jetzt tun?"

Maize setzte sich mit forschen Schritten wieder in Bewegung und zog ihn mit sich. „Wir ändern deine Zukunft – genau das werden wir tun!"

„Was?", sagte er und stolperte ihr nach. „Wie sollen wir das anstellen? Und wo willst du gerade hin?"

Sie blieb abrupt stehen. „Keine Ahnung, ich bin einfach nur total aufgewühlt. Aber wenn ich eins weiß, dann, dass deine Zukunft nicht in Stein gemeißelt ist. Warum besteht bei dir die Gefahr, zu einem dieser Jedi-Mörder zu werden, bei diesen anderen Jedi, die es vielleicht in Zukunft geben wird, aber nicht?"

„Das weiß ich nicht. Vielleicht, weil sie jemanden haben, der sie unterweist."

„Da haben wir's. Ist es das, was den Unterschied macht? Nur jemand, der dir den Weg zeigt?"

„Du nimmst das Ganze nicht wirklich ernst", sagte er. „Aber ich habe die Visionen gesehen. Ich weiß, was passieren kann. Das Licht und die Dunkelheit existieren Seite an Seite, und ohne die richtige Führung kann die Versuchung, auf die Dunkle Seite zu wechseln, sehr groß sein."

„Dann", sagte sie, „suchen wir dir Führung."

Karr konnte sich ein Lachen nicht verkneifen und rief: „Dann sind wir wieder genau da, wo wir angefangen haben!"

„Ja, aber jetzt wissen wir mehr als vorher. Würdest du mir zustimmen, wenn ich sage: Wäre Naq Med noch am Leben, wäre er dein logischer Meister?"

„Ich denke schon."

„Dann ... lass uns herausfinden, wo er gelebt hat, damit du dort Dinge berühren kannst. Sagte deine Großmutter nicht, das Leben selbst würde dein Meister sein?"

„Ja."

„Na, das ist doch noch viel besser! Du weißt, dass sie dir sein Zuhause gezeigt hätte, wenn deine Eltern es ihr erlaubt hätten. Sie hat dir praktisch mit Leuchtzeichen klarzumachen versucht, dass du danach suchen sollst."

„Ach, hat sie?"

„Ja ... Na ja, vermutlich. Keine Ahnung. Denk doch mal nach, mit deinem jetzigen Wissen. Hat sie dir jemals entsprechende Hinweise gegeben oder zwischen den Zeilen irgendwelche Andeutungen in dieser Richtung gemacht?"

Karr dachte einen Moment lang nach. „Ich glaube nicht. Meine Großmutter hat immer zu ihrem Wort gestanden. Wenn sie meinen Eltern versprochen hat, mir nichts zu erzählen, dann hätte sie dieses Versprechen gehalten, solange sie ..." Der Gedanke schoss ihnen beiden im selben Moment durch den Kopf, aber Karr brachte den Satz als Erster zu Ende: „… lebt."

Maize war ganz aufgeregt. „Hat sie dir irgendetwas Besonderes hinterlassen, als sie starb?"

„Nur meine Handschuhe." Er wackelte mit den Fingern und nahm sie auf der Suche nach irgendwelchen geheimen Zeichen neugierig näher in Augenschein.

„So habe ich das nicht gemeint." Maize schüttelte den Kopf. „Ich meinte so etwas wie Familiendokumente, Geschichten, die sie aufgeschrieben hat, etwas in der Art."

Er hielt inne und dachte darüber nach. „Ich glaube nicht, aber zu Hause haben wir noch jede Menge Sachen von ihr. Sie hat bis zu ihrem Tod bei uns gewohnt. Ihr Zimmer ist voll von allem Möglichen – allerdings sind das vor allem Stoffballen und Nähzeug. Nachdem sie gestorben war, haben meine Eltern ihre Sachen einfach in den Schrank gestopft, und jetzt lagern wir in dem Raum Kundenbestellungen, so lange, bis wir sie fertighaben und die Leute sie abholen."

„Also … Was ich da heraushöre, ist … dass wir vielleicht auf etwas stoßen könnten, wenn wir in dem Schrank nachsehen."

„Ich wüsste nicht, was dagegenspräche", sagte er, doch insgeheim musste er zugeben, dass er sich bei dieser Vorstellung seltsam vorkam. Der Gedanke, unerlaubt die Habseligkeiten seiner Großmutter zu durchforsten, war merkwürdig und verstörend, auch wenn sie tot war. Doch ihm fiel einfach kein guter Grund ein, Maize zu widersprechen, darum tat er's nicht.

„Klasse!" Sie klopfte ihm auf den Rücken. „Worauf warten wir dann noch?"

Als sie zum Haus zurückkehrten, stellten sie fest, dass nichts und niemand auf sie wartete. Seine Eltern waren zur Arbeit gegangen, und sein Bruder war noch nicht aus der Schule zurück. Deshalb waren nur Karr, Maize und RZ-7 zugegen, der gerade draußen vor dem Haus unter dem Landgleiter lag, der dringend neu eingestellt werden musste, und für solche Aufgaben war der Droide mit seiner Palette an Fähigkeiten wie gemacht.

„Benötigen Sie Unterstützung, Sir?", fragte er, als er unter dem Vehikel hervorlugte.

„Keine Ahnung, aber du kannst dich uns gern anschließen."

„Wo wollen Sie hin, Sir?"

Maize antwortete für ihn. „In Omas Zimmer. Wir suchen nach Jedi-Spuren."

„Nach Jedi-Spuren?" Karr lächelte. „Ich glaube, das ist das erste Mal, dass du sie Jedi genannt hast, anstatt Laser-Weltraumritter oder intergalaktische Zaubermönche oder irgendetwas in der Art."

„Nur, weil mir allmählich die Umschreibungen ausgehen", versicherte sie ihm. Dann sagte sie zu RZ-7: „Wir wollen schauen, ob Oma irgendwelche nützlichen Hinweise auf ihren Vater hinterlassen hat."

„Ah, ja. Sehr gut, Sir. Sobald ich hier fertig bin, komme ich zu Ihnen. Meine jüngste Generalüberholung hat mich dazu inspiriert, dieselbe Wohltat auch diesen seit Langem ignorierten Gegenständen angedeihen zu lassen. Aber zögern Sie bitte nicht, mich zu rufen, wenn Sie mich brauchen."

Sie gingen ins Haus, und Karr führte Maize in das Zimmer, das einst J'Hara gehört hatte und jetzt größtenteils von Kleiderbügeln, Stoffballen, fast fertig genähten Kleidern, Nähmaschinen, Scheren und Papierschnittmustern für alles, von Socken bis hin zu Hochzeitsgarderobe, beherrscht wurde. Den Großteil des Raums nahmen Regale und Kisten ein, zwischen denen man sich allerdings hindurchquetschen und über die man hinwegsteigen konnte.

An der Rückwand – in eine Ecke geschoben – stand ein Bett, noch immer fein säuberlich gemacht.

Karr bahnte sich seinen Weg zu dem Bett und setzte sich auf die Kante, während er seinen Blick durch das Zimmer schweifen ließ. „Die meisten ihrer Habseligkeiten sind inzwischen weg. Einige wurden verkauft, andere haben wir für wohltätige Zwecke gespendet."

„Okay, aber alles andere ist in dem Schrank?"

„Ähm …" Er schaute sich weiter um und versuchte, im Geiste all die Dinge zu eliminieren, die seine Eltern seit J'Haras Tod in dem Raum untergebracht hatten. „Ja. Und diese Truhe am Fußende, die hat auch ihr gehört. Mittlerweile benutzt meine Mutter sie als Ständer für ihre Schneiderpuppen."

Maize ging zum Schrank hinüber und öffnete die Türen. Schnell und effizient durchsuchte sie die Kleidung, die sich darin befand, auf der Suche nach irgendetwas Interessantem. Sie schob ihre Hände in die Taschen der Klamotten und tastete mit ihren Fingern herum. Doch sie fand nichts. Dann fragte sie: „Was ist mit dem Koffer da oben?" Sie deutete auf das oberste Brett.

„Das ist bloß Gepäck." Er ging zum Fußende des Betts, klappte den Deckel der Truhe auf und wühlte darin herum. „Oma ist früher viel gereist, aber als sie dann bei uns eingezogen ist, war das irgendwie vorbei. Da war sie schon lange nicht mehr unterwegs gewesen."

„Ob sie ihren Vater besucht hat? Ob sie wohl deshalb so viel gereist ist?"

„Keine Ahnung. Wie wir inzwischen wissen, erzählt mir ja nie irgendwer irgendwas. Jedenfalls nicht, bis es zu spät ist – aber natürlich nur zu meinem eigenen Besten." Er schob Nachthemden und Hausschuhe, Strümpfe und Sandalen und Handschuhe beiseite. Unten auf dem Boden der Truhe stieß er auf ein paar Datenpads, auf denen aber nur Kitschromane gespeichert waren. Außerdem öffnete er einige Holowürfel, die er fand, aber auch diese enthielten keine vielversprechenden Bilder oder Dokumente. Er legte sie neben der Truhe auf den Boden und kramte weiter.

Derweil holte Maize den Koffer vom obersten Schrankbrett und machte ihn auf. „Oh, hey, er ist nicht verschlossen."

„Das war die Truhe auch nicht. Ist irgendetwas Gutes drin?"

„Hm." Sie hielt ein kaputtes Datenpad mit einem Riss in die Höhe. „Vielleicht das hier?"

„Sieht irgendwie nicht danach aus."

„Ja, ich glaube, das Ding ist Schrott. Was haben wir sonst noch …?", sagte sie, mehr zu sich selbst als zu ihm. „Ein bisschen Schmuck. Einiges davon sieht ganz hübsch aus."

„Tu's einfach wieder zurück. Hätte meine Mutter etwas davon behalten wollen, hätte sie es sich genommen."

Maize grinste. „Womöglich will sie es ja für die Schwiegertochter aufheben, die sie vielleicht irgendwann einmal hat."

„Oder so. Hey, warte, was ist das?"

Sie hörte auf, in dem Koffer herumzuwühlen, und schaute auf. „Was ist?"

Er scrollte durch einen weiteren Ordner auf dem Datenpad, der voller Kochrezepte und anderem wahllosen Zeug war. „Hier drauf sind wichtige Aufzeichnungen gespeichert … oder sie wären wichtig, wenn Oma noch leben würde. Reiseunterlagen, solche Dinge. Allerdings nichts, das mir weiterhilft."

„Na ja, ich habe in diesem Koffer auch etwas gefunden. Schau mal …" Sie zeigte ihm noch ein Datenpad, das vermutlich älter war als sie beide zusammen. „Und es funktioniert noch!"

Zumindest leuchtete das Gerät auf und begann Bilder zu projizieren, als sie auf einen Knopf drückte, und schlagartig hielt Karr den Atem an. „Das ist sie", flüsterte er. Seine Großmutter flimmerte in der Luft; sie trug ein wallendes, stufiges Kleid. Sie war vielleicht dreißig Jahre alt und wirkte sehr glücklich – sie drehte sich im Kreis, wie um die Falten und Plissieren ihres Kleides zu präsentieren. Ihre Lippen bewegten sich, und er hatte den Eindruck, als würde sie mit jemandem außer Sicht reden. Doch die Aufnahme war ohne Ton und das Bild selbst schrecklich grobkörnig. Nach einigen Sekunden ging das Gerät wieder aus.

„Das sah fast so aus wie ihr Hochzeitstag. War das nicht ein Brautkleid?"

Er schluckte schwer, doch der Kloß, der ihm in der Kehle saß, wollte einfach nicht verschwinden. „Ja. Sie hat dieses Kleid selbst genäht. Ist das alles?"

„Ja, tut mir leid. Mehr war nicht in dem Koffer. Ich suche weiter."

Genau das machte Karr auch.

Gemeinsam schauten sie sich gründlich im Zimmer um – bis Karr sich schließlich mit einem schweren, müden Seufzen aufs Bett fallen ließ. „Hier ist nichts", verkündete er und verschränkte die Hände hinter dem Kopf.

„Hier ist jede Menge. Nur nichts, das irgendwie auf deinen Urgroßvater hinweist."

Während sie das sagte, spürte Karr mit einem Mal etwas Merkwürdiges unter seinem Kopf. Er rollte sich herum und schob seine Hand in den Kissenbezug, um einen Holowürfel daraus hervorzuziehen, den seine Eltern bei ihrer Umräumaktion nach J'Haras Tod, um das Zimmer künftig anderweitig zu nutzen, offenbar übersehen hatten.

„Was hast du da, Karr?", fragte Maize neugierig. „Lass die Gruppe teilhaben!", fügte sie hinzu, genau wie es eine Lehrerin zu ihrer Schulklasse sagen würde.

Karr tippte den Würfel an, der daraufhin seine Nachricht abzuspielen begann. Ein Bild von J'Hara erschien, in helles, blauweißes Licht getaucht, mit einem schwachen Flackern. Sie war älter und sah so aus, wie Karr sie immer gekannt hatte, so, wie er sich zeit seines Lebens an sie erinnern würde. Sie musste die Aufnahme kurz vor ihrem Tod gemacht haben.

Die Projektion seiner Großmutter lächelte warmherzig. „Hallo, Karr", sagte sie. „Ich vermute, dass du derjenige bist, der den Würfel gefunden hat, und dass du es bist, der sich das hier gerade ansieht. Falls nicht, dann bitte ich die Person, die den Würfel aus meinem Kissen geholt hat, ihn bitte meinem

Enkel zu geben. Denn diese Botschaft ist allein für ihn bestimmt."

Karr war zu benommen, um auch nur vor Fassungslosigkeit zu keuchen. Er starrte seine geliebte Oma – oder besser, dieses Abbild von ihr, das sie ihm hinterlassen hatte – mit offenem Mund an. Er räusperte sich, aber auch das ließ den Kloß in seinem Hals nicht verschwinden, der seinen ganzen Rachen zu verstopfen schien und ihm das Gefühl gab, jeden Moment in Tränen auszubrechen. Er tat sein Bestes, um das Hindernis herum zu atmen, aber auch das gelang ihm nur teilweise.

„Mein lieber Karr, wenn du das hier siehst, bin ich mit ziemlicher Gewissheit nicht mehr da. In den letzten Wochen habe ich gefühlt, wie der Tod näher und immer näher kommt. Doch ich wollte nichts sagen, weil ich nicht wollte, dass du dir Sorgen machst oder Angst hast – denn der Tod ist nichts, wovor man Angst haben müsste. Er ist unvermeidlich. Irgendwann kommt für uns alle der Zeitpunkt, voneinander Abschied zu nehmen."

Seine Nase fing an zu laufen, aber seine Großmutter hatte immer Taschentücher neben ihrem Bett. Maize reichte ihm eins, und er schnäuzte sich.

„Wenn ich tot bin, wird niemand mehr da sein, der dir etwas über die Jedi beibringt, und ich vermute, dass deine Eltern das sogar für das Beste halten – allerdings waren deine Eltern und ich nicht immer einer Meinung, auch nicht in dieser Sache. Du kannst nichts daran ändern, wer und was du bist, Karr. Es ist nicht fair, von dir zu verlangen, mit deinen Fähigkeiten zu leben, ohne dir zumindest zu sagen, was die Ursache dafür ist oder wie du am besten damit umgehst. Mir ist klar, dass meine eigenen Versuche, dir etwas über die Macht beizubringen, bestenfalls unzureichend waren, aber ich hoffe, du glaubst mir, wenn ich dir sage, dass ich mein Bestes getan habe. Ich habe getan, was ich konnte, auch wenn ich fürchte, dass das nicht genug war.

Einige Wochen nachdem deine Kopfschmerzen angefangen hatten, haben deine Eltern und ich eine Entscheidung getroffen. Wir beschlossen, dass jeder von uns so mit dir umgehen sollte, wie er es für richtig hält, doch ich musste versprechen, dir unter gar keinen Umständen etwas von deinem Urgroßvater zu erzählen. Damals kam mir das unglaublich gefühllos vor, doch im Nachhinein, schätze ich, kann ich ihre Ängste verstehen. Nicht jeder wird mit der geistigen Klarheit geboren, die nötig ist, um zu erkennen, was vor einem liegt. Trotzdem gab ich ihnen mein Wort, dass ich mein Versprechen halten würde, solange ich lebe. Und da wären wir nun."

J'Hara lächelte; bei dem Gedanken an das Hintertürchen, das sie gefunden hatte, funkelte eine Spur von Schadenfreude in ihren Augen.

„Ich habe dir oft gesagt, dass du den Tod nicht fürchten sollst und dass man ihn in vielerlei Hinsicht sogar als Geschenk betrachten kann. Nun, entgegen meiner Neigung, in Metaphern zu sprechen, mache ich dir heute ein richtiges Geschenk.

Mein Vater hieß Naq Med. Und ja, mein lieber Junge, er war ein Jedi. Was der Grund dafür ist, dass die Macht auch in dir stark ist, wie ich mir denken könnte. Aber nimm diese Gabe nicht als selbstverständlich hin, denn das ist sie nicht. Sie wird nur den allerwenigsten zuteil. Denn obwohl meine Liebe für die Macht enorm ist, hat sie mich nicht auserkoren. Die Fähigkeiten, die du besitzt, sind mir und deinem Vater verwehrt geblieben. Niemand weiß mit Sicherheit, ob die Macht überhaupt über die Abstammungslinie weitergegeben wird, denn wie ich dir schon sagte, hat ein Jedi keine Familie. Oder zumindest sehen die Regeln ihres Ordens vor, dass sie keine haben."

Seine Großmutter wandte für einen Moment den Blick ab. Eine Woge der Traurigkeit schien über sie hinwegzuspülen, doch dann fuhr sie fort.

„Schon in frühen Jahren war der Weg meines Vaters vorgezeichnet. Er sollte ein Jedi-Padawan werden und schließlich sein Schicksal erfüllen und ein Jedi-Ritter sein. Doch irgendwann fing er an, dieses Schicksal infrage zu stellen. Er hatte Mühe, sich mit dem Gedanken an die blinde, bedingungslose Loyalität gegenüber dem Orden abzufinden, wo er doch noch so viele Fragen hatte. Und so traf er die Entscheidung, den Jedi-Orden zu verlassen. Nicht aus Verärgerung oder aus Boshaftigkeit, sondern aus Liebe. Aus Liebe zu seiner eigenen Unabhängigkeit und schließlich auch aus Liebe zu einer Frau. Und ich bin unendlich dankbar für seine Entscheidung und für die Familie, die ich nur deshalb habe. Ich habe meinen Vater geliebt und die Zeit, die mir mit ihm gegeben war, sehr genossen. Aber manchmal kann man seinem Schicksal einfach nicht entkommen, egal, wie sehr man es auch versucht, und es dauerte nicht lange, bis der Schatten der Jedi ihn einholte. Obwohl er dem Orden nicht lange angehört hatte, sollte auch er für ihre Taten zur Rechenschaft gezogen werden, deshalb beschloss er unterzutauchen. Ich habe das alles nie wirklich genau verstanden, aber ich weiß, dass er es tat, um seine Familie zu beschützen."

Sie wischte sich eine Träne aus dem Auge. „Versteh mich nicht falsch: Ich weine nicht, weil er sich so entschieden hat. Ich weine, weil ich ihn vermisse. Und das schon sehr, sehr lange. Hin und wieder bekamen wir Botschaften von ihm, in denen er uns wissen ließ, dass er in Sicherheit sei, und damit er zumindest aus der Ferne an unserem Leben teilhaben konnte. Aber als er vom Tod meiner Mutter erfuhr, starb damit auch etwas in ihm. Uns blieb gerade noch genügend Zeit, dass ich ihm von meinem Sohn erzählen konnte, und von meinen Enkeln, aber jetzt, wo ich tot bin, werden wir vielleicht endlich wieder vereint sein und können all die Dinge miteinander teilen, die wir einander in diesen Nachrichten nicht vermitteln konnten. Leider kann ich dir keine dieser Nachrichten hinterlassen, und das tut mir leid. Ich habe alle vernichtet. Es wäre schon schlimm genug gewesen, wenn unsere Familiengeheimnisse ihm geschadet hätten, aber noch viel schlimmer wäre es, wenn schieres Pech oder die Feinde der Jedi euch beiden auf die Schliche gekommen wären.

Der Grund dafür, dass ich dir dies alles erzähle, Karr, ist der, dass ich die Einzige bin, die weiß, wo er lebte, und dass ich glaube, dass, wenn es dir gelingt, sein Heim zu finden, dich dort eine wahre Fundgrube an Artefakten erwartet, die dir mehr darüber zeigen können, wie du am besten mit der Macht und deiner Gabe zurechtkommst.

Als ich das letzte Mal etwas von meinem Vater hörte, lebte er in einem bescheidenen Quartier in einer ländlichen Region eines größtenteils unbewohnten Planeten namens Pam'ba, in irgendeinem sumpfigen Weidegebiet in der Nähe des Äquators. Alles, was ich weiß, ist, dass es dort einen Fluss gibt, der zu einem Meeresarm führt. Dort hat er sich ein kleines Haus auf Pfählen gebaut, direkt über dem Wasser. Ich wünschte, ich könnte dir präzisere Angaben machen, aber er hat sich geweigert, mir mehr darüber zu erzählen. Und wirklich *erzählt* hat er mir das meiste davon auch gar nicht. Den Großteil habe ich flüchtig im Hintergrund gesehen, in seinen Nachrichten.

Ich habe tausendmal mit mir gerungen, ob ich dieses Wissen für mich behalten oder mit dir teilen soll. Letzten Endes habe ich beschlossen, es dir anzuvertrauen. Immerhin geht es hier um *dein* Schicksal. Dieses Wissen gehört dir ebenso wie die Handschuhe, die ich dir geschenkt habe, die braunen Augen, die du von deinem Vater geerbt hast, oder die Macht, die dich mit deinem Urgroßvater verbindet. Wenn du tatsächlich zu dieser Reise aufbrichst, lerne so viel über seine Besitztümer, wie du nur kannst, und erfahre von seinem Leben, was immer dir möglich ist. Aber anschließend musst du alles, was du findest, verbrennen. Lass nichts übrig. Nicht einmal seine Asche – streu sie ins Wasser.

Ich liebe dich, mein Junge. Und deine Eltern lieben dich auch. Ich freue mich auf den Tag, an dem wir uns wiedersehen und über all das reden können, was du bis dahin gelernt hast. Pass auf dich auf. Und möge die Macht mit dir sein."

Damit war die Nachricht zu Ende. Die Projektion verblasste und verschwand, und als Karr schließlich aufgehört hatte zu weinen, wollte Maize mit sanfter, einfühlsamer Stimme von ihm wissen, was er jetzt vorhatte.

Karr riss sich zusammen und sagte einfach: „Ich will meine Ausbildung beenden."

22. KAPITEL

Technisch gesehen hatte Maize immer noch Hausarrest, deshalb machte sie sich auf den Heimweg, bevor irgendjemand ihr vorwerfen konnte, sich heimlich rausgeschlichen zu haben – obwohl sie natürlich genau das getan hatte. Entweder war die Alarmanlage, mit der ihre Zimmertür gesichert war, nicht besonders gut, oder sie verstand sich genauso gut darauf, aus Fenstern herauszuklettern, wie sie es vermochte, durch Fenster in andere Häuser einzusteigen. Jetzt war Karr allein mit dem Hologramm seiner Großmutter, das er sich mindestens hundertmal anschaute, wieder und wieder, und jedes Mal versuchte er, aus jedem Satz seiner Oma neue Informationen zu gewinnen.

Aus jedem Wort. Aus jedem Lächeln.

Aber er entdeckte nichts wirklich Neues, und irgendwie war das Ganze nicht nur ungeheuer aufregend, sondern auch ungeheuer furchteinflößend. Wenn er sich auf die Suche nach dem Zuhause seines Urgroßvaters machte, bedeutete das, dass er sein Leben in die eigenen Hände nahm. Aber was würde er finden? Ein Lichtschwert? Knochen, die er verbrennen musste? Die Ruinen eines kleinen Hauses, das nach Jahren der Verwahrlosung und Baufälligkeit schließlich in den Sumpf gestürzt war?

Aber was er vor allem anderen zu finden hoffte, waren Antworten.

Dabei war die Geschichte von Naq Med ihm doch eigentlich ein warnendes Beispiel. Der Jedi hatte versucht, sein Schicksal zu ändern, nur um am Ende festzustellen, dass ihm das einfach nicht möglich war. Konnte Karr einen anderen Pfad einschlagen als den zur Dunklen Seite, von dem er fürchtete, dass er ihm vorherbestimmt war?

Dies war der letzte Liebesbeweis seiner Großmutter, das Versprechen auf eine Reise, die ihn mit etwas Glück zu den Antworten führte, die ihm weiterhelfen konnten.

Jedenfalls, wenn Karr es irgendwie schaffte, Merokia ein weiteres Mal zu verlassen und diesen kleinen, vergessenen Planeten mit dem kleinen, vergessenen Häuschen zu finden. Hätte er doch nur ein Schiff gehabt, das ihn dorthin brachte.

Allerdings hatte Maize diesbezüglich einige Ideen.

Vermutlich hatte Maize immer irgendwelche Ideen, aber was Naq Med anging und wie sie in Erfahrung bringen konnten, wo er gelebt hatte, hatte sie *definitiv* welche. An diesem Abend fantasierte sie mittels des Holokommunikators – den sie draußen vor seinem Fenster gefunden und ihm wiedergegeben hatte – darüber, einfach abzuhauen und ein Raumschiff zu stehlen – das ihres Vaters oder ihretwegen auch irgendein anderes. Sie sprach davon, das Sparkonto zu plündern, das ihre Eltern für ihr Schulgeld angelegt hatten, und davon ein eigenes Schiff zu kaufen. Schließlich steckte selbst in einem Schrotthaufen wie diesem Raumfrachter, den sie auf Jakku gesehen hatten, immer noch ein bisschen Leben.

„Wir könnten ja dieses Schiff kaufen", schlug sie vor. „Ich wette, Plutt würde es uns verkaufen."

„Ich glaube, Plutt hasst uns", sagte Karr. „Ich glaube, er erschießt uns, sobald wir uns bei ihm blicken lassen."

„Bei dir ist immer alles so *dramatisch*", sagte sie und verdrehte die Augen – eine Geste, die er trotz der bescheidenen Bildauflösung des Projektors ganz genau mitbekam.

„Ach, bei *mir* ist immer alles so dramatisch? *Du* bist doch diejenige, die … irgendwie … nach Jakku zurückkehren will, um die Geduld eines … eines … eines Kriegsherrn oder Schrott-sammlerkönigs auf die Probe zu stellen, oder was immer dieser Kerl auch sein mag."

„Mich würde er niemals erschießen. Ich habe Geld."

„Na ja, *mich* würde er definitiv abknallen, denn ich habe keins. Abgesehen davon weißt du doch nicht einmal, wie man diese Schiffsklasse fliegt, oder?"

Sie zuckte mit den Schultern. „Na ja, die Grundmechanis-men sind eigentlich ziemlich genau dieselben, sofern es um zivile Schiffe geht. Bei Kampfschiffen sieht die Sache schon anders aus und bei großen Transportkreuzern auch, aber alle Schiffe, die irgendwo dazwischenliegen, sind mehr oder weni-ger vom selben Typ."

Er glaubte ihr nicht, nicht für eine Sekunde. Die Jacht der Ersten Ordnung konnte sie fliegen, weil ihr Vater es ihr bei-gebracht hatte, aber dass alle anderen Schiffe, die ungefähr dieselbe Größe und Klasse besaßen, auf die gleiche Weise ge-steuert wurden, war totaler Unfug.

Allerdings hatte er gelernt, nicht mit Maize zu streiten.

Also stieß er stattdessen ein resigniertes Seufzen aus. „Es muss einen anderen Weg gehen, an ein Schiff zu kommen. Wir haben es schon einmal geschafft, richtig? Also ist es de-finitiv machbar."

Mit einem Mal wurde Maize sehr ruhig. „Ich habe eine Idee."

„Oh nein."

„Nein, im Ernst. Überlass das einfach mir … Ich muss mir eine Strategie zurechtlegen, ein Treffen einberufen, sehen, was ich tun kann. Gib mir ein, zwei Tage Zeit. Ich habe vor, etwas zu versuchen, das ich noch nie zuvor gemacht habe."

„Du machst mir Angst, Maize."

Sie reagierte mit einem gespielt-teuflischen Lachen, das sich anhörte wie „Muhahahaha!". Dann erlosch das Hologramm, und Karr war in seinem Schlafzimmer wieder allein mit seinen

Gedanken, seinen Hoffnungen und der Botschaft seiner Groß-mutter.

Wie sich zeigte, stand Maize zu ihrem Wort. Am nächsten Tag bat sie ihre Eltern um ein Gespräch – was Karr aus mehreren Gründen überraschte, als er sie zu Hause besuchte und ihre Eltern zusammen am Tisch sitzen sah.

„Dein Vater ist wieder da?", flüsterte er ihr aus dem Mund-winkel zu.

Lauter, als wäre es ihr gleich, ob ihr Vater sie hörte oder nicht, sagte sie: „Ja, er ist wegen des Schiffs zurückgekommen."

Ihr Vater räusperte sich.

„Und wegen mir! Vermutlich. Weil ich es geschafft habe, uns in so spektakuläre Schwierigkeiten zu bringen, meine ich."

Das Gespräch verlief steif und unbeholfen, aber reiche Leute waren nun einmal von Natur aus merkwürdig; jedenfalls redete Karr sich das ein. Er lächelte trotzdem und versuchte, seine besten Manieren zu zeigen – um anschließend sein Bestes zu tun, ruhig zu bleiben und die Klappe zu halten, während Maize den Großteil der Arbeit erledigte.

Vroc Raynshi war groß und schlank und makellos rasiert. Er hatte schwarzes Haar und ein schmales, scharf geschnittenes Gesicht; es war das Gesicht eines Mannes, der entweder ausgesprochen brillant oder ein kleines bisschen gefühllos war, vermutlich aber beides zugleich. Anaya hingegen war eine kleine, hübsche Mirialanerin mit grüner Haut, rundlichen Formen und den trüben Augen einer Frau, die es nicht mochte, so früh am Morgen aus dem Bett geholt zu werden – auch wenn mittlerweile schon fast Mittagszeit war.

Alle warteten unbeholfen im Wohnzimmer, während Maize sich bereit machte, das Gespräch zu eröffnen. Sie richtete sich zu voller Größe auf und atmete tief durch.

„Zunächst mal möchte ich euch beiden dafür danken, dass ihr so freundlich seid, mich anzuhören. Keine Sorge, ich werde versuchen, mich so kurz wie möglich zu fassen."

Ihre Mutter sah ihren Vater an und fragte: „Worum geht's hier gleich noch mal?"

Er warf ihr einen Blick zu, der gleichermaßen genervt und auch ein bisschen ungeduldig wirkte. „Ich bin sicher, dass sie es uns sagt, wenn du einfach nur zuhörst. Es geht um sie und ihren Freund. Um den, mit dem sie weggelaufen ist." Beide musterten Karr von oben bis unten, als gehörte er irgendeiner exotischen neuen Spezies an, die ihre Tochter als Haustier mit nach Hause gebracht hatte.

„Richtig, richtig."

Maize ignorierte die Unterbrechung mit jahrelanger Übung und gab zügig weiter ihre kleine Ansprache zum Besten. „Ja, das will ich euch gern sagen. Besonders in den letzten ein oder zwei Jahren liegt ihr mir ständig damit in den Ohren, dass ich Verantwortung für mein Tun übernehmen und mich erwachsener verhalten soll. Und genau darüber möchte ich mit euch reden. Es ist ausgesprochen schwierig, euch zu beweisen, dass ich dazugelernt habe, oder zu zeigen, dass sich mein Verhalten geändert hat, wenn ich hier drinnen eingesperrt bin. Wie soll ich beweisen, dass ich reifer geworden bin, wenn ich das Haus nicht verlassen darf?"

Ihr Vater runzelte die Stirn. „Dann geht es darum? Du bittest darum, dass dein Hausarrest aufgehoben wird? Ich bin mir nicht sicher, ob diese ganze Förmlichkeit für ein solches Gespräch nötig gewesen wäre."

Sie deutete mit dem Finger auf ihn. „Ja, genau darum geht es hier. Irgendwie. Aber lasst mich euch erklären, warum ich euch darum bitten möchte. Ich möchte euch erklären, was wir tun müssen. *Wie ihr euch vielleicht erinnert*", sagte sie mit besonderer Betonung, in dem Versuch, wieder zum Thema zurückzukehren, „habe ich mir vor einiger Zeit die *Avadora* ausgeborgt und zusammen mit Karr dort drüben den Planeten verlassen ..."

Er winkte ihren Eltern verlegen zu.

„Ich war wütend und egoistisch, und ich hätte Karr da nicht mit reinziehen dürfen." Sie warf ihm einen Blick zu, der ihn anwies, ihr ja nicht zu widersprechen, und dass sie sich genau überlegt hatte, was sie sagte. „Damit habe ich mich in Schwierigkeiten gebracht, und *ihn* habe ich damit ebenfalls in Schwierigkeiten gebracht. Aber! Wir haben auch ein großes Abenteuer erlebt, bei dem niemand Schaden genommen hat und alle wieder heil und gesund nach Hause gekommen sind. Es hätte also wesentlich schlimmer sein können, richtig?" Maizes Vater nickte so unmerklich, dass seine Kopfbewegung kaum als Nicken bezeichnet werden konnte.

„Ich denke, wir sind uns alle einig, dass am Ende alles gut ausgegangen ist. Wir sind alle sicher wieder hier auf Merokia, und jetzt habe ich bei meinen Eltern und bei meiner Schule und meinem Freund Karr einiges wiedergutzumachen." Sie deutete auf ihn, als würde sie erwarten, dass er sich verbeugte, aber das tat er nicht. Er saß einfach nur da und schaute nervös drein.

„Und bei Erzett ... Wo ist Erzett überhaupt?", fragte sie, an Karr gewandt. „Hast du ihn nicht mitgebracht?"

„Mein Vater brauchte ihn für irgendetwas", sagte Karr. „Tut mir leid."

Sie zuckte mit den Schultern. „Okay, mit Hilfe von Erzett ist es ihm gelungen, das Schiff auch ohne mich zu fliegen, und noch dazu, ohne irgendetwas kaputt zu machen – hauptsächlich deshalb, weil ich eine so gute Lehrmeisterin bin."

Ihr Vater ließ ein kaum merkliches Lächeln sehen. „Sind wir hier, um uns anzuhören, wie du dir selbst auf die Schulter klopfst, Liebes?"

„Nein! Natürlich nicht. Ich wollte euch nur angemessen auf das vorbereiten, was jetzt kommt. Vater, du setzt dich gern mit mir hin und redest mit mir darüber, wie wichtig es für mich ist, erwachsen zu werden und mich wie eine gute Bürgerin und wie eine verantwortungsbewusste junge Frau zu verhalten.

Und genau das will ich auch sein! Und ich habe mir überlegt, wie ich das am besten tun kann, und da kam mir eine Idee – aber dafür brauche ich Karrs Hilfe, und wir beide brauchen dafür eure Erlaubnis."

„Die Erlaubnis *wofür*?", fragte ihre Mutter mit vor Nervosität schriller Stimme.

Maizes Augen wurden groß und liebevoll, aber Karr kannte sie inzwischen gut genug, um zu wissen, wenn sie nur tat als ob. Er musste sich verdammt anstrengen, nicht zu grinsen.

„Die Erlaubnis dafür, eine bessere Person zu werden. Eine weniger selbstsüchtige Person. Eine Person, die Verantwortung für ihr Handeln übernimmt und ihre Versprechen hält. Karr hat kürzlich erfahren, wo ungefähr das Zuhause seines Urgroßvaters war, und ich möchte ihm helfen, es zu finden. Ich fühle mich schrecklich wegen der ganzen Schwierigkeiten, die ich ihm bereitet habe, und das will ich wiedergutmachen. Deshalb würde ich mir gern noch einmal die *Avadora* ausborgen, für eine letzte Reise."

Ihre Mutter verdrehte die Augen. Karr schluckte ein Lachen hinunter. Also *daher* hatte Maize das. „Das ist vollkommen lächerlich", sagte Anaya rundheraus.

Doch Maize hatte nicht vor, so leicht aufzugeben. „Wir haben endlich einen konkreten Hinweis auf Karrs Abstammungslinie gefunden, die uns aber – wie fast nicht anders zu erwarten – ans andere Ende der Galaxis führt. Hier ist mein Vorschlag: Ihr überlasst uns ein allerletztes Mal das Schiff. Ihr könnt es gern mit einem Peilsender oder einem Überwachungsprogramm oder so was versehen, um euch zu vergewissern, dass ich ordentlich fliege und keine wahnwitzigen Kunststückchen damit mache. Wir nehmen Erzett mit, der alles, was wir tun, aufzeichnet, sodass ihr euch alles bei unserer Rückkehr in Ruhe anschauen könnt. Ich melde mich dreimal täglich zu Hause, jeden einzelnen Tag, damit ihr wisst, dass wir in Ordnung sind und uns aus Ärger heraushalten."

„Das ist so ziemlich das Verrückteste, das ich je gehört habe", sagte Maizes Vater und schüttelte langsam den Kopf.

Aber Maize war noch längst nicht fertig. „Ja. Mir ist vollkommen klar, wie abgedreht das klingt. Es ist schon verrückt, darum zu bitten, und noch verrückter ist es, es überhaupt zu *versuchen*. Aber ich schulde es Karr, versteht ihr das denn nicht? Und das will ich wiedergutmachen." Ihre Augen waren riesengroß und glänzten feucht, und Karr schoss durch den Kopf, dass es nützlich sein musste, auf Kommando weinen zu können, anstatt dass einem unfreiwillig die Tränen kamen, und das normalerweise in den ungünstigsten Momenten.

Keine Frage, sie zog eine bemerkenswerte Show ab. Trotzdem kam Anaya nicht umhin, zu fragen: „Hast du den Verstand verloren?"

Doch Maize ließ sich nicht kleinkriegen. „Nein", sagte sie mit überraschendem Nachdruck. „Ich habe nichts verloren; im Gegenteil! Ich habe etwas *gefunden*. Ich habe eine *Antwort* gefunden!"

Karr schaute sie neugierig an, nicht sicher, worauf das Ganze hinauslief.

Maize atmete tief durch. „Ich wisst beide, wie unglücklich ich jedes Mal bin, wenn wir wieder umziehen."

Vroc seufzte. „Nicht schon wieder dieses Thema."

„Doch, schon wieder dieses Thema", gab sie unverdrossen zurück. „Du, Vater, hast immer gesagt, dass ich mir aussuchen könnte, wo wir leben, wenn die Zeit dafür schließlich kommt. Deshalb habe ich ernsthaft darüber nachgedacht. Ich habe eine Liste gemacht. Über die eine Spalte habe ich geschrieben ›Dinge, die ich mir wünsche‹ und über die andere Spalte ›Dinge, die ich unbedingt brauche‹. Dann fing ich mit dem an, was ich mir wünsche – ein warmes Klima, Zugriff auf Technologie, ein künstlerisches Viertel, einen großen Raumhafen, ein aktives Gesellschaftsleben, eine *anständige* Bücherei", sagte sie und wandte Karr den Kopf zu, wie um ihn in diesem

Punkt mit an Bord zu holen, ehe sie fortfuhr: „Gute Restaurants, vielleicht einen Zoo …" Als sie schließlich fertig war, war ihre Aufzählung so umfangreich geworden, dass ihre Mutter den Drang verspürte, etwas Wimperntusche nachzulegen.

„War's das?", fragte ihr Vater sarkastisch.

„Dann", sagte Maize, ohne auf seine Unterbrechung einzugehen, „begann ich mit dem, was ich unbedingt brauche."

Darauf folgte eine Pause, und alle fragten sich, ob sie die Notwendigkeiten eines potenziellen künftigen Wohnorts vielleicht vergessen hatte, weil es so viele waren. Doch stattdessen sagte sie: „Da wurde mir klar, dass in dieser Spalte nur eine einzige Sache stand … Eine persönliche Verbindung."

Das genügte, damit ihre Eltern sich beide in ihren Stühlen aufrichteten.

„Vater, ich versuche schon so lange, zu dir durchzudringen. Dich davon abzubringen, ständig wieder fortzugehen, weil … ich Angst habe, dass du mich dann irgendwann einfach vergisst. Und dass ich dann alleine bin."

Vroc senkte den Kopf. Karr sah ihm an, dass Maizes Worte ihre Wirkung bei ihrem Vater nicht verfehlten.

„Und, Mutter, du bist zwar auch hier, aber es ist trotzdem so, als wärst du gar nicht da. Ich weiß, dass Vater dir ebenfalls fehlt und dass du dich deshalb mit allen möglichen Dingen beschäftigst, um dich von deiner eigenen Einsamkeit abzulenken, aber die Folge davon ist auch, dass in deinem Leben für mich gar keine Zeit mehr bleibt. Und wenn diese Gefühle von Zeit zu Zeit überhandnehmen, werde ich sauer und behandle euch auch schlecht. Und so sollte es in keinem Zuhause zugehen. Um ehrlich zu sein, hat mich das dazu gebracht, mich zu fragen, was ein Zuhause überhaupt ausmacht. Und obwohl ich eine ganze Weile gebraucht habe, um dahinterzukommen, ist mir schließlich klar geworden, dass ein Zuhause nicht nur ein Ort ist, nicht bloß ein Haus. Es ist eine persönliche Verbindung. Als ich mit Karr auf Reisen war, haben wir heiße Orte und trockene Orte und unheimliche Orte besucht, aber ich habe mich kein einziges Mal allein gefühlt. Weil ich eine persönliche Verbindung hatte. Ich hatte einen Freund an meiner Seite. Und ich weiß, wenn wir als Familie mehr Zeit miteinander verbringen würden, würde ich mich nicht so allein fühlen, wann immer du beruflich fortmusst. Oder wenn wir wieder umziehen oder so was."

Im Raum war es still, und Karr wurde bewusst, dass Maize ihr Wort gehalten hatte. Sie hatte *tatsächlich* etwas getan, was sie noch nie zuvor gemacht hatte. Ihr großer Plan, um ihre Eltern von ihrem Vorhaben zu überzeugen, bestand schlicht und einfach darin, ihnen die Wahrheit zu sagen.

Maizes Vater fand als Erster seine Stimme wieder. „Liebling, ich hatte keine Ahnung, dass es dir so geht."

„Woher solltest du das auch wissen?", entgegnete sie. „Du bist ja immer weg."

Vroc schaute betreten drein. „Ich weiß, Liebes. Aber ich kann doch nicht einfach alles hinschmeißen und nicht mehr arbeiten."

„Das weiß ich", sagte Maize. „Aber anstatt dich von der Ersten Ordnung die ganze Zeit hin und her fliegen zu lassen, könnte ich ja vielleicht … Na ja, vielleicht könnte *ich* dich hinfliegen, wo immer du hinmusst."

„Sie ist wirklich eine ausgezeichnete Pilotin", warf Karr ein.

Vroc lächelte. „Daran habe ich keinen Zweifel. Und ich halte diese Idee für großartig. Vielleicht finden wir ja außerdem in meinem Team eine offizielle Stelle für dich. Einen Praktikumsplatz oder so was, damit wir noch mehr Zeit miteinander verbringen können."

„Wirklich?" Maize strahlte.

„Warum nicht?", sagte ihr Vater. „Die Erste Ordnung kann zwar vieles, aber die Zeit anhalten kann sie nicht. Dabei dauert es gar nicht mehr so lange, und du ziehst ohnehin aus, um dein eigenes Leben zu leben!"

„Nicht, wenn wir eine echte Verbindung zueinander haben", sagte sie und legte ihre Hand auf ihre Brust.

Anaya wimmerte.

„Ich weiß, was du jetzt denkst, Mutter. Dass Vater und ich dann ein Band miteinander haben, das wir beide, du und ich, nicht haben. Aber das ist nicht wahr."

„Das sagst du so. Dabei ist das eigentlich unvermeidlich. Ihr zwei seid euch einfach zu ähnlich", klagte sie.

„Na ja, auch darüber habe ich nachgedacht. Diese Reise mit Karr ist sehr wichtig. Dabei geht es um Familie, es geht um Schicksal, und es geht um ein Vermächtnis. Deshalb möchte ich, wenn ich wieder zu Hause bin ... dass du mir dabei hilfst, mich tätowieren zu lassen."

Anayas Augen konnten ihre Tränen nicht mehr länger bändigen, und sie begann zu weinen. „Wirklich?"

„Ja. Obwohl ich ihn ständig damit aufziehe, was er nicht weiß, hat Karr mir eine Menge beigebracht. Über die Bedeutung der Vergangenheit und darüber, eine Verbindung zu den Leuten zu haben, die einem am Herzen liegen. Ich möchte mehr über unsere Abstammungslinie erfahren. Über unsere Familie. Und ich fände es wundervoll, wenn wir das gemeinsam machen könnten."

Als schließlich alle Tränen versiegt waren und sich alle umarmt hatten – einschließlich Karr –, gaben Vroc und Anaya den beiden ihren Segen.

„Ihr habt drei Tage – nicht mehr", erklärte Maizes Vater, doch man sah ihm an, dass er alle Mühe hatte, die gleichmütige Miene zu wahren, für die er bekannt war. „Ihr nehmt den Peilsender mit, meldet euch, wie vereinbart, und haltet euch auch an jede andere Bedingung, die Maize genannt hat. Ich werde hier von Merokia aus im Auge behalten, wie meine Tochter das Schiff fliegt, und ihre Fähigkeiten einschätzen. Ich kann mich ja schließlich nicht von irgendwem durch die Galaxis chauffieren lassen."

Wie um nicht ausgestochen zu werden, sagte ihre Mutter: „Überleg dir schon mal, was für eine Art Tattoo du gern hättest."

Karr konnte nicht anders, als einzuwerfen: „Nur fürs Protokoll, Karr schreibt man mit *K*." Alle lachten, bevor Maize ihm spielerisch gegen den Arm boxte.

*

Als Karr nach Hause kam, um seinen Eltern von der aufregenden neuen Entwicklung zu erzählen, waren sie wie vor den Kopf geschlagen.

„Warum willst du uns verlassen?", wollte seine Mutter wissen. „Schon wieder?"

„Weil ich mit alledem abschließen will", sagte er. „Jetzt, wo ich weiß, dass es in unserer Familie einen Jedi gab … Das … das lässt mich meine Visionen in einem vollkommen anderen Licht sehen." Er war mit Sicherheit nicht so gut darin zu flunkern wie Maize, aber er gab dennoch sein Bestes. „Maizes Familie ist einverstanden, dass sie mich begleitet, und sie stellen uns dafür noch mal ihr Schiff zur Verfügung, sodass sie uns mittels eines Peilsenders im Auge behalten können."

„Und wo genau wollt ihr hin?", fragte Tomar.

Karr zögerte. Er hatte ihnen nichts von der Hologramm-Nachricht gesagt. Schließlich hatte J'Hara ihm diese Botschaft hinterlassen, nicht seinen Eltern. Deshalb ließ er sich spontan etwas einfallen. „Ich habe weiter mit der Macht geübt, und ich glaube, ich kann meine Fähigkeiten nutzen, um meine Zukunft selbst zu bestimmen."

„Funktioniert die Macht denn auf diese Weise?", fragte seine Mutter.

„Genau das will ich ja herausfinden", entgegnete er. „Keine Sorge, ich weiß, was ich tue. Und ich melde mich von unterwegs bei euch. Ich lasse euch wissen, wo wir sind und was wir machen. Ich werde jedes Mal rangehen, wenn ihr mich anruft. Bitte, ihr *müsst* mich das einfach tun lassen! Diesmal ist auch alles viel, viel *sicherer!*"

Doch Looway war noch immer nicht überzeugt. „Du willst, dass wir dich dafür belohnen, dass du weggelaufen bist, indem wir dich noch mal weglaufen lassen? Bist du verrückt?"

„Ich will nicht wieder weglaufen. Ich möchte, dass ihr es mir erlaubt." Karr war es nicht gewöhnt, persönliche Dinge mit seinen Eltern zu teilen, doch er dachte, dass das in diesem speziellen Fall vielleicht hilfreich sein könnte. „Auf meiner letzten Reise hatte ich das Glück, viel über die Jedi zu erfahren. Über eine Familie namens Skywalker und wie ihre Leben durch die Macht die unzähliger anderer berührt haben. Das war eine gute Geschichte, eine hilfreiche Geschichte. Aber es ist nicht *meine* Geschichte. Und ich möchte sehen, ob diese Reise mehr Licht auf meine eigene Geschichte werfen kann."

Die Mienen ihrer Eltern verrieten ihm, dass diese Argumentation ziemlich gut funktionierte, deshalb versuchte er, die Sache ein für alle Mal unter Dach und Fach zu bringen. „Ich will mit alledem abschließen", wiederholte er.

Das Gespräch ging noch ein paarmal hin und her. Doch letzten Endes einigten sie sich: Wenn er beim Grab seiner Großmutter schwor, nächsten Monat wie geplant auf die Berufsschule zu gehen, durfte Karr mit Maize eine letzte Reise unternehmen.

Natürlich war das so, als wollte man den Teufel mit dem Beelzebub austreiben, aber so, wie er die Dinge sah, hatte er keine andere Wahl.

Er traf seine Entscheidung. Er gab ein Versprechen. Und dann begann er seine Pläne zu schmieden, um einen kleinen, mit Gras und Wasser bedeckten Planeten namens Pam'ba ausfindig zu machen.

23. KAPITEL

Karr und RZ-7 trafen Maize und ihren Vater auf dem Landefeld, auf dem die *Avadora* parkte. Die Raumjacht stand genau dort, wo sie sie auch beim ersten Mal vorgefunden hatten, angedockt neben ähnlichen Schiffen, von denen einige der Ersten Ordnung gehörten, während andere einfach nur schick und teuer waren. Von seinen eigenen Eltern hatte Karr sich bereits zu Hause verabschiedet. Das alles war einfach zu viel für seine Mutter, die den Tag im Bett verbrachte, mit einem kühlen Lappen über ihren Augen. Auch sein Vater war mit der Situation merklich überfordert, doch er versuchte damit umzugehen, indem er sich im Laden verschanzte und die unwichtigsten, ödesten Änderungen an der Kleidung von Kunden vornahm, nur um sich von dem Verderben abzulenken, von dem er offenbar glaubte, dass es ihnen drohte.

Karr indes versuchte, seine eigene Nervosität im Zaum zu halten, doch Maizes Vater – von dem er eigentlich gedacht hatte, dass sie sich schon am Vorabend lang und breit von ihm verabschiedet hatten – hatte seine Ernsthaftigkeit inzwischen wiedererlangt.

„Hallo, Sir", sagte Karr zögerlich.

Der Mann quittierte seine Begrüßung mit dem Hochziehen einer Augenbaue und einem knappen Nicken und sonst nichts. Karr war ein bisschen verunsichert, bis Vroc ihm fast spitzbübisch zuzwinkerte.

Nachdem sie das Schiff inspiziert, alle Funktionen getestet, den Treibstoffstand überprüft und die üblichen Vorabflug-

Diagnosen durchgeführt hatten, verkündete Maizes Vater, dass das Schiff startklar sei, bereit für eine weitere Spritztour quer durch die Galaxis. Auch Karr und seinen selbst zusammengebastelten Droiden musterte er von Kopf bis Fuß, ehe er zu dem Schluss gelangte, dass sie wohl „größtenteils harmlos" seien.

„Ähm, vielen Dank, Sir", entgegnete Karr darauf.

„Gern geschehen. Ich würde dich ja bitten, auf meine Tochter achtzugeben und dafür zu sorgen, dass sie heil und gesund wieder nach Hause kommt, aber ich denke, wir wissen alle, dass die Wahrscheinlichkeit größer ist, dass sie diejenige ist, die auf *dich* aufpasst. Hast du dieses Ding tatsächlich wieder hierher geflogen? Ohne Hilfe?"

Da RZ-7 schwieg; ohne die Anerkennung einzuheimsen oder die Verantwortung dafür zu übernehmen, sagte Karr: „Ja, Sir. Maize ist eine gute Lehrerin."

„Bemerkenswert", murmelte er. „Ausgesprochen bemerkenswert, in Anbetracht der Umstände …"

„Tut mir leid, Sir", sagte Karr. „Was meinen Sie damit?"

„Na ja, ich habe sie zwar ein paarmal fliegen lassen, aber sie hatte keinerlei formelle Ausbildung oder Einweisung oder Ähnliches erhalten. Sie muss ein echtes Naturtalent sein."

„Ich schätze, das werden Sie schon sehr bald herausfinden", sagte Karr, ehe er sich weiter zu Maizes Vater lehnte. „Und es kann nicht schaden, wenn Sie sie *Captain* nennen." Vroc versuchte, sich ein Lächeln zu verkneifen, aber ohne Erfolg.

„Keine Ahnung, was er dir gerade erzählt hat", mischte sich Maize ein, die in diesem Moment neben ihm auftauchte. „Aber das Ganze war Teamarbeit. Ich meine, schau dir dieses Ding doch nur mal an!" Sie klopfte gegen die Seite des Schiffs. „Wir haben es ohne den geringsten Kratzer wieder nach Hause gebracht!"

„Ja, ja, schon gut. Ich bin sehr beeindruckt. Und es wäre schön, wenn es dieses Mal wieder so wäre, Liebes."

Sie umarmte ihn ganz fest, und völlig untypisch für ihn erwiderte er die Geste mit gleicher Herzlichkeit.

Dann wünschte er ihr viel Glück, kletterte in den Familien-Landgleiter und verließ den Raumhafen, um sie mit dem teuren Raumschiff allein zu lassen.

Irgendwie fühlte sich das alles vollkommen unwirklich an.

„Sollen wir das wirklich durchziehen?", fragte er.

„Noch mal?", ergänzte RZ-7.

„Aber sicher!", sagte Maize stolz.

Karr war unglaublich aufgeregt. Und wieder fühlte er die Gegenwart seiner Großmutter.

„Moment noch!", sagte er mit Nachdruck. „Dein Vater hat das Schiff mit Überwachungsgeräten vollgestopft, aber meine Oma wollte, dass wir Naq Meds Aufenthaltsort geheim halten. Und ich kann ihre Wünsche nicht einfach missachten."

Maize dachte einen Moment lang nach. „Nein, das kannst du natürlich nicht", pflichtete sie ihm bei. „Und ich weiß auch, was ich meinen Eltern gesagt habe. Aber das hier ist wichtiger. Deshalb ist ein allerletzter, *klitzekleiner* Akt der Widerspenstigkeit wahrscheinlich in Ordnung."

„Ja", entgegnete Karr. „Später werden die Historiker sagen, dass die legendäre Pilotin Maize Raynshi noch einmal Dampf ablassen musste, bevor sie sich dem Ernst des Lebens zuwandte und sich immer brav an die Vorschriften hielt."

Das gefiel Maize. „Als Erstes müssen wir das Schiff von Wanzen säubern", erklärte sie. „Ich habe zufällig gehört, wie mein Vater mit dem Technikerteam gesprochen hat. Er hat sie beauftragt, an Bord drei Peilsender anzubringen, von denen einer direkt unter der Steuerkonsole sitzt – und den kann ich da nicht wegnehmen, deshalb müssen wir ihn austricksen. Das ist allerdings nicht weiter schwierig."

„Ach nein?"

„Nein", sagte Maize. „Jedenfalls nicht, wenn man weiß, was man tut."

„*Weißt* du denn, was du tust?", fragte er.

„Ist das gerade dein Ernst? *Natürlich* weiß ich das! Und was die beiden anderen Wanzen angeht – da habe ich einen Plan."

„Ach, haben Sie, Captain?", fragte RZ-7.

„Ja. Seht ihr das Schiff da drüben?" Sie deutete auf ein Vehikel, das ungefähr dieselbe Form und Größe hatte wie das, bei dem sie gleich an Bord gehen würden. „Das gehört einer Freundin meiner Mutter. Sie fliegt in Kürze in den Chommell-Sektor, um ihre Tochter zu besuchen. Meine Mutter hat sich heute Morgen mit ihr unterhalten. Sie kommt ungefähr zur selben Zeit wieder zurück wie wir. Wir heften die Peilsender einfach an ihr Schiff, machen unsere Reise und bringen die Wanzen wieder an unserem an, wenn wir nach Hause kommen. Vorausgesetzt, dass zeitlich alles klappt wie geplant, wird niemals jemand etwas davon erfahren."

„Und was ist mit dem Sender unter der Konsole?"

Sie winkte ab. „Sobald ich die anderen Wanzen zurückhabe, kopiere ich deren Daten auf diese, damit alles perfekt übereinstimmt. Ich sagte doch, ich habe alles im Griff. Jetzt helft mir gefälligst dabei, die anderen beiden Peilsender zu suchen. Ich weiß, dass sie hier irgendwo sind. Um die kümmern wir uns als Erstes, und wir müssen uns beeilen. Das andere Schiff startet in spätestens einer Stunde. Könnte sein, dass das eine verdammt knappe Kiste wird."

Es *wurde* eine verdammt knappe Kiste, aber letzten Endes haute alles hin.

Jedes der Überwachungsgeräte war so groß wie Karrs Daumen; eins war hinten in einem Schrank versteckt, oben an der Decke, das andere entdeckte RZ-7 im Andockmechanismus. Maize nahm beide Wanzen an sich und ging los, um die Freundin ihrer Mutter zu begrüßen von wegen „Was für ein *Zufall,* Sie hier zu sehen!".

Als sie zurückkam – kichernd, startklar und mit vor Aufregung geröteten Wangen –, sagte sie: „Einen der Sender habe ich unter den Stufen der Einstiegsrampe angebracht, den anderen unter dem Notfall-Medipack. Sie ahnt nicht das Geringste, und selbst wenn sie die Wanzen zufällig finden würde, hätte sie vermutlich nicht die leiseste Ahnung, was das für Dinger sind."

„Aber", wandte Karr ein, wie üblich der Ängstlichere der beiden, „was ist, wenn sie sie *tatsächlich* findet? Was, wenn sie sie zerstört? Was machen wir dann?"

Maize zuckte mit den Schultern, während sie die Rampe hochstapfte und an Bord des Schiffs ging. „Ich glaube zwar nicht, dass es dazu kommt, aber falls doch? Na ja, dann haben wir verschiedene Möglichkeiten. Uns fällt schon was ein."

„Und was genau …?"

Ihre Stimme drang aus dem Innern des Schiffs: „Mach dir nicht so viele Gedanken. Das wird *lustig.*"

Karr sah RZ-7 an, sein ganzes Gesicht eine Maske der Ungewissheit. „Was denkst *du*, würde sie in dem Fall tun?", fragte er den Droiden.

„Wäre ich gezwungen, diesbezüglich Mutmaßungen anzustellen, würde ich sagen, dass sie vorhat, das Schiff in die Luft zu sprengen oder zu behaupten, es sei von Piraten gestohlen worden, Sir. Sollte das aus irgendwelchen Gründen nicht funktionieren, bin ich zuversichtlich, dass sie irgendeinen anderen Plan aus dem Hut zaubern wird. Darin ist sie ausgesprochen gut."

Karr trottete hinter ihr die Rampe hoch, mit RZ-7 an seiner Seite. „Darin ist sie *beängstigend* gut. Ich bin echt froh, dass sie in *unserem* Team ist statt in einem anderen."

„Ich auch, Sir. Ich auch."

Sie nahmen im Cockpit Platz. Karr setzte sich in den Co-Piloten-Sessel, während sich der Droide hinter ihnen anschnallte. „Ich habe ein paar Nachforschungen angestellt", erklärte Karr seiner Freundin, „und dabei mehr über den Planeten in Erfahrung gebracht, den meine Großmutter erwähnt hat. Vor einigen Jahrzehnten wurden dort Phosphate abgebaut, doch es war dermaßen müßig, dort zu leben und zu arbeiten, dass die Minen irgendwann geschlossen wurden und praktisch alle fortgegangen sind."

Sie runzelte die Stirn. „Seit wann findet man in Feuchtgebieten Phosphate?"

„Na ja, vielleicht im Gebiet darum herum", sagte Karr. „Keine Ahnung. Jedenfalls gibt es dort einen großen Kontinent mit morastigem Grasland in der Nähe des Äquators. Abgesehen davon besteht die Landschaft größtenteils aus heißem Buschland und feuchten Wäldern. Und dann gibt's noch ein paar riesige Ozeane."

Maize rief die Navigationskarten auf, lokalisierte den betreffenden Planeten und sah sich die über Pam'ba verfügbaren Daten an. „Das scheint irgendwo mitten im Nirgendwo zu sein, oder? Es ist vielleicht nicht unbedingt der Wilde Raum, aber verdammt nah dran."

„Noch ein Grund mehr, sich dort zu verstecken", sagte er mit mehr Zuversicht, als er tatsächlich empfand. Er hatte grässliche Angst, die Sache zu vermasseln … und dass er seine Seele in diesem Fall für nichts und wieder nichts für die Berufsschule verkauft hätte.

Das konnte er unmöglich zulassen. Er musste an das Gleichgewicht glauben. Er musste auf die Macht vertrauen.

Davon hing alles ab.

„Bist du bereit?", fragte Maize ihn, ihre Hände um den Schubregler gelegt.

Karr wusste, dass es keine Rolle spielte, was er dazu sagte. Maize würde so oder so starten. „Klar. Los geht's."

Sie hoben ab, um erst in die Atmosphäre aufzusteigen – und dann in den Hyperraum zu springen, in einen abgelegenen Winkel der Galaxis, zu einem Planeten, den niemand mochte, den niemand brauchte und auf dem niemand jemals leben wollen würde.

Niemand – mit Ausnahme vielleicht von einem sehr alten Mann, der nicht gefunden werden wollte.

*

Als sie den Hyperraum wieder verließen, schwebte der Planet Pam'ba groß und rund vor ihnen. Hier und da waren die Ozeane zu erkennen – blaue Flecken, verstreut zwischen sandigen Savannen und schmutzig grünen Streifen, die Karr für Sumpfland hielt. Das hellere Grün in der Nähe des Äquators deutete vermutlich auf Dschungel oder Regenwälder hin, und an einigen Stellen sprenkelten zwischen kalten grauen Bergen weiße Punkte die Landschaft.

Karr war schwindelig, aber das war für ihn beim Verlassen des Hyperraums nichts Ungewöhnliches. Er wusste nicht, ob er sich je daran gewöhnen würde. Aber war das alles? Fühlte er sich einfach ein wenig desorientiert und benommen von der Reise? Oder steckte mehr dahinter?

Er blinzelte angestrengt und schüttelte den Kopf, in dem Bemühen, das Gefühl abzuschütteln.

Doch ohne Erfolg.

Irgendetwas *war* da.

Es war nicht so, dass er etwas hören konnte – nicht wirklich. Es war auch nicht so, dass er irgendetwas sehen konnte. Nein, es war eher so, als *wüsste* er etwas, tief in seiner Seele – da war eine Wärme, deutlich und vage zugleich, die sich wohl am ehesten als Gewissheit beschreiben ließ. „Hier ist es", raunte er.

„Fühlst du irgendetwas? Spricht die Macht zu dir? Ich habe keine Ahnung, wie genau das funktioniert."

„Ich auch nicht", gestand er. „Aber wir sind am richtigen Ort. Es fühlt sich an, als wäre etwas endlich so, wie es sein soll. Als wäre endlich etwas *richtig*. Ergibt das für dich irgendeinen Sinn?"

Sie zuckte die Schultern. „Nicht wirklich, nein. Aber wenigstens bin ich nicht in meinem Zimmer eingesperrt, umgeben von Hausaufgaben. Solange wir da unten auf der Oberfläche also nicht grausam ermordet werden oder so etwas … bin ich dafür, dass wir uns dort umsehen."

Er sah sie stirnrunzelnd an. „Du denkst doch nicht wirklich, dass wir ermordet werden könnten, oder?"

„Nicht, wenn du recht hast und der Planet tatsächlich verlassen ist. Sofern es da unten niemanden gibt, der uns umbringen *könnte*, ist alles bestens.

Hast du irgendwelche Waffen dabei?", fragte sie dann.

„Waffen? Nein! Natürlich nicht."

„Zu schade." Sie rief ein Scanprogramm auf und begann die Planetenoberfläche zu überprüfen. „Bevor wir aufgebrochen sind, habe ich zu Hause nach irgendwelchen Blastern gesucht, aber Vater hält alle unter Verschluss. Ich schätze, wir sind auf uns allein gestellt."

„Wir kommen schon klar … Was machst du da?"

Sie deutete auf ein paar Koordinaten, die Karr nichts sagten. Die Zahlen scrollten über den Bildschirm und änderten sich schneller, als er sie lesen konnte. „Ich suche nach einer geeigneten Stelle, um das Schiff zu landen, irgendwo dicht am Äquator, in der Nähe von sumpfigem Grasland, wo nicht die Gefahr besteht, dass die *Avadora* im Boden versinkt wie ein Stein in einer Pfütze."

„Oh! Gute Idee."

„Ich weiß", entgegnete Maize. „Jetzt konzentrier dich. Sag mir Bescheid, wenn dir irgendwas ins Auge fällt. Dieser Planet ist ziemlich groß, und es gibt hier *jede Menge* Marschland."

Er dachte angestrengt darüber nach und versuchte, die Sache logisch anzugehen. „Halte nach Anzeichen von Zivilisation Ausschau."

„Warum? Deine Großmutter sagte doch, dass er allein in einem Haus lebte, mitten im Nirgendwo."

„Das hat sie so nicht gesagt."

„Na ja, du weißt, was ich meine."

Karr verdrehte die Augen. Normalerweise war das Maizes Standardgeste für solche Situationen, aber offensichtlich färbte ihr Verhalten auf ihn ab. „Er war ein Einsiedler, ja – aber dieser Planet ist schon seit fast hundertfünfzig Jahren verlassen. Wenn er hergekommen ist, um hier zu leben, hat er sich zu Anfang vielleicht das zunutze gemacht, was damals von den Bergleuten zurückgelassen wurde."

„Okay, verstanden. Wenn er im Sumpf gelebt hat, hat er vielleicht ein Boot gebraucht. Und da ist es einfacher, sich eins zu suchen, das niemand mehr benutzt, als sich selbst eins zu bauen."

„Ganz genau!", sagte er, zufrieden mit seiner Schlussfolgerung. „Deshalb sollten wir nach kleinen Bergbaustädten suchen oder nach Bergbaugerät. Nach allem, was ein einzelner Mensch vielleicht nützlich finden würde, wenn er vorhätte, eine Weile hier zu leben."

Das Ganze entpuppte sich rasch als ihre bislang schwierigste Suche. Bei ihren vorherigen Besuchen auf anderen Planeten hatten sie zumindest eine Ahnung davon gehabt, wo sich ihr Ziel befand, ganz gleich, ob das nun eine Ortschaft, eine Person oder ein bestimmter geologischer Orientierungspunkt gewesen war. Eine einsame Behausung auf einem großen, verwaisten Planeten zu finden, würde zweifellos kniffliger sein.

Wesentlich kniffliger.

Sie verbrachten einen ganzen Tag damit, den Planeten zu scannen, winzige Landmarken, überwucherte Straßen und die kläglichen Überbleibsel kleiner Gemeinden, die schon vor Generationen den Elementen überlassen worden waren. Hier und dort entdeckten sie ein größeres Gebäude oder irgendwelche Silos, in denen früher gelagert worden war, was immer die Bergleute aus dem Boden geholt hatten. Sulfate, Phosphate und was für Phate das auch sonst noch gewesen sein mochten. Karr hatte keine Ahnung, wofür man diese Stoffe brauchte oder warum irgendwer sie hätte haben wollen.

Jetzt wollte sie jedenfalls niemand, nicht mehr. Oder zumindest nicht so sehr, dass es die Strapazen wert gewesen wäre, dafür auf Pam'ba zu leben.

Dann fühlte Karr es endlich: das Kribbeln. Die Wärme, die Gewissheit. Dieses unleugbare Wissen, das ihm fast wie eine Offenbarung vorkam. Er hielt die Hand in die Höhe. „Moment! Warte mal!"

Maize pausierte den Scan-Bildschirm. „Was ist da? Ich sehe nichts."

Karr schloss die Augen und ließ seine Finger über dem Bild schweben. Er stellte sich alles möglichst genau vor – eine in Quadrate unterteilte Landkarte in dumpfen Grün- und Brauntönen, durchzogen von schwarzem Wasser. Wirbelnde Strömungen. Einheimische Tiere mit dicker Haut und länglichen Schnauzen, die im Schilf umherpirschten. Merkwürdige Vögel mit sehr langen Beinen und sehr kleinen Körpern. Die eingestürzten Überreste eines Bootsstegs und ein ziegelförmiges Gebäude, bei dem es sich früher vielleicht einmal um ein Geschäft oder um ein Büro gehandelt haben mochte.

Und jenseits all dessen: eine Plattform auf Stelzen, die über dem feuchten Gras aufragte.

Auf dieser Plattform: ein nichtssagender brauner Kasten. Mit einer Tür. Und einem Fenster.

Ein Haus.

24. KAPITEL

Die *Avadora* setzte auf einem vergleichsweise festen Stück feuchten Bodens auf, so dicht bei dem alten Bootssteg und den Bergbaubüros, wie es möglich war. Begleitet von einem matschigen Saugen sank das Schiff ein wenig in der klammen Erde ein, in der Pilze wuchsen und dichte Teppiche aus langem, plattem Gras von der Farbe trockenen Mooses. Doch eine bessere Stelle gab es nicht, da die Welt Pam'ba jenseits dieses kleinen Fleckchens Land tatsächlich ausgesprochen sumpfig und nass war. Das Bergbaubüro stand auf Säulen, sodass es über dem schlammigen Wasser aufragte – aber als Karr und Maize versuchten, ins Innere des Baus zu gelangen, stellten sie fest, dass der Boden längst verrottet und eingebrochen war. Das Gebäude war nichts weiter als eine leere Hülle, und alles Nützliche, das sich vielleicht einmal darin befunden hatte, war zweifellos schon vor Jahren zusammen mit den Dielenbrettern im Sumpf versunken.

RZ-7 wartete am Steg auf sie, wo er sich nach Booten oder Flößen umgeschaut hatte. „Haben Sie irgendetwas gefunden, Sir?", rief der Droide.

„Nein!", rief Karr zurück, während er mit quietschenden Schritten zwischen den verschiedenen Überresten des einstigen Bergbaulagers hin und her stapfte. Oder war das hier früher eine Stadt gewesen? Nein, ein Lager. Es gab hier nur einige kleine Gebäude, und keins davon machte den Eindruck, als hätte dort jemals jemand gewohnt.

Nur eines der Häuser hatte noch alle vier Wände und dazu

Dach und Fußboden. Doch es war vollkommen leer, voller Reihen verwaister Regale und Löcher, wo sich früher einmal Fenster befunden hatten, deren Scheiben schon vor langer Zeit zerbrochen waren.

Maize warf einen Blick über Karrs Schulter, ehe sie die Schultern zuckte und sich wieder entfernte. „Da ist nichts, Erzett. Das ist alles nur irgendwelches alte Gerümpel."

„Hier gibt's nichts zu holen außer Holz", pflichtete Karr ihr bei. „Und das meiste davon sieht aus, als wäre es halb verschimmelt. Keine Ahnung, was man damit machen könnte, wenn man es mitnehmen würde."

„Irgendwelches Zeug daraus bauen", schlug Maize vor. Als sie und Karr sich dem Droiden auf dem Steg angeschlossen hatten, holte sie ihr Datenpad hervor und überprüfte anhand der Scans ihre unmittelbare Umgebung, in der Hoffnung, dass sie das auf irgendwelche hilfreichen Ideen bringen würde. „Wie auch immer, das Haus, das wir auf der Karte gesehen haben, ist in dieser Richtung."

„Aber ich sehe da nichts."

„Klar tust du das. Siehst du dieses richtig hohe Gras? Das mindestens so hoch ist wie wir?"

Er nickte. „Ja. Liegt das Haus dahinter?"

„Genau da liegt es, tut mir leid. Und wir haben kein Boot, was bedeutet ... dass wir gleich nass werden."

„Wundervoll", sagte der Droide in einem Tonfall, der nahelegte, dass er diese Aussicht zwar alles andere als wundervoll fand, ihn diese Unannehmlichkeit aber nicht davon abhalten würde mitzukommen. Offenbar war es ihm lieber, durchnässt zu sein, als hier zurückgelassen zu werden.

Gemeinsam stapften sie durch das Gras und das brackige Wasser, das ihnen an der tiefsten Stelle bis zu den Oberschenkeln reichte und an der flachsten bis zu den Knöcheln. Sie kamen nur langsam und schwerfällig voran, gepeinigt vom Matsch, der ihre Stiefel und Socken fraß, und daumengroßen

Insekten, die summten, brummten und sie gierig umschwärmten. Eins der Viecher versuchte, ein Stück aus RZ-7 rauszubeißen, was allerdings nicht funktionierte.

„Jetzt wäre der ideale Zeitpunkt, um ein Jedi-Gewand anzulegen, wenn ich eins hätte", maulte Karr. „Alles auf diesem Planeten beißt!"

„Oder sticht."

„Oder sticht", stimmte er zu.

„Einiges hier sticht, und einiges hier beißt, Sir. Ich bin zwar nicht mit den Spezies vertraut, die auf diesem speziellen Planeten heimisch sind, aber sie sind nicht sonderlich angenehm."

„Als würde dir das etwas ausmachen, Erzett. *Dir* können sie ja schließlich kein Blut aussaugen." Er schlug nach einer der kleineren, glänzenderen Kreaturen und hinterließ dabei einen Matschfleck auf seiner Schulter.

Maize erwischte ein Insekt an ihrem Hals. „Und Gift, das tierisch juckt, injizieren sie dir auch nicht. Aber wäre es zu allem Überfluss nicht auch noch so verflucht heiß, wäre das alles halb so wild."

„Wohl wahr. So ist es echt 'ne Quälerei. Ich verstehe vollkommen, warum sich ein Kerl, der für alle Ewigkeit für sich allein sein will – " Er keuchte und schnaufte und riss seine Stiefel mit einem kurzen Ruck aus dem zähen, quietschenden Matsch.

„ – dafür einen Ort wie diesen aussucht. Man muss schon ziemlich verrückt sein, um jemandem hierher zu folgen.

Gehen wir noch in die richtige Richtung? Irgendwie kommt es mir vor, als würden wir überhaupt nicht vorwärtskommen."

„Wir kommen vorwärts", versicherte sie ihm. „Gleich sollten wir das Haus sehen. Wir sind bald da."

Dieses „bald" zog sich noch eine gute weitere Stunde hin, und bis dahin waren alle drei Abenteurer völlig erschöpft. Doch als die kleine Hütte schließlich tatsächlich in Sicht kam, durchströmte Karr neue Energie, und schlagartig war sein Enthusiasmus wieder da.

„Da ist es! Kommt schon, wir haben's fast geschafft!"

Maize stöhnte, und RZ-7 knarrte, aber sie beschleunigten ihre Schritte. Es dauerte nicht lange, bis der Grund sandiger wurde; er war zwar trotzdem nicht wirklich fest, aber es war immer noch allemal besser, als hüfthoch durch schlammiges Wasser zu stapfen. Karr übernahm die Führung und begann schließlich sogar schwankend zu laufen.

Er stolperte und fiel hin, stützte sich mit den Händen ab und rappelte sich wieder auf. „Fast geschafft", keuchte er. „Fast geschafft."

Das Haus stand auf dicken Holzpfählen, oben auf einer Plattform. An dieser Plattform lehnte eine klobige, von ausgefransten braunen Seilen zusammengehaltene Holzleiter.

Der Junge blieb davor stehen; sein Herz hämmerte, und seine Beine brannten. Sie hatten kaum einen halben Kilometer durch das Marschland zurückgelegt, doch er fühlte sich, als hätte er einen Berg erklommen. Alles schmerzte, und er war durchnässt bis auf die Knochen, aber er hatte es geschafft. Er hatte das kleine Haus gefunden, in dem sein Urgroßvater, ein ehemaliger Jedi-Ritter, die letzten Tage seines Lebens verbracht hatte.

Er riss sich zusammen und verdrängte den heißen, stechenden Schmerz in seinem Schädel. Nach ein oder zwei tiefen Atemzügen – ein und aus, ein und aus – packte er mit bloßen Händen die Leiter, da seine Handschuhe in seinen obersten Jackentaschen steckten. Er spürte etwas, einen kurzen Impuls, wie einen schwachen Stromschlag. Das Holz unter seinen Fingern vibrierte.

Maize tauchte hinter ihm auf, mit RZ-7 an ihrer Seite. „Und?", fragte sie. „Spürst du irgendetwas?"

„Ich spüre ... alles." Je länger er dort stand und das Holz berührte, desto mehr schwächte sich sein Schmerz zu etwas Ruhigem, Unaufdringlichem ab. Er war immer noch da, doch es tat nicht mehr weh. Der Schmerz wurde zu einem merkwürdigen Gefühl, das eigentlich überhaupt nicht unangenehm war.

„Dann ab nach oben. Lass uns reingehen."

Karr begann die Leiter hochzusteigen. Er kletterte langsam und vorsichtig, zum einen, weil er sich keine Splitter einreißen wollte, doch vor allem, weil er körperlich vollkommen erschöpft war.

Er hielt inne, völlig geschafft von dem Marsch durch das Brackwasser. Er stand auf der Leiter, im Schatten des kleinen Hauses, und ließ seinen Blick über das feuchte Grasland schweifen. Das war also der Ausblick, den sein Urgroßvater gesehen hatte. Und ganz ähnlich wie bei der Verbindung zu Kenobi, die er gespürt hatte, als er an Bord des alten Frachtraumers die Übungssonde in den Händen hielt, fühlte er jetzt eine Verbindung zu Naq Med, die vielleicht sogar noch stärker war, weil Naq Med zu seiner Familie gehört hatte.

Und genau wie zuvor durchzuckte mit einem Mal ein Blitz die Luft, und dieses Brummen erfüllte seine Ohren. Karr konnte nur staunen, wie gut er seine Visionen mittlerweile im Griff hatte. Der Übergang zwischen Vision und Realität war absolut nahtlos, fand er – bis ihm klar wurde, dass er gerade überhaupt keine Vision *hatte*. Stattdessen starrte er in ein ziemlich reales, extrem finster dreinblickendes Gesicht, das von dem grünen Schein eines verdammt furchteinflößenden Lichtschwerts erhellt wurde.

„Was tust du hier?", brüllte der Mann und erschreckte Karr so sehr, dass er fast rückwärts von der Leiter stürzte.

„Ich suche nach Naq Med."

„Naq Med? Woher kennst du diesen Namen?"

„Von J'Hara."

Der Mann wich einen Schritt zurück, was Karr einen besseren Blick auf seinen Beinahe-Angreifer verschaffte. Was er sah, war ein sehr alter, sehr dünner Mann, der sich in der Hocke nach vorn gebeugt hatte, um besser erkennen zu können, wer da die Leiter hochkam. Seine Augen waren tief eingesunken, aber klar und hell, und das, was von seinem Haar noch übrig war, war so flauschig und fein wie eine Wolke. Den Großteil dieses Haars bildeten seine Augenbrauen, die so wild und ungezähmt wucherten wie die Wildnis ringsum.

Karr blieb fast das Herz stehen. Er konnte kaum atmen, aber es gelang ihm, sich genügend zusammenzureißen, um zu sagen: „Mein Name ist Karr." In seiner Stimme lag nur ein quietschender, kaum hörbarer Anflug von Furcht oder Aufregung oder was immer er sonst gerade empfand. Alles in seiner Brust war zu einem einzigen Knoten verdreht. Er wollte schreien, er wollte weinen, und er wollte lachen, alles auf einmal.

„Was sagst du da von J'Hara?", wollte der Mann wissen. „Kennst du sie?" Bevor Karr darauf antworten konnte, stellte der alte Mann fest: „Du bist nicht allein."

„Nein, Sir." Seine Hände begannen zu schwitzen, und seine Kehle war wie ausgedörrt. Seine Zunge lag wie Sandpapier und Asche in seinem Mund, doch er sagte: „Das sind meine Freunde. Sie haben mir geholfen, Sie zu finden."

Der Mann deaktivierte sein Lichtschwert und richtete sich auf. Er war mittelgroß und besaß die schlanke, eingefallene Gestalt von jemandem, der fast so alt war wie die Ruinen, die er plünderte. Er trug schlichte braune Hosen und ein Hemd, das vor Urzeiten einmal weiß gewesen sein mochte. Seine Stiefel waren matschverkrustet, und sein Mantel hing ihm lose um die Schultern. „Und warum suchst du Naq Med? Hast du eine Nachricht von J'Hara?"

Karr schluckte krampfhaft, doch der Kloß, der ihm in der Kehle saß, blieb. Natürlich wusste der alte Mann nicht, dass seine Tochter gestorben war. Wer hätte es ihm sagen sollen? Mal ganz abgesehen davon, dass bis vor wenigen Sekunden alle angenommen hatten, dass er selbst ebenfalls längst tot war. „Sir, dürfte ich … dürften wir … zu Ihnen hochkommen? Und ins Haus gehen? Ich habe Neuigkeiten, ja, aber … meine Arme … und meine Beine … Ich bin wirklich sehr erschöpft."

Vielleicht lag es an Karrs zitternden Ellbogen oder seiner gequälten Stimme, aber der alte Mann hielt ihm eine Hand hin, um ihm hinaufzuhelfen. „Wenn du mit Neuigkeiten kommst, in Ordnung. Komm hoch!"

Karr hatte Angst, die Hand zu ergreifen – hatte Angst, dass der gebrechliche alte Bursche zerbrach, wenn er ihn nur berührte. Doch er nahm an, dass es unhöflich gewesen wäre, die angebotene Hilfe abzulehnen, deshalb ergriff er die Hand des Mannes und kletterte über die Kante der Plattform nach oben. „Sie sind Naq Med, nicht wahr?"

„Der war ich einmal", entgegnete er mürrisch.

Karr rief Maize und RZ-7 über die Schulter zu, zu ihm zu kommen, doch er war kaum in der Lage, seinen Blick von diesem uralten Jedi abzuwenden, der runzlig und faltig und offenkundig nicht besonders erfreut darüber war, ihn zu sehen.

„Wer genau bist du?", fragte der Mann.

„Oh! Tut mir leid. Ich bin … Na ja, wenn Sie Naq Med sind, dann bin ich Ihr Urenkel. Karr Nuq Sin."

Einen Moment lang vermochte er nicht zu sagen, ob der alte Jedi ihm glaubte. Der Mann wurde nicht unbedingt freundlicher, aber zumindest war seine Neugierde geweckt. „Urenkel? Ich dachte, du bist …" Er machte mit der Hand eine Geste, die nahelegte, dass er glaubte, Karr sei noch ein sehr kleines Kind.

Maizes Kopf tauchte über der Kante der Plattform auf. „Na ja, ein Riese ist er vielleicht nicht gerade. Aber zumindest ist er –"

„– alt genug, um mit einem anderen Kind und … so einer Art Medidroide durch die Galaxis zu fliegen?", unterbrach Naq Med sie, während er das Mädchen und RZ-7 eingehend musterte.

„Das ist Erzett", erklärte Karr ihm. „Ich habe ihn gebaut. Eigentlich ist er gar kein Medidroide – aber er ist mein Freund. Und das ist Maize. Sie ist auch meine Freundin."

Naq Med nahm beide noch intensiver in Augenschein, einen nach dem anderen, als würde er überlegen, welchen von ihnen er als Erstes fressen sollte. Doch schließlich seufzte er und sagte: „Dann kommt lieber rein. Es fängt gleich an zu regnen."

Maize schaute zum Himmel auf. „Ach, tut es das?"

Obwohl das Firmament klar und blau war, zeichnete sich am nördlichen Horizont eine graue Linie ab, die rasch näher kam und vor zehn Minuten noch nicht da gewesen war. Die Regenfront bewegte sich so schnell, dass sie mit Sicherheit binnen der nächsten Viertelstunde hier sein würde. Oder noch früher.

„Vertraut mir, Kinder. Ich lebe schon sehr lange hier." Er hatte sie kaum ins Haus geführt, als auch schon die ersten Wassertropfen auf den Brettern der Plattform zerplatzten. Die Tropfen prasselten nicht sonderlich kraftvoll hernieder, aber dafür schnell und stetig, und der Regen, der mit dem kleinen Unwetter einherging, trommelte in einem regelmäßigen, dumpfen Rhythmus auf das Metalldach.

„Wow, das kam plötzlich", stellte Maize fest und schüttelte ihr Haar aus.

„Der Regen kommt immer so plötzlich. Die meiste Zeit über ist das Wetter hier gar nicht mal so übel, doch es kann innerhalb von Sekunden komplett umschwenken. Deshalb könnt ihr es euch ebenso gut auch für ein paar Minuten bequem machen, denn solange es dort draußen so zugeht, wollt ihr da mit Sicherheit nicht wieder rausgehen."

„Ich will überhaupt nicht mehr gehen", sagte Maize. „Weder da raus noch sonst wohin."

„Das kann ich dir nicht verdenken. Es war dämlich, zu Fuß herzukommen. Ihr hättet lieber ein Floß oder ein Dingi nehmen sollen." Er ging in die Ecke des Gebäudes, das nur aus einem einzigen Raum bestand, und entfachte im Ofen ein kleines Feuer. „Ihr seht schrecklich aus, wie halb ersoffene Sumpfratten. Daran kann ich nichts ändern – aber ich kann uns etwas Tee aufsetzen."

Maize unternahm den halbherzigen Versuch, das Wasser aus ihren Hosenbeinen zu wringen. „Danke, ich nehme einen Becher. Abgesehen davon könnte es schlimmer sein – es könnte nass *und* kalt sein."

Karrs Aufmerksamkeit wurde viel zu sehr von der bescheidenen Behausung beansprucht, um ihr zu widersprechen. Die Hitze machte ihm nichts aus, doch die schreckliche, verschwitzte Klebrigkeit, die mit der hohen Luftfeuchtigkeit einherging, war mit Sicherheit schlimmer, als es bloße Kälte gewesen wäre. Er war ein Kind der Wüste, und dieser Quasi-Sumpf gab ihm das Gefühl, in der Luft, die er atmete, förmlich zu ertrinken.

Doch das Häuschen begeisterte ihn, so klein und einfach es auch sein mochte. Naq Meds Unterkunft war vielleicht so groß wie sein eigenes Wohnzimmer zu Hause – oder die Eingangsdiele von Maizes Elternhaus. Alles war sauber, wenn auch ein bisschen unordentlich. Der Boden bestand aus grob gehauenen Brettern; darauf lag ein Läufer, der früher vermutlich mal ein Vorhang gewesen war. An einer Wand war fein säuberlich eine Angelausrüstung deponiert, und auf dem Boden lagen mehrere aus Jutesäcken gefertigte Kissen, die als Sitz- oder Schlafgelegenheiten dienten. Auf einem Regal über der provisorischen Spüle reihten sich saubere Blechdosen aneinander, und in einer Ecke standen zwei große Fässer mit, wie es schien, frischem Wasser, da der Mann dort eine Kelle hineintauchte, um Wasser für den Tee zu holen.

Karr nahm auf einem der Kissen Platz und schlug im Schneidersitz die Beine übereinander, während er die Vibrationen der Macht bis in seine tiefste Seele spürte. Jeder Gegenstand in diesem Raum und der Mann, der sie zusammengetragen hatte – alles hallte im selben Ton nach, alles brummte auf derselben Frequenz, erfüllt von derselben Energie.

Das hier war die Macht.

Das hier war ein Mann, der ihr sein ganzes Dasein gewidmet hatte, bis er entschied, sein Leben zu ändern.

„Wenn du tatsächlich hier bist, um mir Neuigkeiten von J'Hara zu überbringen, dann heraus damit", sagte der ehemalige Jedi; er machte sich am Ofen zu schaffen und hatte ihnen den Rücken zugewandt. „Sitz nicht einfach nur so da und starr mich an."

Alles in Karr sträubte sich dagegen, ihm die Wahrheit zu sagen, aber er war fest entschlossen, tapfer zu sein. Die Worte blieben ihm nur ein kleines bisschen im Halse stecken, als er sagte: „Es tut mir leid, Ihnen das mitteilen zu müssen, aber sie ist tot."

Naq Med erstarrte für einen Moment mitten in der Bewegung, sein Gesicht eine undeutbare Maske. Dann wandte er sich wieder dem Kessel zu. „Ah. Das ist … Nun, es tut mir leid, das zu hören, aber ich danke dir, dass du es mir gesagt hast. Ich hatte bereits gefürchtet, dass es um so etwas geht. Ich habe etwas gespürt. Keine Störung der Macht, nicht wirklich. Eher so was wie ein Schluckauf oder –" Er suchte nach dem richtigen Wort. „– ein Rülpser. Ihr Tod … war doch nicht gewaltsam, oder? Und auch keine schlimme Krankheit? Ich denke, ich hätte gefühlt, wenn ihr irgendein schreckliches Schicksal zuteilgeworden wäre."

„Nein, Sir, nichts dergleichen. Ihr Herz hat einfach aufgehört zu schlagen, nichts weiter." Es fiel ihm schwer, darüber zu reden, und noch schwerer war es, daran zu denken, wie J'Haras Haut die Farbe von altem Papier angenommen hatte und sich kalt anfühlte, als er sie berührt hatte.

„Das ist … gut. Einen besseren Tod kann man sich kaum wünschen. Trotzdem ist es natürlich eine Tragödie. Kein Mann sollte seine eigenen Kinder überleben. Was ist mit ihrem Sohn? Deinem Vater, nehme ich an?"

„Ihm geht es gut. Allen geht es gut."

„Du hast auch noch einen Bruder, oder?"

„Ja, Sir. Aber, Sir, ich bin den weiten Weg hierhergekommen, weil ich mit Ihnen reden muss", sagte Karr, in der Hoffnung, das Thema zu wechseln, weg von den schmerzvollen Familien-erinnerungen und hin zu etwas, das nützlicher und hilfreicher war. „J'Hara hat mir eine Nachricht hinterlassen, in der sie mir sagte, wo ich Sie finden kann."

„Warum hat sie das getan? Sie und ich, wir hatten eine Über-einkunft. Sie war ohne mich sicherer. Deine *ganze Familie* ist ohne mich sicherer. Gut möglich, dass du sie alle allein schon dadurch in Gefahr gebracht hast, dass du hergekommen bist."

„Die anderen mögen vielleicht sicherer sein", gab Karr zu. „Aber das gilt nicht für mich. Wissen Sie, die letzten paar Jahre über haben mir alle eingeredet, ich sei krank, aber das stimmt nicht."

„Nein?"

„Nein, Sir. Ich bin nicht krank. Ich bin bloß empfänglich für die Macht."

25. KAPITEL

Der Tee wurde eingegossen. Karr und Maize saßen auf den kratzigen Kissen, aber Naq Med blieb mit einem Becher in der Hand stehen. Alle Trinkgefäße waren unterschiedlich, hatten jedoch eines gemeinsam: Es waren Blechdosen, die ihren ursprünglichen Inhalt schon vor langer Zeit preisgegeben hatten. Die Wärme des Gebräus war durch das Metall deutlich zu spüren, weshalb die Kinder die Dosen mit den Enden ihrer Ärmel in den Händen hielten, um sich nicht die Finger zu verbrennen.

Entweder fühlte der alte Jedi die Hitze nicht, oder sie machte seinen Händen einfach nichts mehr aus. Mit einem Mal sprudelten die Worte nur so aus ihm heraus, und während er sprach, ging er unruhig im Raum hin und her.

„Ich glaube dir. Und ich schätze, damit sollte ich auch beginnen. Als ich dich sah … als ich dich sah, da wusste ich, wer du bist, auch wenn ich im ersten Moment dachte, meine Augen würden mich täuschen." Er sah Karr, der begierig jedes seiner Worte in sich aufnahm, über die Schulter hinweg an. „Die Familienähnlichkeit ist unverkennbar", sagte er mit der vagen Andeutung eines Lächelns. „Möglich, dass du mir das jetzt nicht glaubst, aber ich schwöre dir, es ist, als würde ich in einen Spiegel schauen – in einen achtzig Jahre alten Spiegel. Du bist ein verdammt attraktiver junger Bursche, was?"

Darüber hatte Karr noch nie wirklich nachgedacht, aber es war trotzdem schön, das zu hören. „Ach, bin ich das?", fragte er bescheiden.

Naq Med zuckte mit den Schultern. „Nun, das Potenzial dafür hast du jedenfalls. Vielleicht in fünf Jahren. Und noch mal zehn Jahre später wünschst du dir dann …" Er schüttelte den Kopf. „Nein, du wirst deine Eide nicht bereuen. Du bist kein Jedi, und du wirst auch niemals einer werden."

„Dasselbe hat Maz Kanata auch gesagt. Die Macht ist in mir, aber sie ist nicht stark genug, dass ich ein Jedi werden könnte. Oder jedenfalls kein Jedi, wie er eigentlich sein sollte, keine Ahnung. Ich verstehe das alles nicht so richtig, und es gibt niemanden, der mir helfen könnte, das zu ändern. J'Hara hat es versucht, aber sie wusste selbst nicht genug darüber, um mir alles Nötige beizubringen. Deshalb hat sie vorgeschlagen, dass ich hierherkommen soll. Sie dachte, dass ich hier vielleicht Dinge finde, die mir helfen würden, das Ganze besser zu verstehen, aber ich glaube nicht, dass sie erwartet hat, dass ich hier auf *Sie* treffe."

„Die Macht zeigt sich auf vielerlei Weisen, in vielen verschiedenen Leuten. Und die Art von Macht, die dich durchströmt … Das ist nicht die Energie eines Kriegers oder eines Mönchs. Diese Macht ist anders. Sie ist stark, aber sie ist anders."

Der alte Mann zuckte erneut die Schultern. „Ich kann dir nicht sagen, was ich nicht weiß. Aber ich kann die Macht in dir spüren. Ich habe sie bereits gespürt, als du gelandet bist. Deshalb habe ich auch hier auf dich gewartet. Als mir klar wurde, dass da jemand kommt, der für die Macht empfänglich ist, bin ich nach Hause zurückgekehrt. Ich hatte keine Ahnung, ob du Freund oder Feind bist."

„Was hätten Sie getan, wenn sich herausgestellt hätte, dass ich einer von den Bösen bin?"

„Dann hätte ich dich getötet, schätze ich. Oder vielleicht hättest du ja auch mich umgebracht. Wer weiß das schon? Ich habe länger gelebt, als jemals zu erwarten stand. Und an vielen Tagen denke ich, dass das eine Schande ist. An vielen

Tagen wünschte ich, ich wäre meiner Frau gefolgt. Schließlich hätte das nichts geändert, nicht wahr? Dich gäbe es trotzdem. Und deinen Vater auch. Und meine Tochter. Alles Gute, das ich dieser Galaxis geben konnte, habe ich ihr schon vor langer Zeit gegeben."

„So etwas zu denken ist schrecklich", protestierte Karr.

„Das mag sein, aber das ändert nichts daran, dass es die Wahrheit ist. Warte, ich möchte dir etwas zeigen." Er stellte seine Teedose auf einen winzigen Tresen neben dem Eimer, der ihm als Spülbecken diente. Er kramte einige Sekunden lang in einer Kiste herum, die er von einem der Regale genommen hatte. „Ich bin sicher, er ist irgendwo hier drin. Ich erinnere mich so deutlich an jenen Tag, als wäre es erst gestern gewesen. Ich war im Tempel und – ja! Hier ist er!"

Er holte einen Holoprojektor von der Größe seiner Handfläche hervor und stellte die Kiste wieder weg. Er gab Karr das Gerät.

Als das Hologramm zum Leben erwachte, rang der Junge keuchend nach Luft und presste sich eine Hand auf den Mund. Über dem Projektor flackerte das Bild eines Jedi, eine Porträtaufnahme auf den Stufen ebenjenes Tempels, den er in seiner Vision gesehen hatte. Der junge Mann war ein bisschen älter als Karr jetzt, vielleicht Anfang zwanzig. Breite Schultern, ein wallendes Gewand, das Lichtschwert am Gürtel. Und Karrs eigenes Gesicht, auf dem ein breites Lächeln lag.

Er sprang auf die Füße und hielt den Holoprojektor mit zwei Fingern von sich, als könnte das Gerät ihn beißen, wenn es ihm zu nahe kam. „Das ist ... Das ist ..."

„Das bin *ich*", erklärte der Jedi. „Viele Jahre vor deiner Geburt. Ich habe es doch gesagt, oder? Die Familienähnlichkeit ist wirklich unverkennbar."

„Nein, aber ... Sie verstehen nicht ganz! Ich habe das gesehen! Ich hatte eine Vision, als ich ... etwas berührte ... Als ich etwas angefasst habe ... Da sah ich ..." Er stammelte unbeholfen, während er verzweifelt versuchte, die Ereignisse aus seiner Vision mit dem Bild in seiner Hand in Einklang zu bringen. „Ich habe mich selbst kämpfen sehen! Ich habe einen anderen Jedi getötet!"

Naq Med streckte die Hände aus. „Nein, das glaube ich nicht. Das glaube ich ganz und gar nicht." Er nahm Karr das Gerät wieder ab, bevor der Junge es in seiner Wut oder seiner Verwirrung zerstören konnte.

„Aber ich weiß, was ich gesehen habe!"

„Schon möglich. Doch was du gesehen hast, ist möglicherweise nie passiert oder zumindest nicht so, wie du es gesehen hast. Die Macht zeigt einem nicht immer alles klar und deutlich. Was hast du berührt, als du diese Vision von dir selbst hattest, wie du einen Jedi ermordet hast?"

„Ein Lichtschwert! Ein zerbrochenes. Es war rund und in zwei Teilen. Es gehörte einst einem Inquisitor." Seine Stimme zitterte, genau wie alles andere an ihm. Seine Hände bebten, seine Knie waren weich wie Gummi. „Ich weiß, was ich gesehen habe", wiederholte er. Dann endlich begriff er, und sagte: „Ich weiß, was *Sie* getan haben."

„Nein, tust du nicht." Naq Med schwieg, um einen Moment nachzudenken. Er verstaute den Holoprojektor wieder in der Kiste. „Ich will versuchen, dir alles zu erklären. Als wir feststellten, dass ich machtsensitiv bin, wurde beschlossen, dass ich ein Padawan werden und die Wege der Jedi erlernen sollte. Ich habe unermüdlich mit meinem Meister trainiert. Es war für mich schon die allergrößte Freude, nur allein im Tempel sein zu dürfen. Doch außerhalb des Tempels, in den Schatten der Politik, begannen sich Zweifel in mir zu regen. Ein Jedi ist am standhaftesten, wenn er im Licht steht. Und in einer Bürokratie ist für ihn kein Platz. Nicht einmal, wenn sich jene an ihn wenden, die der Hilfe seiner besonderen Fähigkeiten bedürfen. Und ich fand, dass die Jedi auf die falsche Weise mit dieser Situation umgingen. Es klingt vielleicht feige oder töricht, aber du warst damals nicht dabei und kannst das alles nicht beurteilen. Ich schon. Und so kehrte ich dem Orden nach reiflicher Überlegung schließlich den Rücken. Ich wählte meinen eigenen Pfad – und sobald ich diesen Pfad einmal beschritten hatte, dauerte es nicht lange, bis ich deine Urgroßmutter kennenlernte. Wir bekamen eine Tochter, die du kanntest und geliebt hast. Nicht zuletzt deshalb bin ich auch heute noch der Überzeugung, dass ich seinerzeit die richtige Entscheidung getroffen habe."

„Wo sind Sie hingegangen, als Sie den Orden verließen", fragte Maize.

„Das ist unwichtig. Umso wichtiger ist, dass ich einige Jahre später von der Order 66 erfuhr. Ich hörte, wie Palpatine über den Aufstand der Jedi sprach. Ich hörte, was sie getan hatten, und ich war entsetzt. Es war genau das eingetreten, was ich befürchtet hatte! Mittlerweile war der Orden aufgelöst worden, und die überlebenden Jedi waren über die ganze Galaxis verstreut. Sie hatten sich gegen die Republik aufgelehnt – als Palpatine seinen Bericht darüber veröffentlichte, erfuhr ich alles darüber."

„Aber Palpatine hat gelogen!", beharrte Karr.

„Nein, junger Mann. Du weißt vielleicht, was du gesehen hast, doch ich weiß, was passiert ist, denn *ich* war dabei. Es dauerte nicht lange, bis der Großinquisitor mich aufspürte, so wie er alle aufspürte, die jemals dem Orden angehörten. Aber ich hatte eine Frau, verstehst du? Und eine Tochter. Ich war kein Jedi mehr, und ich weigerte mich, mein Schicksal einfach hinzunehmen – darum kämpfte ich gegen den Inquisitor. Sein Lichtschwert zerbrach, daran erinnere ich mich noch ganz deutlich. Es muss das gewesen sein, das du gefunden hast – das, das du berührt hast."

„Meinen Sie?"

„Ja, ja, ganz sicher. Das muss es sein – aber deine Visionen … Sie sind nicht klar und deutlich, oder? Sie sind nicht immer eindeutig, und man kann sie nicht immer für bare Münze nehmen."

Doch Karr war noch nicht überzeugt. „Ich *weiß*, was ich gesehen habe", wiederholte er wie ein Mantra.

Sein Urgroßvater wusste allerdings auch einige Dinge. „Was du siehst, ist die Wahrheit, mein Junge – aber manchmal siehst du mehr als *eine* Wahrheit. Ja, ich habe gegen den Inquisitor gekämpft, und der Inquisitor hat gegen Jedi gekämpft. Er hat sie sogar getötet, um genau zu sein. Aber als du das Lichtschwert berührt hast, hast du diese beiden Visionen miteinander vermischt. Du lügst nicht, und du irrst dich nicht – du siehst einfach nur zu viele Dinge auf einmal. Mit der Zeit wird es dir vielleicht gelingen, das Wichtigste herauszufiltern und mehr Details zu erkennen, mit größerer Klarheit. Denn obwohl sich die Jedi gegen die Republik gestellt haben, habe ich niemals einem von ihnen ein Leid zugefügt."

„Aber sie haben sich *nicht* gegen die Republik gestellt!" Jetzt war es an Karr, etwas von seinem Wissen zu teilen. Ihm war schwindelig, und seine Ohren klingelten, aber er hatte recht, und er war rechtschaffen.

„Aber warum hätten sie die Order 66 sonst ausführen sollen? Warum hätte ich sonst meine Familie verlassen? Warum hätte ich sonst an einem Ort wie diesem gelebt, so weit weg, so abgelegen, so einsam und grässlich? Ich tat all das nur, um die zu beschützen, die ich liebte. Doch jetzt muss ich mich nicht mehr verstecken, um sie zu schützen. Oder zu meiner eigenen Sicherheit. Meine Zeit ist fast vorüber, und wenn es so weit ist, werdet ihr alle frei sein. Keiner wird mehr meinetwegen in Gefahr schweben."

Als er verstummte, prasselte und kratzte der Nieselregen auf dem Dach. Der Wind ließ die Hütte erzittern, und träge Wellen schlugen gegen die Pfeiler, die die ganze Konstruktion über dem Wasser hielten. Alle Fragen, die Naq Med eben gestellt hatte, gehörten zu denen, die nicht wirklich nach konkreten

Antworten verlangten, aber Karr gab seinem Großvater trotzdem welche.

„Die Jedi haben die Republik nicht verraten – die Republik hat *sie* verraten. Das war alles Teil von Palpatines Propaganda."

„Du weißt nicht, wovon du da redest", flüsterte der alte Mann.

„Aber es ist wahr! Ich habe es gesehen", beharrte Karr. „Ich weiß vielleicht nicht genug über die Macht, um ein Jedi zu werden, aber dank meiner Fähigkeiten habe ich einiges von ihrer Geschichte gesehen. Sie waren all das, woran Sie einst geglaubt haben – sie waren Hüter, Wächter und Helfer. Sie kämpften für das Licht, aber am Ende hat die Dunkelheit gesiegt. Es tut mir so leid", sagte er. Tränen füllten seine Augen. „Es tut mir so unendlich leid, dass Sie das nicht wussten. Es tut mir so unendlich leid, dass niemand da war, um es Ihnen zu sagen."

„Das ist nicht möglich." Er schüttelte den Kopf, nicht bereit, zu glauben, was er da hörte.

„Es ist nicht nur möglich, es ist die Wahrheit", sprang Maize Karr bei. „Doch der springende Punkt ist: Fast niemand weiß das. Jedenfalls nicht mehr. Die Lüge, der auch Sie erlegen sind, ist für viele Leute zur Realität geworden. Der Imperator hat den Glauben an die Jedi vergiftet."

Auch RZ-7 bestätigte die Worte seiner Gefährten, so schonend, wie er konnte. „Sir, Sie haben solch edle Opfer auf sich genommen, um Ihre Familie zu beschützen – und das mit Erfolg. Aber es gab keinen Grund, den Jedi den Rücken zu kehren. Sie haben die Republik niemals verraten. Oder Sie."

Naq Med sank langsam zu Boden. Sein Griff um die Dose, die er als Becher benutzte, löste sich, und die Dose fiel zu Boden, um ihren Inhalt über den Teppich zu ergießen. „Aber wenn das stimmt, dann war alles umsonst. Der Großinquisitor ...?", fragte er, in der Hoffnung, dass irgendjemand ihm antwortete.

„Nur eine Schachfigur des Imperators", sagte Karr. „Er hat sich gegen die Seinen gewandt." Der Junge hielt inne. In seinem Hinterkopf nahm eine Idee Gestalt an. Als er wieder sprach, tat er es langsam und wählte seine Worte mit Bedacht. „Die Dunkle Seite hat gewonnen. Und die Bösen hatten nach ihrem Sieg solche Macht und solchen Einfluss, dass, als sie schließlich selbst bezwungen wurden … niemand mehr übrig war, um sich an die Guten zu erinnern. Niemand, der ihre Seite der Geschichte erzählen konnte. Niemand, der ihre Historie niederschreiben und bewahren konnte – nicht nach der Zerstörung des Tempels. Es heißt, die Geschichte wird von den Siegern geschrieben, doch sie sollte stattdessen von denen geschrieben werden, die sich erinnern. Von jenen, denen das, was wirklich geschehen ist, nicht egal ist."

Der alte Mann ließ sich im Schneidersitz zu Boden sinken, die Beine locker übereinander, die Arme an seinen Seiten, die Hände schlaff in seinem Schoß liegend. „Dann war alles eine Lüge. Mein ganzes Leben, alles, was ich verloren habe …"

Karr eilte zu ihm hinüber und hob den über den Fußboden rollenden Becher auf. Er versuchte, die verschüttete Flüssigkeit mit seinem Ärmelaufschlag aufzusaugen, doch dann zog er es vor, sich stattdessen lieber um ihren Gastgeber zu kümmern, der sichtlich mitgenommen wirkte. „Urgroßvater", sagte er, ergriff eine von Naq Meds Händen und hielt sie fest. Er versuchte, Blickkontakt herzustellen, aber vergebens. „Du hast getan, was du tun musstest", sagte er sanft, alle Förmlichkeit und Distanz schlagartig vergessend. „Du hast alles nach bestem Wissen und Gewissen getan. Und deine Familie hat überlebt. *Ich* habe überlebt."

Sein Urgroßvater schüttelte den Kopf und schloss die Augen. Es war, als würde er schrumpfen, als würde er immer kleiner werden, während er in sich zusammensank – als wäre er durch die Bodenbretter gesickert, wenn er nur dazu imstande gewesen wäre. „*Du* hast überlebt. J'Hara hat überlebt, und sie hatte … ein langes Leben. War es … ein glückliches Leben?", fragte er.

Karr nickte, auch wenn sein Urgroßvater es nicht sehen konnte. Er drückte die Hand des Mannes zwischen seinen eigenen. „Sie war sehr glücklich. Bis vor ein paar Jahren hat sie die Familiengeschäfte geführt und war auf ganz Merokia für ihre großartige Schneiderkunst bekannt. Das hat sie sehr stolz gemacht. Und auf ihren Sohn war sie auch sehr stolz, und … und auf mich ebenfalls, glaube ich. Es war ein gutes Leben", schloss er.

„Dann war vielleicht doch nicht alles vergebens." Als er die Augen wieder aufschlug, strömten Tränen über seine Wangen. „Doch es ist eine Schande, dass der Preis dafür so hoch war und dass wir alle ihn so lange bezahlen mussten. Dadurch haben wir unendlich viel verloren – wir alle."

Maize tat ihr Bestes, um so zu tun, als wäre sie vollkommen gefasst, doch ihre Stimme klang belegt, als sie sagte: „Aber es wurde auch unendlich viel dadurch gerettet."

„Das ist wahr", stimmte Karr zu. „Lange Zeit lief es verdammt schlecht für die Jedi. Aber dann kam eines Tages ein Jedi, der die Macht wieder ins Gleichgewicht gebracht hat. Am Ende verlor Palpatine. Und die Tage, in denen die Jedi gejagt wurden, fanden ein Ende."

Naq Med seufzte so tief und so schwer, dass Karr glaubte, es seien die allerletzten Reste seiner Seele, die gerade seinen Körper verließen. Sein Urgroßvater versank noch weiter in seinen übergroßen, geplünderten Kleidern. „Das ist gut, ja. Sehr gut. Dann ist mein Werk endlich vollbracht. Ich habe dafür gesorgt, dass meine Familie in Sicherheit ist. Dass meinen Lieben nichts geschieht. Und jetzt kann ich ruhen."

„Ja", bestätigte Karr. „Du hast alles getan, was du tun musstest."

Naq Med lächelte. „Sag mir: Wurden die Jedi rehabilitiert? Kennen die Leute jetzt die Wahrheit?"

Karr senkte seinen Blick. „Nicht wirklich, nein.“

Das Lächeln des alten Mannes begann zu verblassen. Er sackte nach vorn; sein Kopf hing so weit vornüber, dass sein Kinn auf seiner Brust lag. „Zu schade. Bald wird niemand mehr da sein, der sich erinnert.“

„Ich werde mich immer erinnern!“, entgegnete Karr hastig.

Naq Med hob den Kopf, doch diesmal waren es allein seine Augen, die noch lächelten. Er streckte seine andere Hand aus und nahm Karrs in die seine. Dann stieß er langsam einen letzten Atemzug aus, sackte noch weiter nach vorn und fiel in sich zusammen, bis es schien, als hätte er keinen einzigen Knochen mehr im Körper. Still und ruhig saß er da; sein Kopf mit dem zotteligen, spärlichen Haar ruhte auf seinen Knien. Sein Rücken war nach vorn gebeugt, links und rechts ragten die Ellbogen hervor. „Wenn die Leute doch nur … die Wahrheit wüssten.“

Karr berührte ihn an der Schulter, die in sich zusammenfiel, so leicht wie Streichhölzer. „Urgroßvater?“

Maize stand von dem Kissen auf und krabbelte einen Meter über den Boden. Sie zog Karr zurück, zuerst am Arm, ehe sie ihn umarmte. „Er ist tot. Er ist schon fort.“

Karr konnte kaum atmen, und das Sprechen fiel ihm noch viel schwerer. „Aber er kann *nicht* tot sein. Ich habe ihn doch gerade erst getroffen …“

„Ich weiß.“ Sie wiegte ihn vor und zurück, zog ihn von dem Leichnam des alten Mannes weg, der auf einmal so winzig klein aussah. Ebenso gut hätte er ein Kind oder eine kleine Schaufensterpuppe sein können. Ein Geist, gefertigt aus Watte und Anmachholz. „Aber er ist gegangen, weil du es ihm erlaubt hast. Du hast ihm das gegeben, was er am meisten brauchte. Du hast ihm geholfen. Du hast ihm nach all diesen Jahren endlich Frieden geschenkt. Du hast ihn *gerettet.*“

26. KAPITEL

Sie wickelten den Leichnam von Naq Med in den zum Läufer umfunktionierten Vorhang, der in der Hütte, die er jahrzehntelang sein Zuhause genannt hatte, den Großteil des Bodens bedeckte. Sein Gewicht war kaum der Rede wert, und als er schließlich in das provisorische Leichentuch gehüllt war, betteten die Kinder ihn auf den Kissen zur Ruhe, die er aus Säcken gemacht hatte, die er in dem Bergbaulager gefunden hatte. Sie waren mit Sägespänen und Stroh gestopft, deshalb wusste Karr, dass sie brennen würden.

„Sobald der Regen aufhört ...", begann er, doch dann gingen ihm die Worte aus.

RZ-7 griff den Faden auf. „Sobald der Regen aufhört, können wir die Wünsche Ihrer Großmutter ehren – so, wie sie sie in ihrer Botschaft übermittelt hat."

Maize nickte. „Damit nichts von ihm übrig bleibt, das sie finden könnten. Nicht einmal Asche. Wir sollten alles restlos verbrennen. Womöglich stecken Dinge in ihm, die auf deine Familie hindeuten könnten."

Der Junge stand verdutzt und ratlos da, während er seine Hände irgendwie zu beschäftigen versuchte. „Aber das wäre dann so, als hätte er niemals existiert."

„Nein", widersprach sie. „Denn du bist der lebende Beweis dafür, dass es ihn gab. Sobald der Regen aufhört", fuhr sie fort, „können wir ein wenig Treibstoff über das Haus gießen und alles mit einem Plasmastrahl in Brand setzen, bevor wir verschwinden. Das wäre doch ein richtig großartiger Abgang.

Deine Großmutter wäre zufrieden, und er selbst wäre auch stolz darauf."

Der Droide wuselte in der Hütte umher, wühlte mit den Händen in Körben und Eimern, in Schubladen und auf Regalen herum. „Aber solange der Regen noch anhält, Sir … sollten wir vielleicht nach Gegenständen suchen, die Sie Ihrer Sammlung hinzufügen können. Sie haben zwar schon eine Menge zusammengetragen, aber ich finde, Sie sollten auch etwas von Ihrem Urgroßvater aufbewahren – und wenn auch nur für sich selbst. Und vielleicht hätte Ihr Vater ja auch gerne etwas, das ihn an seinen Opa erinnert."

„Da hat er recht, Karr. Du hast in allen Winkeln der Galaxis Jedi-Artefakte gesammelt. Da wäre es doch eine Schande, das Haus seines Urgroßvaters mit leeren Händen zu verlassen. Er hätte gewollt, dass du etwas mitnimmst, das ihm gehört hat."

Karr versuchte, den auf die Kissen gebetteten Leichnam nicht anzusehen. „Das weißt du nicht mit Sicherheit", sagte er, doch wirklich widersprechen konnte er ihr nicht. Das kleine Haus war erfüllt von der Macht, die sich im Laufe eines langen Lebens angesammelt hatte – ganz gleich, ob der alte Mann seine Treueschwüre an die Jedi nun widerrufen hatte oder nicht. Denn die Macht verschwand nicht einfach, weil man sich ihr nicht mehr verpflichtet fühlte. Und sie berührte auch nicht nur jene, die sich ihr überhaupt erst verpflichtet hatten.

Die Macht blieb.

Und sie berührte viele Leute, die sich weder dem Licht noch der Dunkelheit verbunden fühlten. Manchmal berührte sie auch Leute wie Karr.

„Sieh dich um", drängte Maize ihn. „Streck die Hände aus, fühle die Macht, wie immer du das auch machst. Hier drinnen muss es irgendetwas geben, das nach dir ruft. Versuch, es zu finden."

Er streckte seine Hände aus und suchte den Raum konzentriert ab, während er das schwarze Loch, das sein toter

Urgroßvater war, tunlichst ignorierte. Er fühlte die Macht in allen vier Ecken der Behausung und in den Dachsparren und unter dem Fußboden.

Unter dem Fußboden.

In der hinteren Ecke, hinter einigen Regalen mit zusammengefalteten Lappen und einer Büchse voller Tee, den der alte Mann entweder gefunden oder selbst gesammelt und getrocknet hatte, schob Karr einen Eimer beiseite, der aussah, als hätte er einst Müll oder Grünabfälle enthalten – und entdeckte eine kleine Klappe, die in die Maserung des Bodens geschnitten worden war. Es gab keinen Hebel oder Handgriff, um sie zu öffnen, doch es gelang ihm, sie mit einem rostigen Messer aufzuhebeln, das er in der Spüle fand.

Maize kam zu ihm herüber. „Na, was haben wir denn da?"

Beide starrten in das Loch im Fußboden, während RZ-7 seinen metallenen Hals reckte, um seinerseits einen Blick hineinzuwerfen. Unter den Bodenbrettern, in einem Netz, das über dem Wasser hing – so dicht unter dem Haus versteckt, dass niemand sie je sehen oder finden oder aufmachen würde –, befand sich eine Kiste von der Größe eines Handkoffers.

Karr hob die Kiste ins Haus. Sie war nicht schwer, aber sperrig und schwierig zu handhaben; er schob sie in die Mitte des Zimmers, damit er mehr Platz hatte, um so lange am Verschluss herumzufummeln, bis das Schloss schließlich aufging.

„Die Kiste ist nicht verschlossen?", fragte Maize.

Er klappte den Deckel auf. „Nein. Oh … Oh, *wow!*"

„Ist das …?"

RZ-7 stieß ein leises digitales Pfeifen aus.

Karr griff hinein und holte ein sorgsam gefaltetes, mit Zwirn verschnürtes Bündel aus der Kiste hervor. Mit derselben rostigen Klinge, mit der er die Falltür aufgestemmt hatte, durchschnitt er die Schnur, und zum Vorschein kam eine helle, wachsfarbene Robe. Er hob das Gewand an den Schultern in die Höhe, stand auf – und hielt das Kleidungsstück vor sich und seine eigenen Schultern, wie um zu sehen, ob es ihm passte.

Die Robe war für einen größeren Mann gemacht, aber so viel größer nun auch wieder nicht. Sie war für einen Mann mit breiteren Schultern gemacht – aber so viel breiter nun auch wieder nicht. In ein paar Jahren würde Karr groß genug sein. Dann würden auch seine Schultern breit genug sein. Doch dieses Gewand war nicht dafür bestimmt, dass er es trug, das spürte er mit jedem Knochen seines Körpers – genauso, wie er spürte, dass es trotz allem jetzt ihm gehörte.

Die Jedi mochten vielleicht entehrte Schurken sein – sofern überhaupt noch Jedi am Leben waren, die sich darum scherten, was man über sie sagte –, aber Karr kannte die Fakten. Er kannte die Wahrheit und er würde sich ihrer erinnern. Er würde das Gewand in seine Sammlung aufnehmen und archivieren und für künftige Generationen bewahren.

Wenn die Macht tatsächlich ewig währte, wie Karr glaubte, und sich die Geschichte wirklich wiederholte, dann würden noch mehr Jedi auftauchen, eines Tages, und wenn es so weit war, mussten sie die Wahrheit erfahren. Denn sie *verdienten* es, die Wahrheit zu kennen.

Er hielt das Gewand vor sein Gesicht und roch daran. Der Stoff müffelte nach Schimmel, aber er genoss den Geruch dennoch. Für den Bruchteil einer Sekunde fragte er sich, ob sie seinen Urgroßvater in die Robe kleiden sollten, bevor sie jedes Fitzelchen in Brand steckten, das verraten konnte, dass er jemals hier gelebt hatte – aber nein. Er verstand jetzt, welche Rolle er bei alledem spielte. Er war ein Sammler, und sammeln würde er.

„Kann ich das mal sehen?", fragte Maize.

„Sir? Vergessen Sie das hier nicht …"

Karr reichte Maize die Robe und wandte seine Aufmerksamkeit dem Droiden zu. „Was hast du da, Erzett?" Aber er sah bereits, was der Droide meinte, bevor Erzett ihm antworten konnte – Naq Meds Lichtschwert. Es lag noch immer auf dem Tisch, dort, wo sein Urgroßvater es zurückgelassen hatte, doch ohne die Macht des Jedi, der es führte, wirkte es so unauffällig wie eine Teetasse.

Karr strich mit dem Daumen den Metallzylinder auf und ab, bis er den Schalter fand, der es aktivierte. Eine gleißende grüne Lichtsäule schoss aus dem Griff hervor. Alle erschraken. Die Lichtklinge summte und brummte und glühte vor Energie.

Karr hielt das Lichtschwert voller Grausen und Ehrfurcht vor sich und richtete die Klinge in die Mitte des Raums, wo niemand stand, und dementsprechend auch keiner davon getroffen oder verletzt werden konnte. „Ein Lichtschwert", keuchte er. „Ich halte ein echtes Lichtschwert in der Hand. Kein kaputtes und nicht nur ein Stück von einem. Ein *ganzes!* Ein *echtes!*"

„Und dir ist nicht der Kopf explodiert oder so etwas!", sagte Maize, klatschte in die Hände und lachte. „Hat es wehgetan?"

„Es fühlt sich …" Wie fühlte es sich an? Ihm fehlten die richtigen Worte, um es auszudrücken. Es fühlte sich wie Elektrizität und Druck zwischen seinen Ohren an, aber nicht mehr wie ein heißer Stachel, der in seinen Verstand eindrang, so wie früher. Es fühlte sich an wie der Hyperraum. Es fühlte sich an wie die Macht. „Es fühlt sich … gut an."

„Gut? Ist das alles?", fragte sie, aber sie grinste dabei von einem Ohr zum anderen.

„Es fühlt sich hell an, nicht dunkel. Es fühlt sich an, als hätte ich endlich das Gleichgewicht gefunden."

„In der Macht?", fragte RZ-7.

Er nickte. „Und im Leben. Ich habe keine Angst mehr vor der Zukunft. Meine Zukunft wird das sein, was ich selbst daraus mache. Gut? Schlecht? Jedi? Hochverräter? Sammler?" In diesem Moment ging ihm ein Licht auf, und fast wie zu sich selbst sagte er: „Vielleicht werde ich ja sogar ein …" Doch seine Stimme verklang, und er ersetzte das letzte Wort durch ein Lächeln. Er warf noch einen weiteren bewundernden Blick auf die leuchtende Klinge des Lichtschwerts, dann schaltete er es aus.

„Was tust du?", wollte Maize wissen. „Na los! Fuchtel ein bisschen mit dem Ding rum! Übe etwas damit!"

„Nein. Denn es ist nicht dazu da, dass ich es benutze – nur dazu, damit ich es halte. Genau darin liegt das Gleichgewicht, verstehst du?" Er legte das Lichtschwert wieder auf den langen Stoffstreifen und wickelte es behutsam darin ein. „Ich habe so viel Zeit mit dem Versuch verbracht, herauszufinden, wie ich ein Jedi werden und die Macht beherrschen kann … Aber ich habe das Ganze immer aus dem falschen Blickwinkel betrachtet. Maz Kanata wusste das. Das wollte sie mir mit der Milch sagen. Ich bin nicht die Milch."

„Da komme ich nicht mit, Karr. Worauf willst du eigentlich hinaus?"

„Ist schon okay", versicherte er ihr. „Denn die Hauptsache ist, dass *ich* endlich begriffen habe, worum es geht. Ich bin nicht die Milch. Ich bin das Glas. Ich bin derjenige, der die Vergangenheit sieht und die Wahrheit darüber, was damals passiert ist. Ich bin derjenige, der die Erinnerung bewahrt."

„Warum Sie, Sir?", fragte der Droide. „Und warum jetzt?"

„Weil es sonst niemanden gibt, der diese Aufgabe übernehmen könnte. Das ist mein Platz in alledem", erklärte er mit echter Zuversicht. Wahrer Zuversicht. „Das ist meine Bestimmung. Das verstehe ich jetzt. Und ich bin bereit dafür."

Als seine Worte verebbten, stellte er fest, dass der Himmel schwieg. Der Regen hatte aufgehört. Das Unwetter war vorüber, und sie hatten alles von Bedeutung bei sich, das sie brauchten. Sein Urgroßvater war tot, und in einem Monat würde er auf die Berufsschule wechseln – aber das war schon in Ordnung. Das verstand er jetzt.

„Lasst uns gehen", sagte er zu den anderen, während er sich die Kiste mit dem Gewand und dem Lichtschwert unter den Arm klemmte. „Schließlich müssen wir noch unsere Spuren verwischen, sobald wir wieder zu Hause sind, richtig, Maize? Du musst noch die Peilsender und dieses ganze Zeug austauschen?"

„Dafür brauche ich keine zwanzig Minuten, aber ja."

„Siehst du sonst noch irgendetwas, das wir mitnehmen sollten, Erzett?"

„Nein, Sir. Das tue ich nicht."

„Dann sollten wir uns jetzt auf den Heimweg machen."

Unter der Plattform, auf der das Haus stand, entdeckten sie ein flaches Dingi, das an einen der Stützpfosten gebunden war. Der Kahn machte nicht viel her, sorgte aber dennoch dafür, dass der Rückweg zur *Avadora* wesentlich angenehmer war als der Hinweg. Wann immer sie im dichten Sumpfgras stecken blieben, stiegen sie der Reihe nach aus, um jeweils die beiden anderen Passagiere durch das Brackwasser zu ziehen. Auf diese Weise erreichten sie das Schiff in etwa der Hälfte der Zeit, die sie zuvor gebraucht hatten.

Maize wies ihre Freunde an, sich sauber zu machen oder zumindest ihr Bestes zu tun, um sich zu säubern. „Das Schiff gehört meinem Vater. Wenn wir an Bord alles mit Matsch verschmieren, kann ich mir das bis in alle Ewigkeit anhören. Er wird sich ohnehin schon fragen, wo der ganze Treibstoff geblieben ist. Versuchen wir zumindest, ihm einen Grund zum Meckern weniger zu geben, okay?"

Also schrubbten sie sich ab, zogen ihre Stiefel aus, wrangen ihre Jacken aus und hängten alles zum Trocknen über ihre Kojen. Mit nicht viel mehr als ihrer Unterwäsche bekleidet, schnallten sie sich in ihren Sitzen fest. Anfangs war ihnen das irgendwie peinlich, aber das war größtenteils reiner Gewohnheit geschuldet. Karr und Maize hatten beide genug an, um den Anstand zu wahren, und ihre nassen Klamotten waren eklig und unangenehm.

RZ-7 fand ein Handtuch und begann sich damit abzutrocknen, aus Angst, er könnte rosten.

Als die Triebwerke schließlich startklar waren, hob Maize mit dem Schiff ab und flog im Tiefflug über das Sumpfland, über das dunkle Gras, das wirbelnde Wasser und die Überbleibsel der Bergbaugemeinde hinweg, die nun von niemandem mehr geplündert werden konnte, einfach weil niemand mehr da war, der es hätte tun können. „Hätten wir genügend Treibstoff dafür, würde ich alles niederbrennen, nur so zum Spaß", verkündete sie. Karr warf ihr einen unglücklichen Blick zu. „Aber dafür haben wir keinen Treibstoff übrig. Darum mache ich das nicht."

Stattdessen hatte sie den Treibstoff für die Hütte auf der Plattform aufgehoben. Sie berechnete, wie viel sie entbehren konnten, ließ den Rest direkt auf das Dach platschen und zog das Schiff wieder in die Höhe.

„Irgendwelche letzten Worte, die du gern loswerden würdest?", fragte sie Karr, der das kleine Gebäude mit einer Mischung aus Gefühlen ansah, die er nicht entwirren oder in Worte fassen könnte, nicht einmal, wenn sein Leben davon abhängen würde.

„Mir fällt eigentlich nur eins ein, das ich gern sagen würde ... Danke! Ich danke der Macht, dass sie dafür gesorgt hat, dass Naq Med in Sicherheit war – und ich danke meinem Urgroßvater dafür, dass er alles getan hat, was er konnte, damit mir und meiner Familie nichts Böses geschieht. Er lag nicht mit allem falsch, er kannte nur einfach nicht die ganze Geschichte. Er hat mich dazu ermutigt, das zu ändern; dafür zu sorgen, dass andere Leute künftig die Wahrheit kennen."

„Indem du Macht-Artefakte sammelst?"

„Eins nach dem anderen, ja. Also los, Maize. Tu ... was immer du tun musst, aber brenn alles nieder, damit das Wasser die Asche fortspült. Das ist das Letzte, das ich für ihn tun kann."

„Also gut, Mr Co-Pilot." Sie zielte mit den kleinen Buggeschützen und betätigte den Abzug. Eine Sekunde später war die Hütte nur noch ein brennender Trümmerhaufen, der nach und nach zusammenstürzte und zischend, Stück für Stück, im Sumpf versank.

Über dem Wasser schwebend, warteten sie, bis von der Behausung des alten Mannes nur noch ein paar vereinzelte, verkohlte Pfosten übrig waren.

Dann sagte RZ-7: „Wenn Sie mir die Frage gestatten, Sir: Was machen wir jetzt? Sollen wir nach Hause zurückkehren, oder haben Sie beschlossen, dem Schicksal als Schneider, das Ihnen droht, einmal mehr ein Schnippchen zu schlagen?"

„Wir fliegen nach Hause", erklärte er dem Droiden entschlossen. „Ich habe nicht vor, mich noch einmal vor irgendetwas zu drücken. Kein Pfad ist in Stein gemeißelt, aber das, was an diesem Weg am meisten Spaß macht, ist immer der nächste Schritt. Denn es werden *meine eigenen* Schritte sein. Meine Geschichte. In Ordnung, Captain. Auf nach Merokia!"

„Verstanden."

Der Hyperraum umfing die *Avadora,* und einen weiteren Sprung später befanden sie sich wieder im Orbit ihres Heimatplaneten. Dann waren sie wieder unten auf dem Boden, wo Maize tat, was sie tun musste, und wie versprochen all die kniffligen technischen Gerätschaften so manipulierte, dass niemand ihnen auf die Spur kommen würde, auch wenn es auf einem großen, abgelegenen Planeten namens Pam'ba niemanden mehr gab, den sie hätten schützen müssen.

Das war einfach eine Frage des Prinzips. Zumal J'Hara in ihrer letzten Nachricht darum gebeten hatte, nichts zurückzulassen – nicht einmal Asche.

Daran hielten sie sich.

„Wir werden ihnen sagen, dass wir nichts gefunden haben", erklärte Maize Karr nun. „Wir werden ihnen sagen, dass das Ganze ein Reinfall war und wir aus irgendwelchen Gründen Treibstoff verloren haben, deshalb haben wir die Sache aufgegeben und sind zurückgekommen. Gut möglich, dass mein

Vater uns das nicht abkauft, aber vermutlich wird er nicht allzu viele Fragen stellen. Ich glaube nicht, dass ihn die Sache sonderlich interessiert, solange ich nur heil und gesund wieder nach Hause komme. Und was ist mir dir?"

„Was soll mit mir sein?", fragte Karr, nicht sicher, was genau sie damit meinte. Er saß auf der Rampe, aß ein Stück Obst und wartete darauf, dass sie ihre Säuberungsaktion im Innern des Schiffes zu ihrer persönlichen Zufriedenheit zu Ende gebracht hatte.

„Was hast du jetzt vor?"

RZ-7 formulierte seine eigene Version dieser Frage. „Ich denke, sie bezieht sich damit auf die Berufsschule, Sir. Beabsichtigen Sie, Ihr Wort zu halten?"

Er nickte. „Klar. Warum nicht? Mit dem Sammeln von Macht-Artefakten bezahlt man keine Rechnungen. Ich brauche etwas, das meinen Lebensunterhalt sichert. Oder jedenfalls einen Job, der genügend Credits einbringt, um damit neue Stücke für meine Sammlung erwerben zu können."

„Na, besten Dank auch", entgegnete Maize. „Du lässt mich einfach hier zurück, um die Schule ohne dich zu Ende zu bringen?"

Karr nahm noch einen Bissen, zerkaute das Fruchtfleisch und schluckte. „Ach, hier ist es doch gar nicht so übel. Abgesehen davon habe ich ja immer noch deinen Holokommunikator. Du kannst mich anrufen und anschreien, wann immer du willst."

„Versprochen?"

„Versprochen. Erzett, du kommst doch mit mir, oder?"

„Aber natürlich, Sir", sagte der Droide. „Zumal ich bezweifle, dass Ihre Eltern künftig noch großen Wert auf meine Anwesenheit legen, und wenn auch nur aus Angst, dass ich zufällig wieder eine ihrer Unterhaltungen mit anhöre."

Maize lachte. „Du wirst immer bei mir sein, Erzett", sagte sie. „Genau hier." Sie legte sich eine Hand auf die Brust.

„Hey", saget Karr. „Und was ist mit mir?"

„Ich schätze, du hast Pech", sagte sie. „Oh, hey. Ich weiß, dass ich meiner Mutter versprochen habe, dass sie mir dabei helfen kann, ein Tattoo auszusuchen, aber möchtest du das sehen, das ich im Auge habe?"

„Klaro."

Sie holte ihren Holokommunikator hervor und projizierte ein Bild in die Luft.

„Wow!", sagte er. „Das ist wirklich wunderschön. Hat das Muster irgendeine bestimmte Bedeutung?"

Sie warf ihm einen Seitenblick zu. „Du meinst, so etwas wie *Karr*? Träum weiter!" Sie lachte.

Karr wurde rot. „Nein, so meinte ich das nicht. Ich meinte eigentlich –"

„Ich weiß, was du gemeint hast. Und ja, es bedeutet tatsächlich etwas. Es bedeutet … ›Freundschaft‹."

Karr lächelte, und Maize erwiderte sein Lächeln. Dann umarmten sich die beiden, um zwischen sich schließlich auch noch Platz für einen als Medidroiden getarnten Protokolldroiden zu machen. Danach trennten sich fürs Erste ihre Wege. Maize ging nach Hause, um mit ihren Eltern über das Thema „Familie" zu reden, und Karr ging nach Hause, um seiner Familie seine neuesten Errungenschaften zu zeigen.

Sogar sein Bruder war beeindruckt – jedenfalls ein bisschen –, als Karr das Lichtschwert hervorholte und einschaltete. Das Wohnzimmer des kleinen Hauses leuchtete grün auf, und die Lichtklinge brummte vor Elektrizität. Die Macht, die in ihr steckte, ließ sie vibrieren.

Und später an diesem Abend, als alles sicher verstaut war und Karr alle Stücke seiner Sammlung sortiert und katalogisiert und auf den jeweiligen Regalen deponiert hatte … nahm er ein Datenpad zur Hand. Denn die Aufgabe eines Machtsammlers bestand nicht allein darin, Dinge zu sammeln. Sie bestand ebenso sehr darin, Dinge zu *erklären*. Seine Aufgabe war es, sich zu *erinnern*. Die Geschichten, die er kannte, mit dem Rest der Galaxis zu teilen. Und er konnte es kaum erwarten, damit anzufangen.

Er öffnete ein leeres Dokument, ließ seine Fingerknöchel knacken und begann zu tippen.

Es war einmal vor langer Zeit ...

DANKSAGUNG

Ohne die andauernde Begeisterung von Mike Siglain, der Anleitung von Jen Heddle und der Story-Gruppe und der steten Unterstützung meines persönlichen Jedi-Rates wäre dieses Buch nicht möglich gewesen: Scott Shinick, Karina Green, Jen Carta, Stephen Wacker und meine wundervolle Frau Eileen – sie alle haben meinen Monologen über *Star Wars* wesentlich länger gelauscht, als sie es vermutlich erwartet hätten, als ich sie in aller Unschuld fragte: „Würde es helfen, die Sache in aller Ruhe durchzusprechen?"

Außerdem gebührt mein Dank meinen Eltern, die meine Leidenschaft für alles in Zusammenhang mit dieser weit, weit entfernten Galaxis stets nach besten Kräften gefördert haben.

STAR WARS

VON NEW-YORK-TIMES-
BESTSELLERAUTORIN
E. K. JOHNSTON
(Star Wars: Ahsoka)

STAR WARS: SCHATTEN
DER KÖNIGIN
Roman, 320 Seiten,
ISBN 978-3-8332-3636-5

Als Padmé Naberrie, Königin Amidala von Naboo, am Ende ihrer Amtszeit gebeten wird, künftig Naboos Interessen im Galaktischen Senat zu vertreten, kann sie einfach nicht ablehnen, dem Willen ihres Volkes zu dienen. Zusammen mit ihren treuesten Dienerinnen muss Padmé nun herausfinden, wie man durch die tückischen Gewässer der Politik navigieren und nebenbei eine neue Identität schmieden kann – jenseits des Schattens der Königin …

JETZT NEU IM BUCHHANDEL ERHÄLTLICH

www.paninibooks.de

SIE DACHTE, IHR KAMPF SEI VORÜBER, DOCH DIE SCHLACHT HAT EBEN ERST BEGONNEN …

Roman, 352 Seiten, ISBN 978-3-8332-3450-7, auch als E-Book erhältlich

Ahsoka Tano war einst eine loyale Padawan Anakin Skywalkers, die ihr Leben dem Dienst am Jedi-Orden verschrieben hatte. Doch dann zwang der ruchlose Imperator Palpatine die Galaxis unter sein Joch und die Jedi wurden gnadenlos abgeschlachtet. Ahsoka suchte Zuflucht auf dem entlegenen Farmermond Raada und versuchte abseits von allem ein normales Leben zu führen. Aber Ahsoka kann ihrem Schicksal nicht entfliehen. Als imperiale Truppen Raada besetzen, muss die ehemalige Padawan eine Entscheidung treffen. Eine Entscheidung, die alles aufs Spiel setzt, was ihr lieb und teuer ist, aber gleichzeitig auch eine neue Hoffnung bedeutet …

IM BUCHHANDEL ERHÄLTLICH

www.paninibooks.de

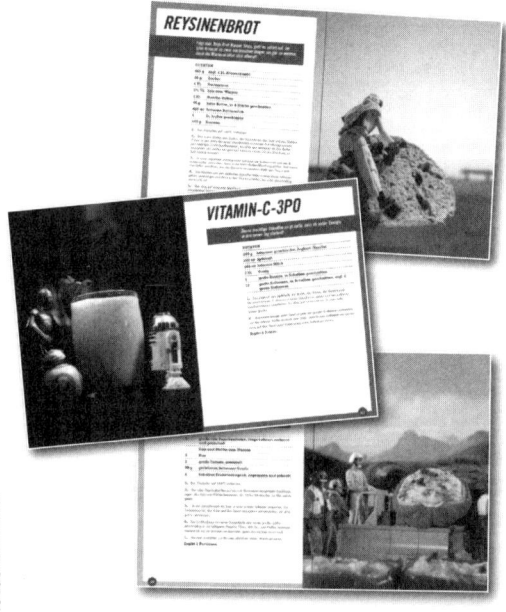